大河颂

薛晓源 主编

莱茵河传

〔德〕卡尔·施蒂勒 H.瓦亨胡森 F.W.哈克伦德尔 著

王泰智 沈惠珠 译

Rheinfahrt

商务印书馆
The Commercial Press

2019年·北京

插图：皮特纳（R. Püttner）、阿亨巴赫（A. Achenbach）、鲍尔（A. Baur）、戴克（E. F. Deiker）、迪茨（W. Diez）、弗兰茨（G. Franz）、凯勒（F. Keller）、克瑙斯（L. Knaus）、里特尔（L. Ritter）、舍恩莱伯（G. Schönleber）、朔伊伦（E. Scheuren）、许茨（Th. Schütz）、西姆勒（W. Simmler）、沃提尔（B. Vautier）、韦伯（Th. Weber）、约旦（R. Jordan）、维尔罗伊德（L. Willroider）

本作品首版发行于1875年，由斯图加特A. Kröner出版社出版。原版现存于慕尼黑德意志博物馆图书馆中。

目　　录

引　言 ··· 1
莱茵河的青春 ··· 3
博登湖畔 ·· 27
前往巴塞尔 ··· 52
布赖斯高 ·· 71
孚日山区 ·· 79
斯特拉斯堡 ··· 94
圣奥迪林修道院 ·· 105
黑林山的田园风光 ··· 110
巴登巴登 ··· 118
普法尔茨 ··· 126
海德堡 ·· 134
山路区和奥登林山 ··· 149
从沃尔姆斯到美因兹 ·· 162
金色的美因兹 ··· 171
比布里希 ··· 183
威斯巴登 ··· 186
游陶努斯山 ·· 194
法兰克福和洪堡 ·· 200
莱茵高地区 ·· 211
纳厄河谷之旅 ··· 237

从宾根到科布伦茨 …………………………………… 249
拉恩河谷巡礼 ……………………………………… 290
科布伦茨 …………………………………………… 306
莫泽尔河 …………………………………………… 313
从科布伦茨到莱茵埃克 …………………………… 334
穿越安德纳赫岩石门 ……………………………… 349
阿尔高地区 ………………………………………… 354
从雷马根到科隆 …………………………………… 362
神圣的科隆 ………………………………………… 380
前往亚琛 …………………………………………… 400
从杜塞尔多夫前往荷兰边境 ……………………… 408
荷　兰 ……………………………………………… 431

引　言

卡尔·施蒂勒

世界大河之神秘莫测，可追溯至开天辟地陆水分离之瞳昽时期。当时，山峦沉默不语，天空冷漠静寂，但大河洪流中，却伴随着巨响，演绎着永恒变幻的图像和力量之永恒运动。而运动则是一切存在的最古老的秘密。当人类第一次征服奔腾的洪涛，迫使河流把他们的力量和思想带向远方时，那是一个多么伟大的世界历史时刻！河流是民族的古老边界，河床是神圣的殿堂；在它们的深处驻守着神灵，而人类的命运则注定被锁在它们的岸边。于是，河流就成为世界历史的基线和一切英豪的向导。而目光深邃的智者，却在它们身上看到了生命的图像，从稚嫩的青春，成长为雄健的壮年，最终在辽阔的大海中得以升华。在它们身上，他也看到了终生陪伴的澎湃激情和无所不在的峭壁悬崖。

人生若无爱，
犹如荒漠泉，
无径通大海，
难得归宿安。

这就意味着，决定人类心志和命运的是大江大河。

在历史上众多大河之中，古老而又居首的，则是莱茵河。它是日耳曼民族之长河，北方文化之源泉！这并非一句空话，早在两千年前，当恺撒军团和阿提拉战马的铁蹄在这里践踏时，它已是各民族的一句箴言！数百年又过去了，德意志王康拉德在百姓的欢呼声中顺莱茵河南下，去美因兹加冕——那是多么壮丽的场面啊！如同其历史一样，莱茵河的传说也极其丰富多彩。就像常春藤缠绕的城堡，经久不衰的神话，也就成为一切历史事件的基石，从滚滚河水中响起了天籁之音！尼伯龙根城堡在莱茵河畔挺立,魔女罗累莱高坐莱茵河上歌唱。有多少美景落座在莱茵河流域啊,从白雪皑皑的阿尔卑斯山直到浩瀚的大海。

这里有古老帝国的壮美城市,这里有宗教权贵的壮美殿堂。他们大肆攫取和大肆浪费。为了显示其壮美,他们修建了教堂和神殿。当漫游者晚间穿过街巷,在数里之外看到前方的尖峭塔楼,就会向同伴欢呼:斯特拉斯堡,斯特拉斯堡!当船夫们夜间驶入莱茵河,在晨雾中看到一座阴暗的巨岩,或一艘石舷石桅的大船——那就是科隆大教堂。

确实,有谁会感觉不到"莱茵河"一词中蕴藏的财富呢?那是大自然和艺术、历史和传说、古老和全新生活的宝库!但这还远远不是一切:莱茵河对我们民族的心志和历史的内涵,是深邃无限的。因为,就像传说中尼伯龙根财宝为避免落入贼人之手而埋于河中一样,在莱茵河底深处,还埋藏着更大的财富,那就是经历千百年苦难终于迎来美好时代的德意志精神。即使在最屈辱的年代,当德意志的双手和德意志的民众深受鄙薄时,莱茵河仍然是他们心中的榜样,一切对祖国的渴望和信任,都会在这里找到归宿。面对莱茵河的波涛,受人尊敬的老作家阿恩特曾充满愤怒地向他的人民喊出莱茵河应该得到的那句话语:

这条河不属于他们!

在那里,当祖国遭到遗弃时,德意志精神展现了其最终的力量和信心,而当可怕的战场厮杀声从西方传来的时刻,"莱茵河力量"却像一句魔咒般活跃了起来,用语言用歌声,用全部心灵。就是这样吗?没有任何帝王的旨意,没有任何诗人的说教,这是一种古老的半隐半现的感觉,却以风暴般的力量冲了出来。我们的民族在"生存还是死亡"的命题下,找到了"莱茵河"这个图腾。

问候你,我的圣河。我们要以欢愉的心情和团结的力量,去朝拜你这座丰碑。我们将从寂静的源头跟随你走向咆哮的大海。路途是遥远的,任务是沉重的。但有两股力量伴随我们同行:一是我们身居在其中的美景,一是我们对祖国的热爱。它们将为我们的旅程赐福送行。

但我们的读者也应该分享这份祝福!所有在安静的时刻坐在火炉旁阅读这些文字的人们,请记住千百万颗心在炽热岁月里的跳动,那是我们的军团向莱茵河挺进,以及莱茵河重新取得胜利的时刻。请记住我们的不眠之夜,还有我们的哭泣和祈祷!然后,你们才能理解,莱茵河对于我们的民族,对我们的心志意味着什么,为什么我们会发自内心赋予他"父亲"的名号。莱茵河,我们的父亲,请受我们诚挚的一拜!

卡尔·施蒂勒

莱茵河的青春

卡尔·施蒂勒

请听吧,我们周边冰冷的荒野是如何哗哗作响和呼啸!我们向上爬去,穿过山谷,越过最后一栋房舍。我们用手攀附着最后一棵大树,踏上狭窄的山中小径。但我们的目的达到了:莱茵森林冰川,威严地耸立在我们面前。

莱茵森林冰川

比利小村

眼睛瞪大了，呼吸停顿了，一张白色的巨幕冲入我们的眼帘；缓慢飘过顶端的云，为水幕增添了力量和色彩。就在冰川壁上高高的中央，是一道细细的裂口，一股冒着气泡的白色水柱从里面冲出，呼啸着砸向地面。它终于见到了无法进入冰川深处温暖的光。它终于触摸到大地母亲神圣的泥土，并将留在这里，继续向数百里外远行，从高山的胸膛，最终投入大海的怀抱。

大家都知道，莱茵河由两条源流组成：前莱茵和后莱茵，至赖兴瑙后再合而为一。第三条来自卢克马尼尔山口的小源流，在迪森蒂斯汇入主流，也称其为中莱茵。除了后者的流量无特殊的意义外，前面的两条源流却展现了一幅画卷，不论风光还是历史，都以同样的魅力吸引着我们。我们将分别陪同这两条源流，从源头走到他们欢呼牵手的那一刻。

让我们先从后莱茵开始。也就是我们现在面临的这个源头。什么样的伟人和英雄将在这里诞生！什么样的历程会悬在这一股银线之中啊！只见他奋力地挣扎出来，年轻的莱茵河。从他寂寞的家乡，他想远行、远行——向一个广阔的世界。大山阴郁寡言，沉默地望着他的背影。他将挣脱他的挚爱，留下胸中一道伤痕。一个新的生命，在冰川幕墙上扒开了一道裂痕。

诞生的秘密、分别的痛苦和自由的欢欣，都体现在这孤独的冰层之中。和他的发

凶路深谷（作者：R. Püttner）

后莱茵村

源一样神奇的，是后莱茵的流程。在一切来自高山走向深谷的河流中，他或许是最粗野暴躁的一条。有谁不知道那阴暗的名字——"凶路深谷"（Via mala）呢？而莱茵河就在这凶路上咆哮奔腾。

莱茵河庄严地流入大海岸边的荷兰。据说那里有一个习俗：年轻人求职或求婚时，人们都会问，他已经咆哮够了吗？只有这个问题得以肯定时，人们才觉得他的人生有了可靠的保障。莱茵河同样如此，他对人类文明无与伦比的功绩，是在他疯狂粗野的青春期以后取得的。所以，他在格劳宾登大峡谷狂奔以后，我们也可以说：他已经咆哮够了！

他的流程，从一开始，就在距源头不到半小时行程的地方，年轻的河水就与古老的山崖展开了一场殊死的搏斗；河水急剧坠入无底的深渊，被岩石覆盖，消失在视野之外。他被压抑在下面，几乎窒息。就好像被岩石重新俘虏，几乎无法再次逃脱；我们可以听到，他是如何为了自由、为了生存而战，发出雷鸣般的咆哮。最后，他终于取得了胜利，就像年轻的赫拉克勒斯扼死了两条毒蛇那样，莱茵在摇篮里就征服了影响他生存的两大列强——冰川和山崖。他在童年时就背叛了初始的巨人，携带着初始的名字和神秘的威力，从后莱茵源头对面的阿尔卑斯高原草场，坠下谷底的深渊，前者的名字叫"天堂"，而后者就是"地狱"。在这两者之间，就是他所征服的世界。

后莱茵通过的第一道谷阶，叫作莱茵森林山谷。我们遇到的第一座村庄，就承载了年轻河流的名字。虽然位置高而荒凉，但却是一片美丽的森林，尽是冷杉和落叶

莱茵河的青春

施普吕根村

松。这里的村民,皆来自巴巴罗萨时代,当时的德意志人占据了这片谷地,捍卫着阿尔卑斯山上这条古老的军事要道。为了回到遥远的过去,我们可以在这里看到人类的足迹。在挖开的地下,还能发现远古时代的各种家用器具。在一处可以向公众展示的场地,甚至还发现一座罗马神庙的遗迹。人们认为,莱茵森林冰川几百年来有了不小的增长,可见古代的气候要比现在暖和得多。例如,人们发现了各种稀有鸟类的巢穴。常见的燕子和喜鹊早已迁走,只有与岩石一样的灰色麻雀,还展开平稳的双翅高高飞在我们头上。几只山鸡在那里觅食,发现有人来时,惊慌飞走。我们走出这片荒凉,朝下一个谷阶走去,进入了沙姆斯河谷。世界闻名的连接图尔和蒂亚维纳的施普吕根公路就在这里穿过。公路建于1822年,其中最著名的就是安德尔至龙格拉山口路段。这里就是危险的凶路深谷!

千百年来在这里施威的大自然的力量,为了在封闭的崖壁上撕开一个裂口,至今还让我们感到惊恐万分。岩壁始于笔直数百米的高峰,又从上面笔直坠入谷底;

中间的空间十分窄小，人们甚至会以为，徒手就可以把岩石抓住。这条裂口长至步行数小时之外，横穿巨大的山岭，只有一条小径留给周围的居民；莱茵到这里必须穿行峡谷，河道只能从这里通过。狭窄的天空俯视着地面，河水急促汇集在一起，又怎么能给人留下迈步的空间呢？几百年来，人们一直在竭力思考着解决方法，不断取得进展。人们炸掉了岩石，跨越了河水，凡有雪崩危险的地段，均修建了坚固的回廊，可供满载的四驾邮车奔驰而过。这是一条可见的裂口，但还有多少隐蔽的裂口存在于古今之间啊！当时的整个交通，均由马匹承担，每周约有四百余次来到施普吕根村。后来才修造了小型低轴车辆加以适应。但由于车架单薄易裂，经常有车辆坠入无底的深渊。

在这条阴暗的路上，想象力当然得到了丰富的营养，于是就产生了各种阴暗的神话。其中不少与战史紧密相连，让人不由想起了格劳宾登人为独立而战的过去。而山头上俯视大地的城堡废墟就是见证。

我们越过了奇利斯，身临龙格拉峡谷，这才接近了凶路的尽头。我们在这里穿行的隧道，名字叫"遗失的窟窿"；我们随后就看见位于谷底的图西斯，在向我们微笑，这是海因岑山脉的一颗明珠。走出凶路的出口，看见一条低位的新路段。在这以后，后莱茵的流程，就形成了一道宏伟的三段石阶：莱茵森林、沙姆斯和多姆莱施格三大河谷。

这以后，我们的路开始从图西斯下行，同样是风景优美，历史厚重。这里，聚集了一批高耸的城堡，作为宗教和世俗首脑压榨人民的见证。

奥滕施坦

莱茵河的青春

为了争权夺利,这里曾发生过最为野蛮的争斗,不仅仅为了财富,而且还为了民众的自由。这里的近二十座城堡,为这个美丽的河谷,曾戴上桂冠。其中的某些废墟,沉淀着千年的历史。例如矗立在山头的卡齐斯隐修院,由雷阿尔塔家族一位女伯爵创建于公元680年。据说,她曾嫁给图尔的主教为妻。而雷阿尔塔家族的源头,可以追溯到公元前600年,始祖是图斯克王雷图斯。这些显赫的姓氏,奥滕施坦、瓦尔塔、雷存斯,都攀登在陡峭的悬崖之上。而那奔腾的河水就这样咆哮着穿行在其中!很久以前,这些堡垒,都是压制人民自由的最可憎的象征。例如雷存斯家族的主人,被西格蒙德皇帝擢升为伯爵以后,成为"黑色联盟"的成员,与贵族的"灰色同盟"对立。双方战斗不止,直到贵族同盟在沙姆斯河谷的一次

尤瓦尔塔

大胆的突破中战胜了伯爵。随后进行的人民审判,判处年轻的雷存斯伯爵以极刑。行刑的日期已经确定,刽子手已经准备好屠刀,就在此刻,城堡的老奴仆从里面走了出来,在聚集的人群前要求陈述。于是,他对"灰色同盟"的先生们说:我们年轻主人的先祖们,都是慈悲为怀的人,一直想和人民一起举杯共饮。现在恰是时机,死囚请求给他这个机会。人们取来了大酒杯和石头酒壶,大家开始欢快畅饮,就在大家酒酣尽兴的时候,老奴仆开始讲述主人的忏悔,并请求众人赦免主人的性命。他愿意加入"灰色同盟",维护人民的自由。他的请求被接纳,雷存斯的主人从此获得了话语权。

图西斯

这就是这个传说的内容,我们在到达贝伦堡时再次听到。但作为事件发生的现场,那片巍峨的高山峻岭,更使人感到这个传说的魅力。到了这里,周边的景色,逐渐变得柔和。虽然远方的高山仍被阴森的冷杉覆盖,但河谷内已是暖风徐徐。树上的果实已经成熟,田野已经铺上了金色。可爱亮丽的房舍,点缀在周边的绿毯之上。

托马湖

莱茵河的青春

走出凶路深谷之后,眼前出现的反差,令人震惊,带给人一种从压抑中得以解脱的感觉。那里是狭窄恐怖的孤独、阴森的颜色和光秃的岩石,是一个被怒火和郁闷笼罩的世界,而这里,却是宁静的小径,没有荒野的狰狞和迷失的风险,有的是充满爱怜的风貌。就这样,我们陪伴着莱茵河,威严而勇敢地流过这片草原。然而,他仍然是一条名副其实的山中河流,没有船只敢在这里航行。但他的河床却越来越宽阔,除了青春的活力,又添加了一些恬静和成熟。

遗失的窟窿

雷存斯城堡

他已经克服了为生存而战斗的年代。那是一个充满狂飙的时代，在奔腾的河水中，盘旋着各种求生的生灵。就像很多伟大人物的成长，需要狂飙运动一样，我们这条年轻河流的历程中，也必须经历凶路深谷这样的险情。其历程的高峰，是以其超凡的力量，从一切屏障中脱颖而出。但战斗已经结束，通向未来的道路已经铺平。这也是我们为什么如此激动地站在这幅图画前的心理依据。

后莱茵从源头流至赖兴瑙汇合处，不过15个小时的行程。但他流经的高差，包括三道石阶和峡谷门户，却有1200多米。这组数字向我们说明，这条大河的青春期是如何狂暴和粗野，展示了多么无比强大的力量。

同样雄伟高贵，但不那么恐怖的，是我们现在看到的前莱茵的源头和流程。我们周边同样出现了深邃的寂静，四处散落着被河水冲刷的灰色鹅卵石，巨大山崖间的草地上长着稀疏的植被，没有人的足迹，没有生命的声音，没有阳光！只是紧靠在岩石上仰头看时，可以看到遥远天空中的蔚蓝，只有我们自己说的话，会在岩石撞返回声。

然而，就是在这深邃无生命的寂静中，诞生了一个无与伦比的生命。我们听到了深沉的咆哮声，那就是莱茵河的摇篮曲。我们再次站到了他的源头前面。我们所在的土地，属于瑞士最荒芜的地域——格劳宾登州。至今还有老鹰在这里筑巢，还有熊黑在山谷里出没。我们正身处巨大的岩石山脉当中，我们的上方就是戈特哈德。永恒覆盖着白雪的冰山挺立在这里，克里斯帕尔（Crispalt）和巴度斯（Badus），还有远处的福尔卡山口。这是狂暴的北海和温和的地中海之间的远古的分水岭；这是一个奇妙

莱茵河的青春

克伦斯的小教堂

的作坊,大自然在这原始的孤独中,塑造了强大的思想。

三条溪水构成了前莱茵的源头:一条来自陡峭的山岩,一条羞涩地躺在地上,而第三条则是从岩石无底的深处迸发而出。他们开始合并时是条很窄的河床,叫作托马湖。长不过400步,宽不过200步,深度也极其有限,但却在水中反映出周边山峰的极美的色彩,山岩的缝隙里,不时探出一朵山花,而谷底却还覆盖着皑皑的积雪。

这是第一次寂静的小憩,前莱茵第一次收集河水的瞬间,然后就咆哮着下行,越过岩石山麓,奔向下蒙德(Chiamund)和塞尔瓦(Selva),直到迪森提斯(Dissentis)处中莱茵加盟。小村庄本身位于深谷之中,高处绿地上耸立的小教堂,正在敲响晚钟,农夫们好奇地望着我们,我们向他们打听何处有步行的道路。他们回答我们的语言是罗曼语,只有部分我们可以听懂。这些孤独的人,满面风霜,但却显得忠厚老实。只是当我们后来坐在酒馆里,小范围喝着红酒时,才从他们嘴里听到久远的过去都发生了什么事情。

迪森提斯

弗利姆斯湖畔风光

  原来，迪森提斯过去并不像今天这样寂静。上帝之鞭阿提拉死后，百多年来，他的业已解体的军队还在这里生活，直到拉蒂尔（Rhatier）背叛，把他们全部杀光。但村庄周围的山上，圣本尼狄克的信徒们，修建一些住所，在那里和平生活和繁衍了上千年之久，远离时间的流逝和历史的进程。后来，一个新时代出现了：法兰西共和国的士兵们高举三色旗，焚毁了村庄和教堂。

  我们行走在从迪森提斯至弗兰茨的小径上。莱茵河虽然不总是在我们身边流过，但他始终是我们的向导，总是在我们看不到他的地段，由于被冷杉和岩石遮挡，传来他在邻近的呼啸，用他的浪花为我们指路。我们遇到过小小的村落，常常只有很少几栋风雨飘零的房屋；从寂静的森林深处，时而传来高山溪水的潺潺流淌，或者一家铁匠铺的打铁声音。有渔夫带着渔网从水上驶过；他在寻捕水中的鳟鱼，据说，这里水中可以捕到二十斤以上的大鱼。他为我们指明了通向河谷的道路，河谷始于奥伊姆威克斯（Eumwix）。

  我们尚未踏上特龙斯的村路，就看见了那棵远近闻名的古树的残干。它曾是一株枝叶繁茂的枫树，是400多年前"灰色同盟"的创始者们集会的地方。为纪念此事，在树干旁建有一座小礼拜堂。按照当时的习惯，有关档案和协约的原件，均保存在弗兰茨的老市政厅中。这就是莱茵河沿岸的第一座"城市"。

  此时的路旁已失去了部分荒芜，出现了辽阔的绿野，长满了茂密的榾木，即使远

莱茵河的青春

霍恩格林宫堡

离道路的村庄，也变得温馨宜人，让人想去停留片刻。我们来到了所谓"林间小屋"附近的小村庄，其名为弗利姆斯。小路就在此处向左转弯；到处流淌着小溪，均向莱茵河灌注着河水，亮绿水面的弗利姆斯湖就在我们眼前。一派明亮的田园风光，牧人梦幻般地躺卧在草地上，守护着自己的羊群。莱茵河在我们的右侧，从森林的树冠上传过他的吼声，但却看不见他的身影；不时会从水面冒出长满树木的小岛，不时也可见山头出现古堡废墟。

在这里，我们不止一次邂逅残暴和欢快时代的见证；其中包括墨洛温王朝时期的霍恩格林宫堡，至今仍高高屹立在山峰之上。宫堡之下很远的地方，就是这里的村庄，羞涩地散布在山坡之上。于是，这里的景色发生了变化；它又把众多的林木拉到河水跟前，并染上深邃的颜色。这里已经不再是我们在弗兰茨附近见到的满是坚果树和枫树的宽阔谷底，而是黑色的松木森林在迎接我们。越过左右敞开的旁侧河谷，开始了高原山脉崎岖路段。但河水也同样分享此景，获取了新的力量，也有了新的形态。似乎朝着向往已久的目的地流去，似乎预见到了不久后的重逢。前莱茵典型的明亮绿色，已经结束，加进了一股陌生而令人激动的深色水流元素。他带我们走近了后莱茵；接近了后莱茵的河口，远处的另外两股河水将在另一河道里汇合。咆哮声有所增强，越过一座花园

赖兴瑙大桥

的绿草坪，可以看见一座筑有高墙的宫堡。下方就是赖兴瑙的几座大桥：第一座用木板铺成，脚踏上去会发出咯吱的响声，它的下面仍然是后莱茵河；第二座位于下方，那里已经是两河汇合以后的河道。这里就是两河首次邂逅的地点，这里就是两河在欢呼中拥抱在一起的地方。一方是已无去路的明亮浅绿色，另一方则是一路坎坷的深色河水。那是一条"凶路"。现在，一切圆满结束。两兄弟长期分别之后终于重逢并相互认知，他们将牵起手来共度一生。从此，在世界历史上，就只有一条莱茵河！

赖兴瑙的统治者曾经是库尔的各个主教，古老的宫堡也由他们所建，后来被普兰塔（Planta）的主人们继承。如果去参观那座漂亮而植被繁茂的花园，就可以身居两河的交汇处。宫堡的城郭，曾向很多贵客提供过栖息之所，因为那里的学校曾培育出像本雅明·贡斯当这样的学生。而在导师里面，又有一位顶尖人物，后来的市民国王路易·菲利普。他的任命相当奇特：学校校长先是聘用了沙博先生，可他却突然不知去向，于是就由年轻的难民接受了这个职务和名号，他当然通过了严格的考核。他所教授的专业，是历史和地理、数学和法语，他的年薪只有1400弗朗肯。尽管生活很艰辛，但与法国地狱相比，却是天堂的日子。那里的国王几个月前登上了断头台，而过去只能见到向他卑躬屈膝的凡尔赛宫，已被讨厌的雅各宾党人所占据。

但是，1789年的大火并没有局限在自家的灶台。甚至在瑞士寂静的山谷里，也有其反响，那里的人们仍能感到那场生死搏斗的震撼，尽管它发生在18世纪。奢侈享乐和专制主义，消沉已久，但却再次沉渣泛起，发起最后一次反攻，企图再次消灭人类。但这次行动很快就变成了恶行，革命的后果并不是人们所渴望的和平，而是世界大战的战火。那是一个可怕的年代。鲜血流淌在奄奄一息的时光里，即使在年轻的

莱茵河的青春

弗兰茨的城门

莱茵河两岸，即使在几乎只能行走一匹马的小径上，也充斥着军队。外国的军队，既不熟悉道路，也不熟悉语言。那是野蛮的哥萨克名将苏沃洛夫率领的俄国军队，三色旗共和国的马斯纳的军队，唱着《马赛曲》的法国军队，以及卡尔亲王率领下的多民族的奥地利军队。当统帅站到队伍前面，就会听到从士兵喉咙里喊出的各种语言的欢呼。这是一个什么样的时代啊！多么混乱，多么轻视死亡，多少战争愤怒！半个欧洲的人民，被驱赶到这块生死攸关的土地上厮杀！有时风暴和气候结成联盟，使战争无法进行，人们可以在疲惫士兵的脸上，看到叛逆的表情。

在马丁斯洛赫，俄国士兵拒绝执行命令。这个惊恐的群体，无法穿越冰雪覆盖的旷野。与康斯坦丁王子同样在后卫行军的苏沃洛夫，听闻这个噩耗，立即赶到队伍的前端。大家都以为，他会立即枪毙那些叛逆者。但他没有这样做，而只是命令在雪地里挖一深坑。老兵们默默地执行这一命令。坑挖好后，苏沃洛夫脱掉自己的衣服，高声喊道："把我扔下去，并埋起来。你们不想当我的孩子，我不再是你们的父亲！除了死亡我还能干什么呢？"

这队老兵们如当头一棒，立即在他们的将军周围高声欢呼，一致宣誓永远跟随他前进！连当地的居民也深受感动，甚至伸出援手。我们离开赖兴瑙，很快就来到埃姆斯河畔。在这里，很多人还会讲述这段稀有的英雄行为。被同盟成员当作真正堡垒的卢齐恩高地，曾于1799年被马斯纳攻占，胜利者的傲慢更激起了当地居民的愤怒。反抗的浪潮像雪崩一样在整个前莱茵河谷地区展开，直到在埃姆斯河畔爆发了公开的战斗。法国人把火炮安放在牢固的阵地上。向这个阵地发起进攻，是一件冒险的行为。然而，男人惧怕的事情，却被女人们完成。21岁的少女安娜·玛利亚·比勒带领娘子军冲到最前面，夺取了第一门大炮。她们以赫丘利般的力量揪住缰绳，用木棍把骑兵指挥官打下马来。她们的榜样大大鼓舞了斗志，法国的炮兵几乎全军覆没。

在莱茵河刚刚起始的地方，就产生了一个无比强烈的词，而且在他以后的流程中日益占据广阔地位：战争。是的，我们甚至想到了幼年的童话：善良的仙女们围绕着新生的皇家女儿，在摇篮旁献上了她们的祝福，但恶毒的女巫出现了，献出了诅咒。

同盟军的埃姆斯战场部分

莱茵河的青春

库尔的集市

莱茵河同样在他的流程中，获得过上百种祝福，包括成长和荣耀，但也曾上百次遭遇早在摇篮中就已注定的厄运，那就是战争。年轻的莱茵河，很早就知道了为生存而战斗的道理。

经过埃姆斯河之后，我们来到了格劳宾登州的首府库尔，一座久经风雨沧桑的灰色山城。多座谜团般名称的古罗马式塔楼，一座具有千年历史的教堂，狭窄的小巷，石块铺成的路上行驶着的沉重驿车，以及上方那座高耸入云的卡兰达（Kalanda），这就是我们面前出现的画卷。这里听到的几乎都是瓦莱州的方言，因为这里毕竟是格劳宾登所有道路的交会处，也是施普吕根和本哈丁通往南方的交通枢纽。

此城的历史和它的城墙一样呈灰色。它在罗马时期的名称是雷托鲁姆专区。康斯

拉加斯岩石城门的观景台

坦丁皇帝曾把这里当作他的冬宫，于是城市得以扩建，早在公元451年，基督教就已经在此地种植了十字架。主教驻地建在高地之上，与大教堂和其他附属建筑一起，形成了一幅傲慢的要塞图像。这个宗教气氛浓厚的城区，主要生活着天主教徒。山下的城区，更多是东方建筑风格，倾斜的屋顶和深色的拱门，集聚着贫困的居民，他们的房屋一直延伸到河谷深处。普莱苏的河水，从里面涌向莱茵河。两千年前，这里的居民全部是罗曼人，城市也不叫库尔，而是叫克维拉。现在已经全部日耳曼化，享有诚实勤劳的美名，尽管有时也显露出原始居民的粗犷品格。一种新的能量得以在自由中发展，不再是来自过去灾难重重的时代。这就是格劳宾登的命运！走过库尔，我们仍然可以遇到那个时代的印记。山上的城堡，都以"石头"（Stein = 施坦）为其名称结尾，向我们陈述困苦和骄傲。克罗滕施坦、哈尔登施坦、利希登施坦。它们俯视着我们正安详地穿行在河谷的小径之上。这里有一首歌谣，说一位美丽的姑娘在阳台上观望。但我们又从历史回到了现在；蓝色的夏日之风，芬芳的绿色草坪，正是当前的季节特征。我们的周围，尽是飘逸的绸衫和叫卖的喧嚣。我们进入了拉加茨的温泉世界，近几十年来，它已在欧洲享负盛名。

源于普费弗斯的温泉水，通过铁管流向1600多米以外的拉加茨。温泉是13世纪中叶为一猎人所发现，当时属于山巅上著名的本尼狄克隐修院所有。本尼狄克系帝国

莱茵河的青春

中势力最大、年代最古老的教派之一。很长时间以来，温泉只是被一间破旧的草屋所遮掩，有些像中世纪的一间浴室。由于求医的患者日益增多，修道院150年前修建了新楼，并采用了符合时代要求，尤其是修道院要求的宽敞的风格。现在，这些设施已归国家所有，又修建了巨大的宫殿般的建筑，富有一切现代豪华的特点。我们可以看见各国的风湿病患者，坐着轮椅漫游在观景台上。

普费弗斯的洗浴中心

塔米纳

　　除了设施豪华，大自然的美景也在暗中辅助治疗。这里是一片深邃的森林，那里又是弗莱舍山的岩石俯视着河谷。莱茵河水在这里急促地咆哮流过，岩石上方皑皑白雪覆盖着的法克尼斯山巅闪着银光。两侧尽是雄伟堡垒的布雷根茨公路，有一著名路段，就是圣·卢齐恩小径。那里有两座城堡废墟从山头俯视，分别是弗洛伊登贝格和里德贝格（贝格在德语中是山的意思。——译注）。特别是后者，更是充满着传说，饱含着阴暗的魔法和激情。里德贝格骑士为各方所敬畏，因为他的城堡塔楼陡峭无法攀登，他的势力不可战胜，多少敌人围攻都无功而返。然而，武力没有达到的事情，却因老婆的背叛，为了对爱情欺骗进行报复，取得了成功。她虽与丈夫分睡，但却知道他的卧室

普费弗斯

和他睡觉的时间,于是通过密道引导敌人登上陡峭的城堡塔楼,站到了城垛对面。他们从这里,看到了骑士的卧室,看到了那个无敌者正在熟睡,暖风吹进敞开的窗子,窗外的明月照射着闭着的眼帘和平稳的呼吸。敌人这时距离睡者,还不足五十步远,但却没有跳板可以踏过,也没有办法越过下面的深渊。然而,箭矢却可以飞过去,对它来说,深渊并不深,距离也并不远!"把箭搭在弓上,瞄准射过去!"恶毒的妇人对敌人耳语。敌人小心翼翼地靠近岩壁,看到了睡者高大的身躯。就在这一瞬间,箭矢发着嗡嗡响声飞入窗子!正中他的心脏。就这样,骑士在睡梦中走向死亡。凶手惊慌逃窜,妇人还长时间站在那里,欣赏着丈夫的伤口。

如果说,拉加斯给我们留下的是它的辉煌和可爱,那么我们穿越普费弗斯时,却被它的野性所震撼。在拉加斯汇入莱茵河的塔米纳河,在这里穿过一道恐怖的峡谷,开辟出一条通道。具有疗效的温泉秘密,就是在这里展现,而不是在温柔的风光里。

深色的岩壁,笔直竖立在两旁,即使在盛夏,这里仍然无比阴森。岩壁挤夹着河水呼啸而过,窄小的小径羞涩地靠在左侧的岩壁上,时刻受着河水的冲刷。大约过了三刻钟,我们到达了修道院在这里修建的洗浴中心。这是一座长条而阴郁的建筑。即使里面的走廊,也很少有阳光照射。这里可容300名客人入住。拉加斯修建新疗养院,把拉加斯温泉水引进之前,这里是唯一可以落脚的地方。

拉加斯

　　但我们仍未见到更为可怕的景象。我们走过的地方,天空依然蔚蓝,尽管地域狭小,但仍然是敞开胸怀的大自然。然而,在洗浴中心后面,大约再步行五十步以后,我们就走进了山崖内脏的深处。峡谷一个接着一个,尽管外面的 7 月阳光普照,这里却永远潮湿和阴暗。到处都是皲裂的岩石,似乎立即就会落下,让我们粉身碎骨。我们小心翼翼地走在木板栈道上,直到眼前突然冒出一股白汽。荒野幽灵以一种恐怖的方式向我们袭来。我们甚至觉得,这就是一道蒸汽魔障,如果走进去,就有窒息和丧命的危险。

　　但是,从这阴森深渊里升起的,却不是死亡,而是治愈千万人的源泉。的确,这是个神奇的现象:大自然深邃的力量,没有暴露在阳光灿烂之下,而是隐蔽在阴森的深渊之中,并从这里释放出非凡的神力。来到这里,谁又不会想起这里产生的那些大

师呢！其中的一位，就值得我们在这里拜谒。在我们离开之前，应该提起他的名字。那就是安葬在拉加斯的舍林。他的纪念碑就竖立在教堂墓地里，系由巴伐利亚国王马克斯二世所建，他始终自命自己是这位大师的学生。

我们继续往北走。很快就在萨尔干斯附近，到达了莱茵河史前时期的一个转折点。某些地质专家断言，莱茵河的流程，最早并不直接注入博登湖，而是绕过左侧的韦伦施塔特和苏黎世，中途并无很多屏障。这一理论却有很多漏洞，例如岩石上留下的痕迹，表明了当时的河床位置。而且博登湖和苏黎世湖的分水岭至今十分低下，使人们很容易相信这种说法。历史学家告诉我们，

瓦杜兹

1618年可怕的洪水泛滥，使莱茵河水位猛涨，人们甚至担心莱茵河再次泛滥，冲向韦伦施塔特湖。

我们穿过谷地，来到辽阔的博登湖盆地。这就是名副其实的莱茵河谷；看到像鹰巢一样高悬在悬崖之上的韦登城堡，让我们想起了它曾显赫一时的主人。早年的统治者是好斗且贪婪的几代伯爵，出自蒙德福特家族的血统。现在，他们当然已经长眠在石棺之中。不同颜色的旗帜，代表着不同的强势家族。当年高高飘扬在韦登城堡之上的是一面黑旗。白旗则是萨尔干斯城堡，而红旗代表着伏拉尔堡和施瓦本的贵族。还有一件怪事，需要补充说一下，曾驻扎莱茵河畔强势家族的各色旗帜，在半个千年以后，即在莱茵河被解放以后，仍然飘扬在航船之上，从莱茵河直到大海！

还有一个被大帝国遗忘的地方。我们脚下走过的，原来是小国列支敦士登的领地。整整半个世纪，它一直是德意志同盟中的小弟弟。但这块土地突然被人遗忘，不再有人愿意接纳它！其所属的五十五名士兵，无所事事地站在那里。忠诚的人民就这样在无国籍的状态下，生活在瓦杜兹城堡山下。没有多少忧虑，没有多少税收，

莱茵河的青春

吕提附近的莱茵河航船

而其国主却常驻在奥地利。"Vallis dulcis"是当地的一种芬芳的植物根茎，瓦杜兹（Vaduz）的名字就来源于此。

我们很快来到了奥地利；我们已经见到了其典型的象征，收费人员站在黑黄色护栏旁，口中叼着弗吉尼亚雪茄，背包里装着纸质的货币。

路上民众恭敬问候的身穿长袍的先生是谁呀？一副精致而庄严的面孔，从黑色宽檐大帽下显露了出来，他就是来自费尔德基希的耶稣教团的神父。越是接近博登湖，河谷也就越是宽阔，山岚明显后退，原来的天然野性美，被富饶的田园所取代。赖兴瑙修道院院长施特拉博当年描述莱茵河谷时，说其被沼泽覆盖，河水流淌在沼泽间深深的河床中，看来并非妄言。河谷中和山头上遗留的泥泞土质，使得这片土地变得十分肥沃。早在公元918年，莱茵河谷就开始种植葡萄，河谷中到处散布的葡萄园，为德意志南方的舌尖，提供了最美和最多的美酿。虽然大火、洪水、战乱和争斗常常侵犯这一美好家园，却只能毁掉已有的成果，而无法毁掉大自然所赋予的创造力量。大自然富有的手，为人类奉献着它的恩泽。沉重的谷穗又重新覆盖河谷的田野，所有的山头又布满了葡萄园：数量之大，几乎使其失去了价值。采摘葡萄的时间，由市政部

莱茵之角

门决定，也包括价格，从19世纪初，就限定为每桶不超过7个十字币，因为这里的产量几乎取之不尽，而且在莱茵河附近也无法修建不进水的地窖。所以大部分收获必须运往外地，特别是邻近的阿彭策尔，后者则用他们的畜牧产品交换。有时，航船也会沿河而下，前往各地由皇家控制的集市，使得河运交通繁华起来。而在博登湖蓝色水面上航行的船只中，最骄傲的莫过于来自莱茵艾克的"集市船"和"猎手船"。它们常常运载士兵在湖中执行其他的任务。

很自然，这里的众多财富和繁荣，增强了此地居民的勇气和自信，而且他们也确实需要这种勇气。因为，没有多久，他们就不得不与残酷压迫人民的总督对垒，反抗与同盟军队勾结而越境的强大邻国敌人。然后，宗教改革又进入他们凶猛的水浪之中，遍及河谷最偏远的角落。1528年冬季，莱茵河谷的人民又面临抉择，每人都必须明确表态，站在哪个教派一边。紧急钟声敲响了，新的教义取得了胜利。各派的争执，变成了武装战争，战斗异常激烈。莱茵河谷的各个地区，燃起了三十年战争的熊熊烈火。不仅是皇家势力，而且当地百姓也起来反对新教分子，到处可见没有掩埋的尸体，在河水中逐流而下。连饥饿的狗也都疯狂起来。饥荒日益严重，奸商囤积和物价上涨，造成灾难。请看数字：杜卡特金币，相当于七个古尔登，而四分之一斗的谷物，竟值五个半古尔登。18世纪的战争，也使莱茵河谷遭受严重损失，持续很久才迎来了和平时期。而莱茵河水，就是见证。

威严地站立在河谷山坡上的最后一座大城堡，就是莱茵埃克。它的归属，早在施陶芬时期，康斯坦查主教和圣加伦修道院院长就争论不休。现在，两座城堡中的一个已经夷为平地，山头上欢快地生长着葡萄园。而另外一座，也已成为废墟。而下面可以行驶大型船只的莱茵河畔，牢牢地伫立着一座小城。一家骄傲的商店，证明这里发达的商业，从库尔流下的长木木排也是佐证。在这里已经可以遥望前方洼地的入河口。和缓的岸边，长满芦苇。没有多久，高贵的德意志大河，就从我们的视野里消失，而博登湖明亮的蓝色水面出现在我们的眼前。阅历数千年的大河，以他永恒的青春和欢快的镜面，向我们问候。

博登湖畔

卡尔·施蒂勒

我们站在德意志最大，或许也是最美的湖畔。白雪覆盖着周围的瑞士群山；此边是高耸的森蒂斯山，彼边是参差不齐的选帝侯山脉。岸边尽是欢快的城市，蔚蓝的天空，微风传送着晨钟的响声。多么美艳的色彩，多么舒爽的湖风！外面的湖滩上，小船停靠的地方，水浪就像一颗颗绿宝石，反射着阳光。向远处伸展，颜色越来越深，越来越深，直到深邃的靛蓝开始出现。猛烈的北风吹起了浪花，吹得船

老布雷根茨

布雷根茨风光

帆舞动，涌起的泡沫冲上了船舷。哈，看他在如何咆哮，如何奔腾！双手紧握住舵盘，我们下面就是无底的深渊！

没有任何一个德意志湖泊像这里的音响如此丰富，从和蔼的浪花吟唱到愤怒的风暴呼喊。而色彩的丰富也同样如此，从朦胧的粉白到阴森的夜色。这是一种奇美和惊恐的怪异结合，不是人力，而是大自然，把它们紧紧地融合在这湖水之中。同其他湖泊一样，博登湖也在向我们暗示，水中还蕴藏着尚未爆发的力量。甚至进入我们眼帘的山上宫堡，也是大自然神秘作坊的产物。可爱的幸福和野蛮的毁灭，都曾在那里发生。但两者的存在，却远离我们的世界。有时，镜面般平静的湖面，会突超湖岸一英尺，然后又骤然退回。湖水又常常会聚集到北部的河汊之中，引发山上刮来热风，把冲上来的湖水抛回宽阔的盆地。于是，湖水开始起伏不安，没有船只再敢行驶在水浪之中，即使强劲的汽轮也不敢离岸去冒险。春秋季节，山上为热风所主宰，直到冬季来临，直到严寒以其冰冷的呼吸赶走波浪，使其安静下来，进入冬眠状态。噢，粗暴的十二月之夜多么恐怖啊！被俘虏的洪水在牢笼里不安地骚动，高声吼叫着，试图突破冰层，把冰块从一岸推向另一岸！

湖水每年都要封冻，但全湖封死的情况却极其少见，如果出现，也会成为历史事件。这种现象曾出现于1695年,当时曾在湖面上举行了十分欢快的射击活动。但古斯塔夫·施瓦布在他的长诗中也描写了其恐怖的一面。人们会想到那个毫不知情的骑士,在一片雪地上奔驰数小时之久,而这片雪地就是博登湖!湖面提供的真正面积和活动场地,可以用下列数字描绘。它的周边长度,竟达42千米,长达14个小时的行程。如果再算上它无比的深度,如此冰冷的湖盆,所容纳的水量,必然以百万甚至亿万计。

而隐形的莱茵河,就穿行在这湖水之中。大自然再次把它纳入一只寂静而隐蔽的圣杯,就像母亲把自己的顽子放入静室。等他再次活泼地走出时,他的品质将焕然一新,永恒一世。而这种内省,就发生于此地。博登湖就是那间神秘的静室,莱茵河的更新,就在这里完成。因为,当他离开这片湖水时,莱茵河就将开始一个伟大的充满行动的旅程。他身后留下的是幼稚的青春期和冒险的经历。

他隐下了身形,不让人看见他。但我们却仍可感觉到他在下面涌动。就像我们能够感觉到血管里流淌着高贵的血浆,我们在这里也能感觉到莱茵河水在湖中流淌。湖岸闪烁着金绿色,十分明亮,讲述着莱茵河古老的传说。在平静无浪的水面上,我们仍可感觉到轻微的震动,那是这条大河在下面跳动的心脏。

自古以来,这大地的魅力就吸引着人们。他们手持刀剑闯入这片荒原,在岸边修建了自己的城镇,然后又被强者剥夺,和更强者的反复争斗。分久必合,合久必分,直到今天,经历了千百次的更迭,最终形成了当今的国界:奥地利和巴伐利亚,符腾堡和巴登,以及属于瑞士的大部分地域。这是一颗珍贵的宝石,现在为五个国家所共有。茂密的森林和金黄的谷粒,形成了这颗闪光宝石的镶边。

首先来与古雷提亚人夺权的,是罗马军团。首先装点湖岸的城市,是布雷根茨。施特拉博(赖兴瑙修道院院长,诗人,公元808—849。——译注)和普利纽斯(罗马作家,公元23—79。——译注)就已经知道这座城市。当时的名称是布里甘秀姆(Brigantium)。它旁边的湖水也获得此名。而博登湖或博德曼湖的概念,来自以后的时代。一位罗马作家于公元4世纪对博登湖的描绘,是如此荒蛮,令人震惊。当时的森林直达湖边,湖面上是一片雾气,必须吃力地用刀斧开路,才能到达湖边。他说,"湖水平静",但一条河"冒着泡沫的漩涡",带着奔腾的河水,始终保持原来的形态直至出口。一切都是荒野和粗犷,但在美丽的湖湾处,伫立和隐蔽的古老的布里甘秀姆城堡和一座繁华的城市,就在他的保护之下。

但这种繁华并没有持续很久。先是其他族群进犯,然后又被另外的敌人消灭,

林道

林道市市徽

直到来自爱尔兰的第一批信仰使者来临,带来了较温和的道德观念。那就是圣加鲁斯和哥伦班两人。他们首先在东南部地区站稳了脚跟,也就是现在布雷根茨和林道一带,成了整个地区的文化转折。

所以,我们也要从这里开始旅行。首先是林道,其魅力之名带来的青春图像,始终吸引着我们。现在,交通要道均修建了铁路,而结实的路面,已不是大自然的功劳。快车奔驰着把我们送到了城市中心。我们甚至没有察觉,林道实际位于一座岛上。当年,我们的祖先赋予它这个名称时,这座绿色的岛屿还被蓝色的湖水所包围,没有桥梁与阳光下的河谷草地连接,只有迎风摇摆的椴树森林。

卡罗琳时代出现的教堂和修道院,是德意志人修建的第一批建筑,在它们脚下很快就迁来大批原始居民。早在哈布斯堡的鲁多夫登基之前,城市就已经被提升为帝国自由城,由于其地理位置极佳,交通和商业有了超凡的发展。与帝国各大城市,甚至威尼斯的德意志家族,都有紧密的联系。其强大的进取心,也在精神领域有所体现,宗教改革的第一声号角,就曾在这里吹响。

三十年战争是这座城市历史的一个转折点。为了抵御外敌,它修建了坚固的外围工事。但这一切都更加激怒了敌人。愤怒的敌人把成千颗炮弹抛向这座被围困的城市。但敌军最终无果而退,虽然受到居民的嘲笑,但城市的平静生活却被破坏,达百年之久。三十几个城市,每周 1400 辆货车前来参加林道集市的繁华景象,(就像阿希莱斯·加塞尔所描绘的那样）一去不复返了。随着财富的流失，人口也逐渐减少。当这座城市1806年被巴伐利亚占领时，其苦难已经达到急需救援的程度。

全面重建行动很快就开始了。街道和设施得以改善，部分得以保存的古城内，增添了现代时尚的景观。后者的重点自然是铁路，从陆地一直修到岛屿的一道坚固的堤坝上。而港口，也成为全湖区最美的地方。当我们在蓝色的湖水上乘船前往城内时，很远就可以看见该市高耸的两个标志：宏伟的齿状屋顶的灯塔和米特尔斯巴赫雄狮雕像，站在高高的基石上观望着四方。距离此地不远，就是尊敬的公爵马克斯的纪念碑。他曾为林道的繁荣做过不少贡献。

然而，这一切中最突出的，却是繁忙的湖上航运交通。25艘轮船，其中包括可运载火车前往瑞士的轮渡船，等待为公众服务。第一艘蒸汽轮船建于1824年，为美国人丘奇所造，船以符腾堡威廉国王命名。该船下水营运的时间是1847年。而这之前在博登湖上航行的船只，以运载货物为主，重达两三万千克的货物，由长达六百英尺的大帆船，缓慢载向康斯坦茨。

同船运交通同样重要的，是捕鱼业。这是林道几百年来的传统行业。林道人在这方面"有很强烈的行业意识"。每年都举行的渔人节，共同商讨这一行业的发展规划。湖中有丰富的渔业资源，特别是珍贵的白鲑和鲑鳟。现在每年春季还捕捉上千条"白鲑"，贩往德国各地。过去林道曾具有的捕鱼特权，早已消失。现在是用对他们更为优惠的条件进行交易。捕鱼业几乎全部自由化，甚至变成了来客的娱乐活动。没有人对此怀有怨言，如果说还有谁会抱怨，那就只能是湖中的鱼了——当然是无言的。

我们可以到处感到新时代的变迁。尽管如此，那个绿树成林的时代，只有阿勒曼尼人平底小舟从陆地划过来的时代，仍然留下了某些痕迹。所谓的"巨墙"，就是当年巨型瞭望塔的残余，为提伯里奥斯所建。现在当作粮仓使用的彼得教堂，是卡罗琳时代的纪念物。而市政厅向我们展示的，是德国城市的古典风格。至今，林道市徽上仍然是白底上一棵椴树，而邻近最美景点林登霍夫，甚至在名称上都保留了当年的绿色原生状态。

林道的邻居，是布雷根茨。尽管一块界石把它们分为两大列强，但大自然却和人不一样，它们仍然是一体相连不肯分离。如果说林道是一座岛城，那么布雷根茨就是一座名副其实的海湾城市。如果前者可以和威尼斯相比，那么可以和后者相比的，就是德意志的热那亚和那不勒斯两城了。我们不想在对比上争论不休，我们只想毫无保留地表达我们的欣喜。这块美好的地域，吸引着每一个开放的生灵。我们不想停留在

布雷根茨森林地区的服装

幻想中的影像上,因为出现在我们眼前的,是一幅真实的景色。

　　柔和的蓝水湖岸,像镰刀一样弯曲着。城市在缓缓升高的山坡梯地上展开。闪闪发光的小教堂,伫立在高高的普范德和格布哈德山上。古老的山毛榉和冷杉林散布在四周。如今,用斧头虽已不能砍光森林,但却仍然可以砍出某些林中空地。山城和湖城,在此合二为一。最古老的部分,位于向三面开放的山丘之上。人们估计,那里曾是罗马城垣。当年的古老城区,经研究考察,仍然留下了遗迹。庄严的墓地、彩色的马赛克地面、精美的雕像和首饰、各种带有恺撒头像的锈币,从千年的隐蔽中重见天日。当年是匈奴人把它们踏进了地下,大地保护了它们。就像里维埃拉沿岸一样。老城深入陆地,靠近山坡地带,而新城则接近岸边和交通要道,这里的情况也是如此。现代而活跃的布雷根茨,同样靠近岸边和铁路。这清楚地证明,整个建筑规划紧跟历史的脚步前进。如果说,从前的城市口号是维护,那么现在的口号则是交通。过去的城建首先要追求的是安全,而现在的追求则是交通便利。

　　至于城市的颜值,已经不是首要选择。无数简陋的营房和大型的仓库堆积在一起。建筑艺术,已经堕落成为数学公式。四方块很多,简易楼很多,库房很多,但很少有可供欣赏的艺术之作。

格布哈德山中小道

　　同样，布雷根茨的湖岸，也无法摆脱这样的命运，但这对我们并不伤大雅。总的说来，我们很难找到一座小城，能够如此可爱和友善地对我们微笑。因为它的整体规划，出自大自然之手。人类的双手并不能改变它的基本格局。城市的人口很少，所以能够享受一些官方优惠。达官贵人也乐于在此地落户，因为它是伏拉尔堡的首府。包括非官方高级人士也乐于在这里聚集，因为博登湖自古就吸引很多文人墨客的关注。古斯塔夫·施瓦布就曾对它赞美，伟大的抑郁派诗人赫尔曼·林克也曾乐意来此采风。《艾克哈德》小说大师维克托·舍费尔曾在拉多夫小区居住，阿尔弗雷德·迈斯纳也曾在布雷根茨发表他的著名小说。一个地区的魅力，也会促进旅游事业的繁荣。我们可以在名人故居的灶旁享受清闲，就如同旅途中的阳光！

布雷根茨是蓝水湖泊北部的终点。在清澈的冷风吹来的时候，我们可以看到远方康斯坦茨大教堂的塔楼在闪闪发光。那是我们这次河中长旅的目的地。沿岸两侧德国和瑞士的岸边，众多店铺友好地向我们招手。下午，我们靠岸了。

左岸的罗尔沙赫和罗曼斯宏已经成为交通枢纽，而两者之间，就是位于一条狭窄沙嘴上的小镇阿尔邦。这是博登湖畔一颗明珠，早在罗马时期就已成为要塞，其步兵队的首领，就驻扎在宏伟的城堡中。在远处的湖中修建码头，其巨大的基石，当阳光照射湖面时，仍可见其在湖底的身影。此地原来的名字是福树（Arbor felix）。罗马人被赶出和消灭以后，德意志贵族迁入了城堡。中间短暂时期，年轻的康拉丁曾在这里居住，后来才前往威尔士兰，走上了死亡之路。多么可怜的传奇人物，蓝色的眼睛和黄金的卷发，停留在我们的记忆当中。从幸福的青春，走向成人的重负，恰恰转战在德意志的辉煌和耻辱之间！他是多么喜爱情歌演唱，他的血管里流淌着施陶芬家族的血液，他的《蓝湖之歌》常常从阿尔邦城堡里传出。

神灵关注阿尔邦
一颗红心向往南方。（H. 林克）

我们仿佛听到，那黄金般的头颅在刀斧下坠落。就像一个伟大的痛苦冤魂，至今未被历史平反。一个响亮的名字，仍在耳边回旋，那就是：康拉丁！

我们所看见的小村落和小教堂，几乎与阿尔邦相对而立，它就是"水堡"（Wasserburg）。教堂伸向湖畔，更靠前的是牧师的住所。湖水特别狂暴时，浪花会冲到最高一层楼上。但天气好时，这位神职人员会看到眼前的美景。教堂的花园里，高高的树木奉献一片树荫。旁边的田野里，欢乐的人们正在忙碌劳作。他们在自己的土地上，感觉如此安全和骄傲，与他的邻居蒙特福特伯爵没有什么两样。

蒙特福特同样是一个古老而高贵的姓氏。数百年来，那座威武的宫堡始终是他们的产业，位于湖中朗根阿尔根岛上，开始时与陆地隔离，后来由一道水坝与陆地相连。在莱茵河谷和博登湖地区，没有哪个家族比它更为显贵，没有哪座城堡比它更为雄伟。即使现在的废墟，仍然不失其古老威严的姿态。现在，当然一切都已经消失不见。施瓦本的统治者为一座新的人造建筑腾出了空间。新一代蒙特福特花费了千万资金加以维护，但古老的城墙在湖水的冲击下，已经承担不了现代强加给它的重负。人们经常听说，此处或彼处的支柱已开始动摇。

赖兴瑙（作者：舍恩莱伯）

腓特烈斯港

符腾堡宫廷的夏宫,就在几个小时航程的腓特烈斯港。那里有一个很像样的码头和灯塔。宽阔的临江大道,充满了施瓦本的活力。一艘摆渡船,刚刚运载一列火车,将前往罗曼角(Romanshorn)。"马克斯米利安号"轮船,冒着黑烟出现在我们眼前,正在接纳来自康斯坦茨的旅客。有多少旅客和货物啊!火车头发出鸣叫,船上的钟声敲响起来。等一等,还有一位先生要上船,跳板先别忙着撤掉!

他终于顺利地登上了船,船起航了。几分钟后,我们又来到了蓝色的水面上。这时我们才看见宫堡的全貌。合适的位置,成排的窗子和宽阔的露台。椴树树荫遮住了入口,浓香的花坛伸进花园深处。屋顶的旗帜,在风中飘扬。

这座美丽的城市,并不是一开始就用现在的名字,腓特烈斯港是19世纪才启用。新的名称是在霍芬修道院解体,与帝国城布赫角合二为一以后才如此。早在卡罗琳王朝时期,布赫角就是一个议事场所,人们在那里举行各种谈判,那里的主人,就是林茨高伯爵。

"这和梅尔斯堡一样辉煌",一百年前就有人这样说。当我们在湖上向它接近时,这座城堡的窗子明亮而骄傲地闪耀着。在它的脚下,就是同名的小镇,它的建立可以追溯到达戈贝国王时期。康斯坦茨的宗教领袖们曾梦想在和平时期有一个黄金之夏,在争斗中保护他们的财产。通过其陡峭的位置和古老的颜色,梅尔斯堡在我们看来就是一座牢固的小城。但这样的印象,主要来自那高耸于所有房屋之上的两栋宫殿。它们之间是深邃的峡谷,系尼古拉斯主教让上百名矿工爆破而成。一边是坚固的城堡,周围的高地上到处都是葡萄园。而远方白雪覆盖的山峰,就是伯尔尼高原。韦尔弗和施陶芬两大家族,就是城堡的主人。一份保存在梅尔斯堡的文件表明,农民军和瑞典

博登湖畔

梅尔斯堡

人曾在此叩门,威胁要把其夷为平地。那是一张四角烧焦的泛黄纸条,写者是霍恩军团的上校。纸条上说:这座城市的命运不会比纸条更好,此城如不投降,他们将在城墙四角放火焚烧。但梅尔斯堡没有投降。19世纪初,这里还很荒凉。古堡的城墙毫无价值也不受尊重,教区已被取消,财产已被世俗化,小镇本身归属于巴登。那是一个不用道理,而是用强势进行肆意破坏的时代。古老的宫堡面临被拆的危险,如果不是一位有德的德意志男人把它接纳。一座冯·拉茨贝格男爵的纪念碑,装饰着小墓地。他曾是宫堡的主人。原来主教图书馆的房间,展出了他的精神财富:各个历史时期的手迹。角窗前摆放着一把躺椅,他曾坐在那里享受着德意志的阳光。

　　梅尔斯堡的历史,足以促使我们前往康斯坦茨。而且前往这座自豪的主教古城的路程并不遥远。康斯坦茨也可以说是博登湖北部的最后一块界石,在宽阔的湖面上,分出两道狭窄的支岔。一道以余博灵根城市命名,另一道则被称为"下湖"(策勒湖)。在两道支岔上,坐落着两座十分漂亮的小岛——迈瑙和赖兴瑙。我们游完康斯

康斯坦茨

坦茨后,将最后在这里落脚。

当然,这座城市的命运,也与老帝国的林道和其他很多城市类同。人口剧减,重要性逐渐减弱。其历史使命已被个别行业所取代。

所以,它的地位和功绩,只能在这样的背景下加以评价。即便如此,我们仍可以安心地说,康斯坦茨依然威名永在。其剩余的1万居民,获得了过去40万人从未得到过的精神自由。著名的公会议时期,其人口曾达40万。那次会议并没有解决宗教道德纯洁问题,只是导致伟大的胡斯丢失了性命。

城市的创立可以追溯到很久远的过去。例如君士坦提乌斯大帝的阿勒曼尼战争时期。城堡的坚固地基,还是在三十年战争期间,瑞典人挖战壕时被发现的。早在这以前,这个强大的帝国就很繁荣,因而其城堡废墟也具有很高的历史价值。几乎所有德意志的权贵,包括施陶芬家族,都对其崇敬有加。当查理大帝前往罗马讨取皇冠时,曾在康斯坦茨停留。很多德意志的国王,也都在这里欢度圣诞节和复活节。这里也曾举行盛大国王庆典,德意志帝国的名士曾在这里聚会。米兰的使节曾在这里向巴巴罗萨奉献金钥匙,表示意大利各城邦的臣服。

但是,所有这些辉煌,随着康斯坦茨公会议的终结,化为一片云烟。

那是 1414 年。傲慢、懒惰和放荡的恶习入侵罗马教会的庞大肌体。修道院里开始唱起情歌，宗教人士间的争论，变成了公开的打斗。这些恶劣的先例，始于三个教皇间的互斗：约翰二十三世、本笃十三世和格列高利十二世。没有人知道到底谁是主人谁是奴仆，而受伤最重的，却是那些忠诚的信徒。

为了改善这种恶劣状态，全面改革教会，于是在康斯坦茨召开了公会议。这座小城随即成为欧洲历史的中心。公会议开了四年之久。对此，当时的见证人乌尔里希·冯·赖辛塔尔曾有过生动的描写。他写了宗教领袖们列队入场的情景：就像是"一群高官和贵人来临"，随身带有奴仆为他们服务。"给他们准备住所、食品和草料，并把主人的名号贴在门上。"

作为教皇的首席主持，红衣主教于 8 月中旬就从奥斯提亚抵达，为会议做准备工作。他的随从就有 80 匹马。美因兹的大主教，从头到脚全副甲胄，骑马前来。而迈森的总督弗里德里希，在各地伯爵陪同下，乘坐 50 辆马车和 500 多匹马前来赴会。

来到城里的人越来越多，居民们看得目瞪口呆，甚至从东方国家及遥远的北方，都有代表赴会。但人们都不明白，这么奢侈的装饰到底为了什么。

只是到了晚秋，阿尔卑斯山开始下雪的时候，教皇（约翰）才出现。从阿尔堡送他过来的雪橇，发生了倾翻，他差一点被埋在雪里，最后终于安全地到达了图尔高。奥地利大公爵弗里德里希隆重地欢迎了他，并陪同他前往康斯坦茨，在那里举行了盛大的入城仪式。在皇家华盖下，他骑有教皇标志的白马进城，马脖子上"挂有马铃"，马背上背负着圣物。四名市政委员手扶华盖，成千上万居民涌上街头欢呼。只有一人缺席，就是皇帝西吉斯孟德。但到了圣诞日，他也出现，和他夫人同来，以及一批随从。前来的客人越来越多，保守估算也大约有 8 万人之多。最高峰时期，甚至达到 15 万人、3 万匹马。欧洲所有好奇之人，所有看到商机的人，全部聚集在这里，康斯坦茨变成了王公贵族高级生活的中心。上千流动妓女也为高贵的宗教人士增添了新的乐趣。那么，开会的宗旨所需的义务和基督徒急需的改革呢？康斯坦茨公会议对历史发展和这部分人的生活，又有什么意义呢？没有，什么都没有！如果知道这些问题的答案，那就只能把当时的盛况全部扔进历史的垃圾堆。因为，在我们后来能够看到的，没有一件好事，都是恶果。

虽然费尽力气取消了三位吵架教皇的名号，为第四位扫清了道路，但很快，约翰教皇就背叛了他庄严的誓言，逃离公会议，试图在意大利重整旗鼓巩固自己的权势。只不过公会议上揭露了他严重的腐败生活，才使他不得不下台，让位给红衣主教科罗纳。

这幅阴暗的画面，很快就跟上了第二幅，更是无比残酷。比对付自身的堕落更加容易的，当然是惩罚异教徒，而且这种报复行为，被公会议看成是自己的根本职责。约翰·胡斯的学说在波西米亚的信徒中盛行，早被罗马所憎恨。因此，这位布拉格的著名教师，被召来参加康斯坦茨公会议。为了在会议上捍卫自己的学说，西吉斯蒙德向他保证了行动自由和人身安全。然而，先是教皇，然后是皇帝，都背叛了自己的许诺。与会的"圣人们"认为，对待异教徒是不需要遵守许诺的。会议决定对这位坚定的伟大人物处以极刑。他面不改色地登上火刑台。这幅动人的画面，我们只能感到耻辱而无法进行描述。人们高声叫骂着扒下他的神父长袍，长长的头发被剃光，脖颈上挂着生锈的锁链；为了嘲笑他，在他的头上戴上一顶头冠，上面画着魔鬼的形象，

胡斯在火刑场

正如当年被当作传单散发的一幅版画上所描绘的那样。胡斯没有反抗，也没有乞求宽恕。但在整个过程中，他高声祈祷，请上帝原谅他的敌人。即使在火焰中，他仍然在赞美天主和吟唱圣歌，直到声音被窒息，身体倒下。"异教徒"就这样死去了，而以慈爱为本的教会，却为自己背上了一笔新的血债。但是，会议提出的纯洁自身的重要任务，却没有完成。这项任务，根据正式决议，将放在"以后"的会议上解决。长长的四年以后，人们无不失望地各奔东西，即使是休会也充满耻辱。西吉斯蒙德皇帝欠债太多，居民们不许他离开，否则就得把他的全部行装作为担保留下。就这样这批行

博登湖畔

康斯坦茨码头

装放在此地多年,可当人们不再指望会获得赎金,而把这些箱子打开时,却发现里面并不是人们所猜测的银器,而是装满了石头。这就是这次神圣的康斯坦茨公会议的始末:一位皇帝和一位教皇,两个背叛许诺的人物,用流动妓女和不偿还的债务淹没了这座城市。当然还留下了处死约翰·胡斯的火刑台!确实,至今人们还能通过回忆嗅到燃烧的味道。

康斯坦茨市市徽

让我们从历史回到现在,在城中还能找到那个时代的某些警示。特别是市政厅值得我们注意,当时曾在这里举行秘密会议。这是一座靠近湖畔的宏大建筑,下部为砖石结构,上部是褐色木质架构。初看起来,它很像是一栋大仓库。屋顶的四角向外突出,显得有些沉重,但又极具特色。其二楼是"合议厅",是个极大却很矮的空间,无数柱子支撑着天花板,现在全部是浅色的木板护墙。四周的壁画,表现康斯坦茨历史上的重要瞬间。有部分尚在制作中,旁边摆放着脚手架,几名画师正在劳作。他们都是来自慕尼黑的资深师傅,其中之一是施沃雷尔,慕尼黑的很多著名壁画都出自他手,另一位是弗里德里希·佩希特,来自康斯坦茨家族。

康斯坦茨—商店

  在城市众教堂之中，最具有历史和建筑艺术价值的，是11世纪中叶建成的主教教堂。其建筑风格，显然带有时代发展的烙印，最初设想的罗曼式风格，加入了哥特式元素。一场大火熔化了所有铁钟，使教堂严重受损，但它仍然是整个湖区最壮丽的教堂。

  公元553年在康斯坦茨建立主教区以来，城市日益富有，一批重要人物都做出过自己的贡献，不仅为财富，也为城市的荣耀增添了光彩。城市的居民大多数为天主教徒，但那只是刀剑逼迫的结果。而那次公会议给人们留下的印象，是如此深刻，致使市民张开臂膀奔向宗教改革。为此，主教无奈地离开了这座城市。路德信念日益强烈，城市甚至拒绝了卡尔五世颁布的临时法令，于是发生了公开的战争。这是一场市民阶级的自信和贵族阶级的绝望之间的决斗。在莱茵大桥上，城市民兵与皇帝派遣的西班牙步兵遭遇，经过殊死搏斗，最终取得了胜利。

  但这是一次失败的胜利。皇帝为报答敌人的勇气，把原本的自由城，拱手送给了

康斯坦茨莱茵大桥战斗之后

奥地利。新教教徒的财产均被没收,不得不逃亡外地。原有的信仰获得了拯救。

当瑞典大军兵临康斯坦茨城下,这座城市再次遭受严重的战争灾难;霍恩元帅三次冲击城市的城门,均遭到守军的奋勇抵抗,最后不得不撤退。

这以后,出现了一段比较安静的时代。工商业开始缓慢地发展繁荣,大自然依然默默地承载着自己的黄金宝藏,但时代的变化,却不可阻挡。强大的自由帝国城,变成了一座普通省城。只有一点还提醒人们记住过去:城市以各种形式显示自由理念,特别是在教会领域。某些高贵人物为这种理念伸出了援助之手。在这里谁不会带着感激之情,思念约瑟夫二世皇帝和伟大的维森贝格呢?后者作为康斯坦茨主教,在人道主义、扶持艺术与科学方面,可以说是一座无与伦比的丰碑。我们就是带着这样的心情离开了这座城市。

现在我们还应该游览的,就剩下两座大岛了。它们和林道一样,在古时也被称为"河中草原"。一个称为"五月原岛"(Mainau),另一个称为"富原岛"

伊格纳茨·冯·韦森贝格男爵

（Reichennau），一个是富有，一个是风光明媚。过去很长时间两岛是一体的。五月原岛最早只是下湖一个修道院院长的葡萄园，直到作为采邑上交。只是后来又转手归属了德意志教团，一直把这份供奉保留到1806年。一座带有宽阔侧翼的贵族般的教团官邸，就修建在岛上高地之上，是一座介乎城堡和修道院之间的混合建筑。长长的走廊和豪华的厅室中，悬挂着各大骑士团的团徽。湖面的远处，响起了和平的钟声，那里的森提斯山峰闪烁着光芒，更为模糊的远方就是古城布雷根茨了。

踏上此岛的外来客，在这里能够找到奶牛场和旅店，两者都能提供好客的氛围。即使是后来，当这份供奉在岁月沧桑中没落，教团的名望及其显贵家族，仍然在岛上闪着光辉。而那些好客的酒店老板，仍然可以为他们的客人们讲述过去的故事：身着盔甲的希尔特珀尔特骑士传奇，以及曾对抗瑞典战船捍卫过此岛的维尔纳·汉德比斯的英雄事迹。只是到了现在，巴登统治者家族来到这里，才建立了他们的夏宫，让人从历史返回到现在。

于贝林格湖一端的村庄旁，有一些洞穴，被人称为"异教之洞"。那是一些在岩石里凿出的石室。很多人认为，那是早期基督徒为自保而修的地下墓穴，也有人认为，那是些罗马人的墓穴，来自与阿勒曼尼人作战时期。

与五月原岛完全不同的景象，是邻近的富原岛。此岛面积要大得多，历史要古老得多，周围的任何一块土地，都无法与其荣耀和财富相比。中世纪早期修建很多修道院时，富原岛有幸被选中。四位亲王和二十几位伯爵，都曾是这里的采邑主人。卡尔五世曾称帝国为日不落帝国，富原岛的修道院院长也自称，如果他前往罗马，则每日都可在自己的属地上睡觉。他是神圣罗马帝国的公爵，这里是皇帝和公爵前来做客的胜地。举行盛大宴会时，邻近地方的高贵骑士是他的膳务总管和掌酒官。不仅是饮食享受高贵，而且精神食粮也丰厚。这里的僧人们十分骄傲的是，整个帝国的西部，没有什么地方的教育程度会超过他们。四面八方的大人物，都送自己的子弟前来就学，

五月原岛

不下 80 位主教，都曾是这里的学生。

但长期维持这样的幸事，也是很奢侈的。早在施陶芬王朝时期，就出现了转折，并用武力导致了这里衰落。僧侣们停止思想修行，而去了乌尔姆参加狂欢节活动。他们在那里与女人们跳舞和嬉戏，最后，修道院院长不得不卖掉所有家当，关闭了城市。为了偿还债务，他不得不变卖一批批财富，原本五万古尔登金币的基金，最后只剩下了三块银币。土地逐渐荒芜，最后甚至到了资本无法入账的境地。修道院院长亲手挖掉五个无辜渔民的眼睛，因为他们是康斯坦茨的下属，而康斯坦茨是院长的敌人。

邻近城市的主教们，早就有意把富原岛收归己有。现在看来时机已经到来，成熟的果实，将自动落入他们的怀抱。富原岛的修道院院长以一定的报酬，出卖该岛。他亲自把修道院还给了康斯坦茨，从此一切都已成为定局（1540）。

埃伦贝格

当我们漫步在这美丽的小岛上，仍会邂逅这些难以忘怀的思念和记忆。我们心中产生一种奇特的感觉。来自哈托（Hatto）时代的古老教堂和塔楼依然伫立在这里。我们穿过精心雕制的大门和灰色的圆柱。我们也走过一片墓地，看见石碑上突起的权杖和教冠。但我们周围的灯光，却阴暗悲戚。房间里笼罩着一种乏力的气氛。和这里的气氛一样，卡尔胖帝的陵墓也是如此盯着我们。他当时被夺去皇冠和荣誉，默默地在这里离开了人世。

门闩嘎嘎作响的法衣室里，保存着修道院的宝藏和圣物：羊皮纸的圣经、圣体盒和圣杯，以及贵重的服装和象牙雕刻。还有一块重达10多千克的巨型绿宝石默默

余博灵根旁的"异教之洞"

躺在那里。然而它在我们眼里，也只不过是一块绿色的玻璃而已。

当我们走出这昏暗，走出徒有虚名的厅室，再次返回大自然时，不由长长舒了一口气。长满果实的树林和阳光下的葡萄园，把我们拥抱在怀里。广阔的绿野中，出现了三个村庄：上策尔、中策尔和下策尔。古老的斯克普拉城堡的废墟在湖畔闪烁着光彩。危机的年代，僧侣们曾藏在里面以求自保。而这一切，现在都被吹拂在温暖的夏风之中，这一切都被蓝色的湖水冲刷着。岸边散布着白色闪亮的小城镇和村庄：伊茨南和霍恩。还有南边的施泰克伯恩，以及北边的圣拉多夫策尔。整个地区一下子改变了模样，一场水陆大战开场了：强劲的湖底暗流对抗浅水的湖面。莱茵河正准备离它

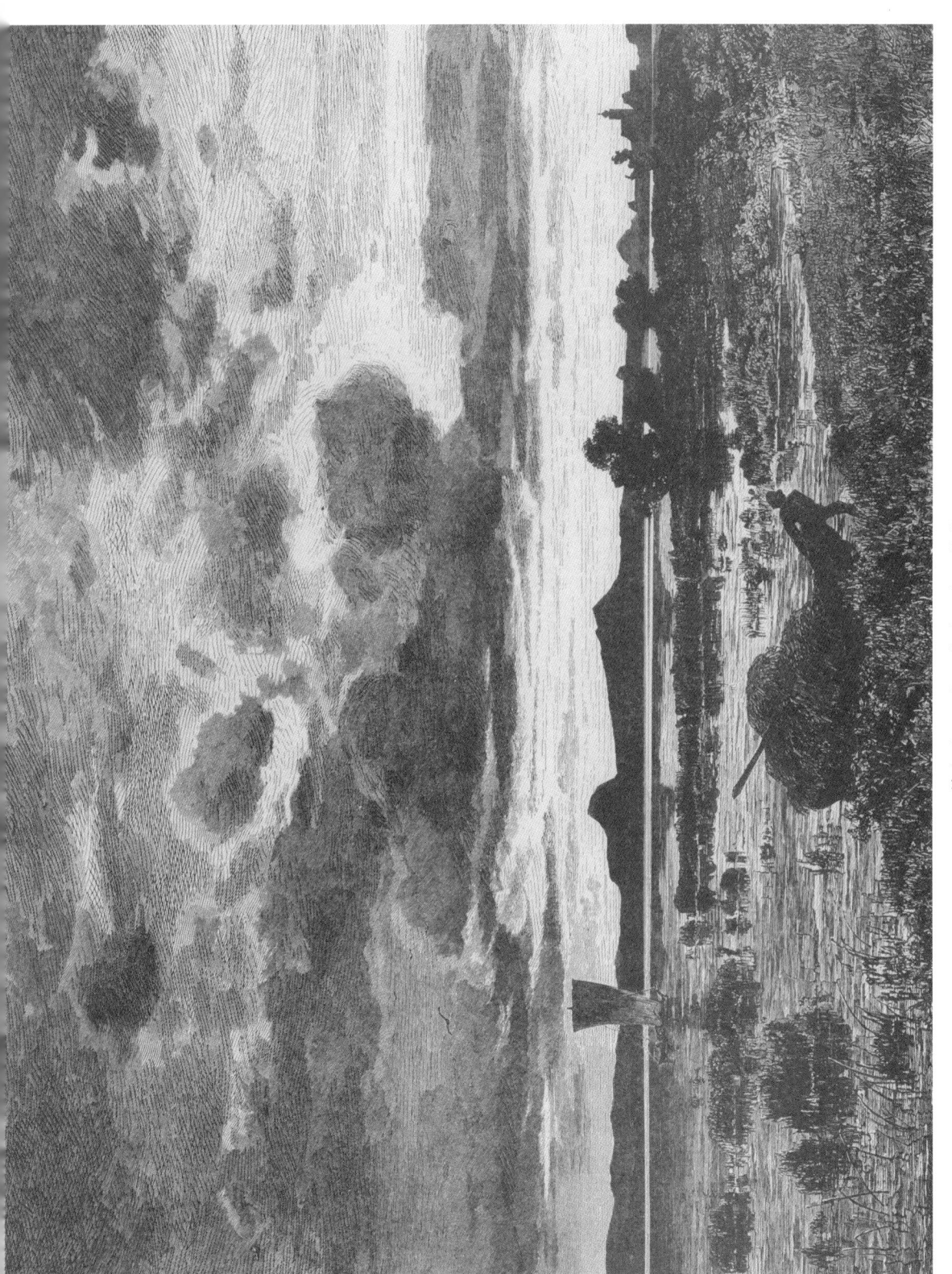

赫高地区一瞥（作者：舍恩莱伯）

莱茵河畔的石头城

而去。离开富原岛以后,湖中的水路越来越浅,在盛夏季节甚至可以步行蹚过。

我们已经踏上瑞士国土,在这里看到一座威武的城堡。这是莱茵河从上湖流入下湖的地方,叫作戈特里本。带有棱角的塔楼,伤感而羞涩地望着我们。对此,诗人曾正确地断言,它们正在制造烦恼,它们的眼中只有悲伤的客人。康斯坦茨主教带着对施陶芬皇帝弗里德里希二世的仇恨，退居到此地。约翰·胡斯被送到火刑场前曾在此地关押。无耻的约翰教皇利用赛马机会，曾穿着信使服装，逃离开公会议来到这里。

同样命运不佳的，是企图重修这座宫堡的另一个名人：波拿巴三世，即路易·拿破仑。他曾想把这座城堡改建成哥特式建筑。众所周知，他曾住在附近的埃伦贝格宫。那是他母亲奥尔唐斯从一个城市贵族手中买下，并加以美化修缮的一座城堡。他从这里去了巴黎，当了共和国总统，用这座乡间城堡交换了巴黎的杜乐丽宫。几乎20年时间，整个欧洲都在惧怕他那些晦涩难懂的话语。他曾策划了塞巴斯托珀尔和马詹塔两场战争。而这座小小的埃伦贝格城堡，就这样寂寞地被人遗忘。现在又有人住在了里面，但其花园对外人是关闭的。在园中的林荫小道上，过去曾有王子的母亲漫步，现在却是皇帝的遗孀，神情忧郁的黑衣夫人。埃伦贝格，在历史上是第二帝国的开始和终结。

湖面越来越窄了，湖床几乎变成了河道。莱茵河的河水，避开各种障碍，逐渐从湖中显露了出来。

大河真正得到解脱，最终自由自主掌控的地方是一个小镇，叫作莱茵河畔石头城。这里曾是墨洛温家族的领地。它有自己的城墙和护城河，重视捍卫自己的自由。他们的头顶，就有权势主人坐镇。某些好战的敌人，就在不远的邻地虎视眈眈。自己的镇长与赫高城堡的主人勾结一气，要把小镇拱手相让。夜间曾遭强敌袭击，但被市民打了回去，并把叛徒装进麻袋扔进莱茵河。毫无疑问，我们刚才提到的赫高，是这个博登湖区域内最重要的地方。但它的名字在查理·马特时期就曾出现过，开始时单指某些岩石峰柱，像是游动的漂石，出现在草原和森林之中。它们是以何等神秘的力量从大地的怀抱里被抛了出来，或者从难测的高空钻入地下的啊！这里必然出现过烈火和洪水。人们在这坚固的高地上建起了房屋，以无比的威力为大地戴上了王冠。在赫高有四十余座城堡，几乎所有古老的帝国家族都在这里落户。德意志过去所绘的最美丽的画卷，在这里与最粗犷和最甜蜜的情歌神奇地结合在一起，展现在这风光之内。请看埃克哈德的诗句！施瓦本的才女公爵夫人哈德维希，就曾住在霍恩特维尔山上，俯视这蓝色的博登湖水。赫高就像一座大观景台，建在大河和大湖的对面。现在的岩石上是城堡废墟，它的遥远的后方，是霍恩克雷恩城堡的遗址。这些岩石里蕴藏着多少记忆啊！这是地球历史和我们民族历史的一块丰碑。

几乎在霍恩特维尔山脚下的，就是小城幸根。我们在这里可以看到不少罗马遗迹。可以想象，利伯留斯军团选中此处，作为军事要地，是何等英明。在通往城堡脚下的农庄里，有向导为游客服务。他手拎着一串哗哗作响的钥匙，走在我们前面，穿过古老的椴树林和陡峭的山岩。大约走了一刻钟，我们来到了真正的要塞前。破碎的堡垒、护城河和城墙展现在我们面前。尽管一切都是废墟，但仍然向我们展示着它强大的气质，似乎任何敌人都无法把它摧毁。当然也有不少人因它而遭受苦难，因为这座强大的要塞在历史的长河中，也曾承担过黑暗的职责。它曾是一座监牢，很多人，如高贵的莫泽，曾在此受难。很多人顶着金发进入，而离开这里时已满头白发。

16世纪中叶，霍恩特维尔归于符腾堡，至今它仍然是巴登的一块飞地。三十年战争的浪潮冲击着它的城墙。但勇敢的韦德霍尔德却毫不动摇，既没有屈服于敌人的炮火，也没有屈服于敌人的黄金。"坚不可摧的殿堂"，这句铭刻在破碎大门上的壮语，他是当之无愧的：

> 敌人五次前来威吓，
> 却唤醒堡主的警觉。
> 十五岁的韦德霍尔德，
> 在敌人面前保卫家园。

当然，霍恩特维尔城堡的主人，并不总是韦德霍尔德族人。要塞不管如何坚固，但终究还是走向了末日。在耻辱和灾难的深渊，在与我们世纪转折的时刻，帝国和王朝被埋葬，霍恩特维尔之星同样陨落。是谁摧毁了它呢？就是当年摧毁整个欧洲之手，就是驻扎在赫高的两万波拿巴部队。驻军的所有军官，在只有一名少尉的反对下，投降了敌人。但交出要塞的条件，却被法国人的一个奇袭变成了泡影。最后，要塞建筑被拆毁和炸掉，用了整整半年的时间。不仅在要塞内部，甚至在岩石中，都安放了炸药。美丽的哈德维希最终所得到的，只是一堆残垣断壁。邻近村庄的500名居民，被迫当了民工，参与了破坏。

这就是霍恩特维尔给我们留下的最后一个沉重的回忆，但却不是最后的印象。他们可以把要塞夷为平地，把宫中画作全部拿掉，但有一幅画卷却不可触动，也是永不会消失的，即使破坏者也无能为力。那就是这个生动的故事留下的画面。从废墟处观赏外面那金色的原野和深蓝色的湖水，就会在晨风中看见这美丽的画面。从勃朗峰直到奥特莱斯山连绵不断的山峦，却容纳不下它那全部的福音。但是，大自然开放宝库中的珍宝，就是我们的目光可以饱览的这闪亮的蓝色湖水。在远古时代，当人类的存

博登湖畔

在和思想还渺茫的时候,赫高也是湖水的一部分。现在,人们还在地下挖掘出几乎一尺长的牙齿,来自生活在这片水域中的巨型鱼类。后来,水渐渐退去,一寸一寸,与土地争夺地盘,直到最后在深深的湖床中找到了自己的界限。我们看到了它的笑容,看到了湖水冲刷的佐证。这色彩的水平线是何等温暖啊!周围所有钟声响起,奏出了天籁之音!

康拉德·韦德霍尔德

现在,湖水上方的金球开始下落,就像是一个火团在闪耀。然后,灰色的云朵渐渐开始遮掩火红的圆盘,阴影越来越多,最后完全遮住。金光变成了紫红,紫红又变成蓝紫。太阳的最后一道霞光落到了山后,晚风送来了清凉。就像是一面巨帆,还在远方装点着湖水。很快,巨帆也消失在朦胧之中。

船只和船员,都属于富原岛修道院。在霍恩特维尔塔楼上,哈德维希夫人似乎还站在窗前,思量她应该做的事情。她轻轻地念出声来。艾克哈德大厅里响起了:"爱情、爱人、爱恋。"

霍恩特维尔

前往巴塞尔

卡尔·施蒂勒

　　一场深刻的变革，留在了我们身后。莱茵河离开了博登湖，以充分自由的面貌显现了出来，更加自信，更加有力，更加伟大。他仍然保留了原始的青春气概，却是一种新的青春。他更加自觉地走向未来，而不是纠缠在现今的漩涡之中。这就是他从石头城到巴塞尔流程的特色。只有一次，当他离开博登湖不久，再次迎接战斗的时刻，重新爆发一次早年的激情。那就是在沙夫豪森旁的莱茵瀑布。我们正站在它的前面。一块约100米宽的巨型平板岩石，挡住了大河的去路。它高达28米，而

沙夫豪森景色

沙夫豪森旁的莱茵瀑布（作者：皮特纳）

瓦尔德胡特

从水中冲出的水柱,更为高耸。在这里,大自然建起了一道屏障,用于切断大河的通道。莱茵河流到这里,必须进行一次生死跳跃。我们从下落的漩涡中,听到了他的呼喊:我做到了。于是,解放了的洪流欢快地继续穿行森林和原野。

观赏莱茵瀑布的最佳地点是诺伊豪森,因为宏伟的瀑布在这里恰好处于绿色森林的范围之中。河的右岸,伫立着豪华的瑞士霍夫宫。楼宇前的大露台上,聚集着一个高贵的世界。其高高的窗户,在太阳下闪着光亮。谁要是想走近路,可沿着陡峭的阶梯下到河边。或者是穿过花园中的石子小径,走近河水猛烈冲击的小码头,观赏那水晶般四处散落的蓝绿水花。我们在这里登上小舟,奋力驶向对岸。

对面的地形仍是陡峭的高地,满是裂纹的岩石直指天际,潮湿的粉尘和绿色的苔藓,遮住了岩石的裂缝。高地上伫立着劳芬宫堡,锯齿状的角楼和城垛,加上其侧旁的辅助建筑群,让人想起了古老的要塞。

壮美的画卷,美得让人心颤。我们看到了虽经千辛万苦仍然无穷无尽的力量,我们进入了这巨大力量之中。一切思绪均被屏住在呼吸中,山丘般的泡沫,不断旋转,抛来抛去,最后变成万千个碎片落入水中。

确实,这就是一场战斗。剩余的岩柱就像混战中的英雄,庄严地屹立在漩涡当中。日日夜夜，冬冬夏夏，千百年来，接受着洪水的冲刷。它们的脚下已被淘空，它们的同伴大多已倾倒坠入深渊。它们还能坚持多久呢？

然而，即使这是一场战斗，一场巨人间的战斗，它也并无任何阴郁的色彩。这不是一幅摧毁的景象，而是一幅胜利之画卷。洪水欢呼着，闪烁着冲了下来，即使在几个小时的行程以外，也能在满月之夜听到他的咆哮。而到了早晨，当阳光穿过灰蒙蒙的银幕照射时，会在光谱中映出彩虹般的颜色。

如果到了旅游旺季，这里还会展现出另外一番景象。这时，来自地球各国的游客会云集于此。各式各样的人物，千奇百怪的形态，恰好应了那句老话：高贵与可笑之间只有一步之遥。男爵夫人无助地靠在小舟上，担心自己的命运，生怕不小心落入莱茵瀑布之中。一个不甘寂寞的法国人不断抱怨，说瀑布的美自1870年以来已经大大逊色。他特别怀念作家德尔里厄在他的莱茵一书中盛赞的"触电的感觉"。他曾高声"赞扬瀑布的喧嚣"。而他的邻座那位苍白的盎格鲁-撒克逊人却沉默寡言。"游客就是一台生物机器。"那个法国人又如是说。他说得很对，令人动心的大自然面前，任何旅行心态都难以自控。人们会情不自禁地把兴奋和欣喜表现在脸上。但人们常常缺少的，却是一种感动，难以在喧嚣中反躬自省。你看，有人挑剔莱茵瀑布过于晃眼，有人说它过于闹腾，也有人目不转睛地阅读旅游手册，浏览有关的标题，就像在账本里勾销自己的债务。难道真的是很难——去享受吗？

在莱茵瀑布前，不可错过观赏它周围的奇妙陪衬。在那座岩石平台上，正在演绎着生活戏剧。年轻的小姐们，坐在上面手拿素描本在作画。陌生的男子，借口观赏画作，去接近那些美丽的年轻红润的面孔。姑娘们为画作成功感到骄傲，甚至胜过观赏眼前的莱茵瀑布。坐在旁边草坪上的母亲也并不反对，没有为陌生男子的骚扰而射出惩罚的目光。她的心思已不在此地，早已远离莱茵河畔，来到恒河岸边。铺在她丝裙上的《德里新闻》正翻在印度版上，而印度又是地球上最重要的国家，因为她的儿子查理正在轮船上远航。

一般情况下，莱茵瀑布和沙夫豪森在地理上同属一个地区，但两者仍然相距一个小时的路程。我们饱览了莱茵瀑布的美景以后，把目光转回到那座标致的小城。其独特的阁楼和角窗，正在招手欢迎客人。沙夫豪森本身很小，沿着莱茵河呈长条状延伸。但城中的建筑风格及整个城市给我们的印象，却显现了市民阶层的自信。筑有坚固城墙的穆诺特要塞，大教堂的塔楼废墟，都庄严地伫立在一块高地上。教堂的铁钟上铭刻着席勒的难忘的诗句："我召唤生者，我哀悼死者，我斩断闪电。"沙夫豪森

三文鱼捕捞船

工业发达，贸易往来，也因其水力资源及莱茵瀑布带来的船运艰险而得天独厚。然而，这座过去曾是"施瓦本之钥"的古老城市，虽然增添了现代财富的力量，却没有失去过去养成的高贵气质。城市用于公共事业的宏伟设施，均出自市民个人的慷慨捐赠，而且不断输入新的资金。据说，在古老年代，沙夫豪森所在的地方只有几间船屋，连它的名字也来自那个时代。但早在12世纪，这个普通的地方就已经获得了城市权利和荣誉。某些争战造就了战壕和城墙，保卫着这里的居民。各式各样的灾难也都造访过这座城市。有一年，因瘟疫就死亡了4000余人。美丽的城市也曾遭受洪水和大火的摧残。当然还有战争，在19世纪开始时，各个军种都曾进犯过瑞士，最后还夺去了一件最重要的饰品，那就是莱茵河上300多英尺长的大桥。这是一座没有桥墩的桥。位于中间的唯一的横梁，来自初始的建筑。桥始终没有使用。连著名的法国女作家罗兰夫人，在她的《瑞士信笺》中也曾以敬佩的态度提到了这座珍稀的建筑。然而，1799年春天，大桥终于被摧毁。而放火烧掉这座桥的人，恰恰是罗兰夫人的同胞。

没过多久，我们就来到了所谓的"四森林城"。几百年来，它一直是哈布斯堡家族的领地。其中的第一城，至今还叫作瓦尔德胡特（森林屋），千年前的名称是"护

前往巴塞尔

塞金根

林站",因为当年这一片绿松林中,仅有一处孤独的看林人小屋。

距此不远处,阿尔河流入莱茵。这是一条粗犷的高山河流,从几乎七千英尺的格里姆塞尔山上奔腾而下。其奔腾的洪水,携带了伯尔尼一切宝藏,恭敬地转送给了莱茵河。

这高原之上的风光,同样与这座城市的名称相符。到处是森林,密集在两岸的是山毛榉,而河水就在它们的树冠中孤独而隐秘地流过。河水是蓝色,与天空相呼应。河水十分清澈,在阳光下可以看见河底的卵石。只有冒着黑烟的轮船或木排驶过时,才让人想起了这里的人工痕迹。河床逐渐宽了起来,山毛榉树木开始稀疏,两旁出现了蓝色的田野。收割的农民欢欣地迎接自己的收获。

这里是劳芬堡。景色的变幻十分急剧。大河猛然转弯,逼迫河水产生巨大的波动,突然出现在我们的眼前。残碎的山岩突然聚合在一起,使得河水吃力地开辟自己的通道。洪流旋转着,喷发着,在深陷河底的岩石之间迂回前进。白色的泡沫喷向山巅,某些岩石已被冲刷得几乎随时都会崩塌。这是对激情的青春时代的最后一次回忆。这是莱茵河在沙夫豪森越过险境后的微弱回响。而这种回响,也反映在其名称当中,因人们把这段急流称为"劳芬"(奔跑)。如果船只还想继续前进,他们就必须靠近合适的岩壁,扶着缆绳下行。但很少有人敢于尝试这种致命的冒险行动。只有年轻的蒙塔古勋爵,曾在这里试探而最后沉没。而他在遥远的英国的祖传宫堡,也在同一

劳芬堡（作者：舍恩莱伯）

前往巴塞尔

天被大火吞噬。

即使没有这些在居民心中无法抹去的记忆，劳芬堡仍是一座阴郁的、几乎是恐怖的城市。城中的房屋历经沧桑，就像是从破碎的岩石生长出来，又高又细，排列在河岸两侧。房屋的正面均背离河水，只在灰色的后墙上装饰有小窗。某些小后门外，修有狭窄的阶梯，穿过树木的间隙通向河岸。

这就是这座小城的建筑格局。位于灰色咆哮的洪流之下，建于灰色岩石之上，它的上方则是绿色的森林山峰。一座城堡的围墙顺山势落座，早已坍塌，毫无人气，只有那顽强的塔楼还保持当年的辉煌。塔楼上面已无旗帜飘扬，

莱茵费尔登

只有那巨大的欧洲赤松，数百年来牢牢地扎根于墙脚之下，用丰茂的绿荫，显示着过去光辉的历史。山风从树冠上拂过，发出哗哗响声。

一座用木板铺成的小桥，连接着大劳芬堡和小劳芬堡两座小城，同时也连接着瑞士和德意志这两个国家。下面的河滩上，被河水冲刷的平坦的石子路上，挂满捕鱼工具，木桩上晒着精致的渔网。这里正是捕捞三文鱼的重要河段，因为它们从下莱茵河游到瑞士。在个别地段，水浅而阳光充足的地方，水中的鱼群多到几乎遮住水面。捕

巴塞尔大教堂正门

鱼成为这段水域的最重要的经济支柱。此外，我们还能听到森林深处传出的砍伐声音，堆在岸边的长木表明，木排和木材贸易正在兴旺发达。

很快我们就来到了最后两座小城：塞金根和莱茵费尔登。前者系本地最古老的城镇之一，也是本地的精神源泉。它由一名宗教使者创建，可以追溯到公元6世纪的爱尔兰。"迄今为止，撒旦只统治了巴登大公国。"法国一位历史学家如是说。我们在前面曾经提到过，是圣弗里多林最后破除了这一凡间的陋习和魔鬼的伎俩。一座巨大的修道院，很快就掌握了宗教和世俗的权力。很多人都认定，这是德意志土地上最古老的修道院。其中的贵族辉煌早已熄灭，弗里多林已在遗骨盒中沉睡了千年。德国的4000万人口中，可能只有很少人知道塞金根，也不知道那著名的"号手彼得"曾向全世界炫耀他的荣光。

小城此时向我们展示的风采，完全是一座巴登地方小城的模样。工匠们在勤奋地劳作，街上行驶着旅者满是灰尘的车辆。

前往巴塞尔

我们游访的四森林城的最后一座，又是位于瑞士国土之上，那就是莱茵费尔登。满是沧桑的城墙和塔楼、城门，一条长长的木桥，河中狂奔呼啸的漩涡，被称为"地狱之斧"。两只鹤鸟在高屋顶上飞来，鸟巢中的雏鸟张着嘴向上张望。是否又给它们带来了小兄弟呢？得到的回答永远都是："不知不知。"

然而，这小小的莱茵费尔登，却有些事情应该让来访者知道。就在像桥墩一样竖立在河水中央的岩柱上，曾建有一座令人望而生畏的伯爵城堡。城堡的名字是"石堡"。在它的城墙外面也曾发生过惨烈的战斗，直到最后被居民击退。皇家军队和瑞典人，瑞士人和路德维希十四，都想进入这座城门。居民们在市政厅的领导下，当时只有一种选择，就是拿起武器捍卫自由。

"运向何处啊？"我问一名正在岸边装载木排的船工。他用沙哑的嗓音回答："去巴塞尔。"数小时路程的目标，几乎成为整个航运的口号。"去巴塞尔"，也是大河流向的目标。"去巴塞尔"，吸引着人们的好奇。因为它毕竟是莱茵河的第一座大城，或许也是最强大的城市！

很快，我们就来到它的城门前。远处黑森林山的黑色圆形山顶闪闪发光，汝拉山脉和孚日山脉，以及围绕它们的辽阔的谷地，尽是金黄色的田野和绿色葡萄园。在这

巴塞尔的农夫舞蹈泉

伊拉斯谟·冯·鹿特丹

里，莱茵河开始最后的转折，朝向北方，即朝向伟大帝国，它的所有辉煌和荣耀都属于它。如果我们观察一下大河的两岸，那么，巴塞尔给我们留下的第一个印象，就是它如此简洁和清晰。大自然和历史，并没有让偶然和数字决定一座城市，它成为现在这个样子是必然的。

如果大自然本身的发展就具有其魅力，那么这种印象会通过古老历史的印记，确定其发展的框架，并会使其不断升华。巴塞尔的繁荣发展来源于过去的时代。不仅当前，而且数百年来的权势都是佐证，这既反映在市民阶级，也反映在四五百年前就有话语权的古老家族之中。大量的豪华别墅，显露出现代精神的风貌，也逐渐塑造了城市的风格。但在其内部，至今仍保持了当年的形式。而人们的性格，仍是保持老市民阶级追求自由的理念。一首老渔夫民歌就曾赞扬过莱茵河畔的这座"娇小有福之城"。

莱茵河确实是最大的生命血脉，城市从中获得了力量和繁荣，使它成为千万客货的交通枢纽。早在16世纪，当大多商队还通过陆路运输时，巴塞尔和斯特拉斯堡之间就已经建立了船运航线。早在1417年，公路开始铺设石板路面，所以井泉之多无以计算。一句话，这座古老的莱茵城市，可以为自己的名字感到骄傲。这其中当然隐藏着帝王的根基。它的雄心壮志，可与任何皇城一争高下。它的城徽有一条蛇妖，或比某些雄狮和老鹰更令人敬畏。

巴塞尔的位置，对上莱茵地区统治者具有战略价值。这在罗马人建立奥古斯特军区时就已得到佐证。它今天仍被视为城市之母。君士坦提乌斯和尤里乌斯两位皇帝，都曾在这里试图压制阿勒曼尼的青春活力，但却不得不难堪地承认，欧洲的民众已经掌握了这条大河，开始用这原生的威力冲刷罗马属地，最终把已经疲惫的古典精神冲洗干净。

前往巴塞尔

对抗这样的力量，任何人都是无助的。和其他城市一样，原属罗马的巴西勒亚（巴塞尔当时的名称）同样陷落变成了一块遗址。那是野蛮人从没落的罗马人那里抢夺的财富。金发的阿勒曼尼人，统治了埃尔萨斯周围的地域。直到弗兰克人到来，新的战火重新燃起。勃艮第和德意志，主教和市民阶级，早在巴巴罗萨时期就已形成无数家族。他们之间展开了无休止的争斗，时代的风暴席卷欧洲，也牵涉了莱茵河河畔的各大城市。在巴塞尔瑞典大教堂里，激情僧侣本哈德·冯·克莱福克斯曾前来为十字军远征护道。亚历山大三世曾公开诅咒这座忠于皇帝的城市。教皇的使节曾来此宣读反异教的旨令，而被巴塞尔的市民抛进莱茵河。市民的各种矛盾，产生了党派，1356 年发生的大地震和 1348 年的瘟疫，都给这座城市造成重大伤害。然而，市民性格中的大无畏精神，使他们度过了所有这些灾难。

穆纳休斯·普兰库斯雕像

很遗憾，我们无法更详尽地介绍巴塞尔的历史。但它的坚定和团结，它的精神财富和政治胸怀，确实为我们展现了一幅最诱人的城市图景。写过巴塞尔历史的散文作家法温哈根·冯·恩塞，就曾用生动的语言强调过这一点。在它纷繁的历史中，一再出现德意志的帝王形象。有的腰佩战刀，有的身着华服，有撒克逊人，也有弗兰克人，有时是施陶芬，有时又是哈布斯堡。

像很多帝国城市一样，这里的发展核心，同样是主教管区。在它的保护下，外来

巴塞尔市政厅

的游民逐渐迁入此地。居民的财富日益增长。这座青春期的城市，真正的主人仍是各届主教。他们本身同样来自强大的家族，因而权势日益强大。政治倾向一般站在皇帝一边。例如主教海托就忠于伟大的查理，是皇帝的挚友。而阿达伯罗主教则忠于皇帝海因里希二世。布哈德·冯·哈森堡主教，则在多难年代全力忠于德国的海因里希四世！站在施陶芬王朝康拉德三世一边的，是奥特利布主教；站在鲁道夫·冯·哈布斯堡一边的，则是海因里希主教。很长时间以来，鲁道夫都是这座城市的死敌，直到他被选为国王，结束了可怕的"无君"时代，才给巴塞尔带来了和平。从此，这里的情绪发生了变化。最后终于自愿为国王打开了城门。两个互斗的派别也得以和解。人们以双重的爱心，原谅了鲁道夫给他们带来的灾难。

市民阶级在宗教势力面前，坚定地展现青春的活力，最终取得了胜利。如果我们对这段历史总结一下，那就是：初期的巴塞尔属于主教。而后来的发展则是：巴塞尔属于市民阶级。经过严峻的考验，不论在家中还是在田间，这座城市都必须捍卫和加强这种自信。即使在历史的关键时刻，它仍然表现出这种自信。在被称为"瑞士的德摩比利"的雅各布战役中，曾飘扬过他们的旗帜。1431—1448年召开公会议，教皇费利克斯五世曾在此脱颖而出时，全世界的目光投向了巴塞尔。那还是最繁荣的自由帝国城时代，展现了无与伦比的力量。即使在困难时期，这种自信也在不断增长。

巴塞尔作为德意志大帝国的自由城，在政治格局上，逐渐进入了一个更紧密和更

前往巴塞尔

固定的体制之中，即与瑞士联邦接触。正式走出这庄严的一步，是在1501年7月。街头的青年们虽然高唱"这里是瑞士的土地"，但城市却始终没有忘记自己的德意志属性。其精神感受，在科学繁荣中找到了新的杠杆。于是，主教城市和德意志帝国城市，变成了瑞士城市。也可以说，巴塞尔也就进入了其发展的第三阶段。它把我们带进了现代历史状态。经过战乱和苦难，一座现代城市的基础终于打下。

我们穿行巴塞尔，走上的第一条路，把我们带到了大教堂，高高地耸立在两个山包中的一个之上，那也是这里最早的居民点。最早的第一批建筑物，当然已经不见了踪影；第二批（很多可以追溯到神圣的海因里希时代，另一些则来自12世纪）还有圣坛和中堂的核心部分，其他部分已在大地震中被毁，同时被毁的，还有数英里之外的城堡和教堂。但不久大教堂就在蒙辛根主教森诺的大力推动下，重新开始了宗教活动，至于建筑本身一直到16世纪才重建完成，当然增添了各种不同的风格，展现了特殊的魅力。所以，大教堂变成了一座以今天的形态仍然对人们产生特殊影响的建筑。教堂的大门口两侧，竖立着两尊骑马的雕像——圣乔治和马蒂努斯，然后是皇帝海因里希及皇后库尼贡德。但北侧还有一扇旁门，即所谓的"圣加卢斯门"，上面装饰有一系列有意义的图画。

内部给人的印象，要比外表更为强烈。里面又亮又高，眼睛可以一直看到长廊的尽头，中间毫无障碍，终点就是一台漂亮的管风琴。它和圣坛像一只花杯一样，装饰着前方的尽头，属于教堂最值得关注的部位。在侧堂里有各个时期的墓碑，某些甚至是那个时代的纪念碑。那都是德意志帝国和自由城繁荣时期的产物。我们站在墓碑前，那是哈布斯堡的鲁道夫伉俪安息的地方！如果站到另一块墓碑前，又怎么不想到那时科学的繁荣，墓碑上写着：伊拉斯谟·冯·鹿特丹！在他那个时代，巴塞尔达到了其精神的顶峰。在城市的年轻的大学里，科学各个领域都出现了重要的代表人物，与此同时，印刷术也在这里得到飞速发展，在很短的时间里，出版了三百余部作品。对这种共同的努力，没有任何人妒忌："你会发誓（伊拉斯谟写信给朋友），所有人都一心一意。"

如果说巴塞尔的科学界代表人物是伊拉斯谟，那艺术界的代表人物就是汉斯·霍尔拜因。他为这里的博物馆留下了大批美妙的油画和素描，与大教堂一样，它们也是这座城市的一大宝藏。

博物馆的年代并不很长，1849年才开始建馆，建在奥斯丁修道院的原址上，目的是"在合适的空间"服务于一切有利于艺术和科学的研究工作。但如果我们试图

汉斯·霍尔拜因

统计这里藏品的艺术历史价值，那它早已超出了原来的宗旨。这一设施早已落入了更好的经营之手。我们只能这样说：任何研究霍尔拜因的人，都不能没有巴塞尔。

不仅在博物馆的学术研究室内，而且在公开的大街上，我们都会遇到这位大师的痕迹：带有农民舞蹈雕像的水井，即是根据霍尔拜因的素描所制，至今还有喷泉流出，尽管风雨天里色彩会发生变化，但我们仍可看到霍尔拜因当年绘有装饰性壁画的房屋。如果他没有于1526年迁往英国，巴塞尔或许会获得欧洲艺术学校的美称。

16世纪末期，有一人在巴塞尔诞生，在另外一个领域同样可以称为欧洲名人。他就是插图画家、铜版画家和出版家梅里安，曾在一系列至今还深受赞赏的作品中，为有教养的读者贡献很多描绘城乡风光的画作，正如本书中也有他的作品供读者欣赏。还有很多从事公益事业的人物值得提及，那我们就不得不多出几本书的篇幅发表了。在古建筑艺术中，值得一提的是市政厅，穆纳休斯·普兰库斯的雕像，各种不同的城门，这都是任何古城所具有的最美的建筑物。道理很简单，因为门的概念，不仅是空间的屏障，还是居统治地位的市民阶层和居住在城外处于服务地位的农民之间的基本分水岭。

城市的全部政治格局，都体现在它们的城门上。这也同样激发了艺术家的灵感。最有天赋的人，感觉也最为敏锐。一件作品除具备实用性外，也还具有其内在含义。在坚硬的石块上，装饰生动的图案，远远超出了简单的实用价值。

巴塞尔最美的城门，无疑是施帕伦门。三位受人尊重的圣人雕像，伫立在中央城楼上方用彩砖修成的一个方形顶冠之中。两座侧塔却呈圆形，威武地拥抱着齿形的小城门，这是真正的通道。车辆当然要通过莱茵河一面的城门，因而这里也更热闹和繁荣。我们逐渐接近了连接大小巴塞尔的长桥。

我们试图简要地画出一幅巴塞尔的图像，但令人吃惊的是这幅图画在近年来的巨

前往巴塞尔

变。这座城市的容貌,从各方面受到了影响。我们到处感到一种追求,让现代思想占据无限的主导地位。我们到处感觉到,巴塞尔已踏上了伟大的时代竞赛。

这当然是长期发展的结果。每一个进步,包括外表的变化,都是需要争取得来。早在1829年,当汉诺威已经使用煤气时,这里还没有一盏气灯。还在30年前,其他城市早已有靠近河边的"码头",但巴塞尔还不可能修建。而现在,它每年却可花费数百万修建各种公益设施,例如艺术大厦和音乐厅。一座新的剧院正在建设中,还有各投资50万的两所学校。这种巨变,大多表现在文教领域,因为这正是当前的问题和打开未来的钥匙。令我震惊的是有人告诉我,在巴塞尔有的教师已成百万富翁。

"您指的是高等学校的个别教授吧?"我问那位有学问的朋友。

"不是,我指的是普通教师,这不可能都是教授!这个岗位本身,不论在哪个学校工作,在我们这里,没有人认为有贫富或高低之分。"

梅里安

在这种情况下,早年存在的精神和物质间的矛盾也就得到缓解了。资产者与学者的和谐状态,现在如此真诚和自然,是值得其他任何地方羡慕的。市民阶级的素质,在各个方面得到了利好的发展。财富在巴塞尔当然始终是首要的因素,但除占有意识,早已增加了另一种意识,即更重视其质量,而不是数量。

很多受尊重的年轻商人,都去接受高等教育,而且更关注公益事业,而不是个人奢侈。

总的说来,家庭生活中更多的是市民阶级所固有的简朴,只有在公共庆典场合或其他重要活动中,才展示光辉的代表性。例如我曾参加过这座友好城市的盛大赛马节。来自四面八方的人群蜂拥而至,不论乞丐还是百万富翁,都聚集在庆典场地。这时我们才能看到人民群众和巴塞尔生活的最丰富的形态。时间是星期日的下午,蔚蓝的天空没有一丝云彩。刚到1点,这色彩斑斓的活动就已启动,马车一辆接着一辆奔驰在大街上,通过施帕伦门驶出城外,前往平时是民兵训练场地的辽阔草原。马的挽

巴塞尔施帕伦城门

具上，缀上了彩色的绸带，在风中飘舞，然后就是首席的四驾马车，用棕树枝装饰，装满深色军服的士兵。这是十几名朋友聚集在一起，展现他们的欢快心情。音乐终于响了起来。人行道上挤满了欢快的行人，人们都穿上了绸衫，以适应夏天的气候。美女们展现出诱人的笑脸，就好像这是她们自己的节日。辽阔的草原上，车辆默默地驶过。我们走上了赛场，被出售节目单的孩子们追随着。在"越野赛"标示牌旁，正在进行比赛。这里主要是军人的马赛，包括瑞士联邦的骑兵团队。他们大多是古老城市家族的子弟，这里出生的百万富翁。他们骑在高贵的骏马上，穿着合身的军服。这些参赛者，全巴塞尔人都认识，都把他们当成全城的儿子。市民们欢呼着的这一小群人，来自苏黎世和沙夫豪森。参赛者受到广大市民的拥戴，这就是"地方爱国主义"。而这只有在自由城才存在，是市民的骄傲，得以自由地展示。

比表演更为有趣的，是观众本身。他们聚集在赛场的内圈。有时会出现数辆华丽的马车，一辆挨着一辆。白须老者及他们的生意伙伴走在一起，美丽的女儿们站在深蓝色的垫子上，用望远镜紧张地观看比赛。深褐色的长发辫，灰色的丝绸衣裙，可爱的猎人帽在头上不停地摇晃，脖颈上挂着带有宝石的项链。噢，每当骑手们在面前驶过，她们总会露出欢笑。

主席台上终于吹响了最后的号角，人们开始准备回家。没有尽头的豪华马车长队缓慢离开赛场。这就是比赛后，将在埃申格拉本大街上进行的"豪车巡游"。两旁已经挤满了人。一位生活在巴塞尔的西班牙富翁的豪华马车，带着戴假发的男仆，缓

巴塞尔（作者：皮特纳）

缓驶过，一辆可爱的四驾枣红马车紧随其后。然后就是乘坐双人轻便马车上穿着小丑服装的男子赛马冠军的队伍。

现在，现在过来的是戴着灰色小丝帽的老先生，最后是由所有骑手组成的活泼的骑兵队伍。

这时已是傍晚6点左右。这个时刻，每天都将在世界闻名的古老三皇饭店里举行盛宴。这家紧靠河边的饭店，其名称可追溯到皇帝康拉德二世、其子海因里希和鲁多夫·冯·布根第时代。当年此三皇曾在此小憩。

当年这里是什么模样，我们今天在这里可以体会到。我们在华丽的大厅里，可以见到点燃的火烛，见到来自欧洲各地的客人在这里云集，见到各种稀有之物及古董装饰着墙壁，见到宴会后客人们进入一间高高的客厅，里面挂着沉重的锦缎窗帘和镜子，见到一位系着白色领结、面孔庄严的牧师坐在角落里，和夫人们谈论着明天的天气。他很想知道，地球上又有了什么新闻。

作为无神论的日耳曼人，我们还是很幸运的。我们坐在露台上，和一群快乐的同伴谈论着把我们聚在一起的这伟大的一天。头顶上群星在闪耀，脚下的河水呼啸地流淌着，他是德意志思想的旗手。请带走我们的问候吧，壮丽的大河！

布赖斯高

卡尔·施蒂勒

孤独而雄伟,但却没有可以吸引我们的故事,莱茵河从巴塞尔向北流去。许宁根要塞这个倔强的关隘,系沃邦为其国王所建,早已不见踪影。我们所能见到的,只是周围的风景,而不见当年激烈的往事留下的痕迹。如果说美,那就是和谐;尽管还有些单调,但仍然散发着某种魅力。到处是死水坑,又深又绿;湿漉漉的杨柳和芦苇丛遮盖着河岸,但在两边的平原上,起伏着蓝色的山丘。我们位于黑林山和孚日山脉之间。

前者往南延伸,当我们穿行各个森林小镇,河水正好迎接我们。从塞金根到弗尔茨

莱茵河畔的老布赖萨赫

海姆，其高岗绵延20英里。宽度也相当可观，深深的谷地在棕树绿的孤独中，趋向莱茵平原。在深色的山坡上，散布着色彩鲜艳的村庄和农舍。在温馨的小屋中，嘀嗒着精美的挂钟。远方的林中，传来斧头砍伐和古老树木倒地的声音。莱茵河把木材输往荷兰。

有多少诗歌咏唱着现实，即使在单纯的名字里，也隐藏着神秘的魅力，没有任何山脉可以与"黑森林"分享这份荣誉。在它的源头，至今还游荡着精灵和水仙。有谁不会想到那些美丽的歌谣，反映着游历者的乡愁，在黑森林山中"与他的落叶松"告别。我们曾在幼年怀着恐惧的心情阅读古老的童话，关于那个巨人鬼怪，白天做肮脏的黄金交易，夜里折断巨大的树木，就像是折断一根麦秸。人们称他为荷兰鬼，故事的名称是"冷酷的心"。而这一切只属于黑森林。

莱茵河另一侧蜿蜒的蓝色山峦，是孚日山脉。其中的瓦斯高林山，蔓延在察伯恩至米尔豪森之间，长满高高的山毛榉和赤松。而在满是裂纹的岩石之上，伫立着风雨沧桑的城堡，就像是老鹰的巢穴。城堡废墟向我们讲述着当年在这里驻守的家族的光辉历史。黑森林山始终是农民的天下，而瓦斯高林山却是贵族的天地。在它的山谷里，不仅有斧头伐木的声音，还有铁匠打铁的锤声。那里埋藏着铁矿石，蓝色的烟雾在废墟上方缓慢升起。黑森林山上经常出现的大片高原平地，在孚日山脉很少出现，它给人的印象更多是各式各样的巨石造型，要比黑森林山更加丰富多彩。经常出现像巨人般的圆形山顶，似乎相互依靠在一起。

这就是庄严、辽阔的莱茵平原。但它不让我们继续前进。把我们的目光拉向这里的第一座城市——布赖萨赫。过去人们称其为"神圣罗马帝国的高枕"，因为布赖萨赫是通往德意志的钥匙，十分坚固，可以抵御任何宿敌。这当然只是一句疯话。因为德意志的要塞，始终和法兰西要塞对垒，也就是老布赖萨赫和新布赖萨赫几乎难解难

1870年的新布赖萨赫炮兵阵地

布赖斯高

1793年的长裤党队伍

分。所以每次战争中，城市都会遭到严重的破坏。最为严重的是1793年，残暴的法国光脚大兵践踏着疲惫的帝国，《马赛曲》响彻每个角落。直到今天，城市还没有从当年可怕的摧毁中恢复过来。尽管如此，这还不是它最后的灾难。1870年一个寒冷的夜晚，一枚呼啸的炮弹，飞过莱茵河。双方交火达6天之久，直到法兰西要塞向新布赖萨赫投降。

两座城市所处的环境，如前所说并无什么优美之处。它们给人的印象，只是伤感和严肃。由于孚日山脉和黑森林山相距甚远，因而中间的地域，就是一片十分广阔的平原。迷茫的天空，覆盖着莱茵河水。河水在雨水影响下，呈灰色洪波，最后又升华成为新的乌云。大河旁边的一些死水坑，有大坝挡住，两只白鹭腾空飞起。通往埃尔萨斯的宽阔整齐的公路，今天显得有些空旷，甚至从对面驶过的黄色驿车中都空无乘客。赶车的马夫，和其他人一样，穿着蓝色的衬衣，只是臂上缠着一条袖标，上面绘有皇家老鹰图案。有时他也会扬起长鞭挥舞几下，然后又拿起小烟斗重新点火。

田野和公路上笼罩着一种奇特的寂静。空气中笼罩着潮湿的灰雾。这就是这座沧桑褐色城市的背景，出现在我们的眼帘。

莱茵河畔的岩石高耸而陡峭，它们的背后就是老布赖萨赫的剪影。穿过深色屋顶和城墙，可以看到尖顶的大教堂。整个城市的面貌，由它的形状而定。这座建筑是如此抢眼和独特。这座以圣徒史蒂芬命名的大教堂，是为纪念这位伟大的殉教者。他曾勇敢地面对他的迫害者，丧命于石头炮弹之下（据圣经记载，史蒂芬因跟随耶稣，被犹太人诬蔑，遭石刑而死。——译注）。他当然也是这座教堂的保护神。

弗莱堡

城里的房屋矮小而简陋，屋顶瓦片直抵墙头下。开放式的门廊，同时装饰着楼上窗台。它们大多建在山脚下，一栋紧挨着一栋，就好像一排排军队，在紧急状态下，围在长官身边。百年来的苦难，给它们留下了这样的格局，因为它们时刻会暴露在敌人的炮火之下。河对面依然流着德意志的江河，仍然是德意志的土地。当我们缓慢走过长长的船桥，岗楼旁就会出现一副红脸蛋的波默瑞面孔，向我们喊道："早上好！"他口中含着烟斗，头上戴着尖顶小帽。布赖萨赫经常有雷电出现，尖顶小帽也是最好的避雷针。我们回答："早上好！"

我们不能从布赖萨赫继续往前走了，而是必须拐向山里去做一次远行。因为这里不远的地方，有一座最美的南德城市。我们指的是布赖斯高地区的弗莱堡。我们行驶不久，就来到了黑森林山的丘陵地带，一条缓和的线条趋向山谷。这里是德莱萨姆的

布赖斯高

弗莱堡市政厅

山中平原,古老的察林格家族曾在这里修建宫堡。城市在高山脚下顺势铺开。古典的灰色屋顶,几乎被无数豪华的花园别墅所遮盖。但在这一切之上,甚至超过山丘的上线,是一座高大的大教堂。它并不明亮,而是趋于暗淡。几乎是灰紫色的塔楼,在其后面升起。越是走近,其巨大的躯体就越是明显,我们很快就来到它的跟前。我们从远处对它的印象,同样也在来到它面前时得到证实。因为它是一座神奇的建筑,即使走到近前,这个印象也不会消失,反而是不断加强。对艺术史来说,弗莱堡这座大教堂具有无与伦比的价值,因为它是唯一的德意志风格教堂,向我们传达着完整的中世纪信息。尽管在后来的年代又增加了不少其他的建筑元素。

与其高度和正门上方的塔楼相比,教堂里面的中堂,初看起来要比实际矮得多也短得多。但如果我们进到里面,这个错觉就会消失。一种巨大的威严迎面而至,让人感到,似乎所有的一切都在增长。灰色的圆柱似乎在不断升高,我们的目光几乎无法衡量从大门到圣坛之间的距离。最前面的哥特式大祭坛,其庄严的侧屏,均带有德意

弗莱堡大教堂内部

志老画家的画作。祭坛的两侧,摆放着长排的精美雕刻的神父座椅。教堂中堂左右分布有数间侧堂,大多是死者的陵墓。靠墙处卧有石棺和历代有过特殊贡献的骑士石雕。同样,弗莱堡的教堂也有自己值得骄傲的朋友和贵戚。他们用精美的手写文字,描绘了陌生人的荣誉,装饰圣坛的各个小祭坛就是见证。其中一个为大学所建,纪念曾在此地工作过的伟大学者。由汉斯·霍尔拜因大师绘制的著名大祭坛油画，向我们展示了东方三博士恭敬地蹲在圣子降临的槽前祈祷。在另一处，我们还可见珍贵的雕刻及400多年的彩色玻璃窗折射出来的光线。拜占庭式的纯银十字架，是由一位十字军骑士带回并献给了这块圣地。当时，伯恩哈德·冯·克莱福克斯曾大声疾呼要用武力捍卫基督教，他当时就站在这座尚在修建的教堂前。

那以后，已经过去了700年。新的理念已经取代了当时的战斗口号。然而，如果我们在夜色朦胧中进入这阴暗的大厅，当最后一缕光线射入狭窄的窗子时，那些石头雕像，似乎又活了起来。我们几乎仍然

弗莱堡的井泉

可以嗅到一种来自那些激情僧人的呼吸。不论我们是谁的精神之子，我们都会下意识地感觉到：当年确是一个伟大的时代。那还是基督教信仰的青春期，正以英雄般的豪气，向往一个创造世界历史的壮举。促使人们跟随着刀剑行动的是理想，而不是盲目信仰。但在500年后，它却把世界推入了三十年战争的深渊！这些无声的石雕，当然也见证了苦难。大教堂所在的广场，宽阔而美丽，特别是古老的市政厅，为它做陪衬更是相得益彰。市政厅的南门几乎直对教堂。它是用鲜红的砂岩所建，不太高，但其开放式的拱形回廊及矮小的带有护板的角窗、华丽的阳台及宽阔的阁楼状窗户，赋予它一种生动而独特的风格。站立在各个窗户之间的雕像，几乎全部来自兴建时期。那里有最后一名骑士马克斯皇帝，日不落国皇帝查理五世，还有他们之间的菲利普一世

和斐迪南国王。我们散步的各条街道，也有不少可以回顾哈布斯堡统治布赖斯高时期的遗迹。很多现代平顶房屋旁边，会有老式的阁楼出现。皇帝大街上的井泉，仍然以古老的方式喷射着泉水。当年的权贵外出休闲时，泉水声就曾传到他们的耳中。只是市民阶级的理念有了彻底的改变，不再是皇帝百年来的传统统治，而是自由的魔法。这也反映在城市的名称中（弗莱堡中的"弗赖"，德语是自由的意思。——译注）。同时在城市的心里也是如此，因此弗莱堡也就成为南德启蒙思想最深的大城。随着精神上的进步，城市的外观也同步发展。居民人数急剧增长，城市面积也在扩张。谁要是现在从那著名的宫堡山上俯视，他绝对不会想到，这里会是40年前罗泰克和维尔克山脚下那同一所高等学府。一条长长的栗树林荫大道，最终把我们带到城门前。城门两侧尽是高档房屋，现代别墅建筑风格。有些花园中建有喷泉，在玻璃窗后面，可以看见英国人的面孔，因为在黑森林山脚下住着很多外来高贵族群。我们又听到哗哗的流水声，只见一口红色砂石泉井竖立在那里。水从中流出的立柱上，雕有一僧侣的形象，他右手拿一本圣经，左手沉思般托着下巴。他的眉间显现出心神不定的表情。他是谁呢？他的名字是贝托尔特·施瓦茨，而他给人类留下的礼物，就是危险的火药！当第一声轰鸣从大炮里传出的时候，他在隐士小屋中同样感到惊惧。从此有多少城市变成了瓦砾，多少圆柱倒下。只一小捧火药，就足以摧毁一切最勇敢的肉体和最高尚的精神！僧侣的石雕，半吃惊，半忧郁。有多少思想毁于他的杰作啊！

孚日山区

卡尔·施蒂勒

不久，从布赖萨赫城墙后面流过的莱茵河，分开了两个伟大的民族，两块美丽的土地，两个强大的敌人。德意志人和罗曼人之间的这道鸿沟，来自远古时代，而莱茵河恰是那道被切割的裂痕。两百多年来，自从路易十四在这里肆虐以来，莱茵河就接受了一个新的使命——去分割。现在，母女两地又重新找到了共同性以后，它的作用就应该是统一了。莱茵河比人类之手更为强大，正在帮助我们，在彼此已变得如此陌生的族群间加强沟通。它的桥梁上，演绎着繁华的交通，加强财富的交流和减少不应有的偏见。如果说，有谁能够作为古老的证人说话的话，那就是莱茵河。他在向新成长的族群呼吁：你们都来自德意志的血缘！

于是，我们愉快地踏进了美丽的帝国土地。我们行走在上面的地区，就是上埃尔萨斯。在古代曾被加罗林的子弟分别继承，此处叫作松德高。

从远方我们就看见了莱茵河上通往科尔马的那条宽阔的公路。这也是我们必须走

科尔马（作者：皮特纳）

科尔马的面包房　　　　　　　　　科尔马的大教堂

的通道，两侧竖立着高高的杨树。很快我们就看见了新布赖萨赫及围绕着要塞的荒芜的壕沟。近在眼前的是平原上方的莫尔捷要塞。现在，我们穿越了它的城门。砂岩门楣上雕刻着帝国的鹰徽，下面简单地写着："德意志1870"。

那里有卫兵守卫，在他们从容地为我们办理入关手续时，我们有机会观赏一下这座简朴的小城。它小且无华，一家"大咖啡馆"的招牌显得有些夸张。城中的房屋大多为两层楼，马路的石块之间欢快地长出了绿草。"你在忙什么呀？"一个邻居用法语向另一人喊道。那人似乎正在急着做什么。因为在这小小的布赖萨赫，着急只是例外的情况。我们还有些时间，想去喝一杯本地的葡萄酒打发时光。而最好的地方，当然是关卡旁边那家"玫瑰酒店"。舒适的小餐厅里，没有外来的生人，餐桌上摆放着散发着香气的鲜花。只有苍蝇的嗡嗡声，打破了寂静。靠近窗子，坐着一个年轻的美

孚日山区

孚日山区的小酒店

女，正在阅读一本传记。她默默地给我端上了酒瓶，然后又深入到她的书中。对我的交谈尝试，她羞涩地说听不懂德语。冷漠的沉寂，实在令人难堪。于是我尝试用法语交谈。"这是玫瑰酒店吗？小姐。""是的，先生。"这就是她的简单回答。"那么玫瑰在哪里呢？"我又问。她吃惊地用褐色的大眼睛望着我，她真的不知道我这个问题是什么意思。

"可能明天才来吧。"我继续笑着说，并躬身拿起酒杯准备喝酒。可是小姑娘却受不了了，她肯定以为我在嘲笑她，所以生气地望着我，委屈地说："不是的，先生，这不是法国的做法。"我当然发现她心中的伤痕是什么，但我没有改正偶尔出现的地理错误，而是直接地问她书中的圣徒如何结局。非常幸运的是，一次愉快的谈话就这样开始了。从上天回到了地下，还不到十分钟，我就已经了解了小家伙从1岁到15岁的全部生活经历。最后，我预言说，坚信她有一天也会成为圣人的。

这时，我们听到了外边马鞭的呼啸声，马车夫已经准备就绪，我们必须告别了。但她走到一边，从花瓶中取一枝美丽的鲜花送给我，躬身嬉笑着说："先生，这就是

三块石

玫瑰！"

通往科尔马的公路，直接穿过树林，半个多小时才看见道路。先是两侧疯长的低矮树丛，然后是绿色的光秃树干的赤松，最后终于来到了草原和牧场。那里正在收获最后一批牧草。在路旁一棵大核桃树下，几个割草者正在用餐。一座小村庄在向我们招手。几乎所有房屋都涂上亮丽的颜色，使那些斜顶的农舍欢快地观望着世界。一家小酒馆的招牌是一颗星星，位于村庄最佳地段。身穿蓝色衬衫的马夫，把车停在了小酒馆的门口。我们进入了一个喧嚣的世界，里面很热也很热闹。只不过我们在里面只能短暂逗留，所以赶紧要了一杯饮料，送入口中；赶紧说几句话，避开即将开始的争吵。然后，我们就赶紧离开，继续赶着四驾马车，直到黑夜降临这个鸽子窝。

从布赖萨赫到科尔马，我们走了两个小时。然后就带着巨大的响声驶入了古城的街道。目光都被吸引到房屋的角上，所有房屋都有漂亮的阁楼和角窗。街巷里，有些年轻人懒散地站在那里望着我们。

确实，科尔马就是如此，其景色虽然很美，历史记忆虽然很多，但却变成了一座寂静的城市。使人得到的印象是，似乎它停在了另一个时代。它肯定也有过繁荣时期，但那却是600年以前的事情。那还是伟大的施陶芬年代，腓特烈二世是当时的皇帝，古老的城墙从一个弗兰克边城小镇提升至皇家大城。

这些，市民们永远不会忘记。他们不仅要"皇家"封号，而且也要有皇家风范。即使在困难时刻，他们也以坚定的勇气，站在帝国一边。科尔马是德意志土地上一座忠诚的城市，他们坚定地抵御了"勇敢者"查理的入侵。当他手握宝剑试图夺取这座城市时，他们誓死进行捍卫，坚决反对归顺法国，尽管埃尔萨斯当时已被路易十四夺取。

同样在文化领域的斗争中，例如艺术和科学中，他们也高举自己的旗帜。很多至今受人尊敬的人物，当年就是这里的市民。

只是被吞并以后，双方都发生了变化。因为政治力量和精神力量往往同时消退。这座德意志的帝国城市，变成了法国一个地方小城。而"伟大的国王"对其统治下的地方，似乎是根据其强硬程度来定位大小的。面对迫害，人们心中深藏不满，甚至影响了改革运动。连法国也不得不承认，这一趋势使与科尔马的和解，推迟了一个世纪之久。但凡尔赛的强权并不理会这些，他们对所有问题就只有一个答案："我们就是乐意！"

于是，城市只能在苦难中生活下去。强加在身上的"自主法院"，对自由的声誉更是雪上加霜。伏尔泰曾嘲讽说，那时，伟大贝勒的作品，曾在科尔马集市上被焚烧。即使这位骄傲的科西嘉人，也对这座城市没有好感。虽然这座城市为法国军队提供了两名能干的首长——布吕阿和拉普，但仍然摆脱不了被貌视的地位。他的评价是无情的："科尔马就是个屁眼。"

当然，一个德意志朝圣者对这座城市喜欢的东西，距离恺撒们的胃口相距太远。谁要是穿行城中的街巷，观看两侧店铺房屋，他就会觉得自己正处于古代德意志气氛当中。门脸窄小的商店，小巧别致的石廊，突出于檐下的面包房和其他一些建筑经典，其精美程度绝不比纽伦堡和奥格斯堡差。是的，甚至连不受人欢迎的警察局，也带有一些优美风格，因为在它丑陋的正面墙上，却突出一个精美的阳台。我们只需

黑湖

要转一转身，就会看到洪贝特大师建造的大教堂，其纪念雕像就站立在东门之下。尽管其外表有一些粗糙，但整体仍然给人以深邃而和谐的印象，教堂里面看起来装饰简朴，但却不缺相应的高贵气质。特别是前面的宽阔的主祭坛，及其古老的深褐色左右侧屏上的画作，给人以美丽而安静的感受。同样，其侧堂也给人以庄严的印象。通向法衣室的精雕门户，可见古德意志艺术宝藏——戴有玫瑰荆棘的圣母像。这是马丁·舍恩留给这座城市的圣物。

我们缓慢而不受干扰地穿行这宽敞的大厅，不时会遇见乞讨的盲人，四处奔跑玩耍的孩子，坐在长凳上打瞌睡的老妇人。每个座位上都挂有一块金属牌，上面写着座位所有者的名字。第一排最边上的椅子上写着：勒梅尔先生。我顺着名字的次序看下去，想看一看，到底还有多少德意志人名留了下来。你看，他们的人数还不少，虽然有些高贵的姓名上缀上了法文声调,但大多数姓名仍是德文词尾,如米勒、豪斯和鲍尔。

在东侧,距离大门不远的地方,有一狭窄的回旋楼梯,通往塔楼。当我登上嘎吱作响的楼梯之后,听到了响亮的燕雀叫声。塔楼上的守卫吹着口哨,似乎要与燕雀比赛美声。只见他坐在转椅上,敲打着粗糙的鞋底。他向外来人表示欢迎,指着在地上唧唧叫着的雏鸟,似乎在向我证明,塔楼上的钟声和新鲜的空气虽然美好,但如果没有燕雀和粗糙鞋底的帮忙,也还是不够完满的。他的两只最漂亮的小鸟却没有发声,"它们不会吹口哨(他甚至道歉地说),因为它们的羽毛还没有丰满。"

白湖

然后,他站起身来,带我来到塔楼外面的回廊。在这里可以看到很远的地方。蓝色的朝霞覆盖着远处的孚日山峦,山谷里的村庄闪闪发光,高处可见一些豪华的城堡,但在水平线快要消失的地方,却又升起远方的塔楼。那就是施莱特施塔德的城墙。他向我们指示远方的道路。

帝王山

在我们继续沿着莱茵河向北走之前,下一个风光却吸引了我们,使我们无法忘记。在这里,那古老的埃尔萨斯成语第一次得到了验证:

> 一座山上三宫堡,
> 一条谷里三座城,
> 一个院内三圣殿,
> 埃尔萨斯独特风。

这个数字没有离开我们,因为很快我们就看见不远处埃吉斯海姆高地上的三座塔

孚日山区

拉伯尔斯维勒的铁匠铺

楼。它们好像站成了一排,而且有一个奇怪的名字:"三个外角"。实际上,它们是斜着分开排列的,是同一座城堡的三座塔楼,而且每座都有自己的名字,让我们想起了古老的时代。它们是:维克蒙德、瓦伦堡和达格斯堡。这里的每座宫堡都很有名,特别是埃吉斯海姆,它是教皇九世诞生的地方。可惜的是,其独具魅力的城墙,早就变成了废墟。

从科尔马出发,最好要看一看美丽的双湖区,这是孚日山区风光的极点。去那里的道路,要穿过小城帝王山。帝王山?听起来有些耳熟,甚至有点学者的味道,因为它的名字与伟大的传道者约翰内斯·盖勒相关,他曾在这里度过了青年时期。小城今天的价值,既不建筑在伟大的精神领袖上,也不建筑在什么古迹上。它真正诱人的地

高科尼希堡

方，是保持了绝美的原生状态，给外来客带来欢快。它充分意识到现在的进步和过去的荣誉。到处可见的文字和画面会激起人们的记忆。在市政厅前，在井泉旁，甚至在教堂庭院里，都可以体验到古老的韵味，粗犷而细腻，快乐而悲伤，随着时局变化而改变。对皇帝，正如城名所定，保持绝对忠诚，在十城联盟中，他的声音受到尊重，他的意见得到接纳。

我们越来越走进孚日山区的深处。我们已经走过了奥尔贝，走上了满是林木的山

孚日山区

梁，很快就出现了一条狭窄的木栈道，很快又穿过了杂草树丛，我们周围是白雾蒙蒙的森林寂静。但没有多久，周围的景色越来越荒凉，灰色的碎石散布在四处，贫瘠的短草覆盖着地面，远处有些古老的松树挺拔地站立在那里。

我们继续穿行寂静的荒芜之地。眼前突然出现了一幅新的画面：在光秃而笔直的岩石之间，出现了一条静静的水流，水中映出光秃山岩的倒影。这就是白湖——曾淹没这块土地的千年冰水的残余。

只有一块宽宽的怪石，隔开湖盆，隔出另一条同样静静的水面。当然，两片水面并没有多大区别，但在当年，一条水面岸边曾长满阴暗的松树。当年，"黑湖"是名副其实的。同样在这里，伐木的斧头使这里的绿色变成了荒芜，只有无法攀登的岩石上面躲过了灾难。面对湖水的坡度并不十分陡峭，山体的形状也不怪异，尽管如此，我们仍然感觉得到这真正粗犷的山区世界。只是到了湖

圣乌尔里希一瞥

的出口处，我们才觉得应该说出我们的警告，是我们人类自己制造了这片荒芜。因为调节水流的水闸，是为山谷中的工厂服务的。它引导水晶般清亮的山水，呼啸流下，

先是愉快地流淌着，但突然又被截获，去经受齿轮的折磨。

我们从科尔马到施莱特施塔德的路上，遇到一座可爱的小城，也可能是整个埃尔萨斯的一座最快乐的城池，它就是拉伯尔斯维勒，法语称其为"Ribeauville"。这里是城市音乐家的天下，周围绿树成荫，成为休闲的胜地，山丘上尽是葡萄园，中间仁立着老贵族的城堡。越是在粗野的时代，骄傲的骑士们越是在高处修建住所。而到了人们和解和缓和的时期，他们才会走下山来，进入城市和村庄。到处都是如此。小城的三座城堡中最高的，是拉伯尔施坦，是整个埃尔萨斯最古老的城堡之一，本是一个世界闻名的家族的祖产。但施陶芬时代，他们就已迁居下山，第二座和第三座城堡也紧随其后，后者已是文艺复兴风格，被称为圣乌尔里希。

两个废墟中间的一座，是吉尔斯贝格同名家族的封地。

即使我们走在从拉伯尔斯维勒至马尔基西的路上，仍然会遇到古老而珍贵的房屋。但路两侧的绿色谷地上，却也只剩下了一些废墟。过去，当高高的拱形窗户还闪

前往杜森巴赫的路上

光时，人们还可以看到那座著名的杜森巴赫古修道院及下属的三座小礼拜堂。很多欢快的教众前来朝圣，因为这里所拜祭的圣母，是流浪艺人和歌手的保护神。现在，一切都变得宁静了，只有杜森巴赫小溪还流淌在长满青苔的岩石间。风吹在古老树木的枝头上，当年的树下，曾是通往修道院的林荫大道。

我们很愿意在这里停住脚步，怀念那些改变这里的人。但越是接近那伟大的大师之作，就越是感到惆怅，因为他们和他们的家乡，早已被遗忘。只见前方一座陡峭的山峰向我们招手，那就是高科尼希堡，是埃尔萨斯所有城堡中最辉煌的一座。

路有些轻微倾斜，从一所漂亮的林业小屋旁走过后，我们就看见了两座巨大的塔楼和红色的围墙。这里面曾有温馨的小室和骄傲的大厅，现在就只有最后一间大厅还完好地保留了下来。大厅中通往塔楼瞭望台的楼梯，看来至今仍可攀登。我们穿行"狮子门"时，脚下发出咚咚响声。

正因为某些勇敢者的步伐在这里响过，才有当代的孩子们带着好奇的目光前来观光。过去曾有多少高贵的家族，在这里实施过严格的统治和欢乐的好客之道！拉特萨姆豪森的主人和厄廷根的伯爵们，以及希金根和福格尔族人们，都曾是城堡的主人。斯特拉斯堡的主教曾在这里举办过盛大宴会，但在某些大雾天气，也有不少残暴的拦

杜森巴赫废墟

路强盗在这里出没，打劫前往巴塞尔的商队。然而，他们所有人，不论善恶，不论胜败，都早已入土。在那沧桑的墓碑旁，早长出了年轻的小松树和摇摆的杨柳。城堡的所有权和对这古老废墟的管理，现都归于施莱特施塔德的市政官员。他们对这一职责甚是用心，因为高科尼希堡是他们的骄傲和瑰宝。

施莱特施塔德城市本身给来访者留下的印象，当然不如科尔马。它的周围是如此平淡，街巷几乎空无一人，整个空间似乎都没有利用、没有价值。如果说还有什么值得提起的话，那就是几门大炮。与其他要塞城市一样，这里同样经受过某种压力，妨碍了它的自由无虑的繁荣发展。如果从火车站方向接近这座城市，人们就只能看见几座突出在房屋之上的光秃塔楼。只有当我们进入城里，挤在一起时房屋才开始疏散，向我们展示一幅楚楚可人的整体画面。那是一座庄严的老教堂，其建筑形式显得很是坚固，就好像它知道，这是个常受战争威胁的地方。周围的房屋小巧而精致，时有木质栏杆的阳台，高高突出在屋顶之外。但这一切都不能改变它的简朴和寂静。

为了解决肚子问题，我们去了一家饭店。施莱特施塔德城内原来的两家老店"波克"（牛）和"阿德勒"（鹰），现在已经联合经营。但即使没有太高要求，也会在这里感到舒适和温馨。施莱特施塔德在这里接待的客人中，不乏某些骄傲的古老姓名。公元775年，伟大的查理皇帝曾在这里举办过圣诞活动。与科尔马一样，在被法国吞并之前，它也曾忠于德意志帝国。即使在最困难的时期，这种忠诚都经受了严峻的考验。这座城自1216年开始成为皇家城市以来，曾多次遭到斯特拉斯堡主教的围攻。施陶芬·弗里德里希二世及巴伐利亚的路德维希统治时期，他们的雇佣军也曾包围此城，试图促使这座城市与皇帝一起对抗罗马。在埃尔萨斯十座城市组成的联盟中，施莱特施塔德曾占据相当重要的地位。也曾有其他方面想与其结盟，并对它的实力感到畏惧。当然，那个野蛮时代的阴影，也曾沉重地笼罩着它的历史。16世纪，它的部分居民，也曾参与了对犹太人的迫害。伟大的农民战争之前的骚乱中，施莱特施塔德也曾起过重要作用。当年的尤韦市长率领骚乱的群众，在农民皮鞋（15、16世纪德国中部和西部的农民起义组织"鞋会"的标志）旗帜下向"骑士和神父"宣战，争取农民阶级的自由和财产权。但这种几个世纪以后才能实现的人权目标，当时使用的是非人性的暴力手段，所以从一开始就注定要失败。几乎就在施莱特施塔德的城门下，进行了决战。这场运动，其影响在中世纪就已超出了德国的边界。运动的核心，并不在于军事力量，而是在于其中铸造的精神武器。施莱特施塔德早在15世纪，就是一个高等教育中心。很多具有欧洲影响的教师及来自各国的学生聚集在这座城市。

他们的人数达数百人之多。城市当时就已创建了优秀的图书馆，留下了如此丰富的科学痕迹。

快到矇眬时分，我们最后一次漫步在城市寂静的街巷之中。直到在大教堂后面，才看见一些生活气息。那里的一辆空马车，几个男孩把它当作舞台。在房屋的石头台阶上，坐着一排妇女观众。有人在表演来自 Angot 中的片段，一个男孩在朗读滑稽戏里面的台词：

> 换一个政府，不值得，不值得。

不要去干扰孩子们的兴致，等男孩变成男子汉，女孩变成母亲，他们或许会对现实有另外的想法。或许他们会认为，成为伟大德意志帝国的自由公民，为此努力是值得的，即"换一个政府"。

施莱特施塔德一瞥

斯特拉斯堡

卡尔·施蒂勒

谁要是想彻底了解一个人，就必须要看他正反两面的变化。既要看到他幸福阳光的发展高峰，也要看到他力量穷尽时坠落的低谷。对一个人是如此，对一座大城市当然也是如此。它的内在品质，也同样在无数变化中展现在我们眼前。我们把这称为历史。

我曾三次来到这座备受赞赏的"绝美"城市。每次都从完全不同的角度观察。如同站在一架高梯上，从最高的光环，到最低的苦难。

第一次大约在8年前，它还站立在巴黎女王的光环之下。绝世美丽，就像是以智慧和罪孽征服世界的克莱欧帕特拉。当时，巴黎正站立在地球上各个城市当中，向欧洲的帝王们发出召唤。大型世界博览会将于1867年开幕。各个省城，都拥在这个魔鬼女主人周围，就像贵妇们围拥着王后，而在她们中间，就有美丽的斯特拉斯堡。她

斯特拉斯堡施皮塔尔城门前

斯特拉斯堡

像是一名可爱的德意志宫女,过去曾在自己的家乡以自己的美丽和高贵的出身受到尊重。但她再也不想感受乡愁,她唯一的愿望,就是用陌生的首饰装扮自己,借用别人的光辉照亮自己。那是路易十四当年创建的法兰西的斯特拉斯堡古城,后来又被拿破仑三世丢失。每个德意志人,只要看到这个祖国的女儿,都会感到一阵心痛。

我第二次再来时,是一幅什么样的画面啊!战争降临此地,到处都是绝望的力量在争取胜利。每天夜里,天空都呈红色,到处是熊熊大火,包围着大教堂。被法国抛弃,与巴黎隔离,斯特拉斯堡在莱茵河畔,在城墙里面坚守自己的权利。然而,被炮火攻击的城墙,一段一段被摧毁,饥饿和瘟疫袭来,美丽的宫女绞着手腕无助地哭泣着,她被摧残,被抛弃,她不想屈服,但却无法拯救自己!但在对面的德意志营地里,有人向她唱起了欢迎之曲:

斯特拉斯堡圣托马斯教堂

> 你蒙着寡妇的面纱,
> 满脸忧伤,备受屈辱,
> 现在,一个老恋人来了,
> 手握宝剑向你求婚。

这以后,又过了4年,苦难的日子已经过去,我再次来到莱茵河畔这座古城,这时它已归德意志所有。当然还能看到某些伤痛的遗迹,某些阴影仍然笼罩在脸上,仍在纪念着深重的灾难。但总体来说,一种令人安心的和解和新的生活力量已经融入人们的心中。这是一个美丽女人的形象,经过风雨飘摇的分离重新回家,回到原有的温馨,安静地返回熟悉的乡里,重新拾起自己的责任。当然,陌生而不幸的警示仍然会触动人心,但原有的青春思想已经开始重新蠕动。如此自豪,如此欢欣,就像分离之前曾有过的那样。原来的生活不会重返,但人们已经可以在和解的气氛下,相信幸福的未来!这就是今天的斯特拉斯堡会留给没有偏见的来访者的印象。在这里,与其他埃尔萨斯城市相比,会感觉到更多德意志的本质元素,会不自觉地产生新斯特拉斯堡人对繁荣发展的渴望。不仅在政治理念上,而且也在理想的观点上,都会感到斯特拉斯堡已获得了一颗新的心脏。没有其他任何城市,在帝国获得如此多的朋友和同情。这不仅是现在,而且在战争期间也是如此。带着激烈的心跳,全德意志都在关注它的苦难和英雄的抵抗运动,当从莱茵河传来围困结束和斯特拉斯堡重新回归的消息时,大家的心情才得以释怀。

> 你的骰子已经落下,
> 你的围墙挫败了袭击,
> 德意志语言在大厅里欢呼,
> 德意志旗帜在塔楼上飘扬。
>
> 啊,我们心情曾沉重,
> 多么盼望你自由归来
> 没有伤痕,没有痛苦
> 戴上德意志民族桂冠!
>
> 但我们终于找到了你
> 经历长期艰苦的斗争,
> 你的伤痕是如此神圣,
> 和我们的家园一样。
>
> 请接受我们的盾牌,
> 牢记你的青春!
> 德意志的自由,德意志的温暖
> 是你的第一份礼物!

斯特拉斯堡

斯特拉斯堡伊尔河畔

上面这些描述,似乎不该出现在我们游历美丽的莱茵河的时刻,因为我们面对的是一幅和平的景象,而不应提到太多的近代战事。当然,有时确实无法避开这一原则,你们这里的斯特拉斯堡就是一个实例。这个名字在德意志人心里的地位,与这座城市重新回归的风暴年代是密不可分的。完全脱离那个时代的背景去讲述斯特拉斯堡,似乎1870年的斯特拉斯堡根本就不存在,那就是在讲谎言。

现在就让我们跟随某些回忆,去经历那炮声隆隆的时代。当时,斯特拉斯堡还是我们的敌人,我们为其苦难和勇敢付出了代价。

那是9月底。轰炸沉默了数个小时之后又重新开始,因为夜晚即将降临。

天完全黑了以后,我们乘车出城去炮兵阵地。夜里很冷,被炸坏的石子路面,在

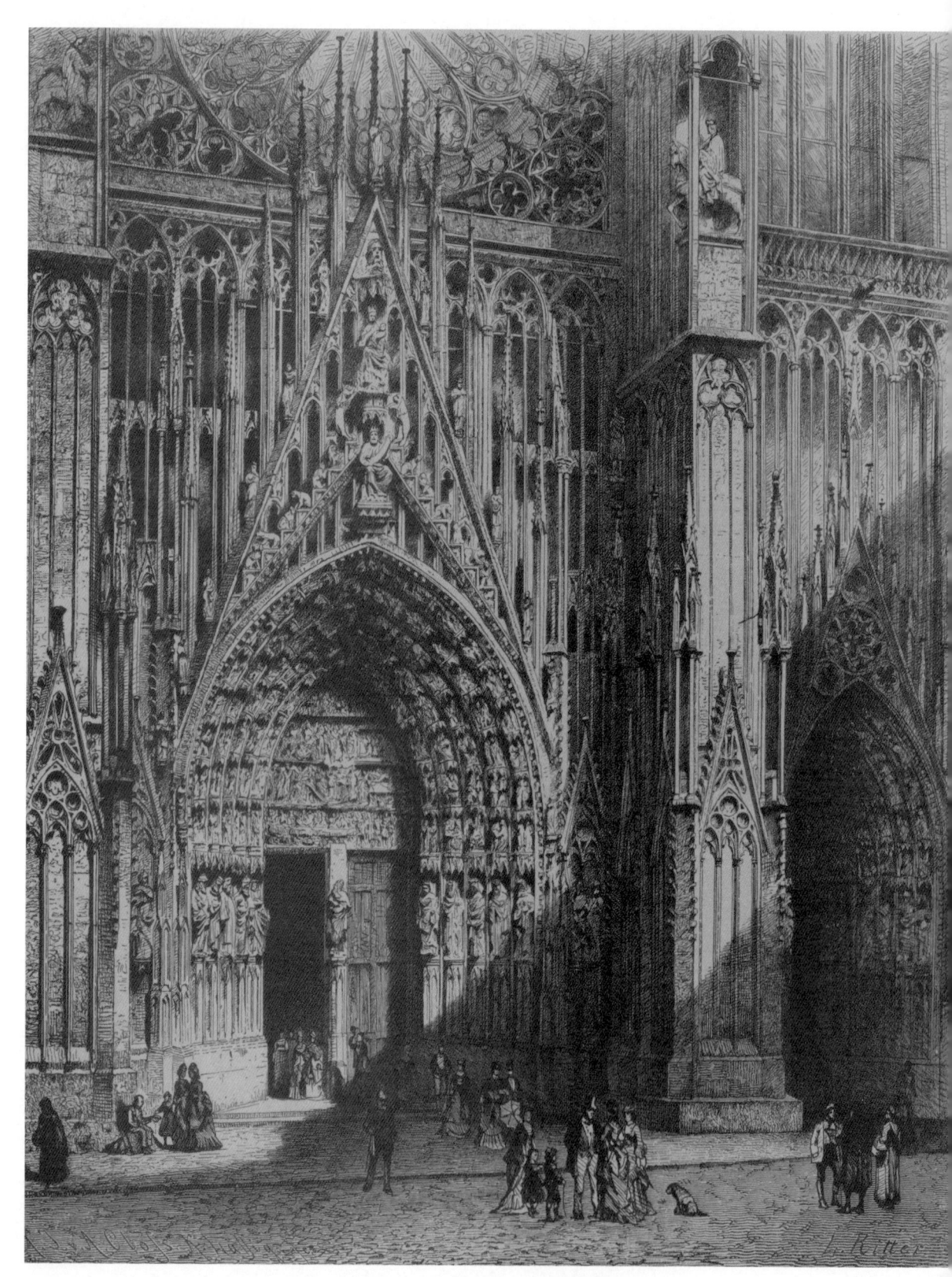

斯特拉斯堡大教堂正门（作者：里特尔）

斯特拉斯堡

斯特拉斯堡猪市

马蹄下发出嘎吱响声。一旦听到零星的炮声,马也躬身站立起来,我们有时会经过一些村庄,人们都站在屋顶上聆听周围的动静。田野和森林从我们面前掠过,个别人影偶尔显现,但莱茵河上的火光,越来越亮,越来越宽。斯特拉斯堡在燃烧,斯特拉斯堡就是我们在黑暗道路上的火把。火光越来越强烈,马车夫拒绝继续往前走。我们下了车,步行穿过乡间小路,直到我们面前出现一座大建筑。那是一个庄园的砖窑,从这里进城,直线距离用不了半个小时。

当我们终于站到烈火之中的时候,产生了一种神奇的感觉!整天都在打炮,现在它几乎愤怒了。每次射击中,都不仅包含了敌人的力量,而且也包含着敌人的愤怒，每个轰隆响声中，都包含着怨气，我们感到了全部被战争释放的激情。我们站在那里，看着表上的秒针，数着每分钟打炮的次数，它们就是战争可怕的脉搏，就好像是病人的体温，每到晚上就会升高，这个脉搏夜越深也就越来越猛烈！炮弹一个接着一个冲向要塞，一个接着一个落入德意志的炮兵阵地。我们看到炮弹在空中的轨迹，几个小时的行程，它们在几秒钟之内走完，同时还能听到在无声的星空中愤怒的呼啸声。

这就是我们当年的经历画面。那是一个恐惧的时代，至今仍无法从斯特拉斯堡人的记忆里抹去。然而，今天已经发生了很大的变化，当我们进入今天的斯特拉斯堡时，我们心中的石头已经落了地。

这是一种再次的复兴，我们就是它的见证人。我们常常抱怨的时代快节奏，却给这里带来了康复和福音，因为在这短短的5年里，发生了无法想象的事情。

我们走过城市的街巷，它们常常会给人留下难忘的印象。即使只第一次走过，也会让我们产生同情和敬慕。有时是它的辉煌，有时又是它的温馨。我们立即就从大城市对人的压抑感中解放了出来。这就是斯特拉斯堡使我们充满期待的魅力。在这座城市里，陌生人很快就会消除陌生感。特别是来自德意志的客人更是如此。尽管人们在埃尔萨斯时心中会存有一种抗拒感，但却仍然会感觉到这里的德意志气质。到处都是旧时的记忆，200多年的岁月，并未被莱茵河水冲掉。只要与这里的人民接触，到处都可以感到德意志的习俗。即使在这里成长起来的新一代知识界，也会热情接待德意志的客人，使他们有回家的感觉。当我们开始游览这座美丽的城市和欣赏其宝藏时，即使也会遇到不和谐音调，却丝毫不会影响我们的亲切感觉。

斯特拉斯堡最贵重的宝藏与斯特拉斯堡的骄傲和奇迹，就是它的大教堂。这座建筑的每一块石材，都能讲述一段美丽的故事。首先是它庞大的身躯，就会使目光感到震撼，然而，这巨大的身躯，却又显得如此优雅和温柔，似乎上面的每一块沉重的石头，又都变得如此轻巧，可见精神力量面对物质是如何强大！当我们观看这座宏伟建筑时，在我们眼前出现的，不仅是当前的感受，还让我们不由想起教堂产生的年代。那肯定是一个繁荣的时期，才能产生这样的成果。这座城市该有多么强大的权利意识，才能修建这样的圣殿啊！

我们的周围，是一个巨大的气场，虽然看不见，但却可以从心里感觉得到。

这座伟大建筑的历史，漫长而纷杂。它几乎持续了半个千年。斯特拉斯堡的第一座教堂，可以追溯到克洛特维希（弗兰克王朝创始人，466—511年。——译注）时

斯特拉斯堡,13世纪的一栋房屋

期,还装点有加罗林时代的风格要素。这座教堂后被一场大火吞噬,又在维尔纳主教的支持下在废墟中重建,于1015年奠定了现在大教堂的基础。维尔纳主教本身来自高贵的哈布斯堡伯爵家族。但这座教堂的建筑师的姓氏,却已经淹没在时代的洪流当中几乎失落。直到教堂建成后的第3世纪,人们才获得了这位大师的图像。对他的纪念,是与斯特拉斯堡的大教堂密不可分的。他就是埃尔温·施泰因巴赫。有谁能不为他所创造的辉煌而心动呢!就像一棵大树在太阳的照耀下,枝叶繁茂生长一样,同样在他光辉的思想指导下,在他勤奋的双手努力下,这座宏伟的建筑才能完成,不仅成为了一方墓志铭,而且成为不朽的纪念碑。

教堂的两座塔楼,只有一座全部完成。在它又高又窄的楼体上,修有一道让人晕

眩的楼梯。而另一座塔楼应该安放的地方，只修建了一个平台，上面有守卫者的宿舍。这里曾遭遇50多次雷电的袭击，一场可怕的地震，导致积蓄的雨水变成洪流，威胁着教堂建筑。革命的狂潮及敌军的炮弹也曾冲击此地，但这座圣殿顶住了时代的风暴，坚强地屹立在这里。

站在塔楼上面可以看到很远很远的景色，这座城市的记忆，也可以回归到几百年和几百代。大教堂的塔楼就是一本石头经典，来自世界各地的客人都可留下自己的名号。不论是贵族还是乞丐，不论是大人物还是无名人士，都曾来这里游历：著名的伏尔泰、赫德、蒙塔朗贝尔、歌德，或是无名的鲍曼、迈尔和舒尔茨。

不仅有纸质记忆，而且也有石头的记忆。不管是谁给它们家园，燕子都会很快筑巢在屋檐或石柱之上。它们并不问主人是谁，都会用唧唧歌声表达自己的快乐。大教堂的燕子，今天听起来似乎毫无意义，但当年却有着不佳的名声。那时，斯特拉斯堡还处于一个荒淫无度的时代。和所有德国大城市一

斯特拉斯堡运河边

样，到处都是艳丽的站街妓女，甚至在教堂的塔楼之上也建有她们的巢穴，直到最后被严厉的市政当局驱赶。老百姓则把她们称为"大教堂的燕子"。几乎在城市各处，不论我在城门前，还是深入到窄小的街巷当中，都能看到教堂高大的身影。它高高的塔楼，突出在所有房屋之上。城市的各大广场的面貌，也由此而确定。这样的广场在斯特拉斯堡不在少数，很多还在中央建有一座美丽的纪念碑。广场周围的房屋，大多为公共设施。即使不是如此，也因其古老和如画般的美景而引人注目。比如说小猪集市广场，虽然不算是斯特拉斯堡最著名的广场，但却有其独特之处。这个位于教堂旁的广场周围的所谓"老屋"，均建于13世纪，其独具一格的高高阁楼和褐色的梁架，形成了一个德意志风格的街角。我们继续行走的街道，通往古登堡广场。在绿树簇拥下，广场中央的一块基石上，伫立一座金属雕像。一位满脸胡须的高额头的男子，手中握着一张写满字迹的纸页。一张纸页？不，不只是纸页，更是人类最伟大的发明成果。他手中握着的，是战胜黑暗的胜利之纸！

正是在这里，在斯特拉斯堡，约翰·古登堡当年发明了活字印刷术。他曾是斯特拉斯堡市民达20年之久。这个伟大事业的初始思想，就是在它的城墙内诞生的！所以，古登堡广场也象征着中世纪在这座自由城所具有的思想力量。

如果说在古老的德意志时代，斯特拉斯堡在积极的意义上还具有市民阶级的特点，那么在法国统治时期，自然就是以军事思想为主了。一切政治阴谋，均来自凡尔赛的交易。然后才是第一位波拿巴。所有这些时代都多少在斯特拉斯堡有所体现，城中的很多名称，就已向我们展示了这个法兰西世界，例如布罗伊广场和阅兵广场，那里伫立着克莱伯将军的雕像。

各个广场中最高贵的，无疑是布罗伊广场。因为那里有高贵的市政府，那里有法式咖啡馆。广场的树荫下，一切都那么讲究和高雅。

而我们至今走过的城区，当然与此完全不同。那是一片古老狭小的街区，那里可以听到作坊劳作的敲打声。住在这里的，都是比较贫困的阶层。那里还保存着老帝国的一些作坊，保持着当年建筑的原生特色。

这样一些房屋，大多在伊尔运河旁。整个手工业行业，就在古老的"葡萄架"附近。属于城市中最具画意的原始街区。人们来到这里，几乎被淹没在建筑艺术的阁楼、窗子、亭子、拱门的小品之中。即使在最简单的房舍上，也常能找到精细的铁艺门。宽敞的楼梯，用橡树实木雕刻而成。即使在最狭窄的街巷里，也会看到精美的特色建筑精品。这同样是德国时期的遗物。同样的现象，我们在奥格斯堡和纽伦堡也曾见过。

  这里的建筑，向我们展示了三种要素：文艺复兴和洛可可式的宫殿、古老德国繁荣时期的民居及一些没有风格的现代房屋。它们从地面升起，替代了1870年毁于地下的建筑。一句话，到处都是新旧对比，复兴与过去的对比。到处都在努力，有意和无意，在相互矛盾的要素之间寻求平衡。而就在一座城市里，面积已是莱茵河畔最大，人口达9万之多。谁会感觉不到，那里的脉搏正在激烈地跳动，某种激情正在影响着生活，不断地向外来客加以展示？城外的乡间，要安静平和许多。其金色麦浪显示其魅力，使很多人从城市里逃出，奔向山区的寂静，那里是阿勒曼尼式的田园生活。我们离开了战斗的城市，走到这里，感觉双倍舒畅！我们的脚步将向何处去呢？斯特拉斯堡的田园之地，就是奥迪林山区！

圣奥迪林修道院

卡尔·施蒂勒

我们朝巴尔方向驶去。我们面前出现了一座绵延很长、森林茂密的高山。只见一座白色建筑从古老的城墙废墟中间俯视着下方。那就是圣奥迪林修道院！即使是爬山的小路，也因其变幻莫测而美得让人心动。首先遇到的是小村落奥特罗特，长长的房舍，排成一列。我们在这里做最后的休息。一个穿蓝色衬衫的男孩在路上敲着小鼓，宣布每天将举行拍卖活动。从房舍的窗子里伸出了褐发脑袋。在饭店里，大家也都谈论这个话题。

走过村落，进入森林，一个在街上玩耍的快乐少年，立即答应当我们的向导。我

圣奥迪林一瞥

们在狭窄的田埂上穿过麦田又走了几分钟，然后就进入了森林，一条山隘接纳了我们。头顶响起轻轻的绿色呼啸声。在疯长的悬钩子树丛中间，不时可以看见长满青苔的碑石。那都是在艰苦劳动中发生事故的亡人。一位疲惫的老母亲，肩上背着筐篓，从我们对面走来，向我们致以诚挚的问候。除此以外，我们就只能听到绿树中传出的交嘴雀的叫声。世界在这里消失在寂静的美丽之中。

眼前突然出现一块空地，从树木的空隙中，我们可以看见上方的修道院。它似乎就在我们面前，但无限弯曲的山路还很长。我们来到了城墙的第一道残垣，好似一位风雨沧桑的千年老者来到我们身边。在巨大的场地上，常春藤簇拥着向上生长，就好像要挡住我们好奇的目光，保护这灰色的圣物。但时代的目光是锐利的，不断试图揭露围绕这座建筑的所有秘密。最后的结论，当然至今还没有做出，但人们还是了解了很多超出想象的事实。首先是，这座长达三四个小时路程的城墙，来源于凯尔特人。其目的是把神灵居住的圣地与凡人的住地分割开来。谁还不知道在森林深处发生过的血腥残暴的宗教仪式呢？高山就是他们的圣坛，那里的石台就是他们屠杀祭品的场地，他们也曾在那里举行过狂野的欢庆活动。这也就是学者们第一眼看到这座长城时的想法。然后才下一个台阶，从神的世界下到凡间，他们为自己的安全而修了这道长城。在孚日山上，不止一次发生过"紧闭城门"事件，当敌人进犯时，整个族群逃亡到它的广阔禁区内。这种看法，为建墙的理由提供了新的线索。人们想到了罗马人，因为他们作为统治者，要保护这里的各个族群。因而，这种看法有了进一步发展，这座巨大建筑及相关的要塞的产生，应该是在公元3或4世纪。或许是皇帝瓦伦提尼安时代，当时曾在整个莱茵河一带直至荷兰修建了要塞。

围着城墙漫游，用了好几个小时，这样才能更好地体验它的规模和质量。为使城砖牢固粘在一起，人们采用橡树桩结构。这种方法为墙体赋予了仿佛修建在岩石之中的印象，似乎沿着山势的高低延伸着。我们越走越高，走出森林来到了一片旷野平原。只见上面覆盖着被水冲刷的光滑卵石，卵石中间长满了各种野草，远看去，似乎又形成了一片绿野。然后，两旁的树木搭成了一道拱门，邀请我们跨越古老圣奥迪林修道院的门槛。在千年的岁月中，这座建筑经历了多少欢乐和痛苦啊！它位于岩石之上，不仅是本地区一座可以远望的堡垒，而且是一座超越时代的平台。巴巴罗萨曾在这里做客，女院长曾在这里创作她的充满智慧的诗歌《欢乐小园》！当然，古老的城墙曾不止一次变成废墟，但却每次都重新拔地而起。现在它已成为旅游胜地，不仅国内各地的虔诚人士，而且所有热爱大自然美景和心仪伟大古迹魅力的人，都前来欣赏朝拜。还有亲切好客的主人。凡来过的人，都会心怀感激离开这里。

我们穿行长满椴树的修道院庭院，修道院的女院长已站在门前等候。不论老少，不论客人还是友人，都称她为"母亲"。确实，她绝对称得起这个美丽的名号。永远周到，永远谦和。和她的友善一样，她向我们展示的厅室同样具有这样的品质！

在简朴的餐厅，甚至在走廊里，桌台上都摆放着新鲜的野花。山岩通往谷地的狭窄的山坡上，是修道院的小花园，同样受到精心的照料。前来度假家庭的孩子们，在宽敞的大厅里无忧无虑地玩耍。里面的一间小室里，两个朋友在下象棋。有人走来走去，相互友好地问候着。

令我感到意外的是，这里的客人大多来自德意志，特别是北德意志地区。法国人大多结伴前来，人数很多，曾有20人一起挤进门槛的盛况。"您好，姐妹，我们又饿又渴，我们已精疲力竭。"这里甚至可以预订晚餐和卧具，让我们感到意外。但"母亲"却友善地微笑着，不动声色地在一个小时之内完成了这件事。

奥迪林山区的真正圣物，是它的小礼拜堂。教堂以修道院保护神的名字命名。就在距此百米之外，有一眼泉水，据说可以医治眼疾。

即使不再相信几百年前流传的神话，只要心怀虔诚，就能平静地踏入这座小小的礼拜堂。它给人的印象是温馨，而不是庄严。这里没有千人聆听宣道的大厅，因为它是安慰灵魂的场所。人们可以在安静的冥思中醒悟，欣慰地仰望星空，而不受任何邻人的干扰。这是一座真正的妇女教堂，她们的虔诚很少与伟大的圣人有关，而是建筑在自己的主观感觉之上！我们当然不会有这样的感觉。

奥迪林泉

奥迪林小教堂

　　我们走出修道院的围墙,来到山区的荒野。一直往前走,直到那块岩石平台;再往前走,就会到达达瓦赫施坦。我们眼前是一片岩石碎块,几乎像山一样堆在一起。

　　我们在这里停住脚步,准备休息片刻,并俯瞰山下景色。视觉所到之处,都是绵延千里的古老的瓦斯高地区:深色的森林,金色的麦浪,以及中间的村镇,都在蓝色的地平线上漂浮。那里有一座塔楼冲天而起,那就是斯特拉斯堡的大教堂。我们把目光从远方抽回,再看我们的周围,以及我们站立的那块平台。我们的脚下是一片废墟,蛇形小径向下进入茂密的树丛。到处是被水冲刷的石壁,看上去就像是被遗弃的座座圣坛。多么神奇的反差啊!人为的温柔造物与古老大自然的荒芜!山风开始呼啸起来,我们的目光又转向我们眼前的残垣断壁。一只展翅飞翔的老鹰在高空掠过,缓慢地落在东边的树冠上。周围没有一丝人迹!我们不由想起了过往时代的精神。当年为争夺地球财富的两大霸权,现在在哪里呢?他们紧紧靠在一起——即将没落的异教和新兴的基督信仰,在德意志的土地上,到处挥舞着刀剑,到处修建着修道院!路的下方伫立着一棵歪扭的橡树。我突然想起了那首匈奴歌曲,正是描绘那个时代:

圣奥迪林修道院

最后逃脱战斗的
是一个受伤的诗人,
他说,噢,请把我这将死之人
抬到凉爽的绿色森林。

在凉爽的森林我将长眠,
在上帝的最后橡树前
我要呼出最后一口气,
那里将躺卧我的尸体!

于是过来一批士兵
他们是凯旋的基督使者,
他们为他洗礼,他的目光已经暗淡,
他们在洗礼一个死人。

  这就是这个伟大而古老地区的形象,在我的梦幻中升起。但圣奥迪林修道院的晚祷声却打乱了我的思绪。修女们跪在那里齐声诵读《圣母颂》:"与你和平共处。"然而,为了这句话,不知有多少鲜血流淌!

黑林山上的田园风光

卡尔·施蒂勒

我们现在开始的，是一次亲切而安静的旅行。在绵延起伏的山峦上，我们看见了黑森林高大的山峰，在它的阴影下，隐藏着我们行程中的各个美丽景点。道路经过的深谷盆地，阿舍尔河在粗糙的石块中间流向莱茵河。这就是卡佩勒河谷。我们周围是广阔的牧场，牧场的边缘就是绿色的林区。这就是黑贝尔曾用阿勒曼尼诗歌赞美过的土地，也是奥尔巴赫的乡间故事中所描绘的神奇力量的发源地。还有那古老而美丽的民间服饰，没有它们，这里人民的真正生活是不可想象的。这一切，在这里都还存在。黑色的男士长袍里面，显露着红色马甲，宽檐礼帽下，一双双诚实的蓝眼睛注视着我们。

这里的村庄大多很大，也很规整。我们进入了一个家庭，受到了热情友好的接

穆梅尔湖

黑林山上的田园风光

待。桌子上摆放着各种报纸。世界上发生的各种大事，农民们都心知肚明。家中的宽帽檐会给你很好的回答。他带我们去参观畜圈和库房，向我们讲述他的祖先和子女。当我们最后问起他的姓名时，他自豪地回答："我叫米歇尔·克贝尔五世。"上帝啊，他那自豪的程度，即使查理五世，也不见得能与这克贝尔五世相比！

一条短路终于把我们带入了饭馆，这是村子的文化历史中心。巴登海森林山区及莱茵河平原上，几乎所有饭馆都悬挂着古老的招牌——狮子或老鹰，黑马或天鹅。而这些骄傲的保护神，都高高悬挂在门楣上。接待我们的店主亲自帮我们把行李搬进店中。里面的客人很多，也很温馨。墙壁上贴着壁纸，在很多大人物旁边，我们还发现了席勒和歌德的肖像。天花板上悬挂着无处不在的马车夫标志。这是马车夫的荣誉，他们曾是勇往直前的象征。

比滕施坦瀑布一瞥

饭馆里的客人们，虽然层次不高，却都具备健康而清晰的头脑。其中有伐木工人、农民、税吏和区县公仆、巡夜员和地方的神职人员。在他们的邀请下，我们坐到他们的桌旁，听到他们正在批评

黑林山区的乡村妇人们（作者：沃提尔）

黑林山上的田园风光

万圣修道院废墟

当地的官府。他们说话的方式和强调政府缺陷的目光，确实使我们感到意外。当然，今年来发生的大事，也永远是公开议论的主题。他们的议论也感染了坐在另一张桌子的马车夫。他们穿着蓝色的工作服，手中握着马鞭。争论的焦点，是摩泽尔河和马斯河边是否应该修建要塞。由于双方都无法说服对方，于是向店主要了一副纸牌。店主飞快拿出三到四副不同的纸牌。这种议论方式确实会使外来客感到吃惊。至少我还从未见过一个巡夜者指责政府，一个马车夫大谈"政策"得失。这里的每个村庄，都有自己的故事。例如魏勒泽巴赫。其所以知名，是由于在它上方的伯森施坦废墟，以及一则与其有关的传说。传说的题目是"贵妇之坟"。

伯森施坦骑士的妻子，一胎生下七个男孩。为了躲过一名巫女的诅咒，她命令婢女把多余的六个孩子扔进河水中。发生此事的时候，孩子们的爸爸恰好在此路过。他救下了六个孩子，在母亲不知的情况下，骑士在寂静的森林中把他们养大成人。当他们成为骄傲的骑士以后，父亲邀请贵宾到城堡做客。那是一场庄严辉煌的宴会。席间骑士提出问题：亲手害死自己孩子的母亲应如何处分？"她应该活活被关押至死。"伯森施坦的贵妇带着虚伪的愤怒回答。但她不知道，这就是她给自己做出的判决。骑士愤怒地跳起来，宣布了处理结果。人们把她从宴会上拉下，送到河水潺潺的河谷。那里可以看到一个深洞，就像是人工挖掘的一样：这就是"贵妇之坟"。

黑林山区的农夫

我们现在踏上的小路，把我们带进森林深处。我们从弯曲延伸的大道，来到了这里，不时会在树丛中遇到陡峭的上山阶梯。下面的高大树木，像绿色的洪流，滚滚波动。多么寂静，多么安详，只有树木的呼啸声传到耳边！就在这寂静中，伫立着受人尊敬的万圣修道院。当然那只是修道院的废墟。历经风雨沧桑的圆柱，站立在荒芜当中。十字形回廊及其尖形拱顶，也已在此寂寞多年。然而，即使在废墟中，仍然可以看到它的韵味和美丽，令我们在这样的环境中感到神奇。这是一种罕见的诗一般的力量形成的气场，是一首石头哀歌。修道院的历史十分古老也十分珍贵。它的建立可以追溯到巴巴罗萨在洪流中沉没的年代，当时乌塔·冯·绍恩堡赠给这里的僧侣们很多财宝，增强了这座修道院的实力。到了17世纪，它还被提升为主教修道院，保持了原有的荣誉，直到1802年命运袭击了所有修道院，使其脱离教会，变成了世俗场所。

然而，更加悲惨的命运在等待它。不久之后，一道闪电从空中掠过，雷火点燃了修道院的屋顶。那正是修道院的创建日，应该响起庆祝钟声的时候却不得不敲响求助的钟声。但一切救援都已无济于事。修道院周围的楼群很快化为灰烬。只有被烧得发黑的教堂支柱，像失去辉煌的墓碑，竖立在绿色的松树当中。人们甚至觉得又听到当

黑林山上的田园风光

时咏唱的《纪念死者》的歌声。

我们走过古老的修道院花园,那里的椴树在风中呼啸。我们进入的河谷越来越狭窄了。我们突然面临绝壁,河谷变成了峡谷,破碎的石块,分层下降,上面覆盖着水流。

这就是比滕施坦瀑布的宏伟景象。它几百年来一直孤寂地流淌着,就像很多美景的遭遇一样,只是现代探索的目光使它重见天日。现有一条特修的小路,带领游历者走向七条瀑布景区。小路的两端是利尔巴赫和奥彭脑两个河谷。

黑林地区的乡村妇人

我们漫游在黑林山中,还有另一处亮点就在我们眼前。我们从奥滕赫芬踏上通往霍尼希格林德的山路向上爬去。那里就是穆梅尔湖,一片美艳而诡异的水面。按照民间迷信的说法,这里有上百个水妖出没。它是松树环抱着的一面明镜。我们听到了松树梢上传来风的呼啸。据说,曾有一名年轻的牧羊人与一枝"睡莲"相恋。他们一起坐在沼泽中歌唱和亲吻,他还从来没有见过如此美丽的女人。而他本人当然也是方圆之中的一个美少年,有着金色的卷发和白里透红的脸蛋。黑林山区一带,还从来没有过如此美妙的一对情侣。"睡莲"只有一个请求:一旦她没有来到岸边,他千万不要呼喊她,否则两人均将毁灭。他按照警告坚持了整整两天,然后忍不住冲到湖边,透明的睡莲还没有从湖底升出水面——他充满欲望呼叫爱人的名字。他喊叫,他聆听——但山上过来一片黑云,湖水开始咆哮,在巨大的恐惧中,年轻的牧羊人飞进了森林和岩石。从此,再也没有人见过他的踪影!围绕着湖水流传着各种恐怖的传说。湖水的南岸,有一条小溪泽巴赫从荒山中喷流而出,最后流入欢快的河谷。那里有一座简陋的石屋,据说它的墙壁会吸走所有进入的人。现在,这无人居住的空洞里,并没有留下墙壁吸人的痕迹,只是游人临时落脚的地方。但在狂风暴雨威吓中,没有人敢去占有它!

泽巴赫小溪

　　我们继续往上爬，踏上一条蜿蜒的小径。这里再也没有房屋，我们只能在突出的岩石下躲风避雨。只有那些松树会给我们指路。我们从这里已经可以看见山下黑色的湖面。老辈人早已领会到了隐藏在深处的神奇，称其为 lacus mirabilis。当我们到达霍尼希格林德山巅，只见那里异常荒芜。尖厉的山风吹拂着这块高地，到处疯长着野草和芦苇。一座方形的无门的塔楼，向我们指点着四方的大地。无限的远方，是一片美丽的世界。我们可以看到从博登湖旁的霍高山脉到陶努斯山脉的景色。从多瑙河发源地，越过莱茵河平原，我们可以看到孚日山区。而这一切，都是我们的德意志家园！

古老的巴登城堡（作者：皮特纳）

巴登巴登

卡尔·施蒂勒

巴登巴登之所以古老，并不是因其荣耀，而是人们对它的认知。就像在欧洲很多地方一样，又是罗马人发现了这里的温泉，才使其成为一座城市，当时的名称是 Civitas Aurelia Aquensis。后来，当它从欧洲民族大迁徙的瓦砾中，缓慢地重新兴起时，又成了某些人的必争之地：修道院院长和骑士们争执不休，直到老巴巴罗萨作

巴登疗养院前

为封地送给赫尔曼伯爵。在他的家族的统治下，城市得以繁荣发展，并在山上修建了华丽的老宫城堡。这感染了山下的市民，同样建立了自己的欢快乐园。可惜的是，它最终毁于法国军队的掠夺之中。经过长时期的沉寂，宫堡才又缓慢复兴，现在成为统治家族的夏宫。一条大道在宽阔的围墙中，从城里通往山上，两侧的树木犹如守城的卫士。1689 年被焚毁的老宫城堡，在建筑艺术上十分重要，甚至可与海德堡宫殿相媲美。而现在重建的宫殿，却显得十分简朴而谦逊；几乎所有的厅室都注重生活的舒适，而不追求高贵和奢侈。

让人能够想起当年那个时代的，就只有那深深掩蔽在地下的神秘土牢了。它的真正作用，至今无人知晓。导游手拿一支闪烁的火把，摸索着向下走去，穿行过迷宫般的通道。这里的牢门嘎嘎作响，我们看到一根铸铁门闩。仔细观察，发现牢门原来由整块石板制成。门闩长达十英尺，从一间牢房伸到另一间牢房。长期以来，人们普遍认为，这里是法院的监狱。尽管至今没有历史凭证，它仍然留下了恐怖的印象。那是个多么可怕的时代啊！人们用斧头锤子修建了如此阴暗的场所！看看当年的牢房，我们现今的关押室又算得了什么呢！

距离城市大约一个小时路程的一处高地上伫立着老宫殿，当然只是美丽的废墟。几百年来它始终隐藏在绿色的森林之中，直到好奇的人们最终找到了通往它的小径。现在一切都修得平整，因为随着人的脚步，巴登巴登的奢华也来到了这里。但宫殿后面骤然升起的高大山岩，使我们可以想象出当年赫尔曼和伯恩哈德、雅各布和克里斯托弗在巴登高地生活时的景象。我们从这里可以看到远方的美景，可以俯视靠着山势伸延在山下的城市。我们面临的，有时是欢快明亮的牧场草原，有时是森林高地，有时是快乐山谷中河流的浪花。我们眼前看到的，真是一个小小的伊甸园。我们从巴登高地继续往前走，还邂逅另一座城堡。它伫立在陡峭的山岩之上，就是埃贝施坦伯爵的宫殿。城堡本身早已消失在苦难和黑暗之中，但它挺拔的城墙，还在讲述着一个传说。虽然勇敢的骑士早已不见身影，但却有些诗人前来做客。乌兰歌颂埃贝施坦伯爵的美丽史诗，留在了所有人的记忆里。

我们现在要与古代告别，从一条寂静的林中小道下山，前往山谷中热闹的现代。

巴登近代发展的动力，首先来自法国形势的发展。大批逃离可怕的大革命的难民越过边境，从博登湖到达科布伦茨，迁入德意志的城市。从此，外来游客数量猛烈增长，20 年代初每年还不到 5000 人，而现在已经超过 6 万人。为满足这种外来风暴需求而设立的机构，可以说已经到了爆满的程度，难怪居民已经把他们的温泉称为世界

巴登的利希滕塔尔林荫大道（作者，油画）

之冠。

　　这当然不仅指健康方面的需求，而且指高尚的娱乐。来到巴登求医治病的患者，首先要考虑的就是如何打发无聊的时光。全人类流传的古老呼喊，被成千张口所接受，又在千张口中慢慢消失。呼喊快活和奢侈，呼喊辉煌和欢乐。所有这些，都能在这里找到热烈的回应。勤奋的双手不停地把全世界的物品集中到这里。商人带来了财富，园丁带来了鲜花，金匠带来了精美的首饰，艺术家带来了他们的作品。坐满客人的餐桌旁，有人演奏音乐，绿色草原上飞奔着骏马，响着猎枪声。金色卷发的欢笑声，冲击着本应在林中寂静的泉水，不停地喧嚣、高唱和敲打。这就是享受，这就是生活，这就是浪费！然而，所有这些享受，却只能满足某种欲望，而不是幸福。有人手中拿着一颗闪亮的圆球来到这里，说道："这就是真正幸福的化身，请来试一试吧！"然后他就让球滚动起来，成千只眼睛盯着它看，成千块金币随着它滚动。消瘦的赌台主持人一再单调地重复：先生们，请下注。好了，投注完毕，买定离手。于是，巴登巴登就变成了这个样子，虽然公开的赌博两年前已被禁止，但那个时代对幸福追求的热度却丝毫不减。如果把这说成是这个可爱的泉城的本质，当然是不公正的，因为成千上万人在这里过着简单的市民生活，成千上万人享受着大自然赋予他们的美丽风光。但我们也必须说，很多人来到这里，就是为了使自己疲惫的身体，通过这一系列的激动时刻得以重振！他们感觉不到凉爽的森林空气，不能体会这里给人以温馨家园般的田园风光。他们要找的是在这里跳动的热度，他们需要刺激，他们在这里要展现全部的财富，试图掩盖他们的贫穷。我们说的只是他们，而不是来自世界各地的普通游客。对在欧洲各个奢侈场所都会出现的那批人，巴登巴登是另外一个世界。对他们而言，赌博业和法国因素的消失，显然是一大损失。

　　说起这个城市的温泉享受，保健因素其实并不是中心问题。因为宫殿山上的温泉水，几乎流进每一家较大的旅馆。一座豪华的宫殿式的建筑正在建设中。它将依照露台般的自然地形修建，直至山坡上的集市广场，并修有塔楼和城门作为装饰。这就是新的蒸汽浴馆。离此不远处就有一条进山隧道，对外有铁门封闭，似乎是可以下到牢房。外面的大储水池，冒着蒸汽，因为水晶般的泉水温度很高，各个温泉的水温可达36—54摄氏度。

　　与其说人们到那里去是为了保健，还不如说是去寻找消遣和快乐。这只能在环境优美的花园绿地之中，而那座交际活动大楼，就建于此地。它位于众多漂亮的树木当中，香气芬芳的花坛之间。我们首先看到的，是长长的饮水大厅。一条开放式的柱

埃贝施坦城堡的入口

廊，两侧装饰有讲述黑森林传说的壁画。上面有穆梅尔湖上跳舞的水妖；有躺在埃贝施坦城堡前的奥托皇帝，他的部队正在围攻城堡，却没有结果；有万圣修道院旁边的奔腾瀑布；有守卫他们宝藏的吉卜赛女人；有欢快的舞蹈者和全副武装士兵通过此地的情景。就好像成千上万人前来朝圣的这些神奇的泉水，仍是寂静森林的一个秘密。只有高大的松树和无言的山岩，才知道谜底。

这就是我们当时的感受。但只是再往前走几步，一个千年预言就应验了。我们离开了耳语般的传说魔圈，回到了喧嚣热闹的生活之中。我们站到了脉搏跳动最强劲的地方。

巴登巴登

利希腾塔尔修道院

　　交际活动大楼对面的凉亭里，响起了音乐。身穿拖地长裙的伯爵夫人，走过来向对面的公爵恭敬地点头致意，公爵向她伸出了手臂。在这些服装下面隐藏着什么样的情绪，在如此丰富的画面前，大自然又会有什么感想呢？他们是高贵还是贫困呢？

　　场面越来越繁杂，华丽的马车飞驰而过。天色已经朦胧，人们点燃六角形路灯。有人预告，晚上将进行一场盛大的焰火晚会。由于夏天的空气柔和而温润，大厅的窗子都已敞开，从里面流出一股仙女般的华丽。那里也在改变，包括那里的欢快舞步和嬉笑的生活。只有一个房间安静无声，我们几乎可以听到那里人的呼吸声，人们正在那里抚摸着书籍。那就是阅览室，其装饰为文艺复兴风格。但其中的读者也不时为外

利希腾塔尔的别墅

面的火花所吸引,在孟加拉式的焰火中可以看见山上的宫殿,成千支火箭升入空中,人们在四面八方为这场美丽的表演欢呼雀跃。

已经是午夜,疗养院广场的人群开始疏散。从皇宫前来的珠宝商,关闭了他的乌木柜橱。好奇地围绕那些闪亮宝石的夜蛾,陆续飞走。巴登巴登进入了安宁。谁要是窃看窗子里面,或许还能听到直至清晨狂热的生活脉动。但所幸的是窗子里面都悬挂着厚厚的窗帘,而"瘸腿小鬼"(就像所有魔鬼一样)只存在于想象之中。房屋里和街道上,都变得安静了。只有潺潺的奥斯河水在灰色的铁桥下,穿行城区而过。

这个季节最盛大的活动,当然是秋季的赛马。它甚至属于欧洲大陆最重要的赛事，尽管50年代才刚刚开始。最近经常有100—200匹马报名参赛，当然最后只有一半获得批准，比赛的奖金总额可达近10万马克。捐赠者中也包括德意志皇帝，他对巴登的赛马情有独钟。赛马场距离市区约两个小时路程，在莱茵平原地区，在小村庄伊费兹海姆附近，于是，"伊费兹海姆"就成为巴登最闪亮的宝贝。

另外，还有一种残酷的运动——"射鸽子"——也在这个场地举行，它没有给德国带来什么好名声。为此而需要的活鸽子，每年都要"消耗"数千只。

然而，巴登巴登生活中，为我们展现的最美的魅力，并不在喧嚣之中。我们必须到城郊别墅中去寻找，例如在沿河的利希腾塔尔林荫大道上。那里各家的花园格外精致。为了修建花园，他们常常要运来上千车的森林泥土。为了一个很小的花坛，就需要1500种最贵重的植物品种。到了傍晚，可以看见窈窕淑女的身影漫步在里面的小径上。她们手中拿着一本书，或手牵手边走边聊天。里面的窗子里，传出了门德尔松的歌曲声。天色已晚，在精致的铸铁栏杆大门旁，两个孩子和一只圣伯纳犬站在那里。大狗在保护着孩子，因为和他们一起来的金发姐姐，忘记了自己的职责。她正走在两个花坛之间，用手抚摸着花冠，并轻轻唱着歌谣：

> 我想把她献给欢乐的风，
> 把她带向远方。

辽阔的地球上，不知何处比这里更美。我们站在这里，真的不想离去！

普法尔茨

卡尔·施蒂勒

我们踏入普法尔茨的土地时,展现在我们面前的,是一幅阳光图画。生气勃勃的景象,一下子冲到我们眼前。这是一股比德意志任何地方都更快速的脉动。所有的话语都高亢而强烈。不论工作还是娱乐,都有一种促使我们参与的能量显现出来。这里人民性格的秘密,就存在于山上和山谷中,生长在最贫穷的房舍周围,繁茂

达恩的山岩地区

的葡萄根茎之中。

到处是被充分利用的土地，虽然并不美丽，但却显示出人民辛勤劳动给大地留下的印记。然而，在普法尔茨却也还有一块地方，人类的双手从未进入大自然创造的美丽形体之内。那里的大自然，除了给人民带来好处外，还展现出美丽风光的魅力。而我们的路，正好前往这个地方。那就是达恩的山岩地区。到处是松林的波涛，到处是裂缝重重的红色砂岩。这是一块奇妙的地区，可以从山岩顶端俯视山谷中的城堡废墟。它们的围墙里面，曾发生过多少欢乐和苦难！

停在邮局门口的黄色邮车，拉我们离开小城贝格察本开始爬山。道路一直向上，

特里费尔斯

在赤松中间行进，越过古老的磨坊，间或会遇见路旁孤寂的十字架，有时也会看见对面驶来的一辆辆疲惫的车辆。风光虽很寂静，频繁的交通，却在搅乱人们的心思。即使小小的村镇，那里的人民仍然热烈而不清闲。几乎每一个孩子，当我们问起前面是何处时，都会清楚地回答说那里是"处女跳"。在小酒馆里，村中的德高望重者晚上在这里聚会，每个客人都会受到欢迎，而房间的整洁、居民的好客，都使我们感到舒适。第二天早上，我们去了山峦脚下的两座大型城堡——特里费尔斯和马登堡。二者当然只剩下了残余的瓦砾，却能向我们展示当年的辉煌。特别是特里费尔斯，这方面的记忆尤为丰富。这不仅是一座贵族城堡，也是一座皇帝城堡，包括其全部的光彩。人们当然已经忘记了当年它下面的熙攘杂乱，但永恒的大自然之手，却保护了这块圣

施佩耶尔大教堂

普法尔茨

马登堡

地。一片山毛榉森林，戴着它阳光的树冠，遮盖着下面的小路，通往上面的城堡。来到上面，只见一片辽阔的世界出现在我们眼前，包括河流和城市及废墟。当年，海因里希皇帝曾坐在这里，满腔痛苦和愤怒。如果他不在 6 个月内解除禁教令，德意志王侯们就要离他而去。这里有一批帝国宝贵的珍宝，长期静卧在城堡院落当中。

现在，这里只剩下没有贵族居住的瓦砾，没有歌声传出的废墟！厅室里再也没有黄金充斥，而只有金色的晚霞照耀着这片土地。嬉笑的孩子们在当年王公们哭泣的地方玩耍，只有山毛榉森林中的树木还骄傲地在风中呼啸，枝叶间传出小鸟的叫声，暗色的青苔在树皮上蔓延。然而，古老的皇帝城堡特里费尔斯却永远沉默了。

普法尔茨今天的首府（如果可以把一个省城称为首府的话）就是施佩耶尔。但这既不是因其面积的大小，也不是因为其市容的光彩，而是因为它的过去。它是帝国最具历史意义的城市之一。它的开发（和莱茵流域的很多城市一样）也开始得较早。它的城防设施可以追溯到罗马时期。弗兰克国王统治时期，一位主教就在这里建立了自

鲁道夫皇帝骑马前往施佩耶尔

己的庄园。200年以后,加罗林皇帝把它选中为最爱之城。从此,施佩耶尔就与帝国的传统紧密结合了起来。它当然只是行宫的所在地,但却是那些世界级君主的长眠之所,不仅是因为他们的灵魂需要辉煌的庆典活动,想再见到帝国议会的所有的封臣。他们之所以把目光投向施佩耶尔,还因为他们的雄心已经疲惫,预感到生命的尾声。他们的目光投向那条道路,施佩耶尔象征着德意志皇帝们的生命归宿。"把马给我吧。"鲁道夫皇帝说。疲惫,躬身,面对他伟大事业的重负,他疲惫地弯下了腰,然后驶向施佩耶尔,在他坟墓的边缘死去。

　　这座坟墓在哪里呢?在城墙和瓦砾堆旁,从远处就可以看见城里一座建筑,那就是大教堂。康拉德二世曾在此修建自己的墓地,他的继承人开始修建教堂,最后由他的几代儿孙最终完成。一系列德意志皇帝和皇后,都在这里的皇陵中安息。这是这座城市辉煌生活的光环,也是600年来未受外来统治的尊严。但它的丧钟也已经敲响。

　　这又是一个充满诅咒的年代。它的数字无情地煎熬着美丽的普法尔茨的所有地区。这个1689年,使这座古城变成了牺牲品。它在三十年战争中饱受摧残,但不管何等灾难,它却保存了下来。甚至对当年的破坏狂仍然保有一丝尊敬,因为他们没有触动神圣帝王的陵寝。但到了"伟大"的路易时期,这块圣地还是没有能够得以保全。破坏的凶手是瑞典人,是伟大国王的大兵,在卢瓦、蒙克拉尔和梅拉克率领下,摧毁了施佩耶尔大教堂的神圣陵寝,把德意志皇帝的头颅在人民面前当皮球来玩耍。

　　然后,他们就放火焚烧施佩耶尔全城。他们把毁掉的城市变成了坟墓,把周围的农村变成了荒漠,连一块完整的石头都没有留下。只有大教堂经受住了这场摧毁的考

普法尔茨

施佩耶尔远景

验，尽管里面的珍宝被悉数抢光，但其结构完好无损。这是法国大革命造成的新灾难。这座圣殿变成了共和国军队的仓库，各个厅堂里装满了军需用品。管风琴下的感恩赞歌，变成了粗糙喉咙中唱出的《马赛曲》。就好像，这座光辉的圣殿，正在用几千法郎拍卖拆迁！就像我们常常听到的那样，很多伟大精神人物当时都命悬一线时，心中不禁产生一种莫名的恐惧。我们为这种无法弥补的巨大损失感到悲伤。当我们站到这座奇妙的建筑面前，同样对那些无法弥补的德意志艺术感到悲伤。

施佩耶尔城城徽

对大教堂的重新修复，达到现在的辉煌，无疑是巴伐利亚各个国王的功劳，特别是路德维希一世。他把一切艺术风格统一起来，尽可能使其重新闪光。如果我们从外面观看其正面墙壁，几乎看不出其巨大的结构。各个角落都有当代的新鲜痕迹。这在开始时可能有些干扰，因为古老和尊严是不可分的。然而，对于一座世界闻名的大教堂，没有留下风雨沧桑的痕迹，几乎是不可想象的。

教堂里面（包括施劳多尔夫的美丽屋顶壁画）同样给人以深刻印象，装饰的风格和高贵的气质相得益彰，也给现代艺术以施展的余地。那它到底好在什么地方呢？一位外来客用他的直接语言为我们做出了诠释。他是一位英国人，仰着头观望着墙壁和天花板。

"施佩耶尔的大教堂，是世界上我最喜欢的，比斯特拉斯堡、米兰和科隆的好得多。"

"真的吗？"我吃惊地问，"在您的眼睛里，它的最大优点是什么呢？"

"噢，它是如此纯洁，是全世界最纯洁的大教堂。"

他如是说，但我并没有完全

施佩耶尔的街道

了解他话中的真谛。然后，我们下到黑暗的地下陵寝。我们从地下又重见光亮，经过了数个小祭台，最后一个是圣阿弗拉的祭台。我们在这里静静停留片刻，这里是当年停放海因里希四世皇帝遗体的地方。他由于脱离教会，所以死后，教士们拒绝把他安葬在他家族的陵寝之中。他的棺木在这里停放达5年之久。他曾在卡诺撒宫里他祖先的陵寝前乞求宽恕。死者的身体应该遭受生者命运的部分磨难。这就是无形的阴影，在古老的年代，在这高高的围墙里面投下的阴影，当在星期日传道的欢乐时刻，教士们手持香炉和蜡烛在这里巡游的时候。而这阴影并未被涂上彩色的光环，它是这个地方的阴暗的遗产！海因里希四世和他的卡诺撒是德意志人民记忆中永恒的伤疤，也是施佩耶尔大教堂永恒的阴影！

海德堡宫（作者：里特尔）

海德堡

卡尔·施蒂勒

不仅是人，城市也有其理想。人人都喜爱福相，而美丽的海德堡就是这样一座城市。它欢快而明亮，沿河而靠山。这里有淡蓝色的山峦、湍急的江波、甜味的空气和欢乐的人群。人文精神和欢快享受相互交织的性格，都深深地镶嵌在这座城市的名字当中。我们几乎无法想象，它在过去也曾经历过多少羞辱和苦难。早在罗马时

海德堡

期，内卡河上方的高原就修起了要塞。后来，沃尔姆斯的主教们又在这里修建城堡。那还都是一些粗糙而孤寂的城垣，不时为这个或那个骑士据为自己的封地。直到施陶芬家族的康拉德，在这里创建了小小的城池——莱茵河畔的普法尔茨伯爵城。它在创立的伊始异常吃力和艰苦，各方力量为它制造障碍。但它的生命力不可抗拒，最终造就了新的辉煌。它战胜一切厄运的唯一武器，就是它的人文精神。

普法尔茨伯爵鲁布雷希特1386年创建的海德堡高等学府，是德国最早的大学之一，从此整个城市获得了独特的印记。不仅是贵族宫殿的辉煌，不仅是周围风光的无比秀丽，是它的骄傲，而且其人文精神作用的充分发挥，也使其昂起了头颅。它成为装点莱茵河流域所有城市的密涅瓦（罗马神话中的智慧女神。——译注）。在它的心中，跳跃着一个伟大的思想。那就是百年以后才被追求的一句箴言：知识就是力量。确实，一个强大而快乐的时代开始了。大选侯弗里德里希战胜了所有的敌人。在他的高山宫殿里，可以看见最高贵的客人。在高等学府里可以邂逅那个时代最具智慧的头脑。荣耀和财富，美丽和欢乐，所有这些都成了这里生活的标志。海德堡成了德意志城市中的珍珠，在思想自由的旗帜下闪闪发光。但这只是一个短暂的时光，它很快就变成了战旗的目标。战斗进行了三十年之久，有人想从德意志人手中把它夺走。

另一个时代开始了：人文精神隐退了，军事对立成为主旋律。世界从未见过的最大最恐怖的战争，终于达到了燃点。这座美丽的伯爵城的幸福与和平也化为乌有。首

海德堡宫被炸毁的塔楼

宫堡山上的朝圣者

先是阴险的梯里，一个穿着战袍的僧侣，来到了城墙外面。他不断向每座要进攻的城市派出使者前来劝降。他发出警告：如果遭到拒绝，他就将使用火与剑。海德堡同样将受到围攻，攻破后，将被焚毁。但它的精神宝库，壮丽的行宫图书馆，被梯里和大选侯马克斯送给了教皇。教皇接受了这份德意志的精神礼物，将之纳入梵蒂冈。梯里以后，又来了瑞典人，瑞典人之后，又是皇家军队，都带着报复的仇恨。火与剑，就是这个时代的口号。

但这座城市所遭遇的所有灾难中，最为严重的，却是来自那个自称全体基督徒的国王维特里希之手。他不仅占领和毁掉了莱茵河，而且还侮辱了他！

我们不想夸大已存的矛盾，同样尊重敌人的勇敢。但尽管如此，对于路易十四的掠夺战争，没有一个德意志人脸上不带有愤恨，而且法国也有同样的感觉。维克多·雨果在他的《莱茵信笺》中曾说，在德国让人忘掉这些，可能需要再过一千年。"普法尔茨战争是蒂雷纳名字上的一个耻辱污点。"但是，蒂雷纳只是其中之一，还有梅拉克，还有洛尔格，都是些历史上被千人指万人骂的人物！可怜的海德堡！它在1674—1693年间遭受了多少苦难啊！超过了所有德意志的城市。已经炭化的纸张，系用鲜血写成，尽是废墟的画面，就是那个年代的历史。

美丽的宫堡破碎了，炮弹打不烂的地方，用炸药炸毁。刽子手和雇佣军砍断了米特尔巴赫的族徽，挖出棺椁，把贵族的骨灰撒向空中。显现在人们的脸上的，已经不仅是痛苦,还是绝望!极度受辱之后,大选侯要求与元帅单独决斗,但元帅表示谢绝。战火仍燃遍整个德意志祖国!与此同时,巴黎却燃起了欢乐的焰火。国王让圣母院唱起赞歌,庆祝海德堡的攻陷,并在宗教界权贵和虔诚的贵妇中间感谢上帝的恩泽!可怜的莱茵城,就在这恩泽中被摧毁,被血洗,被夺走,胜利者就是伟大的路易十四!下一个世纪,尽管仍然充满战争,却放过了安静而疲惫的海德堡。虽然仍有不少不幸降临此地,但已经历过最重的灾难之后,对更多的灾祸已经感觉迟钝。它的繁荣、它的光辉已经折断,已无力支付战争的雄心,也没有土地让他们迈出历史性的脚步。

海德堡宫

只是到了我们时代的开端,城市才从深沉的疲惫中苏醒,从它躺卧的无助中,重新获得了新的魅力,获得了青春的力量——那就是科学。"新的生命从废墟中绽开"——如果说世界历史的这种伟大慰藉,还能够成为事实的话,那它就在这里实现了。同是那座经历过一切破坏的恐怖的城市,一座普法尔茨城市,用它的创造精神,造福了整个欧洲。最伟大的科学活动,在这里找到了它的摇篮,最伟大的科学巨匠找到了他们的家园。于是,那明亮欢快的线条又逐渐出现在城市的面貌上。我

海德堡被毁(作者：迪茨)

海德堡

们就是在这样的面貌前写这番话的。因为今天,这就是它给人的主要印象。今日的城市向我们展示出一副笑脸,就像是一个从未遭受过任何苦难的人,尽管我们知道,这副美丽的容貌经历过多少苦难。不仅是天空,而且大地和世界历史都有自己的殉道者,海德堡就站立在这些无言的受苦者脚下。

如果我们想解构一座城市神秘的本质,而且想知道到底是什么吸引着我们,我们就会遇到很多奇特的现象。海德堡并没有我们日常所说的"名胜",居民人数也有限,生活很简单,没有让人消遣的娱乐场所。但是,上千座宫殿及其财宝,以及那座被废弃的宫堡,却深深吸引着我们。从这迷宫中,人们难以走脱。到处是长满野堇菜的小径及载满记忆的残垣断壁。周围散发着森林的芳香。曲折的林中小道,阳光闪烁着绿色的光辉,谁又能逃脱从树木上流下的芬芳、新鲜和诱人的神秘呢?那里有一个小水池隐蔽在树荫之下,一股从山上冲下的溪水最终在它怀中安息;人们称其为"狼泉",因为曾住在附近比尔的女预言家叶妲在这里被狼撕碎。那里还有"鬼洞"及上方的"王座",在森林的尽头,我们可以看见下方长长的神奇的废墟。

海德堡宫殿的庭院

海德堡宫远景一瞥

然后，我们从绿色的荒野返回城市，进入了欢乐的生活，那里的精神光辉和无忧的青春汇集在一起——我们不禁要问，谁又能逃脱这样的魅力呢？

我们悠闲地来到宫殿前面，这永远是陌生人能走的第一条路。无数文人和画师都曾描绘过这颗德意志美丽珍珠的容貌。多少充满诗意的灵感，被这里的景色唤醒。它就像一颗明星，从天上坠下，穿透人们的心灵！但愿有更多的人站在这里接受这魅力的感染。那是一种神奇的命运：这片残垣断壁的臂膀已经折断，但它影响人们情绪的力量，却不断增长。没有任何力量能够摧毁它。众所周知，海德堡宫并非出自一人之手，也非出自一个时代。它是一组宫殿的组合，集聚了三个世纪的思想和感情。它本身就是一座集宫殿和塔楼、殿堂和花园为一体的小城池。它可与古罗马皇家宫殿相比，只不过展示的是德意志的精神和德意志的风貌。

的确，这里也留有皇家的手笔，帝国的鹰徽就站立在大门之上。当然不是像尼禄和咖尔巴那样的罗马皇帝，而是钢铁般坚强的人物，棱角分明的名号。我们越过吊桥和大门，首先看到侧楼建筑，它的建设者是鲁布雷希特皇帝。

海德堡

海德堡军团出征

至今还以他的名字命名的这座建筑,并不是宫殿中最古老的部分。它来自鲁道夫时代,早在一百年前就已完成。在它的废墟中,隐藏着最古老的阴郁的神话。

我们继续往前走,来到一大厅前面,就在宫殿喷泉旁边。那里的四根花岗岩石柱,同样是德意志皇家的遗物。

我们走过的各个宫殿建筑,都有一段自己的历史,自己美丽的传说。但其中最辉煌的,是以奥托·海因里希命名的那一座。我们站到了一座光彩熠熠的大师作品面前,系文艺复兴早期的风格。但它也携带着可怕战争留下的伤痕,也已是一片废墟。但那无法抗拒的美丽,仍然在已经死亡的肢体中显现出来!确实,即使现代的成千座宫殿,也不如这一座,这座残破的宫殿!有人说,这是米开朗琪罗的设计,尽管这个说法缺少历史的佐证,但它的建成,就充分证明了它的美丽。那是一个时代,冬眠中的古代艺术缓慢重新复苏,渗透到了各个艺术创作之中。除了圣经,人们又把希腊文明的精品拿了出来。宗教改革的青春活力,也有助于古老的经典美学重新复活。王公贵族们感觉自己成了奥林匹亚之神,并把奥林匹亚当成本家族的同志。这个思想发展过程,这种对时代的追求,也反映在美丽宫殿的正墙壁之上,同时变成了那个辉煌岁月的一面石镜。在开放式的壁龛里,摆放着赫拉克勒斯和大卫的雕像。被剥夺皇冠又复活的神灵——朱庇特和萨图恩、阿瑞斯和阿弗洛狄忒都在这里现身。所有这些形象,都静静地对抗着当年可怕的战火。不时会有英雄的手臂落下,不时会有帝王的皇冠落下,不时会是女神的胸腔化为灰烬。这些石雕现在都掩埋在碎石堆中,虽然躯体

内卡施坦纳赫

已经支离破碎,却隐藏着不灭的灵魂,我们至今还能感觉到它的伤痛。那么现在呢?常春藤长了起来,绿毯覆盖着被摧残的肢体和破损的心脏。这些辉煌当时为何而建立呢?只是为了被摧毁吗?!这些神奇的建筑大师是谁呢?他们的名字已经消失,没有人能把这些美丽据为己有!只有风呼啸着穿过敞开的大门。在城垣的缝隙里,长出了绿色,燕雀扇动着翅膀在黑暗中飞翔,天空的星星窥望着露天的屋顶。

这座残破的城垣中笼罩着伤感和寂静,没有痛苦,没有行动,这里的一切都属于过去!而现代人从这里走过,成百上千,无法理解,直到有一个人对这些过去展开了研究的目光,在这些痛苦面前产生了怀念。然后,这些红色的城垣在他眼前活跃了起来。一场神秘的行动开始了,人们听到了贵族的脚步声和美丽贵妇们的嬉笑。

如果所有在这里生活过的人物重新复活、重见阳光,他们的数量将是永远也数不完的!每个角落都充满图像,从门垛上的皇帝,到地下室守护酒窖的侏儒。酒窖同样是海德堡的一大奇景,没有人愿意错过。甚至有人把它当成科研的对象。毫不夸张地说,酒窖中共有藏酒 72 万瓶,但酒桶却都是空的。酒桶只是那个时代的残余,因为贵族们出走以后,大部分已损坏。后来酒窖管理人员只想建造更大的酒桶,而不是 1751 年前那些精美装饰的酒桶。

站立在大酒桶旁边的侏儒木雕像,曾是海德堡宫里的宫廷小丑。宫廷小丑每天可以得到 15 瓶葡萄酒的奖赏,而这些老翁般的儿童身材的小丑,以其酒后的各种恶作

内卡河畔的秋游（作者：许茨）

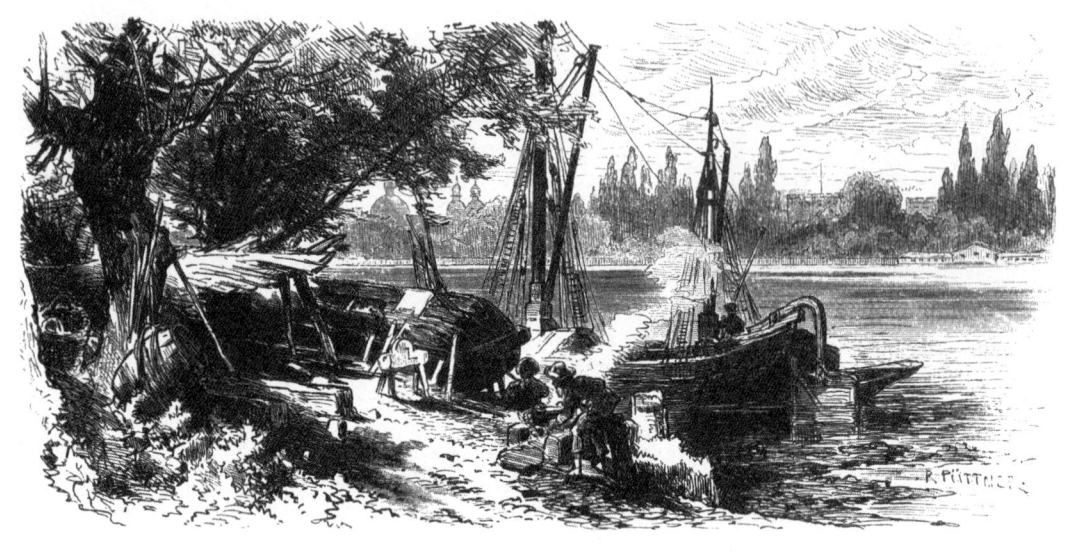

曼海姆郊区

剧为权贵们消遣，度过那些无聊的时光。"一个衰败时代的君主们，周围围绕了各种矮子和巨人，已把人类抛诸脑后！"维克多·雨果说得很对。

当时在海德堡都有哪些"事业"啊！狮子笼和橙橘园，光彩的狂宴和血腥的打斗，一切，一切，最终什么都没有留下，什么都没有！我们面前，只能看见被常春藤覆盖的一片废墟。这不是一座宫殿的废墟，而是一个时代的废墟。

然而，在这首悲歌的下面，却是一座充满活力的大学城。海德堡属于莱茵普法尔茨地区管辖的时代早已结束，现在它只属于大学生。不再是宫殿，而是高等学府，这才是它今天光辉地位的中心。海德堡的政治历史使命，已经完满终结，它的天职现在只存在于欧洲文化历史当中。

我们现在要做的，就是去体验一下这座大学城的生活。

我们怀着敬畏的心情，在这座缪斯之城下车。一个陌生人踏上从火车站前往城里的路，确是一个有趣的行程。在这个时刻，我们的大脑就是一张白纸，正在以素描的速度勾画着初步印象。然后再逐渐更正和完善。街道上到处是莱茵式的生活场景。我们看到，这里的人习惯于开着门处理各种事务。我们看到快步走路眼睛闪烁的女孩和奔跑耍闹的男孩。穿着蓝色衬衣的"叫卖者"充斥各个角落，满载穿着长靴大学生的马车呼啸而过。不时也会有人漫步走过，这肯定是个教授。

如果把海德堡与其他南方城市进行比较，特别是慕尼黑，我们会惊奇地发现，两座城市地理如此接近，但文化历史却又如此遥远。帝国中这两个地区相比，老巴伐利

海德堡

路德维希港

亚和莱茵普法尔茨性格之间,相差何止两三倍。

如果有人在火车站雇用一名行李搬运工,他就会发现,这里的搬运工如此文雅,就好像都上过大学似的。他们会谈论化学家本生和范格罗,就好像在谈论自己的好朋友。获得了初步印象以后,就会逐渐接触到这座城市特有的素质。它当然植根于大学生活之中。它不仅表现在海德堡名人的知名度和受尊敬的程度,就如搬运工谈论"他们"的教授那样,而且还表现在成百上千的细节之中。它们就在商店的橱窗里,就在书店、酒吧里。至于海德堡的大学生,就与其他地方一样,分为名副其实的和徒有虚名的两种,但二者在这里的差距更为明显,不像有些大城市,其表现还为某些外来因素所遮掩。那些徒有虚名的大学生,多把自己的时间花在咖啡馆里,常常与校役而不是与教授打交道,花更多时间去训练自己的爱犬,而不是磨练自己。

即使那些勤奋的学生遇到的诱惑也十分巨大。因为很少有高等学府能为学生的精神生活提供较好的条件。与海德堡相比,任何地方不能形成一种真正的德意志学生生活,也没有任何地方有如此好的自然环境。先生们都喜欢在明亮的夏日外出旅行。特别是附近的两座小城内卡格蒙和内卡施坦纳赫,是最受欢迎的徒步旅行的目的地。这里可以在河水上乘船游弋,可以在葡萄园里与人交谈,可以在高高的岩石上和残暴废墟中俯视山下的风景。尽管内卡河谷小而单调,但仍与莱茵生活有着某种血缘关系。这里的生活脉搏就是欢乐。它的金秋,就像是一个美丽的童话。内卡河畔这时会举行丰收庆典,所有山坡上葡萄在飘舞,焰火在欢跳,人们在自己的土地上收获着丰硕的成果!

海德堡宫里的大酒桶

　　同样，曼海姆也是海德堡学生喜爱的远足目的地，特别是喜欢世界终点的人。那些好奇的人，长长的商队，蜂拥而至。只要广告上出现了什么新闻，立刻就会传遍莱茵河两岸。即使那些努力工作和勤奋学习的人，也能在这里学到新的东西。曼海姆创业精神，在德意志城市中获得突出的地位，甚至也影响了附近的路德维希港，使其在短短的几十年间奇迹般地吐露锋芒！

　　然而，头戴彩色小帽的大学生们无忧无虑，怎么会想这些严肃的事情呢？到外面出游，就该心情愉快。至于需要操心的事情，以后终究会来的！到那时，就只能去工作，而不能享受了。毕业大考终于来临了。那是学业道路上需要支付过桥费的时刻！只有还年轻的时候，才会轻松对待毕业大考，只有那时才有勇气面对失败。关于难得无知，老苏格拉底说得很对，那是一种复杂的感情。啊，当我去拜访大考导师时，就有深刻的体会！我必须到处拉响门铃，走廊里不时可见到教授家中美丽的女儿，静静

海德堡

站在那里用同情的目光望着我这衣冠楚楚的牺牲品。她熟悉这样一些形象！这就是海德堡的大学生活。

海德堡本身几乎就是一座繁茂的花园，但如果感到这仍然不够，而向往大自然和艺术，就在不远的地方，就有第二座花园等待着他，其名声响遍欧洲。我们来到了施韦青根。对这小城本身没有什么可说。很久以前它只是公爵夏宫的一个附属设施，今天却是一个富裕的小官府驻地，既生气勃勃，正如普法尔茨血液中特有的那样，却又那么安静，就像一座只有4000人口的小城所应有的那样。

城市虽小，却有很多外地人前来这里，当然无人关注小城本身，而只是穿过小城，前往宫堡和花园。

在我们眼前所展现的，并不是大自然所赋予的那种美。恰恰相反，这是一种想象中的美，即在某一个历史时期，被认为是美的东西。我们所说的历史时期，在最后的波旁王朝的名字里有所体现。门特隆、蓬巴杜、迪巴里各个夫人的国王们，都是后来王公贵族修饰的榜样，根据凡尔赛的权威模式，在所有名贵的宫堡中生根发芽。

施韦青根园中小路

但不仅是无言和无情的石头，即使是繁茂的大自然，也同样受其影响。例如，宫堡中就修建了一座路易十四式的花园。这座园林设施几乎占200摩尔干土地（古代欧洲面积单位，一摩尔干约等于四分之一公顷。——译注）。我们来到建筑的侧楼，在拱门下穿过铸铁大门，展现在我们眼前的是一片平整的土地。其长长的椴树林荫道，充满青春活力，两侧有喷泉和石雕。

我们踏上石子铺成的小路，继续往前走去。那里是一个巨大的圆形花坛。成千朵芬芳的蓓蕾挤在这块土地上，尽管从总体看来，它仍然像是巨大的平台上一把小小的彩色花束。水池上方有海豚和龙的形象出没，有时是潮湿的石头，有时是深色的矿石，在它们的后面，是放纵的小爱神。然后，小路向两边通往绿地，左右两侧均为密集的绿色走廊。野生的大树身上，长满了常春藤。在这深深的绿荫当中，看起来有些神秘和陌生。我们在这里看到的石像站立在两旁，给人一种神话般的含义。从高高的岩石上，古老的潘神俯视着山下，岩石洞中传出唏唏的声响。透过松树的枝叶，传出

施韦青根花园中的阿波罗庙

耳语,让人甚至以为那是排箫的声音,似乎有人在吹,试图用箫声引诱这些石像。那是一个水妖,刚从大理石浴缸中爬出,用手拧干头发上的水,突然站到我们面前。

在通往花园的路上,有这样数不尽的石雕。我们遇到了庙宇和废墟、小桥和溪水。这一切的一切都在,只有一个缺少,即当时在这豪园中欢乐的人们。当然还有那个豪华的时代。所有这些石头见证、这些花朵、这片草地——它们看起来就像伫立在一座巨大的坟墓旁。在它们下面,沉睡着过去的世纪!

山路区和奥登林山

卡尔·施蒂勒

海德堡和达姆施塔特之间的地域，是一片数英里长的林山，它的名称至今对研究者仍是一个谜。树冠之下奔跑着鹿群，两侧的岩壁墙围下，埋藏着某些古代的辉煌。这片风光的景色，让人感到震撼，但它并不是震撼世界历史事件发生的场地，却受到我们德意志人民之喜爱。一个精瘦的小伙，在我们面前走过，向我们问候；坐在家门前的女孩，金色的发辫上戴着黑色小帽，口中唱起了古老的小调：

> 奥登林山上有一棵树，
> 枝繁叶茂美丽的树荫，
> 我曾经千百次在这里，
> 和所爱之人逗留温存。

是的，我们所穿越的，正是奥登林山。它幅员四十余英里，南临内卡河，西接辽

茨文根贝格和梅丽博库斯

在奥登林山中

阔的莱茵平原。自远古时期始,这里就修有一条军路,当时被称为 Platea Montana。我们在这里看到的是一块美丽的绿色地域,被称为"山峦公路"。左右两侧是很多美丽的小城和村庄,均是独特的建筑风格。这里的空气柔和,土地富饶。但在这丰富的土地和勤奋的人民之上,还有另外一些难以言喻的东西——诗歌的魅力。即使在此山坡下行的铁路,也无法破坏这种魅力,这里仍然是带有绿色山巅的古老奥登林山,仍然是它的粗犷的形象和伤感美丽的歌谣。

对此地名称的由来,众说不一。有人认为其来源于"荒原"(Oede),即其远古时期的状态。也有人认为其名来源于古老的神灵奥丁(Odin,北欧神话中的主神,主管死神大军。——译注)。这个名称中隐藏哪些内涵,我们不知道。但我们在山林峰顶上发现了隐藏的绿色,林山的美貌为我们展露了笑容。

其中最有名的山峰,有一个罕见的名字——梅丽博库斯。小路穿过高高的榉树林,一座带有开放式城垛的塔楼出现在我们眼前。在它的阴影下,我们可以看到山下辽阔的大地。我们脚下,在呼啸的树木中间是一些小村镇,如阿尔斯巴赫及小古镇茨文根贝格等。然后就是长满树木的丘陵,波浪般覆盖着大地。这里有欢快的陶努斯山和粗犷的施佩萨特山。再往远处即是黑林山,以及更远的地平线上的蓝色孚日山脉。它们之间,就是辽阔的莱茵平原,以及各个古城和它们的塔楼与教堂。一串神奇的名字又浮现在我们眼前:施佩耶尔、沃尔姆斯及金色的美因兹!我们在绿荫下休息,让德意志历史画面在我们眼前掠过。

圣山宫堡

从梅丽博库斯有一条画一般的小路通向菲尔斯贝格。一间孤单的看林人小屋,向我们打开了好客之门。我们在这里休息片刻,就启程前往"岩石之海"了。单单是我们踏上的小径,早在我们到达目的地之前,就已经出现了让人想起古老的异教时期的

奥登林山中的巨型石柱

诡异景色。林山上到处是残破的石块，上面覆盖着绿色的苔藓。只是偶尔可以看到高高榉树缝隙间的蓝天。大自然在这里掌控一切。我们面前突然出现了一块巨大的方石。这当然不是天然的产物，大约在1000多年以前这里已经有人活动的痕迹。然而，是哪个民族和什么时代的产物，这个谜团至今未能解开。我们继续往前走，逐渐进入了森林深处。我们突然停住脚步，因为在我们面前又出现了一根巨大的石柱，仿佛刚刚从地里升起。它同样用此地的石料制成，森林就是一座作坊，生产了所有这一切。但谁是工匠大师，此物的用途又是什么？难道就是为了一位即将死于基督屠刀下的异教生灵？还是为了修建罗马总督的宫殿？或者是查理大帝为了装备自己，为了他的普法尔茨的英格尔海姆？

谁能回答呢？创造它的人们没有完成这件作品，他们被一个新时代驱赶。新的统治者需要其他东西，所以就把这巨柱抛弃在这里，抛弃在它的原生地——森林之中。森林作为屋顶把它保护了起来，而时代就成为其被忘却的面纱，直到新的一代发现了它，在这沉重的石头面前思考自己的问题。

施泰特巴赫谷地中的磨坊

离此不远就是"岩石之海"，森林当中的一块巨大空地，像是种满了各种碎石，到处是瓦砾，无人知道它们的来历。在黑暗的时代，当时的人民是怎么在这块地方生存的呢？当时，这里还有骄傲的骑士住在他们的宫殿里，山脚下还生活着欢乐的农民！

像所有林山一样，奥登林山同样有自己的传说。其传说的基调，却与野蛮的军队有关。在我们刚刚离开的菲尔斯贝格不远处，就是施内勒特山和罗登施坦城堡。前者

山路区和奥登林山

舍恩贝格宫堡

的脚下,有一栋十分古老的农舍。住在这里的主人,熟悉山区的所有阴暗秘密。他告诉我们,他曾不止一次在无风的夜晚听到奔跑的铁蹄、吠叫的犬声和鸣叫的号角,甚至连空气都在震动。而这"夜间大军"所走的路,直接通向罗登施坦。人们常常听到的,就是战争的信号。所以,直至18世纪末,还常常有伐木者和猎人报告这样的消息。

施内勒特山上那座城堡,与其他城堡不同。它呈六角形,每一面长达十六英尺。外有坚固的城墙和深深的护城河。但所有墙体几百年前就已坍塌,内部的水井也已填死。据说在这废墟上,曾住有遭诅咒的三姐妹。她们被一条黑狗守卫着,而它实际是一个猎人的化身!她们常常祈求解脱。有一天,其中最美的女人遇见一个年轻的小伙,她说她将化为一条蛇重现,并吻他三次。如果他能勇敢并坚强对待,就将得到她的爱和财富。然而,当第二天一条大蛇向他爬来,并站直身体要缠住少年时,少年却害怕了。他一边颤抖地后退,一边大声嚎叫:耶稣,救救我!大蛇一下子消失,财宝和爱情也永远消失不见。这就是奥登林山上流传的故事。附近的舍恩贝格宫堡和圣山宫堡,也都值得一看,但从历史意义上看,占据首位的无疑还是奥尔巴赫宫堡。这座

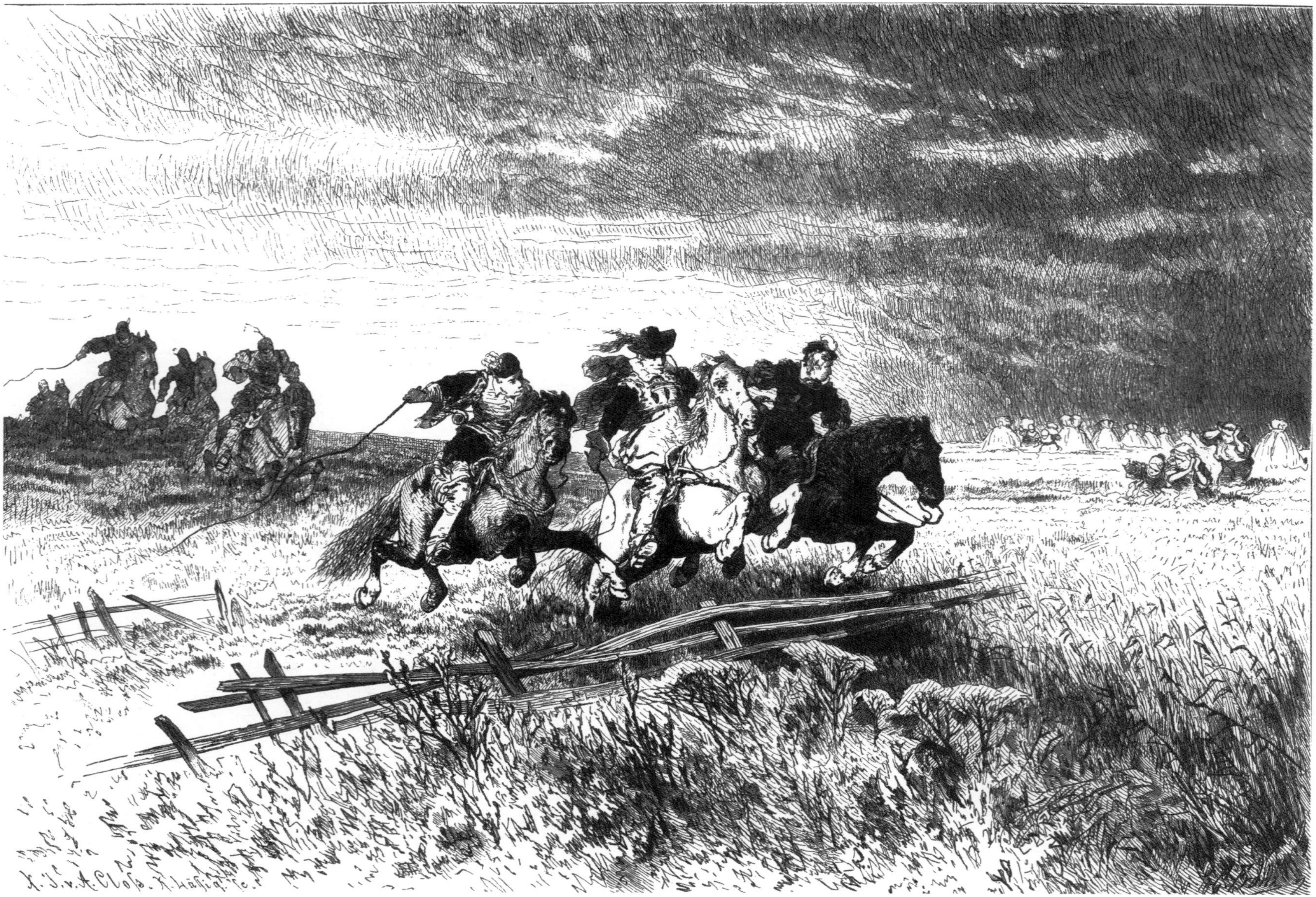

巨大建筑的废墟中，仍然蕴藏着当年巨大的力量，因为剑与火并未能将其巨型塔楼和城垛完全毁掉。这座城堡的起源可以追溯到加罗林王朝时期，那些骄傲的国王是它的主人。后来才来了宗教界的首脑，占据了这座漂亮的宫堡。那就是冠有贵族头衔的罗尔施修道院，这是帝国中最古老的一个。后来，美因兹的红衣主教、帝国的首相和大选侯，以及再后来一些较小的伯爵，成了宫堡的主人。为了这座城堡，曾发生过多少次战斗啊！但最优秀和最勇敢的忠臣却叛变，把城堡拱手让给了路易十四的雇佣兵们。而把这美丽的宫殿变成废墟的那个人，就是这次掠夺战争的统帅蒂雷纳元帅。他在莱茵地区撕开的很多伤口，至今无法平复。其中的一个伤口，就是这里。

泽海姆的市政厅和铁匠铺

我们从山上下来进入谷地，从深沉寂寞的森林来到热闹的市井生活。尽管这里仍然很偏僻，但莱茵要素却已经在人们的思维里打下了烙印，展现了他们开朗的天然性格。我们与之交谈的每个人，都热情地回答我们的各种问题。我们在这里听到了磨坊小溪的流水声，磨坊的转盘欢快地转动着，小屋依靠山岩而建，蓝色的炊烟笔直地升入天空。确实，仿佛一首美丽的歌谣，在我们耳边响了起来！

在施泰特巴赫谷地的终端，就在圣山脚下，就是欢快的小村尤根海姆。它的名字远近闻名，甚至远至乌拉尔山区和伏尔加河畔。因为奥登林山上这座小村是强大沙皇们最喜爱的行宫驻地，这也吸引不少外来客前来，在绿色榉树林中修建了漂亮的别墅。于是，尤根海姆也成了帝国臣民喜爱的疗养胜地。为此甚至建立了相关的协会，以亲切的姿态为外来的客人展示美好的一面。奥登林山迄今向我们展示的，几乎全

科尔克斯海姆山谷

是田园风光。但我们也不能忘记沿着山路区的充满魅力的那些小城。当然,它们都距离田园风光不远,与田园风光反倒相得益彰!我们在海德堡前往达姆施塔特的路上,遇到的这些小城中的一个,就是十分古老的拉登堡。该城在罗马时期叫 Lupodunum,

拉登堡

山路区和奥登林山

曾是罗马人在上莱茵地区的一个军事要地。一个罗马浴池的废墟和罗马时代的其他残余，就是见证。同样，拉登堡在中世纪也有重要的意义，曾是以它命名的拉登高地区的首府。开始它也是弗兰克国王的驻地，后来从属于乌尔姆主教的治下。在12世纪，沃尔姆斯主教被市民愤怒地赶出主教城以后，这里甚至建立了自己的光彩宫廷生活。一条"殿堂胡同"，还能让人想起它从前的主人弗兰克国王的宫殿。因为国王的宫殿，在这里都被称为"殿堂"。同样十分古老的教堂旁，还保留着梅特涅和西金根两位男爵的墓碑。西金根男爵创建的基金会仍然存在。根据传说，这个家族的一位小姐，曾在附近的森林中迷失了方向，后来听到了圣加卢斯教堂夜里的钟声才找到了回家的

魏因海姆一瞥

路。于是，心怀感激的这个家族创建了这个基金会，并永远在每天晚上11时敲响指路的钟声。基金会每周用一马耳脱谷物烤制面包，分配给穷人。类似的传说，我们也在其他地方听说过。据说由达戈贝国王创建的加卢斯教堂的塔楼，从很远的地方就可以看见。在拉登堡充满风暴的历史中，我们感受到了罗尔施修道院的神迹，它曾是这个地区所有地主的磁石。西班牙人、法国人和瑞典人，曾在三十年战争中来到这座城门前。现在这个地区变得和平了，到了春天，到处生长着繁茂的树木，它们的果实在全德国很有名气。再走一段路，欢快的魏因海姆来到我们眼前。

卡尔·西姆罗克曾在他的《画般浪漫的莱茵地区》中说，"谁只是舒服地坐在火车车厢里，就不能说他已经看见了山路区。他必须坐在自己的马车里，至少要在魏因

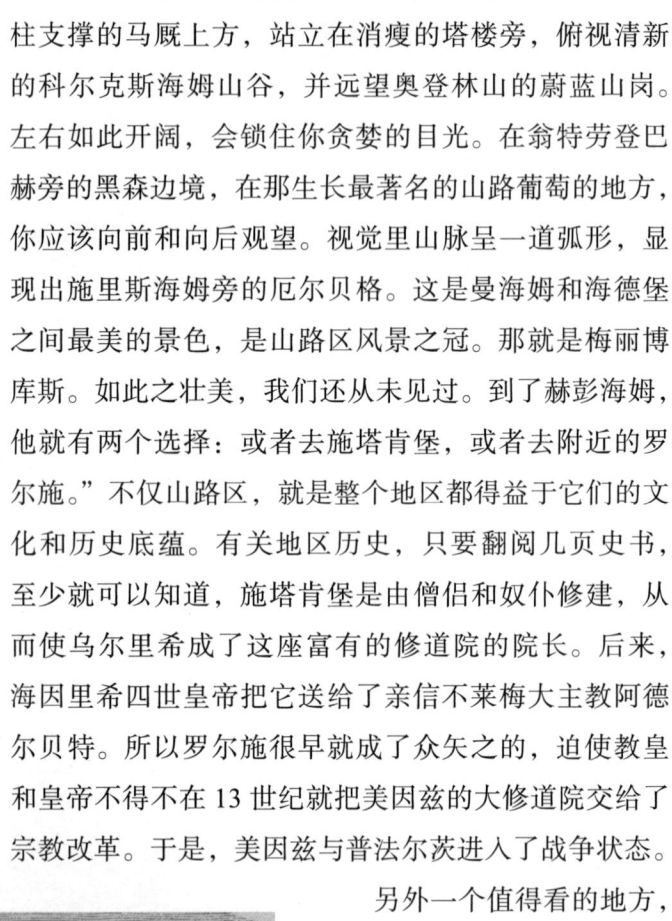

海姆下车去看一下那古老的温德克城堡。他可以在圆柱支撑的马厩上方,站立在消瘦的塔楼旁,俯视清新的科尔克斯海姆山谷,并远望奥登林山的蔚蓝山岗。左右如此开阔,会锁住你贪婪的目光。在翁特劳登巴赫旁的黑森边境,在那生长最著名的山路葡萄的地方,你应该向前和向后观望。视觉里山脉呈一道弧形,显现出施里斯海姆旁的厄尔贝格。这是曼海姆和海德堡之间最美的景色,是山路区风景之冠。那就是梅丽博库斯。如此之壮美,我们还从未见过。到了赫彭海姆,他就有两个选择:或者去施塔肯堡,或者去附近的罗尔施。"不仅山路区,就是整个地区都得益于它们的文化和历史底蕴。有关地区历史,只要翻阅几页史书,至少就可以知道,施塔肯堡是由僧侣和奴仆修建,从而使乌尔里希成了这座富有的修道院的院长。后来,海因里希四世皇帝把它送给了亲信不莱梅大主教阿德尔贝特。所以罗尔施很早就成了众矢之的,迫使教皇和皇帝不得不在 13 世纪就把美因兹的大修道院交给了宗教改革。于是,美因兹与普法尔茨进入了战争状态。

奥尔巴赫宫堡废墟

本斯海姆的莱茵城门

另外一个值得看的地方,就是奥尔巴赫。那里有一个沉睡的草原少女需要解救。而解救的方法就悬挂在用树枝编织的摇篮上面。如果错过了机会,草原少女就会继续沉睡和等待,直到草原上长出一株樱桃树时再用樱桃树的木料制造一个摇篮。只有第一个躺在里面的孩子,才能去解救她。人们来到茨文根贝格后,必须爬上梅丽

山路区和奥登林山

达姆施塔特集市广场

博库斯城堡，从那里爬上发光的塔楼，从这山岗的最高点眺望远方。只有在这里，人们才能感到自己就是奥登林山之王，因为辽阔的莱茵地区就在脚下。

在山路区，几乎一切名字的结尾都是巴赫或者海姆（德文分别是小溪和房屋的意思。——译注），于是我们从黑彭海姆前往本斯海姆，受到了后者的热烈欢迎。很多美好的建筑，当然已在 1822 年的大火中毁掉，但我们仍然可以找到一些塔楼和阁楼、角窗和门庭，具有黑林山的建筑风格。同样，本斯海姆也与距离此地只有一个小时路程的罗尔施修道院有着密切的关联。这里的彩色小教堂中，安放着路德维希和他儿子的陵墓。教皇利奥九世曾为他们祝福，在人们眼里他们是圣人，尽管那个时代发生了很多的灾难。诗歌和传说在这里编织他们的经纬，甚至进入了尼伯龙根史诗。因为克里姆希尔德曾把西格弗里德的遗体送往罗尔施，诗中阴郁的诗句描写了这个场景，例如"勇敢的英雄，躺卧在长棺之中"，摆放在大教堂门前。

我们继续往前走，经过古典的茨文根贝格，越过泽海姆、埃伯施塔德，前往贝松根。在贝松根，我们离开了迄今在我们右侧的林区及从海德堡开始的美丽的果树林荫大道。一直陪伴我们的那些记忆，也开始淡化。这时的大地更为平坦。我们眼前看到的，不再是位于山峰之上的破旧城堡，而是现代的色彩鲜艳的喧嚣生活。我们来到了美丽黑森的宫殿城——达姆施塔特。

我们几乎在所有城市都看到的发展中的矛盾，在这里也不例外。城市的核心仍然是古老的风格，所有的房屋和街巷狭窄而拥挤。而新城都冲出了城墙和城门，宽敞而高大，街道又宽又直，房屋高大豪华，现代精神占据主流地位。

只有在很少的城市，这个扩大原则是在几十年前完成的。达姆施塔特应该感谢的，是亲王路德维希一世。所以他的雕像伫立在新城的市中心。而且这座纪念物是一件艺术品，因为站立在巨大圆柱上的这座立像，出自大师施万塔勒尔之手。

达姆施塔特亲王的行宫是一座宏大的建筑，可追溯到黑森的老封疆伯爵。后来的每个百年，都进行了不同风格的扩建。其中最重要的部分，无疑是18世纪头十年的新建部分。它出自法国建筑师之手，外形光彩夺目，直面脚下的集市广场。其内部收藏了本地最宝贵的艺术和科学珍品。收藏有古典精品的画廊，已是远近闻名。正在进行维修的剧院，是当今亲王及先祖的遗愿，在全德国享有崇高的荣誉。一句话，没有任何一个当政者会在美丽的大自然环境中，还留意从精神上抓住外来的客人。我们知道，这里有德意志最好的教育基础，这里有多个文化中心让你享受。我们就是在这种理念下，记住达姆施塔特的。

达姆施塔特宫殿花园一瞥

西格弗里德的遗体在莱茵河上运走（作者：鲍尔）

从沃尔姆斯到美因兹

卡尔·施蒂勒

美因兹的城徽

我们最后走过的路，都是沿着莱茵河的右岸。那里的绿色森林是如此诱人，把我们带进林木深处和神奇的传说。这是这些树木陪伴大河的最后一段路了。

我们又回到了大河的左岸，和它一起穿越辽阔的平原。很自然，这里当然逐渐增加了城市的因素。而沿河的第一座德国最著名的城市，就是大河左岸的沃尔姆斯。

沃尔姆斯的美，不是平常的概念。这不是

沃尔姆斯的犹太人会堂

从沃尔姆斯到美因兹

沃尔姆斯圣母教堂旁的葡萄园

诱人的色彩和诱人的形状,而是另外一种美。它深藏不露,几乎有些谦卑,似乎生怕被浅薄的目光看见。这就是古老的沃尔姆斯环境所特有的美。

景色比较平淡,色彩比较阴暗。在低矮的河床里,莱茵河静静地流淌着。蔓生的杨树丛,拥挤在两岸。下面集聚着老河水,被宽阔的沙丘隔挡着,间或有白鹭在这里落脚。远处的地平线是开放的,给天上的云彩留下自由翱翔的空间。灰色天空下面,矗立着威严的教堂塔楼。只有当我们用审视的目光观察那长长的线条时,才会感受到其内在的含义及其历史内涵。生活在其中的精神,安静而有力,具有圣歌风格的宽厚,使得伟大的历史人物只能作为补充和陪衬。

这里古老的红杉林,就是当年诸侯们选举国王的地方,也是两个康拉德争执与和解的地方。

众人呆呆地站在这里

莱茵河传

人民的喧哗此地可闻
莱茵河静静地流淌
直到，两位主人
双手紧握在了一起
兄弟般地拥抱亲吻
一切都已清晰，
相互不再妒忌
每人后退一步赢得和解。

沃尔姆斯集市

从沃尔姆斯到美因兹

诗人乌兰曾在《施瓦本的恩斯特公爵》中如是描绘了1024年的国王选举：当和解取得胜利，诸侯的随从和广大百姓欢呼着去美因兹参加加冕典礼。

所有这些景象早已消亡，但景色和当年承载它的土地却仍然活着。如果翻阅历史考察过去，它就会重新复活，就会听到人民的欢呼，看到强大国王的高大身躯。回忆让历史重现，历史人物在某种空间里会出现这种隐形复活。这就是历史作用。人们可以冷静地穿越一切，但没有人能够抵御过去的思想对心灵的冲击。伟大的恺撒曾占据此地，破坏狂阿提拉曾骑马越过此地的莱茵河。这也是关于玫瑰园童话流传的地方。两位女王布伦希德和

沃尔姆斯大教堂

克里木希德曾在此地相争，在沃尔姆斯大教堂前开始战斗，沃尔姆斯大教堂上空曾满布阴云，闪电在尼伯龙根之歌中永远照耀着我们。

大教堂至今仍是城市文物之冠。那是一个美丽的石头巨人，就像是站在莱茵河沿岸的坚强卫士。它的整个建筑，它的圆形塔楼和城垛，让人感到一种要塞式的力量。这座庄严的建筑，就像是全身覆甲，站立在我们的面前。其整个风格是罗曼式，但却平添了符合那个时代时尚的特色。这非但没有破坏教堂的整体风格，反而成为"本千年初圆拱风格最美的典型"。在东侧的圣坛和北侧的长堂通道上方，都有怪异的脸谱在俯视着我们。那都是异教徒阴暗的怪胎，是11世纪的基督教堂所无法排除和征服

沃尔姆斯的路德纪念碑

的形象。西侧的圣坛，向我们展示了尖顶拱门晚期的造型。对此的解释是，15 世纪对西侧塔楼进行了必要的修缮。但西侧圣坛的建造，使建筑师颇费脑筋。因为按照固定的法则，教堂的主门应该在东侧圣坛对面。而现在的主门却是 300 年后兴建的南侧哥特式大门。我们迈着缓慢的步伐进入圣殿之中，所得到的印象却是震撼心灵。这里有沃尔姆斯宗教领袖的石陵，圣坛上方挂着金色背景的画像。在一个祈祷室里摆放着巨大的洗礼盆。另一个祈祷室里是皇家女眷的陵寝。我们站在一幅大师作品面前，它在告诉我们，我们每走一步，都在呼吸着历史的空气。在这围墙内，开过多少决定德意志命运的会议，举行过多少五月聚会和国会议事啊！公元 772 年，领袖们在这里决定向萨克森宣战。1122 年，海因里希五世皇帝和教皇卡里克斯特二世，曾在这里的国会上签署了有关授予主教节杖、戒指和牧杖的协议。1495 年，在马克西米利安一世领导下举行的国会上，决定在德国废除动武权，从而实现了和平。

然后就是那届值得一提的沃尔姆斯国会。当时在大教堂围墙前，曾站立一个勇敢的激情男子。他把地球撕开一个大裂缝，把两个世界纪元分开，分别创造了各自的精神半球，地球至今还以此划分。"我站在这里，只能是这样，上帝保佑。"

当然，在沃尔姆斯发生这些重大历史事件的古老年代，早已成为过去。这些光辉年代以后，接踵而来的，是缓慢而痛苦的衰败。三十年战争使它遭受严重毁坏，路易十四的掠夺战争中，它不是被破坏，而是彻底毁掉！两团敌军占领城市以后，向市民宣布，按照"虔诚的国王"的意志，沃尔姆斯必须烧得片瓦不留。军民只有很短时间撤离，然后，杀人的火焰就冲天而起。那是两种元素的殊死战斗：土和石。在最后一栋房屋在大火中烧毁之前，它们不想退却。而当时的沃尔姆斯还是座人口众多

奥彭海姆的瑞典教堂

奥彭海姆的圣卡塔琳妮教堂

的古老皇城。城市周围建有两道城墙和七座城门。它的莱茵塔楼是如此牢固，用了30包炸药才最终把它炸毁。一座座美好的建筑，最终化成了灰烬。就在他们在城外搓手庆贺的时候，一座城市回归了诞生它的土地。

一切都已死去，一切都已陨落和沉默，只有大教堂的围墙依然挺立在荒芜当中。一切凡间的东西都已毁坏，只有上帝拯救了他的殿堂！

人们开始重建。城垣可以恢复，但与城垣同时陨落的伟大精神、伟大历史，却是后来人无法重新唤醒的。一个寂寞而低沉的时代开始了。街巷中又长出了青草，新的一代人，在屈辱和疲惫中成长起来。这时的人口只有原来的三分之一。他们生活在伟大的记忆当中，却没有对未来的信心。

很长时间就是这样一种空虚的垂死状态。18世纪中叶，一个历史学家还在说，在此城里能够看到的只有"荒芜的广场和残破的废墟"。维克多·雨果于1840年把沃尔姆斯描写为"une ville qui meurt"，并阴郁而意味深长地描绘了他所感到的濒临死亡的印象。

只是在我们的时代，它才逐渐活了起来。但这不是沉睡多年的古老力量重新苏

醒，而是现代精神和新的思想，输入了业已僵化的四肢的血液循环当中。千万只勤奋的臂膀进入了大工厂，千万辆卡车沿着莱茵河驶向下游的荷兰。

我们来到林登广场一栋宏伟的建筑前。绿色的葡萄架环绕着大门，里面笼罩着莱茵地区特有的好客气氛。这里的一切都那么舒适和完善，一切都按照城市新贵的习俗，父亲懒散而舒适地坐在桌旁，给我们讲述着古老的故事，脸上不时掠过一丝慈祥的笑容。还和25年前一样，他亲切地望着老是那么快乐的女主人。千百个回忆都苏醒了。摆在年轻客人面前的绿色高脚杯中闪烁着金光的葡萄酒。这是沃尔姆斯地区的特产。桌子后面站立着为我们服务的可爱的女儿，就像是童话里的水仙，那么机灵和可爱。一看就是在皇城生长的孩子。她知道一切，但却保持谦虚。一副笑脸上面，编织着褐色的发辫，就像是一个小仙女，无忧无虑地做着她的事情。都是管理家务的好手。

奥彭海姆圣卡塔琳妮教堂的钟楼

从各个角度来看，沃尔姆斯对我们来说不仅是莱茵地区最大的城市，它也向我们展示了整个地区，直至科隆的真正的莱茵生活。一股亲切自然之风扑向我们，这是一股道德之风、理想之风。甚至连他们的名字里，都流淌着莱茵的血液。对沃尔姆斯的好客日子，我们只能表示感谢。它从一个强大的皇城，变成了一座安静的城市。

从沃尔姆斯到美因兹，中间没有什么较大的城市，但土地却十分肥沃和富饶。那里笼罩着茂盛的葡萄园及受葡萄感染的快乐。这就是我们沿莱茵河下行所看到的景象。我们就在这欢乐的大自然中漫游，逃离了大城市的呆板，逃离了世界历史中莱茵河畔那些阴郁的记忆。

只是到了奥彭海姆我们才停住脚步。到了这里，我们的悠闲遇到了阻力，因为我们又面临风暴时代的见证。越过葡萄园，我们看到了远方一座威严的城堡。可能很久以前，某些帝王曾在里面面对城外的敌人。它是一座德国要塞，承载过光辉的名号，被称为"国之冠"。而更为古老的，是它脚下那座在罗马废墟上建立起来的小城。虽然它看起来很平淡和虚弱，却有过一座全德意志最美的哥特式大教堂。不幸的是，大教堂在普法尔茨战争中落入破坏狂之手，被一把大火摧毁。这座著名的卡塔琳教堂被毁后，尚剩余的残物（修复工作正在进行），仍然令人惊叹。这不仅是一座信仰的纪念碑，而且还蕴藏着过去时代和家族的伟业。我们安静地在里面走过，看见这里墓碑上很多伟大的名字，感觉极其震撼，因为那不是一般的姓名，而是历史的概念。在教堂外面的墓地里，埋葬有成千上万无人知道其姓名和命运的遗骨。根据古老的习俗，这里建立了一所尸骨堂，把地下挖出的遗骨收集在里面。当我们在铁栏外面看到这样的景象时，突然想到，这些遗骨如果突然复活，顿时感到一阵莫名的恐惧——无言、无欲、永恒消失！即使在这里，我们仍能感觉到战争的痕迹，因为战争曾多次侵袭过这座欢快的小城。这里的很多遗骨都是额头被击碎，留下了子弹的痕迹，是谁把他们送进死亡的呢？三十年战争时期，围困小城的瑞典士兵？蒂雷纳

尼尔施坦旁的葡农小屋

指挥下进犯莱茵地区的法国雇佣军？或是来自巴斯肯山脉的西班牙人？然而，今天还有谁会去思考已被遗忘的苦难呢！在曾被战士鲜血浸染过的丘陵上面，已经长满了葡萄。这里是我们第一次遇到"莱茵葡萄酒"这个名字的地方，因为所有的一切，虽然

不在地图上，但却可以在所有普法尔茨的葡萄酒谱上找到。"尼尔施坦葡萄酒"，以及劳布海姆和博登斯海姆，都是远近闻名的名酒。我们常常斟满酒杯，一起乘船沿河前往美因兹。宽宽屋顶的大教堂已经映入眼帘，我们似乎已经听到了它的钟声，那就是莱茵河畔的王城！我们斟满酒杯，向它致敬：金色的美因兹！

与美因兹隔河相望

美因兹冬日的莱茵河畔

金色的美因兹

H. 瓦亨胡森

现在请跟我进来,亲爱的读者,穿过"德意志帝国神父胡同"的城门,进入美因兹,金色的美因兹。此后,我将陪同你一直抵达科隆,那座神圣的城市,穿行最美的河滩,带着上帝对德意志第一大河的祝福。

从前,它高高在上,位于缓缓上升的高地上,虽被历史事件干扰,仍是座屹立不倒的城市。随着时代的推移,它逐渐下降来到莱茵河边,不仅地理位置下降,而且也从它原来传统的地位上下降。罗马人曾在这里修建了石桥,把我们野蛮的德意志父辈隔在

美因兹城城徽

门外。宗教地位也同样下降，因为主教们把他们的主教权杖，变成了世俗权杖。虽然其权力和财富，在千万个苦难中业已消失殆尽，但它毕竟还是金色的。美因兹保留了自己的金色心态。游人从银色的水面前往狭窄的鼠塔，当行驶在浪漫的河谷时，就会遇到美因兹人。他们是莱茵父亲最快乐最开心的子女。美因兹的位置虽然不算最佳，但却是最自由和最优雅的地段。我们继续把目光从公园的高处（下面就是那座美丽的铁路大桥）越过美因河，可以看见五彩缤纷的奥登林山和陶努斯山脉。高处的霍赫海姆及其葡萄园，会在美因河和莱茵河交汇处向我们招手。河对面高地上的一片红砖兵营，会像巨人般显现出来。那里现在是普鲁士比伯里希士官学院。河中小火轮频繁渡过两岸，从河中宁静的小岛旁驶过。莱茵航运公司的拖轮，喘着粗气拖着拖船行驶在平静的水面上。神话般的天鹅，跟随在客运快船后面，模仿着密西西比河上的浮动宫殿，装载着成百名乘客冒着黑烟行驶在莱茵河上。

美因兹的大教堂前

另一边是远方云雾间的水谷，或者闪闪发光的太阳之冠。在鲜艳的地平线上，可以越过平台看到冯·拿骚公爵的猎宫及白色的涅罗贝格寺院。仿佛一株巨大的蘑菇，闪光的金色十字形屋顶孤寂地站立在绿山之间。那是一座希腊教堂。

继续往下游走，一片变幻莫测但柔和的石灰色调，终于露出水面。我们越过吕德斯海姆的梯田，来到尼德瓦尔德。这是莱茵河湾的大门，打开它就会给游人展现一幅

金色的美因兹

美因兹日耳曼博物馆的庭院

新的景观。在阳光下,观察者站在美因兹高地上,就能看到莱茵高地区的串串珍珠,那是散发着葡萄浓香的人间乐园。上帝给人类无穷的爱,还在葡萄园地下赠送了一泓矿泉。

在那边,有人唱起:"荣誉归于上帝!"我们看到葡萄园中间竖立起十字架,看到了多汁的金色葡萄和飘摇的板栗树。在绿色环绕的别墅和农舍中间,在沐浴着这河水的小城脚下,我们终于看到了人烟,热情而好客!

这里虽然如此美丽,但莱茵河谷的历史却充满了谜团,特别是河的左岸,而美因兹就有切身体验。其渊源甚至有些幼稚和神奇。据说,在特里尔,公元前1400年,曾有一名叫作内卡姆的魔法师,由于到处传播恶毒的魔法,被特里尔人驱赶出去。为了进行报复,内卡姆发出恶毒的诅咒,发誓要在现在美因兹所在的地方,用魔法建立另一座城市。

另一个传说却把这座城市的建立,推给了一个叫摩根修斯的特洛伊人。说这是他在特洛伊被毁后逃亡到此处所为。这个说法,至少在城市的名称上,还有些道理,但也没有太大价值。根据历史资料,我们可以追溯到罗马人在这里建立的要塞。但我们

美因兹集市广场上的水井

却无法解释,在两河交汇的良好的环境中,这之前竟然会没有德意志人在这里定居。但的确没有找到相应的历史佐证。

美因兹的两个大时代,是罗马时期和主教时期。这两种说法,都有石碑作证。较早的一块告示我们,罗马将领阿格里帕在公元前38年曾在摩根卡库姆建立一座冬营。他作为"罗马公民监护人"曾被称为赛多留。作为宫殿要塞的真正建造者,曾出现一个名字——德鲁苏斯,他也是对岸要塞的建造者,并在莱茵河上修建了一座石桥,以

金色的美因兹

方便他的军队顺利进入森林中的德意志居民区。今天的城市公园上方的"埃歇尔施坦"宫,就会使人想起这段历史。这座由军团修造的华丽建筑,今天已是一片废墟。内部修建的输水管道,也不见了踪影。目前仍能看到的古罗马石桥的桥墩,已经成为船只抛锚的柱桩。无论如何,罗马人留下的文化遗产是弥足珍贵的。同样,他们的第二十二军团从耶路撒冷返回时,和主教克雷斯岑提乌斯一起带来了基督教。这两样东西都是我们祖先极其仇恨的对象,是他们最终摧毁了城市的繁荣。后来,兰道袭击这座城市,并残暴地把罗马人及他们的基督教众全部消灭。美因兹城市重建以后,于公元406年除夕,再次遭到汪达尔人及其盟友的袭击。一把大火把城市夷为平地。匈奴王阿提拉于公元451年再次摧毁这座城市。直到公元622年,罗马人在西奥多贝和达戈贝的率领下,把他们驱逐以后,城市才得以重新全面复建。

美因兹史蒂芬教堂的十字回廊

美因兹成了东弗兰克大公国的首府。到了查理大帝统治时期,查理大帝开始在下因格海姆修建他的行宫,并引进葡萄种植。他成为美因兹大主教的保护神后,美因兹才重新恢复了它的地位,也在全德意志占据重要一席。公元893年,阿尔努尔夫皇帝占领了这座城市。

从这时开始,教会的主教们成了皇帝的顾问,上升到了世俗统治者的地位。一个无穷无尽的纷争时代从此开始了。这是一个说不清的动乱时代。僧侣取代了信教和不

美因兹护城河上的溜冰景象

信教的雇佣兵。修道院在全国泛滥。教会在教皇的庇护下，成了霸主。甚至瓦格纳的儿子大主教维利吉斯，也要争取成为大选侯。这个时期建立的圣母大教堂，象征着他统治下的市民和谐。他的继承者亨利四世却毁掉了这一切。他给主教的权势划定了界限，在特权面前维护了市民的权益。直到1104年，他才在美因兹议会中失去王位。在大主教鲁特哈德统治下，或许也是在他的保护下，停止了对犹太人的迫害和杀戮。当时的典当行业均掌握在意大利犹太人手中。他们的生意做得很大，过着奢侈的生活，所以才有了主教授意下的市民报复行动。主教本人也分到了抢劫来的财物，最终被流放到一所图林根修道院反省7年之久。

如上所述，如果把整个主教阶层的罪孽全部列出，就走得太远了，例如阿尔诺德被愤怒的市民称为"狗"，抢光了他的全家，并把他杀死和毁尸。平民和宗教界的道德败坏，这时已经达到无以复加的程度。腓特烈二世本人就曾鼓动美因兹市民，赶走了大主教西格弗里德三世。但后来他组建了一支军队围困美因兹，最后后者由于饥饿

美因兹(作者:皮特纳)

美因兹的嘉年华场面

而不得不开城投降。为了报复，美因兹人一天夜里闯入埃尔特维宫，用尖刀逼迫正在睡觉的主教签署了新的自由书。愤怒的美因兹市民，把所有宗教人士赶出城外，以至于很多年在美因兹没有了宗教活动。直到马蒂亚斯统治时期，才与大主教重归于好。虚荣和好斗是这些宗教厄运的原因，他们宁可进行战争，也不愿意关照居民的精神需求。

1254年，美因兹的瓦尔博登市民组建了莱茵城市联盟，其目的是对抗另一个祸害，即强盗骑士。美因兹被选中为莱茵城市的中心，并获得昵称"金城"。1492年，阿道夫·冯·拿骚通过背叛占领了美因兹。他把城市抢劫一空，重新剥夺了城市的自由。1552年，美因兹又落入阿尔布莱希特·冯·布兰登堡之手，再次遭遇了洗劫。然后，又来了瑞典人，在古斯塔夫·阿道夫带领下，烧毁了这里的修道院。再后来，

金色的美因兹

1644 年，城市被法国人占领，1648 年，签订威斯特伐利亚和约后，法国人才撤离。1792 年，重新回归库斯蒂内的统治，他曾通过背叛和胆怯出卖了美因兹。1793 年，重新被卡尔克罗伊特率领下的普鲁士人占领。一年后，重新被法国人围困，最后再次被奥地利元帅埃勒法西特夺到手。通过吕内维勒和约，美因兹归属法国，一直到拿破仑下台。维也纳会议，把要塞坚固的美因兹分给了黑森大公爵，并成为联邦要塞，直到 1866 年德意志联盟自身解体。这就是这座古城的历史概貌。长期与占领者和放火者战斗，宗教和政治高层不断纷争。

充满磨难的主教权杖时代，没有给这里的居民留下什么精神财富。但法国却在美因兹城墙之内留下了精神遗产，如法国式的管理，法国式的服饰。法国移民在邻近的科布伦茨留下的轻松和放肆，同样在美因兹留下了痕迹。法国性格和法国时尚，长期不想飘走和淡化。特别是法国时尚，直到今天也没有完全从美因兹女性身上消失。我们简直不敢相信，在美因兹曾有一年之久未做任何宗教活动。可我们在街上却见到规模宏大的宗教巡游庆典。当然，在同一条街上，我们明天也会遇到嘉年华王子

美因兹的女工

美因兹的要塞掩体

和他的庞大的小丑团队。

有如此历史经历的美因兹，必然有丰富的古代文化遗迹，首先是罗马的渊源，即使遭遇各种灾难，仍然保留了下来。最令人自豪的珍品，无疑是维利吉斯创建的大教堂。它始建于公元978年，先后6次被火焚或被攻击。战争期间，它曾见证过野蛮士兵的入侵，那是1813年的法国人。1009年，大教堂被彻底焚毁，1024年又重新站立起来，皇帝康拉德二世才得以在此加冕。1024年、1137年和1191年，这里再次遭遇火灾。古斯塔夫·阿道夫甚至命令把它炸上天空。1793年，当轰炸使全城变成一片火海时，大教堂同样受到了损伤，1813年它变成了法国人的仓库。到了新时代，教堂全部复建，并有所扩大。

我的任务不是导游讲解，只想推荐读者去阅读黑尔已出版的《莱茵地区》一书中的各个细节。在这里，我只想提及大教堂中众多的纪念碑和墓碑，特别是入口旁有"794"字样的大理石碑牌。这是查理大帝的爱妻、美丽的法斯特拉娜的陵寝。据说她手指上戴着一只魔戒，只要不把它脱下，戴在自己的手上，皇帝就无法离开妻子的遗体。最后查理大帝把爱妻安葬在美因兹郊区的圣阿尔班修道院。然而，还有一个传说：皇后死后，戒指上的魔法还在继续起作用，限制皇帝的行动，使他不得不去他的下英格海姆行宫，把戒指扔进护城河中。圣阿尔班已成废墟，上述石碑也并非原始的真品。特别值得看的还有供奉着圣埃吉迪乌斯圣像的会堂，它对面是主教石座及两排会堂成员座椅。会堂后面就是十字回廊和修道院花园。在纪念碑当中，有一块情歌手

金色的美因兹

弗劳恩洛布的葬礼

海因里希·冯·迈森的现代墓碑。他还有一个绰号叫"女人赞",此碑系美因兹妇女为他建立。碑文上写道:1842年献给虔诚的歌手。同样,史蒂芬教堂也是维利吉斯于公元990年所建。其中就有一座虔诚人物的墓碑,葬有他的头骨和弥撒法衣。美因兹市政当局一直有意扩大原有的要塞建筑,给城市一个更为开放的面目。它将变成一座巨型军事仓库,并利用这个机会,扩大莱茵河岸边的滩地,使现有的不太美观的码头得以改善。而西部的有些要塞所具有的地理和战略意义并不改变,反而有所提高。

战争时期,美因兹主要是法国战俘营,并且地理位置优越,风景优美。美因兹当时也是军队和给养船运中心。所有这些实用性和经济性的时代,至今没有留下什么有特点的痕迹。美因兹城内的生活,充满商业气息,热闹非凡。但它的真正特色,只能到基层去寻找。艺术家们收集了一批幽默作品,描述被称为"莱茵贵族"的女帮工的生活图像。同样,当地的方言,也是独一无二的。

莱茵河沿岸和河上的浮桥,不论哪个季节交通都很繁忙。夏日晚上,美因兹市民常常聚在这里休闲娱乐。另一个约会场所就是美因兹美丽的公园。当美因兹还是联邦要塞时，普鲁士和奥地利的军乐团争相在这里演出。到了冬天，护城河上结冰，也曾吸引很多年轻快乐的美因兹人来这里滑冰运动。

对美因兹有了一个整体了解以后，我们再看一看城内一些有趣的景点。城堡只有些历史意义，因为在里面可以看到当初罗马军团的遗址。而美因兹开始走向世界的证据，是那座古登堡的铜像。这是托瓦尔德森的作品。旁边的说明指出，这座铜像是市民们用来自世界各地的捐赠所建。古登堡出身于美因兹一个富裕的家庭。全世界都知道，他的发明给人类带来了什么。但他的名字和他的诞生地，却无人关注。阅兵广场上的大选侯宫，是一座较新的建筑，建于1627年至1678年，1792年成为大选侯的官邸。大革命时期，这里曾是美因兹俱乐

美因兹古登堡纪念碑

部党员聚集的地方。同样，1666年所建的主教宫，也是如此。在它的附近是英国妇女修道院，伊妲·哈恩-哈恩曾在这里向全世界展示了她的虚荣和某些闹剧。在席勒广场，原来竖立着这位不朽伟人的纪念碑。1760年创建的广场上，有一台水井，其大理石圆柱，据说是来自英格海姆查理大帝的行宫。值得一提的，还有宫殿对面的德意志之家，它建于1716年，以前归属德意志教团，现在是大公爵的官邸。

这里是游客的避暑胜地。主要的活动地点，是河边的莱茵大街。这里，酒店一家挨着一家，均面向莱茵河。而旁边的胡同里，就是火车站、煤炭仓库和车厢库房。这里的浓烟和喧嚣，污染着莱茵河岸。整日可以听到火车开车的铃声和蒸汽喷发的声音，谁都逃脱不了它的干扰。机器的转动声、车辆的调动声，对于旅客永远是一个幸福的时刻。我们可以利用这一瞬间，登上小火轮"阿道夫"，它将搅起莱茵河水，撒出成千颗珍珠，穿越河心的绿色小岛，前往比布里希。目标是黑森的土地，也是德意志帝国最美丽的珍珠。

比布里希

H. 瓦亨胡森

自由和光明，红色砂岩的色调。比布里希宫巍峨地耸立在莱茵河畔。它今天还是一位侯爵的私产，占据了德国最美的一片土地。它是全莱茵地区一顶桂冠，侯爵在一个关键时刻恐慌地站错了队，先是戴上，后又失去。就像某些赌徒先是兴致勃勃，最后还是在赌台上输光一样。

由于地理位置极佳，它也是最壮丽的宫殿之一。莱茵河畔的一条林荫大道，就在它的脚下，让人想起了那不勒斯的皇家行宫。岸边一些"莱茵蛇工"，懒散地站在那里等待船客靠岸，然后拥上追逐旅客，为他们服务。这又让人想起了意大利码头上那些流浪汉。走到宫殿后面，可以看到远方的蜿蜒山峦，那是奥登林山和陶努斯山脉形成的山链。山链脚下，围绕着一片绿色的河谷，似乎受到莱茵洪流的惊吓，陡然以梯田形式冲下宾根对面的河岸。

比布里希宫

比布里希宫的后花园

从宫殿的窗子，或屋顶的平台，可以望见美丽的莱茵高、黑蒙的吕德斯海姆废墟和盛产葡萄的小城约翰尼斯贝格。而河的对面则是白云下的瓦斯高山脉。这是一幅绝美的画卷。河的两岸似乎在尼德林山合而为一。此边是倾斜的葡萄园及房舍、别墅、绿荫中的花园，彼边则是克洛普城堡、洛胡斯教堂、伟大弗兰克皇帝的英格尔海姆、埃伦菲尔斯和神秘的鼠塔。大河中间散布着几座绿色的小岛，繁忙的船只在岛中间飞驰而过，最后消失在吕德斯海姆山岩的后面。往远处看，可见美因兹和霍赫海姆的数座塔楼，中间是一座闪光的铁路大桥，然后就是要塞和炮楼。最后是沿河两岸的五彩斑斓的繁忙生活，大腹便便的荷兰货船在这里装卸货物，当然还有莱茵驳船。高高的如同清真寺宣礼塔般的工厂烟囱，把烟雾吐向蓝色的苍穹。几乎没有任何一个地方，会像这里这样优雅而欢快，而河对岸的宫殿，反而显得平淡和单调。金色的河水像镜面一样，反映着绿树成荫的山岗，浪花抒情的威力，唱着一首阳光的诗歌，永无休止，永在跳动。繁忙的职场和悠闲的旅游，都在它的养育下生存。

比布里希的名字，无疑与过去在这里出没的大量海狸有关（比布里希原文为Biebrich，与海狸Biber的词源相同。——译注），它们曾在对面河中的小岛上找到了合适的栖息之地。直到今天，还有很多证据说明，莱茵河中当时有过很多这种动物。无谓的捕杀，河边居民的不断增多，到了18世纪初，这种动物大量减少，最后完全消失。今天除了地名之外，没有留下任何其他的痕迹。

文艺复兴风格的宫殿，由乔治·奥古斯特·冯·拿骚于1760年建成。点缀屋顶的基石装饰，已经没有什么价值，永远摆出一副可悲的面容，因为1793年美因兹被围困，法国的炮弹曾落在彼得谷地使其受到牵连。一座被森林包围的最美的公园，延

比布里希

伸在宫殿后面的小城比布里希，一直延伸到莫斯巴赫。公爵阿道夫·冯·拿骚，一直对其加以呵护，直到他的领地归属普鲁士。其实他在最后一刻还可以拯救，因为他本人在克尼格雷茨战役后还有选择的余地。但他站到了奥地利一边，或许不是他自己的意愿，而是盲目地听从了他顾问的建议。由此他承担了义务，在他私人的公园里，开辟一条公共道路，因而失去了大公对他的关怀。他把公园的温室卖给了法兰克福市，变成了热带植物园。公园今天仍然很美，因为赐予林荫的那些大树仍然存在，但自从宫殿中缺少了皇家辉煌以后，公园的丰富色彩大大不如从前了。

公园的最深处可以看见比堡的废墟，也称为莫斯堡。它站在 992 年曾是一座要塞的地段。它的历史不明，只有一些假设。入口处的石像，来自卡岑埃伦伯根伯爵家族的陵寝，出自埃伯巴赫修道院。雕塑家 E. 霍普福加藤曾在城堡内部建立了自己的工作室，根据公爵的委托，为威斯巴登的希腊教堂雕制棺椁。霍普福加藤死于 1856 年。这间工作室里还保存着数件作品，包括罗累莱雕像。该雕像 1874 年末被他的后人出售搬走。

自从比布里希作为冯·拿骚公爵的官邸失去意义以来，与莫斯巴赫联合组成的小城的商业意义也随之消失。国家虽然在公爵第 17 大军营里建立了士官学校，但却缺少了皇家氛围。距其不远的美因兹把整个商业生活吸引过去。出于对邻城的妒忌，曾在一个宁静的黑夜，发生过破坏比布里希修建港口的计划。这一行动曾震惊四方。诗人海涅用诗歌描述过这一历史事件。

莱茵流浪汉

威斯巴登

H. 瓦亨胡森

  我们向城里方向前进，越过莫斯巴赫火车站，道路呈现上坡趋势，两侧树木成荫，前往阿道夫高地。左侧可见河中小岛和部分莱茵高地地区，右侧同样诱人，是美因兹要塞和山链。我们面前是陶努斯山的余脉，上面的"普拉特"猎宫和林中的教堂在向我们招手。在前往施朗根温泉的僻静的林间小路上，左侧是公路收费站和林业管理所，右侧的山梁上是一座观景台，可见莱茵河谷风光。

  早在莫斯巴赫之前，我们就开始陆续遇到农舍，也算是无忧无虑社会的前站。它

从内罗山远望威斯巴登

威斯巴登

威斯巴登晚间音乐会

们远离高山，位于最美丽的莱茵河谷当中，最终在"懒汉之城"中，找到了舒适的宁静。在富饶的绿色当中，牧场向两边延伸，中间被陶努斯-拿骚国家铁路隔断。几分钟后，我们到达了高地。我们的脚下是一片伊甸园，过去的冯·拿骚公爵的官邸，成了喜欢温泉者的麦加。这就是德国的尼斯，刺骨的东北风被挡在了外面，是一切想逃离城市的喧嚣、寻求莱茵的阳光和温和气候的人所渴望的圣地。的确，很少有什么地方像这里这样受到上天的护佑。被林山包围的河谷，位于富饶的绿地和花园当中。我们被乡间别墅包围着，整日呼吸着疗养温泉的蒸汽，从原始的"开水温泉"中，像冰岛神灵一样，把浓厚的云雾抛向太空。在这里我们看到的一切，都在讲述着优裕、富有、舒适。几乎没有什么地方，敢在别墅中间插进什么异物，屋顶上无数装饰精美的旗杆表明，别墅的主人随时愿意利用每一个庆典活动展示自己的爱国主义情怀。这里的田园环境，按照时尚的要求，几乎每一天都是周日。

爬上阿道夫高地，可以看到周围许多乡间别墅，都是那个幸福年代建筑热潮的产物。我们走上阿道夫林荫大道，下行到德国最干净和最高雅的城市。40年前它还是一个小小村庄，经历了福祸兼有的磨炼，发展成为今天的4万人口的大城。我说福祸兼有，是因为它依靠最早的娱乐设施（如赌场），使那些无事干的商业家族，群起在这里盖了别墅。赌场后来被议会禁止，开始了良性发展，最后变成了微型世界疗养城。

同样，威斯巴登的历史也是从罗马人开始的，但聚集在这里的五颜六色的社会，

威斯巴登的林荫大道

几乎已把它遗忘。古老的 Mattiacum 当初创建时，可能就与这里的温泉有关。罗马作家普利纽斯就曾提到过它。Wisibad 和 Wisibadun 的名称（现在的名称：Wiesbaden），曾出现在公元843年的文献中。莱茵地区的强盗骑士匪徒，也曾在这里作乱，有一次甚至使这里成为一片废墟。1815年，威斯巴登是拿骚大公国的首府。1866年，这里被普鲁士步兵连占领，没有遇到抵抗，从此它就成为普鲁士属地。

城市的核心，当然是疗养院及其豪华的辅助设施。具有大城风度的，是从火车站进城的威廉大街。一侧是成荫的高大梧桐树，以及被称为"暖堤"的疗养院花园的一部分。它带有水池的草地和大树间的音乐帐篷，从远处闪着光辉。疗养院前花园与舞台相连，周围种满了花草，到了晚上，闪光的人工瀑布会发动起来。左右两侧都是林荫大道。真正的疗养院世界，是在社交大厅后面的园林中展开。这条大道对面，是两排美丽的山楂树。再后面，仍然是在两侧，就是商店林立的柱廊大街了。

到了下午和晚上，这里展现出一幅五彩斑斓的活泼画卷。这时，音乐会将大家邀请到疗养院后面的板栗树荫之下。大家坐在树下，或者散步在维尔河畔，水面上的白天鹅群正在悠闲游弋。彩色的贡德拉游艇，享受着镜子般水面的爱抚。

这个迷人的小广场散发着奇妙的魅力。到了晚上，维尔河畔的音乐会响起。在柔弱的灯光下，喷泉射出高高的水柱，升至树冠之上。蓝光是威斯巴登人喜欢的色彩。蓝光和音乐，是疗养院院长黑尔和他的客人们消遣与交流的永恒媒介。

疗养院的各个大厅壮丽而豪华，包括多功能大厅及其各个社交室和餐厅。过去，

威斯巴登

威斯巴登疗养院中的喷泉

疗养院左侧有 4 间这样的沙龙，闪烁着金银钱币的光辉，在神秘的绿色台布上，银行纸币哗哗作响；神经质的喊声 "rouge gagne et la couleur" 和转盘赌盘上圆球的碰撞声，会使很多人心跳加快。但这早已成为过去！没有人再想到它，即使当年那些乐于聚集在赌桌前的高贵赌虫们，现在也只好去萨克森和摩纳哥了。威斯巴登成了一座真正规矩的城市。我觉得，我过去曾断言，威斯巴登即使被一场地震埋葬，也不可能把赌鬼们赶出去，仍然会听到他们从地底发出的呼喊"来下注！"我显然是说错了。

威斯巴登的疗养院设施范围日益扩大，一直延伸至太阳山村落和废墟附近。深受欢迎的可以治病的迪滕磨坊冷泉也被囊括其中。两侧是被乡间别墅占据的太阳山和花园大街。深受欢迎的还有这里的暖房，特别是在春天，它把尖厉的冷风挡在外面的山谷，这时是那些敏感的植物茂盛生长的时期。经常可见的有烛台形状花朵的梓树，给整个花园赋予特殊的魅力。周边的私家花园里，同样盛开着各种花草。

从威廉大街往下走，经过疗养院和剧院广场，踏上陶努斯大街，来到所谓的饮水大厅。饮水大厅的右边，太阳山大街路口，有一个最好的观景地，即保利娜宫，这是大公爵的私有财产，现在大公爵的遗孀住在里面。它位于山坡之上，带有花园和玫瑰园，建于1841—1843年，据说是 Alhambra 风格。金属结构的饮水大厅，本想阻止气候变化的影响，但结构设计失误，最终却使得雨雪来往自由。

威斯巴登的希腊教堂

走过饮水大厅，右边坡道上的一条街，通往独立市区盖斯贝格，这里有农业科学院和很多别墅。沿大街直往前走，是一条椴树林荫大道，连接着两侧的，是乡间别墅林立的伊丽莎白大街，再行几步就来到了美丽的田园风光内罗河谷。到了河谷，首先看到的就是一大片森林，在高高的内罗山上，到处是葡农小屋的山坡上，生长着优质的内罗山品种葡萄。

沿着山势延伸的教堂大街上，很多几乎深入树林的可爱的别墅，俯视着漂亮的河谷。此路通往希腊教堂，从河谷也有弯曲的小道穿过葡萄园和啤酒花园上到这里。很奇怪，河谷本身即使在阴郁的天气也会像是有阳光照耀。这座拜占庭风格的十字形建筑，有着5个双重十字架用锁链连接在一起的金色屋顶。它是用浅色砂岩修成的建筑，建于1855年，系由虔诚的大公爵阿道夫·冯·拿骚献给他夫人——公爵夫人伊丽莎白·米

威斯巴登

施瓦尔巴赫的温泉铁亭

夏罗夫娜作为陵墓。继续往上走，穿过浓密的榉树林，有一条通往内罗山高地的道路。这里有一处观景点，是一座寺庙，此处可观赏山下的莱茵河美景，可以看到比布里希、美因兹、达姆施塔特和山链。美丽的大道穿行数里森林。在高高的空地上，控制着内罗山的，是海拔500米的"普拉特"猎宫，从这里可以饱览整个莱茵河谷之景。

威斯巴登的温泉，这座城市的第一个和最古老的心脏，包括十几座浴室和400个浴池。饮水疗养，每天早上在大厅里进行，乐队在清晨把大家唤醒。然后整个疗养院的客人都会躺在浴缸里。上午，这里笼罩着深深的宁静，只是有时被和保育员玩耍的孩子所打断，还有那些早早离开浴缸的轮椅客人的车轮滚动声。

同样，疗养院的花园里，上午也是安静平和的。水池边，孩子们在喂着从水中游

蛇泉的客人

到岸边的天鹅。树丛中坐着个别的客人，读着小说。在板栗树荫下，侍者靠在那里，把餐巾放在腿上打着盹。只有少数客人在桌旁下着象棋。

早上是疗养和门诊治疗时间。下午和晚上是享受和消遣时光，活动包括音乐会和美食，还有到附近去郊游和远足。

威斯巴登的疗养客人最喜欢的地方，就是去"蛇泉"，因那里有大片成荫的榉树林，可以在树荫下漫步。另一个去处是施瓦尔巴赫。二者都是森林和草地之间河谷中凉爽的沐浴场所，特别适合女性肾病患者。蛇泉大约在十年前还是一个小小的女性的独立王国。即使丈夫偶尔来探望他们的妻子，也会被看作耸人听闻的事件。更早一些时期，这个小小的温泉，还曾是两性轻浮淫乱的地方。上层宗教人士和一些修女，把蛇泉看成自己的领地。就在那个时期，高贵的骑士欧根王子（1708年）也曾是蛇泉的贵客。

蛇泉的短暂历史告诉我们，这眼温泉被发现不久，就卖给了沃尔姆斯的一位医生，售价是两桶葡萄酒。1816年，它归属拿骚，后又变成了普鲁士的领地。

它的名称，无疑来自医神埃斯科拉庇俄斯之蛇。下一个有趣的远足目的地，就是乔治伯恩高地，去威斯巴登的必经之地。它向人们展示出一幅莱茵全景图，包括远方的法兰克福及沃尔姆斯的周边地区。它使很多热爱大自然的人，产生了在河谷购置别墅的欲望。蛇泉本身最养眼的地方，是拿骚宫中的画廊。从这里越过一个小喷泉，左侧则是

威斯巴登

梯田形的宫廷花园。每天下午这里都有音乐会,有时也会有杂技表演。来到这里,就会有人向你手中塞一张节目单,上面写着"螨虫表演"。这是我两年前的经历。我们前面是展示最时尚服装的林荫大道,我们的后面和旁边,是一条开凿在岩石上的阶梯,通向诗一般的森林小空地。到处是绿荫小道和小小的泉眼,为来此的客人提供了美丽的净土。森林之中和河谷之上,始终是神圣的宁静,只是游客骑着毛驴过来的脚步声,会使其中断;或者来自威斯巴登的马车运载着纵情的游客,会带来暂时的喧嚣。

蛇泉

当白雪覆盖整个河谷,一切都进入冬眠时,这里才又变成如此荒凉。而当春天重新开启各个森林泉眼时,河谷大地重新吐露年轻的花朵,榉树和栎树长出新叶。当天上的飞鸟唱起快乐的旋律时,一切又都快乐起来。但每年都前来的游客,却看不见这些,因为春风很锋利,只有健康人才敢来度过春天。即使在盛夏疗养宣布开始,在第一批到来的游客当中,也只有那些勇敢的人才敢来此消受。

另一个更为全面的治疗温泉,就是邻近的朗根施瓦尔巴赫,或简称为施瓦尔巴赫。它的含铁矿泉及由此而影响的空气,吸引很多需要补血的患者前来。这也让蛇泉的客人们想起了一位法国作家的一句名言:如果雇用一个仆人,能够承受神经衰弱的夫人在冬季所忍受的一切,他必将死于重负之下。

这个地方隐蔽在一片草地之中,历史上首次被提到是1352年,叫作斯瓦尔伯恩村。历史名人中的梯里(三十年战争时的统帅)1628年曾在这里逗留。近代的有前皇后奥伊根妮,她1864年曾出现在一家酒店中,现在已经获得"奥伊根妮别墅"的名号。周边有趣的景点有施瓦尔巴赫城堡及其观景台;阿道夫之角在三十年战争中已经成为废墟,过去曾是阿道夫皇帝情人的行宫。高高在上的是霍恩施坦和位于石灰岩上的霍伦费尔斯两处废墟。

游陶努斯山

H. 瓦亨胡森

　　要去卡斯特尔，没有其他路可走，只能走回头路，重新穿过莫斯巴赫。莱茵河畔的机车库，再次不友好地接待我们。要塞上的枪口也再次斜视我们一瞥。我们的列车，沿着酒店一条街向前，进入了车站大厅。一部分旅客下车后，穿过广场奔向渡轮码头。

　　我们的列车继续前进。右边又是城墙、护城河及沼泽地，一直沿着美因河分布。要塞被我们抛在身后。葡萄山和霍赫海姆及其教堂和香槟酒厂出现在我们眼前。它的葡萄园一直延伸到美因河畔。在黄色的沙土山丘上，生长着一些不知名的植物。教堂附近，是霍赫海姆的教堂长老们的宅邸。

　　那里也伫立着一块纪念碑，虽然很不显眼，却有着特殊的意义。这是一块纪念英

卡斯特尔

游陶努斯山

远望霍赫海姆山

国女王维多利亚的石碑。特殊意义是什么呢？只因为碑文上也完全可以写上：献给口渴的老英国酒鬼。这是专为英国舌尖所酿制的霍赫海姆香槟。成百万瓶已从这里运过海峡。

陶努斯山的尊颜越来越清晰。左边是规模不大的威尔巴赫疗养院。田园般的宁静，即使在疗养季节也是如此。它的硫黄泉水质及新近发现的碳酸氢钠和锂矿泉已使其闻名天下。

到法兰克福之前，列车停在了赫希斯特车站，列车员招呼去索登的旅客下车。他们立即被一群孩子高喊着"小孩腿！"（当地的一种面包）围住。只见一批脸色苍白的旅客，满怀渴望地前往索登温泉。也有些是满怀激情的游客，披着花格披肩，系着结实的腰带，脚上穿着登山鞋，挂着登山手杖，跟随列车员的喊声下了车。另一部分人则摆脱卖面包的孩子，奔向赫希斯特宫。这是法兰克福烟草工厂老板伯伦加罗所建的豪宅。

我们跟上游客下车，大约一个小时以后到达了索登，同时也到达了陶努斯山的南端。这里的气候温和，设施有品位。温泉含有氯化钠、碳酸和铁，特别对身体虚弱者来说是一眼救命泉，每年吸引大批患者前来。他们带着无言的渴望，跟着向导上山。

索登矿泉饮水处

从这里可以徒步,也可以骑马或骑驴越过科伦河谷、科伦山法尔肯施坦和帕芬施坦,前往科尼希施坦。在这里过夜后,再越过福克斯坦茨,爬山约两个小时,到达费尔德贝格,从那里越过奥博乌尔赛的阿尔特科尼希,最终到达洪堡高地。

满是森林的陶努斯山脉,位于莱茵河、美因河和拉恩河之间,长达28小时路程,最终与西南的莱茵高山脉接壤。它实际构成了南北德的界线。著名的法兰克福陶努斯俱乐部,经常在山区各处举行活动。它的最高峰是费尔德贝格,海拔880米。从这里可以望见方圆150小时路程的美丽景色。它的矿藏,过去曾吸引很多人前来淘金,但因其品位有限没有开采价值,最后被放弃。只有褐煤和陶土还较丰富,在拉恩河地区曾进行褐煤的开采。但整个山区却有丰富的矿泉资源。山脉的名字来自罗马时期,当时被称为"mons taunus"。

陶努斯地区的第一批居民是凯尔特族群,莱茵河和美因河中间是赫尔维蒂人(即古瑞士人),然后是乌比人和卡蒂人,最后被罗马人占领,后被阿勒曼尼人和弗兰克人解放。公元5世纪罗马时期,在高山上发生了多少次战争,高地上的各种残垣断壁可以说明一切。中世纪古德意志地域的界线不甚清晰,骑士家族自行圈地,例如埃普

游陶努斯山

科伦贝格附近的板栗树林

施坦、努尔林根、法尔肯施坦明岑贝格等。这里后来被美因兹的主教们占为领地,最后于1866年归属普鲁士。

再往上爬,越过绿色草原上小巧美丽的浴场科伦河谷,我们前往科伦贝格。那里的勇敢居民曾在法尔茨骑士的支持下,战胜过法兰克福人。科伦贝格骑士宫殿,现已是一片废墟,只余下一块石碑作为纪念。继续往前,就是法尔肯施坦城堡。1683年,没落的美因兹家族的女儿伊尔门加德曾在这里居住。根据民间传说,她今天仍在阴暗的废墟中游荡。据说她在寻找她不幸的情人。情歌手海因里希·冯·奥斯特丁根，也曾在夜里弹起竖琴。而在附近的老国王山岩上，坐着一个灰衣山中矮人，守护着宝藏，把不断生长的胡须缠到一个绞盘上。

在老国王山岩上，至今仍然竖立着一面"巨人环壁"，即"鬼墙"。由红色岩石堆成的两堵高大的环形围墙，直径约为 2000 步。有 3 个入口可以进入岩石圈中。它或许是我们德意志祖先的作品，因为这里曾安放过国王的审判宝座。根据传说，阿勒曼尼人阿留韦斯特和兰多曾在这里加冕。陶努斯山峰之冠是费尔德贝格。从这里可以遥望远方图灵根的英塞尔斯贝格、洪斯吕克山脉和瓦斯高地区。布伦希尔德女王曾在这里躺在床上观赏日出和她美丽的王国。所以老百姓称其北部山坡为"布伦希尔德之床"。费尔德贝格的顶峰上，流传着赫尔曼·克鲁斯科与德意志英雄宣誓结成反罗马联盟的传说。1860 年建成的费尔德贝格之家，每年 7 月第一个周日，接待来自美因河和莱茵高地区的体操俱乐部会员。

科尼希施坦要塞

在山崖顶上，耸立着威严的科尼希施坦要塞。它的脚下就是同名的城市。这里是陶努斯游客云集的地方，尤其是来自法兰克福的客人。这里首先被提及的就是冯·尼林根伯爵，然后就是明岑贝格，最后是法尔肯施坦和施托尔贝格家族。关于科尼希施坦，历史上有过某些可怕的经历。直到 1793 年，它的围墙内不得不成为美因兹俱乐部党的监狱。科尼希施坦作为旅游胜地，主要是因为它的空气和温泉，此外阿德尔海德·冯·拿骚公爵夫人，曾在这里建立的一座美丽的乡间别墅同样吸引人们的眼球。对公爵的家庭来说，这可能是一个伤感景色，从上面俯视已经失去的土地。但在上面生活还是很惬意的，会逐渐忘记乡愁。

　　人人都要攀登的罗塞尔特，其实并没有什么亮点，只是上面的一组岩石的名称，给人以恐怖的感觉——魔鬼宫殿。从这里可以看到科尼希施坦、法尔肯施坦和当年在陶努斯猖狂一时的骑士们的宫殿废墟，其中的埃普施坦要塞，墙坚壕深，没有人能够攻破！在同名小城上方的这些废墟的山壁上，爬满了各种攀缘植物。破碎的塔楼，风雨沧桑的小教堂，是当年宏伟建筑的残余。400年已经过去了，与冯·拿骚伯爵抗争已久的施托尔贝格伯爵，最终没落失去了政权，逃亡到美因兹。这里的老百姓还记得很多有关埃普施坦家族的趣事。城堡的门洞里当年还摆放着锁链锁着的巨人骨架，当作守门卫士。在威斯巴登博物馆里，还展出大洪水之前存在的这种动物。传说中另外的巨人，即大小曼施坦，是两块岩石，站在一定角度，可以靠想象看出两个人形。其中的一个是骑士法尔肯施坦，正在与巨人战斗，试图夺回被绑架的新娘。

埃普施坦废墟

法兰克福和洪堡

H. 瓦亨胡森

离开充满传说和被森林环绕的岩石浪漫，我们踏进了德意志民族神圣罗马帝国的选侯城。在自由德国的法兰克福城，根据施陶芬家族的特权和查理四世的黄金诏书，曾有很多统治者在这里加冕。"罗马人"市政厅的帝王大厅里，悬挂着他们的肖像，涂过圣油的国王曾从圣坛上俯视下方，周围站着大选侯和欢呼的人民群众。时间迈着沉重或轻快的步伐，穿越这座加冕城市。它曾失去特权，后又重新获得。1816年维也纳会议召开，德国联邦议会选择它作为驻地。从此，在它的大小街巷中，就开始了小国的外交活动。

1848年的革命，给法兰克福带来新的黎明，但却不受古老国家的欢迎。一场血腥的黎明，带来了狂风暴雨。在保罗教堂召开了国民议会，在与基层黑暗势力的斗争中，两名卓越的议员费利克斯·冯·利希诺夫斯基和H. 奥尔斯瓦尔德侯爵丧失了生命。1863年，奥地利皇帝在这里召开他的贵族会议未果，却迎来了厄运。1866年，福格尔·冯·法尔肯施坦将军率领他的美因大军占领法兰克福，从而归属了普鲁士。原来的自由城，失去了特权和政治地理意义。那些仍然想保留历史特权的人，也只能屈服于强势。1749年，另一个太阳在法兰克福上空升起，那就是文学大师歌德的诞生。同样，法兰克福也成为路德维希·伯尔纳的母城。诗歌和文学，通过布伦塔诺、贝蒂娜·冯·阿明、

法兰克福市市徽

冯·克林格尔等人的文学元素，以及通过费尔巴哈、萨维尼、施洛瑟和其他一些科学家的影响，得到突出的发展。自由帝国城的良好位置，使得扎根于土地的物质生产得到飞快的发展，甚至超过了精神领域。它成为西南德的贸易中心。法兰克福的交易所——还处在信鸽从巴黎和法兰克福向北方传达股票行情的时代——已经风起云涌。柏林交易所那些渴望钱财的投机商，满脸流汗在大银行门前期待着驿车的到来，渴望获得法兰克福的股票行情。

城市的名称与路特希尔德、贝特曼及其他家族密不可分。即使是今天，柏林的亿万富翁云集，似乎夺去了法兰克福手中的交易所权杖。但后者绝没有放弃，而是正在努力重新夺回自己的权利。

最古老的纪念物，就是"罗马人"及其皇帝大厅和皇帝诏书。当然还有罗马山广场，以及在这里举行的比武竞赛。美因河古桥及上面手持帝国金球的查理大帝

法兰克福罗马山旁的街道

法兰克福的埃申海姆城门

"罗马人"

路德纪念馆

雕像，虽然来自较近的时代，却仍为一景。那个朴实的萨克森豪伊塞，就是"发明苹果酒"的那个男人。据说这是法兰克福人最喜欢的饮料。站立在高杆上的"金鸡"，有着特殊的冒险意义。魔鬼不喜欢修建桥梁，他向建筑师要求至少把第一个过桥的生物送给他。据说为了骗过魔鬼，人们驱赶一只瘦鸡跑过大桥，魔鬼受到了讥笑，金鸡则成为永恒的标志。

法兰克福大教堂的创建者，是查理大帝的父亲皮平。该教堂建于1512年。1867年，一场大火烧毁了部分教堂塔楼。与其建筑年代接近的还有圣莱昂哈德教堂、圣母教堂和尼古拉教堂。最著名的保罗教堂是1782年才建成。在法兰克福林荫大道上，游客首先邂逅的是古登堡、歌德和席勒的雕像。他必然要去寻找挂有大理石名牌的歌德故居、路德故居。据说这位宗教改革家去沃尔姆斯途中经过这里时，曾向居民发表

法兰克福和洪堡

法兰克福美因河上的划船比赛

演说。还有贝特曼博物馆,里面丹内克尔的阿里阿德涅雕塑无比精美。还有市立艺术学院、犹太胡同口的罗特希尔德的祖屋、老公墓中歌德母亲"议会夫人"的陵寝,古要塞残余的埃申海姆塔、剧院、交易所、动物园和漂亮的热带植物园及其稀有的植物花卉。

位于美因河左岸的萨克森豪森区,是一个独特的居民世界。之所以值得一提,是因为那里有德意志教团的旧址。另外在伯恩海姆的海德区,利希诺维斯基(当时的国会议员)遇刺身亡。新的时代和所有大城市一样,同样在法兰克福也有一些新建筑在兴建,完成以后,会给城市一个新的面貌。

法兰克福人总是快乐和活泼的。各个季节,尤其是夏天,这里是外来客人来往频繁的地方。城市的主干道"采耳"始终热闹非凡。美因河清澈的河水,为法兰克福的各种俱乐部提供了水上运动的机会,例如划船比赛和船上斗杆比赛。每年进行春节活动的所谓"小森林",陶努斯、山区大街、附近的浴场,在周日都会迎来整车的游客。特别是半个小时路程的位于高处的洪堡,是法兰克福人最喜爱的旅行目的地和避暑胜地。

两代王朝在短短的几年里在这个著名的疗养地衰亡。一个亡于上帝的旨意,一个亡于魔鬼的诅咒。一个随着冯·黑森-洪堡伯爵家族的没落,被普鲁士的战争政策逼宫,1866年3月把政权交给了达姆施塔特。另一个根据4个国王的随意法规,受到

议会的驱赶，不得不攥紧拳头收拾家当走人。那就是勃朗王朝，曾是这里的封疆伯爵，其族徽上30年来一直按照传统写着这样的座右铭："这里不要红也不要黑，永远支持白。"

"高峰前宫"，封疆伯爵费迪南·海因里希·弗里德里希一直想这样正式命名他的官邸。但一般老百姓只称其为"sur l'abyme"。还是第一个称呼保留了下来。当时，在歌德的时代，洪堡的宫廷是精神领袖们的聚集地。歌德的"丽腊"，其原型就是封疆伯爵的宫廷侍女冯·齐格勒。当时经常与宫廷往来的学者有辛克莱尔、小施蒂林、拉瓦特尔。不幸的诗人赫尔德林与他的爱人迪奥蒂玛分手以后，也曾在这里住过一段时间。法国大革命曾把一大批瓦尔德党人赶到了这里，他们的后代至今仍在周围地区居住。这些难民和客人的到来，致使巴黎赌场于1837年关闭。以贝纳泽为首的赌场主越过了边界，有意在这里重新建立赌场。他们的意图，受到很多王公的欢迎。于是，轮盘赌和三十到四十纸牌赌，传入德国。贝纳泽和他的侄子迪普雷苏瓦尔在巴登巴登落户。另一个赌场主勃朗则经过深思熟虑选择了洪堡。这两个人都懂得社会的情趣，但也吸引了很多"下等人"

法兰克福的歌德故居

法兰克福的犹太人街

前来赌博。他们还热情地高价邀请了巴黎的杂文作家,用豪华马车和金球重礼接来助兴。根据他们的精心计算,这一切支出,当晚就能收回来。威斯巴登和埃姆斯的赌场经营顺利,至少还能受到监督,如果魔鬼还能认真记账的话。

疗养院的内部辉煌耀眼,全年接待来自各国的客人,因为这里的赌场全年开放。今年由于气候原因,季令较短,所以一年大部分时间都在闲置着。加盖玻璃棚顶的疗

萨克森豪森古桥旁

养院大露台，也深受欢迎。从这里可以观望下面美丽的花园景色。花园的两侧都是精致的乡间别墅和酒店。远方的背景是碧绿的山峦。大露台脚下是被橘树包围的露天剧场，同样异常美观。剧场很高雅，达姆施塔特的权贵经常在里面举办演出。普鲁士皇室使用的宫殿，位于花园围绕的山丘之上。无数别墅和房屋，形成了高贵家庭的"避难所"。洪堡郊区的一块高地，被半圆形林木包围，形成了美丽的林荫大道和休养场所，吸引很多人前来，主要是因为这里有来自山区和森林的清新空气。保健的矿泉和良好的气候，使得洪堡禁止赌博以后，仍然吸引了很多贵族访客。奢侈豪华、奴仆众

法兰克福和洪堡

洪堡一瞥

多是其特点。

1872年，赌博被禁。因为这之前，此地已成为一个冒险、堕落之城。道德之败坏遍布全城，远超过其他名声不佳的疗养胜地。这一年，另一个"新秀"诞生，就是一夜走红的交易所新贵。他们带着随从和马车前来，企图赚取第一桶金。但很快就连连失利，从此不再来。就是这些风暴陆续清洗了洪堡的社会。

城市本身面积很小，只有8500名居民，主要职业都与观光业有关。从火车站越过一座桥，就到了城市的主干道——路易斯大街。这里的酒店一家挨着一家，其他城区大多是花园当中的乡间别墅式建筑，或者自住，或者供外来游客租用。长期冬眠以后开始的季节，当第一批客人到来，第一辆马车驶入，都会给人带来惊喜。只见满载皮箱和纸盒的马车沿着路易斯大街驶来。整个冬天都只为少数观众演奏的乐队，现在又坐到了音乐帐篷之中，重新鼓起勇气。当他们看到了陌生的面孔，而不再是本地人或熟悉的法兰克福游客，所有人都松了一口气。酒店一家家被占满，季节终于又开始了，疗养胜地开出了茂盛的花朵。

洪堡疗养院公园

　　在周围无数有趣的景点中，值得一提的，还有奥博乌尔塞小镇和它15世纪修建的哥特式教堂。此处的文化意义可以追溯到1462年，当时这里开始了书籍印刷艺术实践。由弗利施林于1590年创建的印刷厂，具有文学史意义。同样在洪堡周围，我们也听到不少德意志和罗马的一些传说，其中最重要的是莱茵河和美因河的故事。它们均谈到所谓的萨尔堡。在赫登海姆，1830年曾发现一座太阳神庙的地基废墟，其中残余的壁画，现存在威斯巴登博物馆中。多处出土的那个时代的文物，证明了罗马军团曾在这里驻扎。一条明显的军事道路遗址，直接通往罗马要塞萨尔堡废墟。如果有足够的资金，完全可以在这里开发一个小型的庞贝。在这种条件下进行发掘，当然不够完善。只能断续地由一些临时成立的协会进行。至今已经挖掘了要塞废墟的二十

法兰克福和洪堡

洪堡宫殿花园

多摩尔干。要塞的围墙，包括墙体和护城河大部分都已出土。四座带有四方形塔楼的城门，以及后面的要塞建筑，也勉强保留了下来，第一批完成的是 porta praetoria 和 porta decumana 两座城门。一座面积 153×132 英尺的元帅军帐、水井、浴室、马赛

克和其他地面、地下室，都是我们在这半个废墟中可见的遗迹。甚至还找到些灰浆残余。人们在原来的火化尸体的场地发现了盒和罐。也有很多钱币被挖了出来，其中一个罐中找到550块银币。两年前，人们为一个正规的骨灰存放厅奠基。最后值得一提的是几百步以外的木桩鸿沟。人们估计，这座要塞系德鲁福斯于公元前10年所建，后来被日耳曼人破坏，于公元15年由他的儿子重建。有关这些，还需等下一步发掘加以证实。迄今为止的开发，只是证明第八和第二十二军团曾在这里驻扎。最近，"萨尔堡协会"和其他方面都表现了普遍的兴趣。政府已经发出号召，对这座罗马废墟进行全面发掘，我们在这里只能表示赞同。

莱茵高地区

H. 瓦亨胡森

莱茵，莱茵，千万不要去莱茵，
我的孩子，这是我给你的忠告；
在那里，你的生命会在妩媚中消失，
在那里，你的勇气会在欣喜中绝灭！

水妖在河底潜听，你可曾见到她们的笑容，
罗累莱开口唱起神曲，厄运顷刻发生！
美声销魂，莱茵勾心，最后把你吞噬干净。
你却高歌：我要留在莱茵，不想再听乡音。

****

是啊，留在莱茵，留在莱茵！一踏进漂亮的莱茵河湾，心都会欢呼，心都会歌唱。远方是阳光下闪烁的绿色宾根和尼德林山，眼前是被众小岛装点的辽阔湖水。这就是德意志最美的莱茵高地区！水面上闪烁着万点金星，岸边阳光亲吻着花朵般的儿童。阳台上出现了青春美貌少女的面孔，微笑着向河中昂头驶过的火轮摇晃着手帕传情。旁边的山岗上，被称为"阳光之眼"的金色葡萄园，成行成列地站立在那里守卫和招摇。被上帝多重眷顾的山岗，每年都有千万休闲的圣徒，前来传播喜悦和快乐的福音！

湖的右岸，无数小城镇就像一串串珍珠，一个接着一个，散发着葡萄美酒的香

瓦卢福的船厂和磨坊

气。它们被花园和别墅拥抱,还有大小教堂和其他光彩的葡农小屋作为装点。而那些久经风雨的砂岩圣像,却在公园里悲伤地望着大地,让人想起那不勒斯湾那座伊阿诺斯神像的神情。一座座莱茵高小城,带着笑脸沐浴在清澈的湖水中。岸边的林荫大道上,快乐的人们在漫步。宁静葡萄园中的避暑客栈中,金色的"罗马人"葡萄酒,被客人端在手上畅饮。周围飞舞的蜜蜂,讲述着葡萄酒的甜美。被藤蔓和杂草包裹的要塞城墙上,流传着祖先贪婪银杯金盏的故事。因为自"伟大的查理大帝"以来,葡萄酒千年来都给每个饮者带来欢乐。

我们乘坐一艘蒸汽火轮,游览美丽的莱茵河湾。船上的乘客是一支五彩缤纷的快乐队伍。他们每个人的脸上,都写着这样的诗句:"上帝想赋予谁格外的恩惠,就会把他送往辽阔的世界。"确实如此,这里虽不是我的家乡,因为我的摇篮远在美丽的莫泽尔河畔,但我每次来到这里都会欢呼呐喊!我一向把这看成是一种恩惠,能够用15年时间,遍游上帝塑造的天然美景。然而,我不知道哪里会比这里更美!我用永不消沉的喜悦观赏这一切。不论是为秋收而辛勤劳作的葡农,不论是葡萄丛中已经吐露的"花序",也不论葡萄山上脱颖而出的葡萄籽粒在秋雾中的身影,在欢快而朴实的居民中,你总能感到一种高尚的感情。即使他们的血液中不乏炽热和激情,古代莱茵高的"民兵"也曾使用木棍、狼牙棒和抛石器进行过勇敢的自卫。

当然，在这阳光下的河谷里，也不缺少阴影。我曾在一些勤劳正派的葡农脸上看到热泪流淌。尽管高山挡住了东北风的袭击，但只要一夜春寒来临，就会毁掉全部葡萄园的收成。看到变黑的葡萄枯芽悬挂在精心呵护的葡萄藤上，人们的脸上怎么还会有喜悦的踪影。

时间已经是下午。太阳已缓慢向西倾斜，把阳光抛向莱茵河、河岸、别墅、葡农小屋、宫殿和城堡，照得到处闪闪发光。绿色的林山上，花园的灰色石块地面和远处散发着香气的山冈，都被阳光温柔的墨水染上了神奇的颜色。

瓦卢福的水手酒馆

河的左岸，冒着黑烟的火车，停在布登海姆村车站前。它的前方是莱茵和雷特贝格河谷低地，右边是莱茵高边缘的希尔斯坦城堡，而周围就是富饶的葡萄园和果园。山岗上面的建筑，就是纽伦堡庄园。那里是生产同名葡萄酒的地方，也是歌德1814年特别钟爱的住地。它的旁边是索梅贝格庄园，它的脚下就是阿马达庄园。左岸显得有些无趣和荒芜，但在我们眼前却展现了一幅全景画卷，景色每分钟都在变换。下瓦卢福就位于瓦尔达瓦河畔。这是一条小溪，曾是过去的所谓"防线"。直到洛尔希均修筑战壕，保卫着莱茵高地区的城堡、城市和村庄不受外界侵犯。莱茵高在捍卫自己的独立，它当时不属于任何人，即使一些骑士家族，也不得不与它友好相处。这是个安静而悠闲的地方，各城镇在葡萄山脚下，沿着河边延伸着。历届市长和维特根斯坦侯爵的绿树成荫的花园里，客人总是络绎不绝。城市本身会给人展现一幅中古世纪的画卷。各个小小的船厂，尽管场地窄小，仍然生机盎然。小小的水手酒馆，同样展现

一副巴洛克风格的面貌。夏季午后的河滩上,是爱水的莱茵游客的天下,或乘小舟在河上游弋,或在桥下观赏驶过的火轮。而在花园阴凉的回廊里,市长霍夫曼亲自为客人送上"瓦卢福"葡萄美酒。

越过瓦卢福山峦向我们招手的地方,可以看见一座教堂的尖顶,在树冠之间探出头来。那里就是劳恩山谷。之所以如此称呼,是因为它位于高山之上。一片葡萄田,顺山坡一直向下,伸延到莱茵河边,接受着阳光的温暖,最终贡献出高贵的葡萄果实。它所酿出的葡萄酒,曾在巴黎博览会上,荣获莱茵之王的称号。当然,人们只认得美酒,而不关心其高贵主人的名号,例如冯·约翰尼斯贝格修道院长、吕德斯海姆容克地主、施坦骑士、霍厄海姆教堂长老等人。很久以来,就有人前来劳恩山谷朝拜,实际就为满足一个向往。当他攀登山岗来到一块高地,他就可以遥望山下的绝美景色。穿越神奇的莱茵高地区,越过莱茵对岸的大地,越过纳厄河,他可直达瓦斯高地区。他还可以走进村中拿骚庄园的私家花园,向主人讨要"最佳"美酿。如果再额外支付两枚塔勒银币,还可享受温泉的洗礼。返回莱茵河畔,他可以在新加冕的女王面前鞠躬致敬,可以和吕德斯海姆的贵人们交杯饮酒,约翰尼斯贝格院长会瞬间让他皈依耶稣。更不用说可以和那些脾气暴躁的领主封臣邂逅,自查理大帝以来,他们就在捍卫自己的千年特权。

大河浪花滚滚,这一切都已成为过去,只有葡萄山不减当年,愈发繁荣。我们自到达瓦卢福以后,就已经置身于莱茵高地区当中。我们的左边是埃尔特维勒湿地及其

在莱茵火轮上（作者：沃提尔）

埃尔特维勒

瑞士风格的奶牛场，右边是位于城外的美丽园林和豪宅及休闲的楼台亭阁。值得一提的，还有尤连海姆庄园和莱茵贝格宫堡，后者过去也称为克里斯托弗城堡，因为塔楼里面有位圣徒的画像。几年前，这里还是格吕内伯爵的私宅，现在已成开放的公园。此地现在的名称是"埃尔特维勒"，有人认为系来自罗马时期的古名"老别墅"，但却没有足够的佐证。更为可靠的解释，可能是博德曼的观点，即它是由"Alter Weiler"（老村）演化而来。此城的起源，可追溯到弗兰克时代。从微小的开端，发展到美因兹高地区的首府，成为大主教们喜爱的驻地和隐居场所，特别是在美因兹时局不稳，美因兹人再次举起拳头的时候。所以，愤怒的巴尔杜因·冯·卢森堡才于1330年修建了城堡，国王路德维希四世为了防务授予此地城市特权。城堡和部分城墙保留了下来，包括守卫塔。在历史上，瑞典人和法国人都曾使其蒙受重大损失。根据史料，君特·冯·施瓦茨堡在这里中毒身亡。正确的说法是，他自吞剧毒后，去和对手查理四世签订和约，因为他已经预见到了他的终结。埃尔特维勒是个优选的朝圣地。1402年，神圣的格拉德巴赫圣体，曾迁至此地。这为这座城市带来了莫大荣耀。朝拜和忏悔团队络绎不绝，远胜于今日。埃尔特维勒城中的14世纪风格的教堂里，安放了弗里德里希·冯·施托克海姆准伯爵的夫人阿格内丝·冯·霍彭施坦的陵寝。

　　此地历史上的一个亮点，要归功于古登堡的学生海因里希·贝希特尔明茨。他和他的兄弟尼古拉斯及维甘德·施皮茨·冯·奥腾堡于15世纪中叶在此建立了一家印刷厂，它的一些印刷品还保存至今。日耳曼语学者西姆罗克甚至估计，古登堡本人或许在此地的亲戚家度过了晚年，但却没有足够的佐证。有人在这里的公墓里找到了这位叫雅各布·索尔根洛赫亲戚早已荒芜的坟地。

今天的埃尔特维勒是富人别墅和花园青睐的地方。带有花园的别墅，一栋接着一栋，已形成一条壮丽的河岸亮链。餐饮业也因与蛇泉间的公交线路建成，随之兴旺发达起来。埃尔特维勒的酿造厂生产的汽酒，可以和国外的任何香槟酒相媲美。

在我们面前，从闪着金光的水中升起了莱茵高岛的身影。艾尔巴赫的右岸，一座哥特式教堂的尖顶塔楼，从一连串别墅丛中刺向蓝天。那里是神职人员的宿舍和学校，以及一座小花园。此地的施主和保护神，是来自尼德兰的玛丽雅娜公主。她曾在莱茵哈德豪森宫殿中执政，并修建了教堂，于1866年交给市政当局。收藏有油画和钱币的宫殿，定期对外开放。隶属同一地区的，还有著名的马克泉葡萄园，却没有任何标志性纪念物，值得我们在这里停留。只是在公路边，有一口红岩水井，引人注目，因为老百姓把它称为"马克泉"，或许也是一种界标，因为这里的葡萄园，分属于不同的修道院、基金会和个人。

还有那众口称赞的施泰因贝格葡萄园，也只是局限在一块不到80摩尔干带有围墙的小块土地上。我们没有找到著名的"玫瑰园"，只是品尝了一口名为"金杯"的美酒。但它很难与"施泰因贝格"佳酿的大名相匹配！

我们面前出现了基德利希村和带有圆顶塔楼的沙芬施坦废墟。与它们一起出现的还有自1848年就存在的艾希贝格疯人院。这里集中了一大批历史遗迹。远处可见下因格海姆和我们上方的约翰尼斯贝格。我们就先说说基德利希和沙芬施坦，以及早已没落的强大的莱茵高骑士家族的威严。他们的各个分支曾占有很多城堡，最后和伯爵一起走向毁灭。基德利希早在公元10世纪就有记载，当时的名称是Chederho。而莱茵右岸的沙芬施坦，却占有最古老的城堡。根据古老的传说，它聚集了一个庞大的族群，共同维护家族的团结。沙芬施坦家族肯定是最富有的族群，而且十分强大，占有了这里的大部分城堡和土地。

沙芬施坦家族似乎与基德利希家族几乎同时消亡。但沙芬施坦城堡伯爵也有可能把他们的城堡最后献给了美因兹的大主教。历史学家把这个家族分成各种不同的分支：绿族、褐族、黑族。他们的主堡似乎成了大主教们在危难时期的避难所。直到1301年，阿尔布莱希特·冯·奥地利围攻这座城市，但经过3天的激战后无功而

马克泉

返。同样,那位用剑胜于用十字架的大主教巴尔杜因·冯·特里尔"卢森堡之狮"在沙芬施坦城外也没有得到什么便宜。直到瑞典大军到来,才攻破了城垣,因为他们没有想到,敌人使用了火药。瑞典人以后,就是法国的复仇大军,沙芬施坦变成了一片废墟。

哈滕海姆酒,在熟悉葡萄酒谱的饮者心中久负盛名。它来自种植园哈托二世。作为城镇它并不重要,重要的是其城内的埃伯巴赫修道院,以及储存在其阴暗地下室的"施泰因巴赫珍品葡萄酒"。修道院有过辉煌的时代,几经波折后,变成了一座精神病院,最后又成了一座监狱。它的上方是哈尔加藤高地,上面有一小村——哈尔加藤,也是生产葡萄的胜地。一位德意志名人安葬在这里——亚当·伊茨施坦。它的墓碑上写着"勇敢的心"和"为德意志的自由献出了青春"。他曾在这里和朋友们一起,筹划第一个德意志议会。

当圣本哈德·冯·克莱尔沃克斯和主教阿达贝特·冯·美因茨一起在此地为设置教团寻找地址时,突然一只野猪带着一群小猪从草丛中跑出,跑出了一个圆圈,并在

莱茵高地区

埃伯巴赫修道院

中间推来一块基石。天使又送来了小块的砖石。于是这座神圣的建筑开始修建，于1116年建成（埃伯巴赫德文的意思是野猪溪。——译注）。大主教阿达贝特召来奥古斯丁派僧侣进入修道院。僧侣们很早就开始在这里种植葡萄，把最美的马克泉葡萄酒存入埃伯巴赫修道院地窖，同时吞并了施泰因贝格葡萄园，使其葡萄酒世界闻名。1525年农民战争时，起义的莱茵高人，冲进修道院，喝干了地窖中的藏酒，并毁坏了修道院。尽管勤劳的僧侣们努力进行修复，但后来还是被入侵的阿布莱希特·冯·布兰登堡破坏殆尽。修道院的好日子从此一去不复返。1803年，修道院被撤销，财产归公。修道院的食堂，现在的榨汁厂，建于12世纪，其中的圆柱和设施，反映了

最后一桶酒（作者：西姆勒）

莱茵高地区

米特海姆

当时僧侣们创造的葡萄酒文化。现存的遗物中,值得一看的有:1156年建的教堂及其纪念碑,保存有各种名酒的酒窖。莱茵高地区的一项重要活动,就是每年的葡萄酒拍卖会。不论是收藏家还是游客,只要这时到来,都会享受一场丰富的"酒宴",甚至会品尝一口酒窖里的高贵佳酿。

如果我们跟一个莱茵高人提出要品酒,他肯定会从心里笑出声来。不论是在埃伯巴赫,还是在霍赫海姆,或是在任何一个佳酿产地,不论是跟葡农,还是跟葡山业主,或者跟宫殿管家提出这个要求,他们肯定会拿出30个品种供你品尝。品酒是莱茵地区的一件大事,甚至可以说是一种信仰,会用全心及虔诚来做的事。在莱茵沿岸,我们会经受很多这样的考验,在酒店,在无数的拍卖场,总是一种享受和义务,不得不最后常常看到杯底。

约翰尼斯贝格宫是莱茵高的骄傲和莱茵高之王。宫殿就在葡山之上,山之根部是姆姆宫,脚下就是厄斯特里希、温克尔和米特海姆3座宫堡,后者的右方是福尔拉茨宫,左方则是扩大规模的汉森科普夫宫,即现在的约翰尼斯城堡。而在河的左岸,远处闪亮湿地的边缘,就是下英格海姆小镇。它千年以前曾是神圣罗马帝国的属地,强大的皇帝和贵族,曾在这里收集了全世界的艺术宝藏。皇帝的恩惠和愤怒,曾决定整个民族的命运,也曾遭遇最沉重的考验。

当年的辉煌早已熄灭,只剩下残垣断壁和那些曾支撑最宏伟壮丽的宫殿的破碎圆柱。遍布地上的石块，向我们讲述着三十年战争的历史，描绘着皇帝卡尔·冯·拉维纳建造的有一百根圆柱的庆典大厅。

伟大的查理大帝，总是从英格海姆出发去狩猎。他曾在奥登林山的农户家中重见他最喜欢的女儿艾玛。当年，艾玛与皇帝的亲信埃根哈德私奔，长期被人遗忘。艾玛和父亲见面后，不久就因为失去自己的孩子而伤心去世。埃根哈德随之跟她而去。查理大帝从此再也没有重返奥登林山。

查理大帝后来在这一带开始种植葡萄，尽管罗马时代这里就已经引进了板栗和其他水果。公元778年，他曾在这里召开国会，剥夺了塔菲洛·冯·巴伐利亚公爵的名号。公元826年，丹麦国王哈拉尔德和皇后一行逃亡到此地，并在圣阿尔班接受洗礼。查理大帝曾在这里接见高贵的使节，并举行盛大的国宴。也是在英格海姆，恩斯特·冯·施瓦本曾遭教会诅咒并被剥夺了教会的保护权。海因里希五世，曾在这里召集国会，宣布撤销他父亲海因里希四世的王权，并将其监禁在宾根。宫殿倒塌以后，弗里德里希一世又把它重建，并生活在里面。再次倒塌后，卡尔四世于1354年再次重建，然后租赁给皇帝作为行宫。常胜将军弗里德里希和美因兹大主教阿道夫爆发战争时，宫殿被美因兹人纵火。后来西班牙人、瑞典人和法国人干脆把它变成废墟。

如此丰富的历史，在英格海姆的葡萄园里，却没有留下任何遗迹。但从厄斯特里希河畔，我们却可以看到那座巍峨的高山，即所谓的"乌鸦头"。高低不平的葡萄园地，在阳光照耀下，犹如一块大地毯铺满山坡。而其最高点，就是约翰尼斯贝格宫及其辅助建筑。就在山脚下的一栋灰屋中，850年至856年，曾居住过大主教赫拉巴努斯·毛鲁斯。歌德也曾在这里拜访过他的朋友布伦塔诺一家，并在回忆录中留下了痕迹。1806年，卡洛琳·冯·君德罗伯在这里的莱茵河水中寻了短见。作曲家罗伯特·霍恩施坦曾在他的被葡萄园和果树林包围的家中，写出了很多令人喜爱的歌曲，从葡萄山坡流向远方的莱茵河。

从这里越过美因兹遥望多纳斯山，让人震撼不已。我们看到了埃菲尔山脉的顶峰，也看到了巨大的河床中富饶的湿地。有句老话说得好：最美的地方，必有一座修道院或一家饭店，通常是两者都有。我想，约翰尼斯贝格的美，我只能用那不勒斯的撒马多利相媲美。或许我们应该感谢查理大帝和哈拉巴努斯主教，是他们当时种下了这片神圣的约翰尼斯贝格葡萄，故这片高地也就称为主教山。臭名远扬的迫害犹太人运动之后，鲁特哈德大主教在这里建立了一座修道院，献给施洗者约翰，或许是为了杀害以色列后代而赎罪，同时还设立了圣阿尔班教区。阿德巴特主教还把埃伯巴赫交

温克尔一瞥

给了约翰尼斯贝格修道院。由于第一批僧侣勤奋的创业，从此埃伯巴赫成了勤奋的榜样。约翰尼斯贝格也从此独立于圣阿尔班，成为自由的本尼狄克派修道院。约翰尼斯贝格修道院负债累累，甚至很多圣物都变卖还钱。事发以后，大主教迪特里希不得不下令进行调查，把所有不肯认罪的僧侣驱赶了出去，又从圣雅各布修道院调入僧侣进行了补充。饥饿的农民发起暴动，冲进约翰尼斯贝格修道院，喝光了僧侣的酒窖，捣毁了修道院。费力创造的小康生活从此不复存在。人们不得不出售土地。

又过了不到30年，阿尔布莱希特·冯·勃兰登堡带着他的队伍，再次烧毁了约翰尼斯贝格。僧侣们被嘲笑、殴打和驱赶，酒窖被喝光，教堂被抢劫，修道院被焚毁。这些人走了以后，修道院已成一片废墟。院长霍恩没有能力扭转厄运。为了填饱肚子，他再次出卖土地，换取不多的收入，直到美因兹大主教达尼埃尔最后拯救了这

约翰尼斯贝格

座本尼狄克修道院,并把包括院长在内的所有僧侣赶了出去。达尼埃尔亲自接管了修道院,但也耗费了不少资金。然后来了瑞典人,再次使修道院变成了废墟。

  苦难十分巨大。胡博特·冯·布莱曼用3万古尔登租下了这里的全部财产。他死后,富耳达修道院于1716年偿还了租金,将其变成了自己的财产。但修道院又恢复了传统的欢乐生活。诗人亚历山大·考夫曼曾在他著名的诗歌中,描述了富耳达院长来到约翰尼斯贝格的情景,他想看看这里兴旺发达的到底是信仰还是葡萄酒,当他和僧侣们一起坐到桌边时,他喊道:

  "且慢,在我们开吃之前
  请拿起你们的经书,向主祈祷。"——
  "经书?——""是的,经书!"
  他们陷入了茫然,
  他们寻找,他们寻找,就是找不到。
  "算了吧!我们还是喝酒吧!
  把酒瓶起子拿过来吧!
  上帝饶恕,我真的很健忘,

品酒（作者：沃提尔）

> 我把瓶起子忘在了家里，
> 真是可恶！"——
> "瓶起子？"
> 瞬间，大家都去掏口袋，
> 瞬间，瓶起子远远超过了酒瓶子。

阿达贝特是一位贵族院长，他在废墟上尚存的教堂旁建立了宫殿。1803年，修道院归属威廉·冯·奥拉宁。当法国科勒曼元帅来到这里，看到这座宫殿时，立即高呼："哦，真漂亮！"兴致极高的拿破仑，立即把它送给了这位元帅。"你想要吗？"拿破仑问。"那好，你就拿去吧！"1815年，它又归属奥地利，尽管弗里德里希·威廉三世很想把这座美丽的宫殿送给他的元帅布吕歇尔。当联军中有人问应该送给谁时，亚历山大皇帝立即建议送给勇敢的施泰因。据说他当时曾喊道：谢谢，陛下。但是，窝主总是和盗贼没有什么区别！最后宫殿还是送给了梅特涅，使他占有了60摩尔干优质葡萄园和大约1000摩尔干的森林和田地。

从此，情况发生了变化。过去的僧侣过着无忧无虑的生活，大碗喝酒，而不考虑是否符合上帝的意志。而现在却要公事公办，对收获和业绩详细记账，不能再随意处理酒神的佳酿，随意向陌生人卖酒而收取外快了。

饮杯美酒，观赏美景，一向是这里游客们的追求。宫殿内部并没有什么特别有趣的遗物，值得一提的，只有小礼拜堂里1836年去世的莱茵地区的历史学家尼古拉斯·富科特的陵寝。梅特涅自称是他的"朋友和学生"。根据他生前的愿望，他的心脏被安放在宾根附近、莱茵河上一块岩石中的一个银盒内。一个小铁十字架作为标志。教堂广场上矗立着施洗者约翰的雕像。

这块美丽的产业，现在归奥地利前驻巴黎公使理查德·梅特涅所有。他和妻子把此地当成自己的夏宫。

至于邻村盖森海姆，几乎没有什么历史故事可讲，只是地理位置极佳，恰在莱茵河道最宽处，城市虽小，别墅却很多，在别墅区的东侧，有英格海姆伯爵和舍恩伯恩伯爵的房产。西部靠近吕德斯海姆一边，有拉德和布伦塔诺的两栋别墅，以及带有美丽果树园的蒙雷珀斯别墅。新近成立的由总领事拉德领导下的果树学研究所的建筑群，也给本地增添了光彩。我敢说，凡对葡萄酒有所了解的游客，肯定会认出此地的这座双塔建筑。在所谓的舍恩伯恩别墅内，现住着同姓的大选侯约翰·菲利普，据

莱茵高地区

盖森海姆一瞥

说是他起草了威斯特伐利亚和约。这当然没有历史证据。在附近的罗腾山和哥萨克山上，生长着优质葡萄。距离盖森海姆约1小时行程，在维森格伦特，就是朝拜圣地玛丽河谷修道院，这里的僧侣们于1468年建立了古登堡式活字印刷厂。离此地不远就是上帝苦难修道院，有关的圣像可以在吕德斯海姆教堂里看见。

乘船经过此地的游客会发现，他们正在游览一段最浪漫的景色。岸边到处是葡萄园和森林，上方是宾根和尼德林山，树冠上飘浮着迷雾。吕德斯海姆的梯状岩层十分奇特。左岸，我们接近了高高的罗胡思礼拜堂和克罗普城堡及宾根小镇。在浓密的树荫中，可以看见被水包围的鼠塔小岛，塔上飘舞着小红旗。靠近岸边的火车从这里驶过，冒出的白烟遮住了左岸的兰迪别墅，右岸就是吕德斯海姆的各个塔楼，像一条白链隐没在葡萄田中。

这是一首由大地与河水共创的最美诗歌，传说和历史写出的意味深长的书卷。看到这些，有谁不会心跳加快呢？大自然在向它的造物主高唱赞歌，甚至连阳光都散发着香气，因为它在吸食高贵葡萄鲜花的芳香！诗人施罗德曾在《葡萄酒之王的凯旋之歌》中这样描写：

> 莱茵河被头戴芦苇光环的葡园簇拥，
> 与它同行的是舞姿翩翩的美因河，
> 施泰因河迈着规矩的步伐走来，
> 它们是莱茵河的第一批臣民。

越过吕德斯海姆莱茵河畔的房屋链，就会看见"吕德斯海姆山"的梯形岩层，船

休息的葡农

只驶过古老的塔楼和红色的岩石,火车沿着房屋疾驰而去。在这浪漫的景色中,火车只是必要的灾祸。它冒着浓烟驶入了田园,但也带来了另外的生活,当我们的列车驶过民房和酒店时,不少手帕从窗中向我们摇摆。一个欢快的酒徒,还从酒亭中站起身来,举起双臂用罗马的方式高喊:Evoe!

在城市北端的河边,耸立着"施泰因岩块"。它没有固定的形状,只是一块巨型立方体。显然是一座宏伟建筑的残肢。很难确定它的用途和目的。墙体很厚,窗孔很低,甚至装有铁制的阳台,呈三角形,分成两半,似乎是一座连体建筑,但从外面看是一个整体。草丛盖住了它的顶部,显得有些阴郁和伤感,也有些恐怖,但仍不失可以居住的状态。这座阴暗的建筑,就是这样展示给外来客。但没有人能够猜出这个巨人是什么,更无法相信它会是供人居住的场所。

很多人曾为此绞尽脑汁。这里或许是一座罗马兵营,最后被阿勒曼尼人摧毁,查理大帝又重新恢复。也有可能它是一座皇家建筑。难道是一座雇佣兵的兵营?据说后来这座城堡租给了吕德斯海姆家族作为住宅。后来又转让给布勒姆斯家族,所以才称为布勒姆斯城堡,也叫尼德城堡。一位英格海姆的伯爵夫人突发奇想,在城堡内部装修得更豪华,把陈旧的墙壁涂上现代的颜色,画上很多花朵图案。

在城里继续往上走,就发现了伯斯城堡的塔楼,是吕德斯海姆家族的作品。后来,通过联姻,它又成为伯斯·冯·瓦尔德克的财产,所以才叫伯斯城堡。布勒姆斯

莱茵高地区

尼德林山上

庄园的上方，现在成为一家穷人收养所。城堡建于 15 世纪，没有太多的文化含义。

穆罕默德曾说过："一切皆生于水。"在吕德斯海姆，则一切皆生于葡萄，大自然给予了无限的馈赠。当然还有人造的迪特里希和埃瓦尔德的香槟酒厂。当年，地球上这块福地曾被称为"美因兹最美的珍珠"。而今天，它变成了流动的佳酿装进酒桶，给全世界爱酒之人带来福音。背河看山，遍地是波浪般的葡萄园。站在这里俯瞰山下的莱茵河谷，再远看河的对岸，可以看到马胡斯礼拜堂，那里珍藏了莱茵高地区的无数珍宝。

整个吕德斯海姆地下全是酒窖。这里的人们与其说是生活在地上，不如说是生活在地下。生活在这样的环境当中，心里有一种美不胜收的感觉。我曾在这里的地下世界，度过某些幸福和快乐的时光，和我的老友、70 岁的年轻人奥古斯特·罗伊特一起，进入他的金矿酒窖，在无数灯光照耀的自由氛围下，开怀畅饮，聆听各种语言的交谈，口中似蜜，耳中均是天使的声音。

阳光照射在吕德斯海姆地区，就浅绿色的金铜器在闪闪发光，山上的平台开始"熏烤"了。我回忆起不太远的冬月时光，曾与葡农们站在一起，迎接采摘葡萄的季节来临。葡萄园的围栏已经打开，收获的欢乐开始了。

十四天来，我们一直没有看到太阳，一片迷雾笼罩着河谷地带。莱茵河对岸，也是雾气蒙蒙，看不见景色。一幅海边沙滩的雾景，出现在我们眼前。只是偶尔出现一道缝隙，罗胡斯礼拜堂、克罗普城堡和尼德林山，才能悄悄露出真容。

没有太阳，甚至没有冬天的太阳！笼罩莱茵河的是北方海角之夜。尽管如此，大

吕德斯海姆

家的眼睛和心仍然关注着周围波浪般的葡萄园风光。河岸旁响起了爆竹，燃起了欢乐的焰火。到处是笑脸，在迷雾笼罩的葡萄园内，欢呼着今年的收成，它给葡农和饮者带来了莫大的希望。

外面的雾越大，葡农的心中越是敞亮。只要枝头挂满葡萄籽粒，只要太阳在夏天给足糖分，那么雾就会使真菌发酵，变成优质成果。甚至如果大雪盖住山头，葡农开始用叉子采摘那些剩余的佳果。真菌发酵对他们就是一切。据说，有一年，富尔达修道院院长忘记了发布采摘的时间，致使收获的时间过晚。另一种说法，是战争推迟了收获时间，结果穆姆家族只好廉价出售那些已经干枯的葡萄籽粒。却不想，恰好这些籽粒却酿出最佳的葡萄酒。直到这时，莱茵地区的人才知道了法老时代就已知道的秘密。从此他们让葡萄在热土上生长，然后让籽粒在地下腐烂。

吕德斯海姆宣布，11月3日开始采摘葡萄，条件是籽粒上不能有太多的露珠。籽粒必须干净地进入压榨机。某些地区是整个葡萄山统一行动。但大庄主比较喜欢联合行动，所以开放采摘实际是一项欢快行为。

这一时刻，人们是何等希望一个好年成啊！木桶、背桶、压榨机都擦洗干净，迎接葡萄汁的一切准备工作都已就绪，只等葡农把背桶里已经初步捣碎的内容，在欢呼声中倒进压榨机内。葡萄汁是不能等到第二天的，所以必须连夜加班。在这个季节，没有一个健康人是不插手葡萄事业的。

莱茵高地区

人们成群结队地把大木桶装满，也有人在旁专门监督，以防止过多的甜果进入贪食者的口中。葡萄从大木桶中装进背桶，然后运往压榨机房。这一切当然有管理员仔细记录在案，以便统计今年的收成。标准是计算背桶的数量。别看背桶的样子不起眼，用两根皮带背在背上，但却可以装进四分之一奥姆（古时计量单位，约合120—160升。——译注）的顶级葡萄汁。葡萄品种决定价格，不同的品种，可卖2个到8个塔勒尔银币不等！只有受到邀请的客人，才能够踏上潮湿的葡园，任意品尝成熟的葡萄。

葡山上驮葡萄的驴子

我最后一次游览尼罗河时，一位聪明的阿拉伯导游曾对我说："先生，你们基督教徒饮酒，我可以理解，因为你们喝酒适量。可是，如果我们的先知不禁止阿拉伯人饮酒，全世界都无法生产所需要的数量！"这位导游对我们的赞美词句使我感到难堪。如果他看到我们莱茵地区的基督徒连葡萄汁和正在发酵的酒浆都一并吞到肚子里，他肯定会摇头大呼："先生，你们的先知肯定在信条中忘记了一点，或许他也知道，你们也是控制不住自己的。"

渡轮在吕德斯海姆把我们渡过河对岸。我们的右边，是莱茵河的"铁门"。这里是宾根漏斗的急流区，虽然不像名字那样可怕，但对船只来说，仍然是一处险滩。这里是莱茵河湾的终点和莱茵高的起点。河的两岸都获得了新的面貌。埃伦菲尔斯和莱茵施坦在岩石之上穿过树梢向我们张望，那里飘扬着鼠塔的小旗。复仇的修士把可怜的哈托主教关在里面，使他终生见不到阳光。

一个摆渡码头

在我们前面,克罗布城堡和宫殿般的别墅中间,开启了另一扇大门。如同莱茵河切断陶努斯和洪斯吕克两座山脉一样,纳厄河床也被埋在山峦之中,上下莱茵的界线标志着普鲁士和黑森的边界。有人认为,这个河床在罗马时期应该位于更北一些。古宾根当时到底是在莱茵河的左岸还是右岸,人们也是众说纷纭。但无论如何,现在的格局却是最美的。宾根献给了莱茵高一幅最美的画面。

是谁创建了宾根要塞,传说是这样言述的:德鲁福斯桥、德鲁福斯城门和德鲁福斯井泉。此地很早就经历无数考验。第一座桥梁于公元 70 年在与特雷维里人的战斗中被摧毁,公元 368 年重新修复。1254 年以来,宾根就属于莱茵城市联盟。阿尔布莱希特·冯·奥地利于 1301 年围困宾根,抢光了城里富商的财产,主要是伦巴第的犹太人,留下了一片废墟。事发的那个夜晚,至今还被称为"宾根之夜"。选帝侯菲利普于 1495 年围攻宾根。瑞典人于 1632 年占领宾根。1689 年,这里又遭到法国人的摧残,1793 年遭到普鲁士人的炮击。

从克罗布城堡望宾根

一座有趣的古老城垣，巨大宏伟，蕴藏着很多历史记忆，它就是克罗布要塞。毫无疑问，这是德鲁福斯为保卫纳厄大桥和控制罗马公路所建。在历史上，克罗布城堡出现于1282年。在这里，海因里希五世背叛了他的前往英格海姆参加帝国议会的父亲。海因里希四世不顾朋友们的警告，并没有在意儿子已经结党谋叛。来到宾根后，他甚至不听劝告，留在了城堡中，直到他的儿子与美因兹大主教勾结完成。海因里希四世只带少数随从，骑马进入城堡。刚刚进入庭院，身后的吊桥就已落下，藏在这里的儿子的支持者立即包围了皇帝，并宣布他已成为俘虏。与此同时，儿子党羽发出信号，对留在城外的皇帝随从发动攻击。当天晚上，皇帝的死敌维克贝特伯爵出现在皇帝面前，手中握着宝剑，逼迫皇帝立即让位给他的儿子。海因里希四世坚决拒绝了他

前往罗马朝觐的教皇卫队（作者：西姆勋）

莱茵高地区

罗胡思节日气氛

的要求。于是又出现了美因兹、科隆和沃姆斯的大主教，在公爵面前，剥去皇帝身上的一切帝王标志。他被夺权以后，被送往英格海姆，含着热泪签署了退位诏书。然后他又被送往克罗布，从这里又逃往安德纳赫的哈默施坦城堡，终于在悲愤和怨恨中死去。

从宾根向北没有多远，越过兰迪别墅，就来到了罗胡思礼拜堂。从这里，我们可以看见莱茵高对岸的全部风光，以及莱茵普法尔茨和纳厄河谷。如前所述：最美的地方，总有一座修道院和一家饭店，尽管这里只剩下一个礼拜堂。它于17世纪中叶建立，1795年被法国人破坏，曾当作马厩。外墙东侧有一座讲坛，每年8月16日后的星期天，这里的人们都要举行庆祝活动，纪念葡萄保护神，称为"罗胡思节"。高地上将搭起帐篷，摆上饮料。远近各地，届时都会响起钟声，人们纷纷前来参加活动。山区的道路上会有巡游队伍，莱茵河上会有载人的船只，均带有乐队，装有彩带和旗帜，以及各种教会标志，歌唱着，祈祷着，直到深夜，充分展示莱茵高人们的潇洒和放纵的性格。罗胡思节是个欢快的节日。请看：

请听，钟声已经响起！
香客们唱着洪亮之歌已经到来，
轻舟搅乱了河水，

莱茵河传

双手挥舞着花环,
小鹿胆怯地从角窗中偷看,
仙女们在树丛中舞蹈——
这就是德意志的莱茵河,
这就是它的浪花翩翩!

纳厄河谷之旅

H. 瓦亨胡森

离开宾根,也就离开了莱茵高地区。我们身后留下了莱茵高怪异的界碑。来源于霍姆利希林山泽尔巴赫旁的纳厄河流淌的水声,朝我们迎面而来。它穿过克罗伊茨纳赫峡谷,将于前方的沙拉赫山脚下流入莱茵河。纳厄河畔的众多城堡,早在中古时代就经常更换主人。我们面前的石块和废墟,向我们讲述着那些坎坷的历史。美因兹、沃姆斯、特里尔和科隆的宗教领袖,普法尔茨的封疆大吏,斯彭海姆和莱茵一带的伯爵们,都曾以正当或不正当手段,用武力或文书,占有过这片土地。另外,法国的长期占领,以及与普鲁士、奥登堡、巴伐利亚和黑森达姆施塔特的霸主们的争斗,更使得这个地区的历史错综复杂,难以说清。

我们的右边是洪斯吕克山脉,逐渐分支出哈特、索恩和伊达等林山。随着景色的变化,各地的民风也各不相同。与莱茵高人的热烈轻浮不同,我们在这里遇见的是拘谨、理性和勤奋的居民。他们的性格和活力,也随着不同的土地和山峦对他们的滋养发生变化。他们同样种植葡萄和饮用葡萄产品,特别是沙拉山、科罗伊茨贝格、蒙庆格、埃伯恩堡、劳本海姆和罗森海姆等地。产品既古老又优质,早在罗马皇帝普罗布斯(公元

德鲁福斯大桥

从汉堡公园眺望　　　　　　　克洛伊茨纳赫

纳厄古桥旁

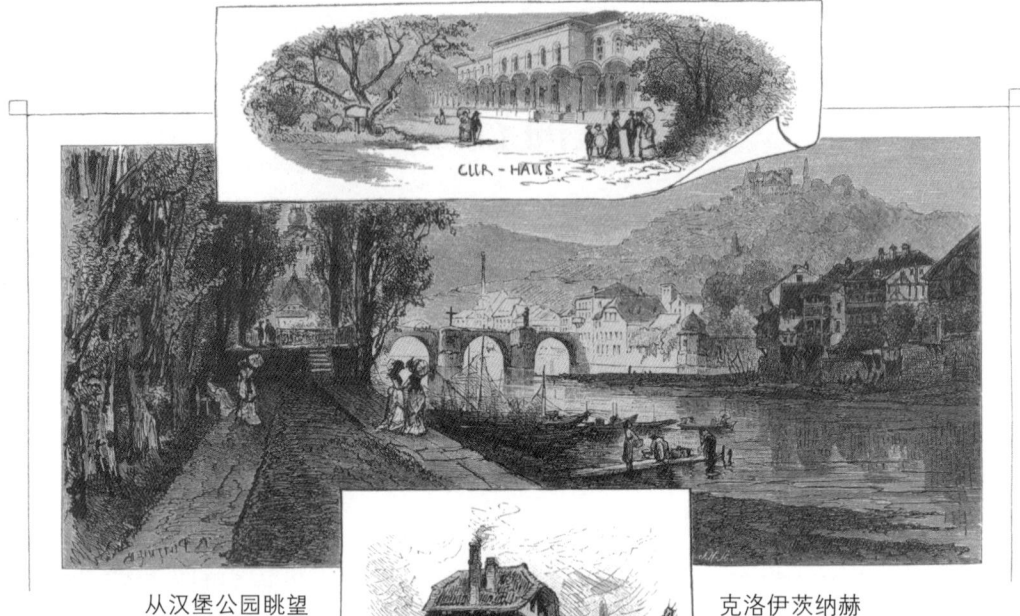

232—282年）时代就闻名遐迩。越是接近纳厄河谷，民风也就越是粗犷、固执和冷漠，直到盛产煤炭的萨尔布吕肯盆地，终于坠入了巨大的黑色水池中。

火车载我们从宾根布吕克沿着左侧的德鲁福斯大桥和沙拉赫山梁，经过右侧的特鲁斯宾根塔楼的废墟，前往克洛伊茨纳赫。它的名字来源，据说铭刻在第一位基督教传道士竖立的十字架旁的碑文上：

> 他们穿过森林来到这座小岛：
> 在十字架前让老幼皈依基督。
> 一座城市从众茅屋中升起：
> 因在十字架旁，故名为克洛伊茨纳赫。
> （克洛伊茨纳赫德文原义为"十字架旁"。——译注）

这里同样有罗马统帅留下的痕迹。一座普法尔茨行宫，后被诺曼人摧毁。多次转换主人之后，克洛伊茨纳赫归于莱茵高伯爵冯·斯彭海姆属下，最终于1815年归属普鲁士。纳厄河上的几座大桥，连接了城市的两个部分，其中的八孔石桥，是唯一值得一提

纳厄河畔的奥博施坦（作者：皮特纳）

的遗迹。另外值得提及的,还有索尔温泉和伊丽莎白温泉(含碘和溴)。据说,克洛伊茨纳赫的水中含有氯化钠、钙、镁、碘和溴。这里的疗养院建于1840年。克洛伊茨纳赫的地理位置格外优美。生于此地的著名"画家米勒",曾为他的母城写下这样的美文:

噢,我如此长久地闭口不言,我亲爱的母城!我生于此,吸吮着你生命的乳汁!在我的游子心中常常游动着你的灵魂,常常把我从喧闹的世界里呼唤回来,亲切地跟随我直至骄傲的界碑,直至伟大人物的殿堂。他们始终是我在苦难时期的朋友和安慰者,让我享受欢乐和爱情。你在抚摸我的伤口,给我的躯体带来新的希望和新的生活。我何时再能见到你啊,我的至爱至亲!

是的,你是天之骄子,美丽的母城,位于上千城市之首!欢乐和富有汇聚一身,你是爱之顶峰。在你的城门上安装第一块角石的人,是上帝的骄子。没有父亲的诅咒,没有寡母的抱怨,也没有孤儿的眼泪。上帝为他开启眼帘,让他看见家乡的可爱。美丽就在他心中。你是上天的骄子,美丽的母城!你的城墙上,没有叛徒的污迹,你的身边只有忠诚和正直,你微笑着靠在他们身上,用你营养丰富的胸膛,为你的孩子奉献乳汁。陌生人尊敬你,你的孩子感激你,不论在陆地还是海洋。

克洛伊茨纳赫,克洛伊茨纳赫,我的摇篮!你是多么幸福!我的灵魂就在你的面前。我看到了你,我站在你的城堡之中!你的守卫塔楼,你的倒塌的城墙,又重新站起,我听到了你大河的呼啸,山风的吹拂。噢,甜蜜的空气!啊,狂奔的飞云!勇敢的莱茵格拉芬施坦!纳厄河的波浪!哈德林山的歌声!

莱茵格拉芬施坦

纳厄河谷之旅

博斯·冯·瓦尔戴克饮"一靴酒"

周围有不少历史遗迹。在考岑贝格城堡上，可以俯视纳厄河谷的美丽风光。古老的斯彭海姆城堡的废墟，屋顶上的雄狮昂首朝天，是对勇敢的克洛伊茨纳赫屠夫米歇尔·摩尔特的永久纪念。他曾在斯普伦德令战役中，救了主人斯彭海姆伯爵的性命，而自己死于战乱。作家西姆罗克描述说："斯彭海姆兄弟约翰和西蒙分家后，克洛伊茨纳赫成了最后一个伯爵领地的首府。西蒙之子约翰一世，因大腿残疾又被称为瘫子，想缩减他弟弟海因里希所得到的父亲遗产。出于不满，海因里希把他的伯克海姆宫殿的三分之二卖给了美因兹大主教维尔纳。约翰对弟弟未经他许可卖掉宫殿不买账，在美因兹和斯彭海姆之间发动了战争。1279年在斯普伦德令进行的战役中，后者遭到了失败。约翰由于腿残逃跑困难，面临被俘的危险。克洛伊茨纳赫的屠夫米歇尔·摩尔特，不顾自身危险坚持抵抗，为伯爵争取了时间。后来，伯爵为了感谢他的救命之恩，给予了克洛伊茨纳赫屠夫行会以自由行动特权。"在一块峥嵘的岩石之上，建有小镇施特罗姆贝格一座同名的城堡，系施特罗姆贝格伯爵于1050年所建，却于1689年被法国大军焚烧殆尽。对面还有一座戈尔登菲尔斯城堡，同样建于原有废墟之上。城堡旁边有一座石碑，纪念普鲁士少尉高伟印曾于1793年率领少数士兵与法国军队英勇奋战。从这里可以看见前方的另一美景——通往莱茵格拉芬施坦的"鹅路"。莱茵伯爵被驱赶后曾在此居住，现在同样是一片废墟，但仍可看出当年的宏伟。

埃伯恩城堡的宫殿和村落

它修建在陡峭的斑岩之上，是一座险要的建筑，看上去很像是一个鹰巢。这座骄傲的城堡，据说建于第8世纪。但历史上直到第二个千年之初才提到莱茵伯爵的名号，几百年之后才提到他的权力和财富。美因兹的约翰一世和德豪恩及斯彭海姆伯爵一起于1328年占领城堡，但城堡后来仍然毁于残暴的法国大军。西班牙公爵冯·奥逊纳和其夫人后来买下城堡作为自己的行宫。在莱茵格拉芬施坦流传着这样一个故事：骑士博斯·冯·瓦尔戴克与莱茵伯爵打赌，一口气喝掉一皮靴葡萄酒，从而赢得了许佛斯海姆小村。于是这里就有了一个饮酒的习俗，用"一靴酒"代表一个人可以承受的酒量。

更值得关注的是埃伯恩城堡。这座宏伟的要塞，是遭皇帝贬黜的弗兰茨·埃辛根的"正义之家"。主人曾在这里接待和保护过很多名流，并坚定地与查理大帝对抗。埃伯恩城堡是思想、信仰和良知的圣地，直到大选侯特里尔的大主教、普法尔茨伯爵路德维希和菲利普前来围攻。在寡不敌众的情况下，他不得不流着

弗兰茨·冯·埃辛根

纳厄河谷之旅

罗腾菲尔斯

鲜血，与敌人谈判。但他在签订和约之前，可惜于 1532 年 5 月 7 日死于烧伤。有人说，他的城堡随后也被敌人摧毁。城堡重新修复后，仍然归埃辛根家族所有，其最后一名继承人，于 1836 年去世。因此，埃伯恩城堡就成了游客们格外青睐的目的地。城堡酒店在其餐厅里，展示了城堡被法国人摧毁的图片和雕塑及一系列考古发现。其中的一块石碑上，写有下列字迹：

> 我从来不想制造灾难，
> 苦难时主会降临帮助。

埃伯恩城堡脚下有一座埃伯恩城堡村，门楣上的一头石雕公猪，解释了村庄和城堡名称的来历（埃伯恩城堡德文的原义是公猪堡。——译注）。根据传说，当年二者均遭到外来大军的围困，正因饥饿准备投降时，堡主想出了一个主意。堡主牵出一头大公猪，摆在战场上，在敌人面前展示，准备屠宰，给饥饿的村民带来希望和信心。当然只是做做样

乌尔里希·冯·胡腾

迪希波德海姆修道院

子，重新放回猪圈，准备继续展示。敌人本想围困城堡饿死居民，现在失去了信心，于是停止围城，宣告撤退。

从埃伯恩城堡前往施泰因的大教堂，只有几分钟的路程。大教堂是纳厄河游客喜爱的景点，可惜的是这里缺少足够的接待能力。只有500名居民的村庄，却要供养大教堂的盐场和无数疗养者与观光客。

勒姆山谷中，有一片蒙佛特废墟，只是一大堆石块，至今在居民中声名狼藉。当年这里是一个强盗骑士的巢穴，其首领曾把鲁道夫·冯·哈布斯堡处以绞刑。后来，此地被当地的另一个马贼占领，就是臭名昭著的申德汉内斯。这里还流传着不少有关他的传说和诗歌。这里到处是红色岩石，所以还有不少可以观赏的奇特景观。

我们这时正在前往伯克海姆宫的废墟。这里残留的东西并不多，但却留下了一件历史疑案：据说被儿子出卖的海因里希四世，曾被关押在这里。然而，更可能的情况是，事件发生在克洛普城堡内。与其他城堡一样，这里也曾遭到法国军队的破坏。我们的这个邻居到处破坏和损毁，到处都留下了他们残暴的遗迹，成为人们永远面对的见证。宫殿废墟的旁边，就是伯克海姆宫村。在斯彭海姆的修道院和城堡中，曾居住

远眺德豪恩宫

过历史学家约翰·冯·特利腾海姆，同时也是本尼狄克修道院的院长。修道院为埃博哈特·冯·斯彭海姆于1100年所建，修道院中的图书馆曾远近闻名。其中的教堂被损毁后又以罗曼风格修复，但却采用了平庸的装潢。旁边就是斯彭海姆宫的废墟，也是法国人所为。至于索本海姆，只有那座古老的教堂值得一提。它旁边的格兰溪水，弯曲着流入纳厄河。从施陶德恩海姆，我们来到了林山顶端著名的迪希波德海姆修道院。这里留下的遗迹十分稀少，当时的埃林主教迪希波德来到德国传教，于590年建立了自己的礼拜堂，后被卡尔·马特尔焚毁。主教的圣体，直到745年教堂重修以后才安葬在教堂的圣坛之下。维利吉斯大主教清除了几百年来战争留下的废墟，直到1112年，美因兹的鲁特哈德才重新建立了教堂和修道院。但是，这里从未能躲开战火的浩劫。美因兹的西格弗里德三世和吉尔堡的野蛮伯爵，再次摧毁了刚刚建起的修道院，修士们像可怜的教堂老鼠一样，逃亡他乡。1470年和1504年，这里再次遭劫。最后，古斯塔夫·阿道夫再次把敌人赶走。可惜的是，最后只留下了很少的遗迹。

　　火车带我们继续前进，直奔纳厄河谷浪漫的中段。我们来到吉恩，一个勤劳人之

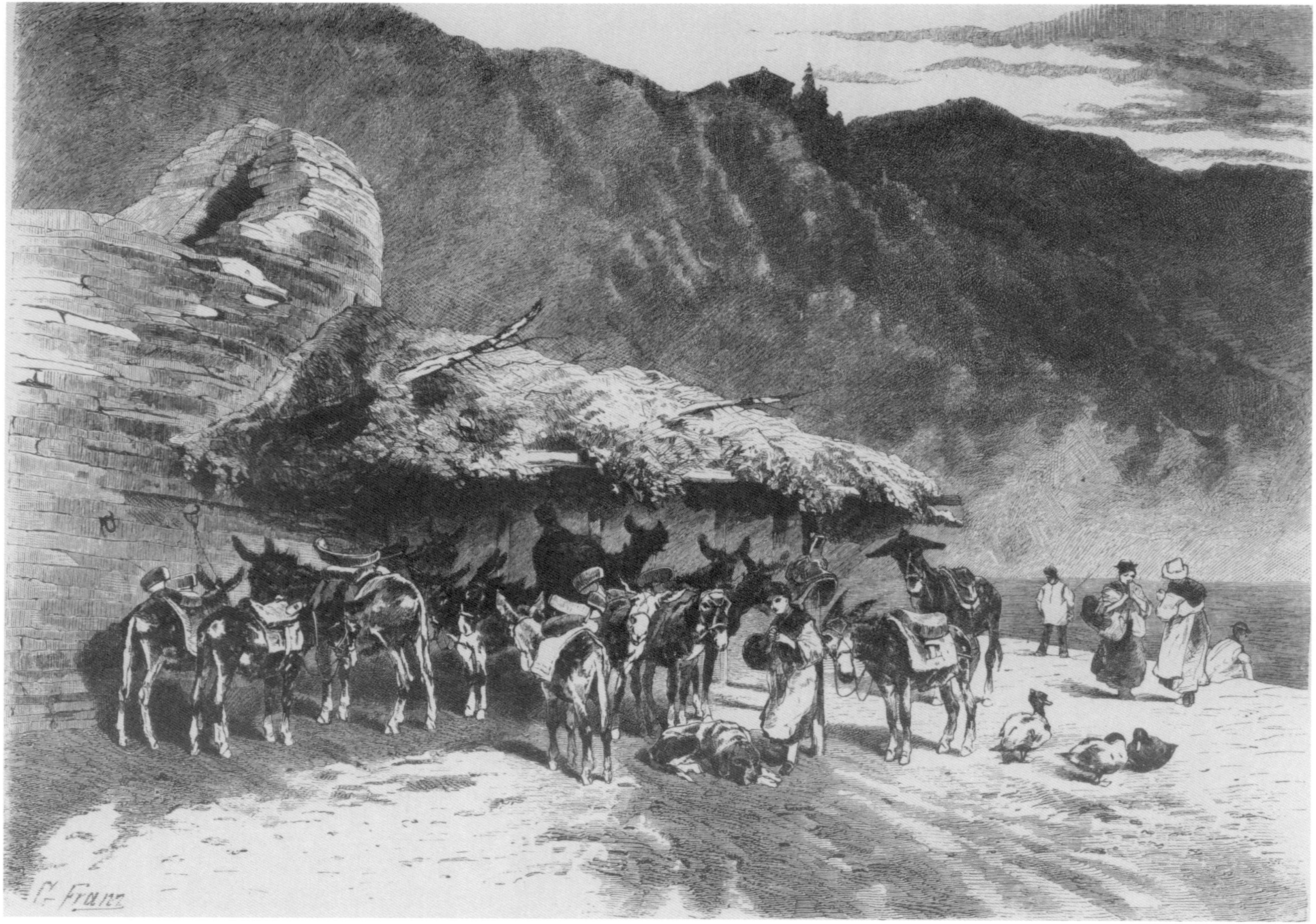

乡，曾是萨尔姆-吉尔堡家族的驻地。其最后的家族成员，于 1794 年在巴黎死于断头台下。位于城内高地的吉尔堡也被法国人炸毁。现存的宫殿式建筑，是近代的作品。只 1 个小时的行程，我们就看到了高山上更为有趣的一片废墟，即德豪恩宫。这里曾是野蛮伯爵冯·德豪恩的山头。宫中骑士厅里的浅浮雕，反映了一则传说：当年，一只猴子从宫中抢走了一个孩子，人们后来在森林里找到孩子时，看到猴子如何养育孩子，并给他苹果吃。人们为猴子竖立了一块石碑，以兹纪念。

周围的众多宫殿和城堡，也都曾在中世纪的战争中扮演过一定角色。它们都在高山上俯视着我们。我们在山岩之中向上攀登，越过"倾倒的石岩"，最终到达了我们在纳厄河谷游历的最后一站，即河谷的王冠，那座位于特殊地理位置的奥博施坦城堡。

奥博施坦是属于奥登堡的一块飞地。在这块所谓的上方石台（奥博施坦德文的意思是"上方石台"。——译注）之上有一座古堡，下方的岩石之中建有一座教堂。在它附近的另一座新堡，是 100 年后，即 1194 年修建的。二者当然都是废墟。给人以美好印象的，是这座以研磨玛瑙而闻名的小镇教堂。它就在高高的暗氛岩正面，朝向火车站。每个游客都会发问，为什么这座神圣的殿堂要建在此地呢？对此有一个阴暗的悲喜传说作为答案：维里希·冯·德豪恩在这里把他的弟弟埃米希推下了山崖。而他自己为了赎罪前往罗马朝圣，最后亲手修建了一座教堂。这个说

蒙庆根的街道

法是说哥哥对弟弟的妒忌。另一种说法：弟弟与哥哥开一个玩笑，给怕猫的哥哥皮靴里放了一只公猫，哥哥一怒之下，把弟弟推下了山崖。这完全是无意之举。不知读者喜欢哪一个。

在奥博施坦，纳厄河谷的罗曼蒂克充分体现了出来。首先是那些数不尽的城堡，如施密特堡、吉尔堡、德豪恩堡，以及后来兴建的格鲁姆巴赫、诺伊吉尔和萨尔木-萨尔木家族的城堡。火车继续往前走，把我们从奥博施坦带到了诺伊吉尔。从这里可以看见萨尔布吕肯盛产煤炭的盆地。其中的萨尔布吕肯练兵场，曾于7月27日遭到法国人的炮击。从这里爬上施皮歇尔高地，可以看到拿破仑三世于8月2日亲自指挥攻打的萨尔布吕肯的地方。

从宾根到科布伦茨

H. 瓦亨胡森

还没有人敢说,莱茵河到底哪一段最美:难道是我们刚刚离开的地方?难道是我们正在经历的 110 千米长的岩石峡谷?从宾根直至七岩山附近的莱茵之角,大多是宏大的自然造型,充满史前的各种传说。大自然的诗意和罗曼蒂克是没有规律的,但它们却在我们时代有一个无法和解的敌人,多年来梳理河道工程严重威胁着莱茵高地区的风貌。千年来不受侵害的大河莱茵,现在要变成一条人为修整的笔直河道!哪里还有诗意,哪里还有罗曼蒂克,哪里还有葡萄园,哪里还有幸福!再也没有

宾根布吕克的货船

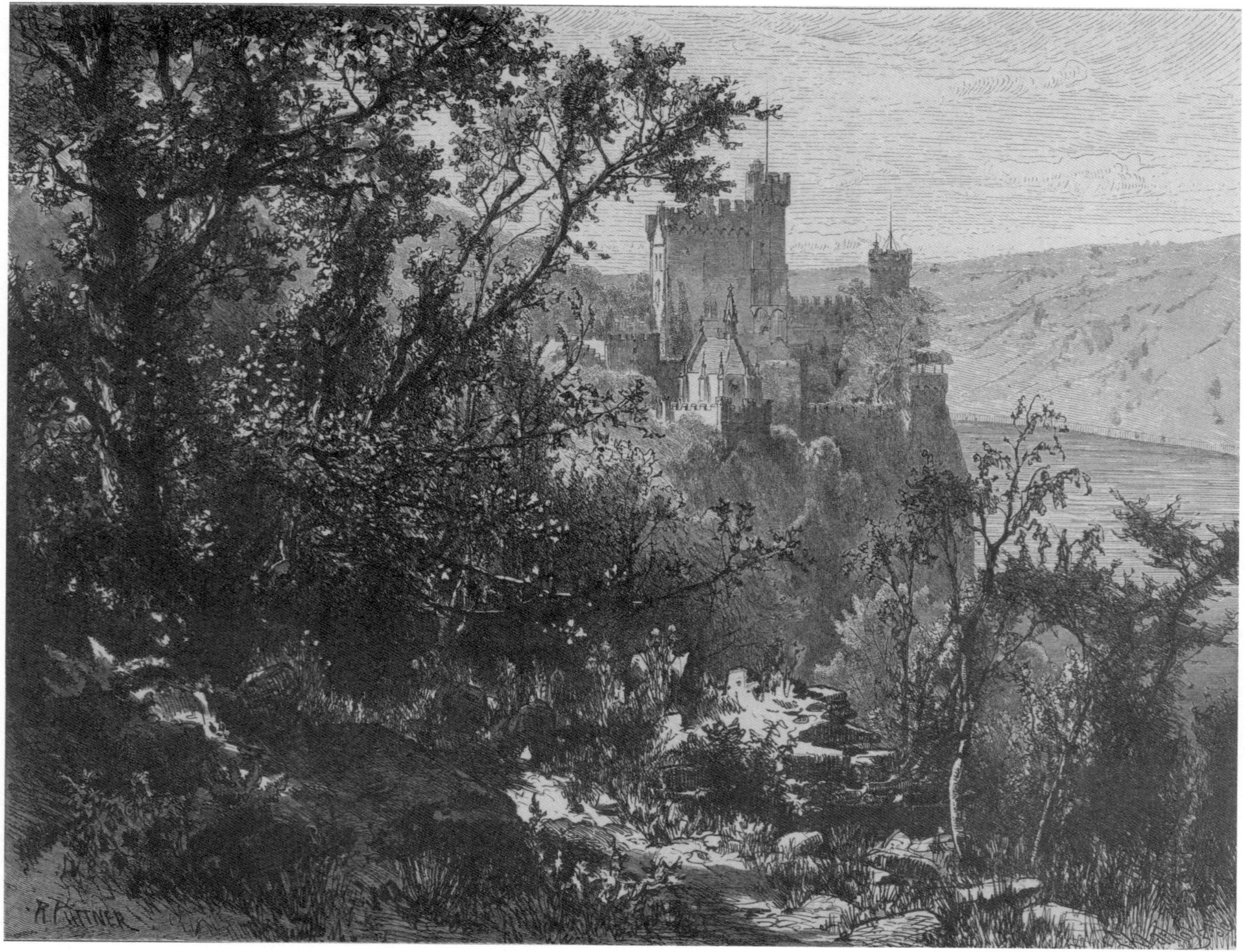

莱茵施坦（作者：史特纳）

河床过窄时偶尔出现的泛滥危险！再也没有滚圆的荷兰货船在河中驶过！再也没有运煤的黑色船队！修人工水坝，不断堆积的泥土及其腐烂味道会不会伤害好客的河岸？两岸的葡萄园会不会失去阳光的照射？要让莱茵河规规矩矩按照人的意志流淌，就必须进行整治！莱茵高又多了些忧虑和任务，要为葡萄争取阳光，为大河赢回诗意，还要与政府改造莱茵河的思想进行抗争。不久前，这个威胁大河前途的噩梦，终于宣告消除，整个莱茵高欢欣鼓舞。

鼠塔和埃伦菲尔斯

我们在宾根重新上船，准备穿过鼠塔和右侧山上的埃伦菲尔斯城堡之间水流湍急的"宾根漏斗"。一幅新的画卷在我们面前展开。

"听啊，粮仓的老鼠在吱吱叫！"缺德的主教哈托在"上帝的裁决"下，活生生被老鼠吃掉！莱茵河上的一个古老传说这样讲述着。但更为可能的是，这里的老鼠已被那位主教吃光。修建鼠塔并不是他的功劳，而是瓦格纳的儿子维利吉斯的。哈托活着的时候，没有人敢说他的坏话。但他手下的修士们却讲了这样一个故事：在苦难时期，一些穷人前来向他乞求面包，却被他关在一间仓库里放火烧死，并幸灾乐祸地高喊："听啊，粮仓里的老鼠吱吱叫了！"从此，他就再也躲不开老鼠的骚扰。后来被关进鼠塔，成群的老鼠也跟随而至，要把他吃掉。但鼠塔本身其实与老鼠毫无关系。它之所以修建在河中央，是为了挡在河道上收取关税。至于"鼠塔"的名称，只

阿斯曼斯豪森

是岛上一门大炮的谐音而已。而上面的传说，也日益淡化，无人再相信这个古老的童话。

我第一次通过"宾根漏斗"时，河水确实湍急危险。而今天，它已改变了模样。旁边的一块石碑告诉我们，这里自1832年起，已多次爆破，消除了原来的隐患。

宾根漏斗的右上方，就是尼德林山高耸的悬崖和小马塔。我们前方较远的地方，是莱茵施坦城堡和埃勒门斯礼拜堂。我们在阿斯曼斯豪森下船，那里有毛驴、马匹和向导在等待我们，把我们送上尼德林山的山顶，从那里可以俯视日耳曼女神的雕像。那是纪念德意志凯旋的标志。我们在这里可以越过德意志的土地，远望孚日山脉。1870年，这里曾发生过一场战争。这就是报应女神涅墨西斯永恒的象征，它在纪念法国的基督教国王率军摧毁这个地区的"业绩"。

阿斯曼斯豪森和前面的英格海姆一样，也是莱茵葡萄中的黑品种产地。种植著名黑品种葡萄，早在1180年就有文献记载。17世纪末，美因兹大主教在这里开设了温泉疗养院。这里有温泉，罗马人就已知道。后来，洪水泛滥，冲毁了这一切。直到1864年，人们才重新找到温泉，并修建了温泉疗养院。

我们继续攀登尼德林山，经过种满葡萄的赫伦山头，再经过"神圣小屋"前的小路。这是一条可以骑马的路，但精力充沛的徒步旅行者，也可以踏上这条弯曲的路前往猎宫。站在猎宫前的露台上，莱茵河谷的美丽景色可以一览无余。每到降灵节，这里都要举行盛大活动。各地成千上万的人，将按照莱茵地区的习俗在这里聚会。而五

莱茵索恩森林山上狩猎（作者：朔伊伦）

埃勒门斯礼拜堂和法尔肯城堡

月节则是另外一种景象：热爱生活的莱茵地区人民，将在森林中度过。早在凌晨，甚至在头一天晚上，他们就携带全家老小，在乐队的带领下进入林区，直到当天日落以后才尽兴离开回家。降灵节期间，来尼德林山聚会的人，大多来自莱茵高和纳厄高各个地区，共有 5000 名至 8000 名之多。他们头戴树叶头冠，在树荫下尽情欢乐。如果不是夜里太冷，他们甚至愿意在山上过夜。

从猎宫有路通往"魔洞"，然后再往上爬，到达克菲尔，那里有一片被葡农堆积起来的塔状废墟。它同时也是这里最美的制高点，可以欣赏一幅罗曼蒂克画卷，一览你已经见过和即将前往的景点。另一处观景平台，是阿道夫高地。从这里可以去埃勒米塔什神庙。

吕德斯海姆对面的山坡上有一处空地。国家纪念碑委员会与一些艺术家协商，将在这里修建一座国家胜利纪念碑园。可以断定，这里又将成为成千上万人参加庆典活动的场所。前往吕德斯海姆，越过布罗姆斯高地，就看到了下山的路，但要穿过葡萄园。我们却没有走这条捷径，而是掉头往回走。首先越过大河，前往岸边珍品莱茵施坦城堡。它矗立在格劳瓦肯岩石之上，位于绿色的林木之中，外墙被常春藤包围，展现出一副顽皮的神情。就好像它从未沾染污水，就好像它从未被城市联盟毁坏。虽然人们对它的前身知之甚少，但可以确定的是，它曾为菲利普·冯·霍恩菲尔斯重建，而且变成了一座强盗城堡，横行霸道，拦路抢劫，干尽了坏事，甚至惊动了皇帝。皇帝曾发出谕旨，只要抓住这些强盗，就地绞死，绝不宽恕。后来，城堡被攻破，强盗骑士受到法律的制裁。只有聪明的莱茵施坦城堡堡主得以赦免，因为是他主动为皇帝打开了城门。1825年，普鲁士王子弗里德里希在废墟上重建城堡。这里有他的礼拜堂和墓地，现在属于他的两个儿子亚历山大和乔治王子。城堡的博物馆里，收藏有名贵油画和其他艺术品。从这里下山，只需几分钟就来到了埃勒门斯礼拜堂。据编年史记载，据说这是鲁道夫·冯·哈布斯堡派遣的骑士家族所建。

教堂的邻居，就是法尔肯城堡，也叫赖兴施坦，曾被城市联盟毁坏。重建以后，又被法院判决拆除。顺河而下，在赖兴施坦后面，河岸边，就是特勒希丁豪森村。它后山陡峭的悬崖上，又是一座强盗城堡，名称是索恩瓦尔德堡。这里的森林中有野猪和狼出没，是个狩猎的好去处。我们不想描写打猎的场面，因为我的笔不与屠杀共处。但我想听一位艺术家描述。他曾亲自在山中经历过狩猎场面：两只鹿在打斗。与他同行的一位森林管理员，杀死了其中更强壮的一头。

索恩埃克最后的主人是冯·瓦尔德埃克伯爵家族，已于16世纪灭绝。城堡的主要部分——一座塔楼保留了下来，正在准备重新修复。现在的主人是德意志皇帝和普鲁士的卡尔王子。尼德海姆巴赫村的上方，是海姆宫的高塔，过去也可能是罗马军团的要塞，后来成了纳厄高地区的卫城。1632年，古斯塔夫·阿道夫曾来此做客。但法国人没有让它存在下去。

索恩埃克

巴克拉赫的维尔纳礼拜堂

从宾根到科布伦茨

维斯佩尔河畔的诺灵根废墟

我们再次来到河的右岸。古老的洛尔希一直是中莱茵地区游客的钟爱。莱茵高的边界一直延伸到洛尔希豪森村。此地曾经十分繁华,而且是一个文化中心,因为这里有中世纪容克地主阶级的高等学府。至今保存良好的贵族城堡别墅,角角落落都散发着古典高贵精神的氛围,例如"圣屋"和冯·豪森的宅邸,都让人看到洛尔希当年的美好年代。

位于山上的诺灵根城堡废墟,正处在维斯佩尔河口处,当年属于洛尔希贵族。我们沿着"鬼梯"向上爬,虽然它名字可怕,但对游客的生命和兴致并无危险。它只是与一个传说有关。据说一个年轻的骑士曾骑马走上这条路,去迎娶自己的新娘。这个传说在莱茵河沿岸多次听到。洛尔希的葡萄酒很好,人们喜欢在安静的花园里饮用,然而,其安静的气氛往往被旁边驶过的火车打破。这里来自同名河谷的山风令人谈之色变。在葡萄园河谷中,有一座希金根的绍尔城堡。最后一位希金根族人,于1836年在绍尔城堡的院子里悲惨地死去。

前面的路崎岖坎坷,我们不得不蛇形前进。沿途可以看见菲尔斯腾贝格城堡废墟,再往下走,就是莱茵迪巴赫村。在这里,我们踏上了一个新的历史地区。菲尔斯腾贝格及邻近的一些小镇,1243年曾是科隆的封地。封疆伯爵赫尔曼·冯·卡岑埃

巴克拉赫的街道

伦伯根-施塔勒克曾在此统治，后因与"红胡子"腓特烈不断争斗，荣誉受损，最终死于修道院。封地遂由其弟继承。后来，施塔勒克城堡被毁。现在的废墟，归属普鲁士国王的遗孀。

　　巴克拉赫，一座沿着莱茵河畔修建的小城，自命是酒神巴克斯的化身。我们不需要去找什么证据，或许确实有其真实之处。不远处就是莱茵小岛维尔特，直至今日，水位低时，还会看见水中升起的"圣坛石"。据说罗马时期，这里的居民就在这里祭奠他们的酒神。请听下列民谣：

"维尔茨堡修在石台之上，
　霍赫海姆修在美因河边，
　巴克拉赫莱茵小岛中，
　处处有美酿处处有美景。"

巴克拉赫（作者：皮特纳）

巴克拉赫礼拜堂

也就是说，这里的葡萄酒不容忽视。而最伟大的葡萄酒集散地，却是生财有道的埃伯巴赫修道院。巴克拉赫的优质莱茵葡萄酒，当年就有口皆碑。

整个莱茵高地区的葡萄酒，都先运往巴克拉赫，在这里装船，再运往科隆。然后作为"巴克拉赫葡萄酒"进入市场，成为世界名酒。比这更有名气的，是这里壮丽的维尔纳礼拜堂。其建筑形式，让人想起了科隆大教堂。它可能建于14世纪，同样也是永未完成。圣人维尔纳，据说在孩童时期，就被犹太人折磨致死，扔入水中，但莱茵河水把他的尸体逆流送往巴克拉赫。

维尔特岛及其水下的岩石，把我们带进一段历史，让我们邂逅在我们面前突起的普法尔茨行宫要塞。从外面看，它并没有什么有趣之处，最多是其船形结构和特殊的位置。它的杯状造型，显然为了防止过往船只逃税。要塞下方，页岩和红色砂岩间，装饰有尖形破冰船和普法尔茨雄狮的标志。今天在此经过的人，不会知道它们的用处。要塞本身现在已是残垣断壁的废墟，周围散落的石块，估计来自14世纪，都是历代破坏的遗物。西班牙人曾在此驻扎。后来，封疆伯爵威廉·冯·黑森又把他们赶走。

根据传说，行宫里的伯爵夫人们，必须在这里分娩，以便于得到监督。但另一种更为可信的说法是，普法尔茨格拉芬施坦是当年居尔森和希柏林最终和解的地方。当年，海因里希·冯·布伦

普法尔茨行宫

瑞克与康拉德普法尔茨伯爵的女儿阿格内丝私订终身。母亲知道了两人的秘密盟约后，派信使给普法尔茨伯爵通报了消息。于是他把母女二人关押到水堡，并派一卫士守护。但卫士接受了贿赂，协助海因里希连同一教士潜入水堡。教士为两人主持了婚礼。普法尔茨伯爵有一次去水堡探望女儿，才知道发生了什么事情。但木已成舟，他只好同意并祝福。阿格内丝得以在行宫中生产，随即就产生了上面那个传说。

而我们更关注的是城堡两边的河岸地区。左侧的一座纪念碑，纪念1813—1814年新年之夜陆军元帅布吕歇尔率领普鲁士第一军团和Langeron率领的俄罗斯军队在

孝兰和自己 / 华丰 中性物)

从宾根到科布伦茨

布吕歇尔河谷的小屋

这里一起渡过莱茵河。许内拜恩将军在元旦清晨,首先踏上长期被敌人占领的左岸德意志土地。然后,布吕歇尔和他的随行人员,把敌人从这里驱赶了出去。此外,旁边的考普小镇,从前也曾是另一支普鲁士军队渡河的地点,那就是弗里德里希·威廉二世在这里过河去镇压革命。

小镇考普位于布吕歇尔河谷中,古藤菲尔斯废墟旁边。这里也曾是古斯塔夫·阿道夫住过的地方。其雄伟的城墙和罗曼式窗户,都还在讲述着当年的强大和历史风暴。据说,瑞典国王曾在城堡的窗子里,俯视河谷的风光。小镇考普早在罗马时期就以 Villula Cuba 的面貌出现,但却没有留下多少罗马的遗迹。名字中的 Cuba(系拉丁文,酒桶的意思。——译注),在传说中有各种诠释。一种说法是,传教士特奥内斯特来考普时,没有乘船而是乘一只大酒桶在这里上岸。他在酒桶上面加了一个盖子,住在里面向渔民传教，取得了很好的效果，甚至超过了渔民保护神圣安东尼乌斯。这位住在酒桶里的圣人，不仅教会渔民种植葡萄，还帮助渔民开垦了土地。但考普这个名字在 12 世纪就被莱茵船民所诅咒，因为这里是个收税的地方。

这里居民的一个重要营生，就是开采页岩。挤在山岩和河岸之间的这座小镇，虽然从页岩开采中获得生存保障，但却时刻面临山体滑坡的危险。采矿业界的呼声，受到国会的重视，于是在页岩矿前修建了围墙加以保护。就在柏林官方声称此措施万无一失时，由于长期降雨，页岩山终于于 1876 年 3 月开始滑动，一夜之间滑向河谷，众多房屋及居民被掩没。人们对这场灾难至今记忆犹新。

莱茵河在这里九曲回环，不时向我们展现他的珍贵奇景。岸边的页岩山，不时斩断我们的目光，然后再展现他的河床。远处的山顶上，闪着金光的舍恩堡众塔楼，映入了我们的眼帘。这又是莱茵河畔一个给人震撼的亮点。奥博维塞尔小镇的城墙，已经向我们招手。这里也是葡萄产地。这座威严的城堡，过去曾是舍恩堡伯爵的领地。这是一个英雄辈出的家族。

至今，中世纪的遗迹还在讲述着过去的美好时代。例如用红色砂岩修建的圣母教堂，就在城堡的脚下。教堂外表平淡，但里面华丽，尤其是精致的圣坛和优美的木刻，以及讲究的祭坛座椅和庄严的大门。建筑师是来自特里尔的巴尔杜因。此外，值得一看的还有位于城墙上的维尔纳礼拜堂、马丁教堂、牛塔等古老的遗迹。弗里德里希·赫尔曼·冯·舍恩堡伯爵 1615 年生于舍恩堡，最早在荷兰军队服役，也曾在法

布吕歇尔河谷中的磨坊

布吕歇尔大军在考普渡过莱茵河（作者：迪茨）

奥博维塞尔圣母教堂和舍恩城堡（作者：皮特纳）

国的元帅参谋部任过职。后来由于他是新教徒受到迫害，逃亡到布兰登堡大选侯处，被任命为国务部长。后来觉得普鲁士过小不能施展才能，转至英国军队服役，最后在爱尔兰战场英勇牺牲。作为法国元帅、英国贵族和葡萄牙名人，他最终被葬于伦敦西敏寺教堂墓地。舍恩堡也成了瑞典人和法国人的牺牲品，只留下了一片废墟，被人当作"太阳王"的耻辱。

罗斯施坦悬崖上的灰色岩石，在我们右前方伸向莱茵河。上面尽是洞穴，据说7名少女还隐居在里面，那是舍恩堡的7个稚弱的姐妹。

> 她们对待爱情犹如儿戏，
> 上帝惩罚她们关入岩洞。
> 她们在这里沉入莱茵，
> 化成了坚硬的石头。

从宾根到科布伦茨

奥博维塞尔的维尔纳礼拜堂

大河再次转了一个大弯。两旁的岩石骤然凸起,在我们眼前筑起了灰色的墙壁。我们来到一处常被歌咏的景点。到了秋天,当迷雾遮住它的面孔,大河和周围的山岩都披上一层薄纱时,当火车头像一只喷火的怪兽,从黑暗的山洞里冲出,奔驰在右岸时,我们好像回到了凯尔特英雄传说时代。

布伦塔诺曾对这块突出在江中的岩石写过这样的诗句:"岩石如此陡峭,就像筑成一面墙壁。"诗人当然还不知道,人们将打穿这块神圣的山岩,因为它已经阻碍了通商之路。它就是罗累莱,那块女妖之石!

古き懐かしき（ルール、喜捨堂）

从宾根到科布伦茨

> 她就是罗累莱。
> 坐在山崖的顶端,
> 长长的金发拖向莱茵,
> 神秘的歌声绕梁无边,
> 葡萄凉亭是她的宫殿。
> 就像阳光穿透云层,
> 魔女的妙音四方传遍。

歌声肯定已经千百次传入在岩石旁驶过的船只。人们"不知何故",心怀惊惧仰望灰色的山岩和那"貌美的少女"。但山顶的传说和水中的抱怨,却无人说起。只有当人晚上在这里驶过,浪花敲击河岸,月光幽灵般照耀山岩时,才会感到那被上帝遗忘的罗累在上面出现,披着长长的金发,望着下方唱起歌来:

> 莱茵河上
> 一只小船驶来,

罗累莱

莱茵河传

> 小船上站立着
> 我的挚爱！

跳动的心啊，请安静下来！诗人可以高歌，故事也可以继续讲下去，但那上面确实没有什么魔女。如果说，这里的河水曾吞噬不少船只，那只能是急流和漩涡的过错。而罗累却从未在上面住过，这块岩石本名叫"莱"，在当地人的方言中是页岩的意思。而所谓的"罗累"，可能是潜伏的意思，即潜伏的礁石；或者是"全部"的意思，即这里全是页岩。然而，莱茵河必须有自己的童话，否则是不可想象的。所以我们还是相信那位美丽的罗累吧！她在寻找自己的恋人，然而"谁敢直视她的眼睛，将必死无疑"。

有些想象力丰富的人，还制造出岩石上有拿破仑一世身影的传说。游人可以对其呼喊，但所得到的唯一答复，只是自己的回声。而这里实际的好处，却是鲑鱼出没的地方，所以很多人在这里捕鱼。据说产量很大，附近家庭的用人每周都能吃三次鲑鱼。

穿过礁石众多、危及航行的"石凳"以后，我们来到了河两岸的两座具有莱茵特色的小城：左岸是圣果阿，其名字来自611年去世的圣人。他是一位传教士，曾行过很多神迹。为此特里尔主教把他召去，让他用长袍挡住阳光，并立即说出街上随便一个男孩的名字。他随即让男孩

圣果阿豪森及猫堡

罗累莱（作者：凯勒）

维尔密西和鼠塔

喊：我的父亲是主教鲁斯提库斯！

这位圣人肯定是一位幽默大师，所以他深受欢迎。他所居住的山洞常被朝圣者包围。他死后，这里留下了一个小礼拜堂，甚至死后还有神迹出现。查理大帝曾送给教堂一个大酒桶，并吩咐永远要装满。有一天，酒窖管理员忘记了关闭酒桶龙头，于是圣人的灵魂在夜里命令酒窖的一只蜘蛛，在龙头上盖上一块纱布，结果一滴酒都没有流失。

这位老人的幽默感似乎也传染给了这座城市，而且持续了百年之久。直到今天他们还保留着查理大帝时期的一种仪式：凡第一次来圣果阿的客人，都会被套上一条铁项链，并问他是否愿意在此地再次进行一次洗礼，可选择用清水还是用葡萄酒。如果选择清水，则头上被浇一桶水；选择葡萄酒的人，则获赠一杯葡萄酒，并在头上戴一顶王冠。

有关这个仪式，有登记簿为证。里面有查理大帝、弗朗茨·冯·希金根、格茨·冯·贝利欣根等人的名字。他们都曾经历过这种仪式的洗礼。当地的天主教堂，获得了这位圣人的一座立像，而基督教堂则是他的陵寝所在，圣果阿的遗骨就安葬在这里。

利本施坦和施特恩贝格

城市上方是莱茵菲尔斯城堡，为迪特·冯·卡岑埃勒伯根于13世纪所建。1797年，城堡被毁，系大河岸边最大的废墟，现在属于普鲁士国王。

右岸的小城圣果阿豪森，可说的东西不多，有趣的只是小城上方的新卡岑埃勒伯根城堡，人们简称其为猫堡（原文 Katzenellenbogen 直译为：猫肘堡。——译注）。在历史上，它与下方小村中老百姓称其为鼠堡的多伊伦堡相对应。约翰三世伯爵赋予此名，他曾对此堡的修建者大主教库诺·冯·法尔肯施坦致信祝贺，说：您可要看好这只老鼠，别让我的猫给吃掉。于是就出现了猫堡和鼠堡的叫法。猫堡伯爵家族当时甚有名气，曾被著名吟游诗人瓦尔特·冯·福格尔韦德称颂。猫堡堡主以收缴莱茵河航行税为主要经济来源。从圣果阿豪森出发，有一处游客值得去的地方，即瑞士河谷的哈泽小溪及河谷上方的赖兴贝格城堡废墟。此堡同样是猫堡伯爵的属

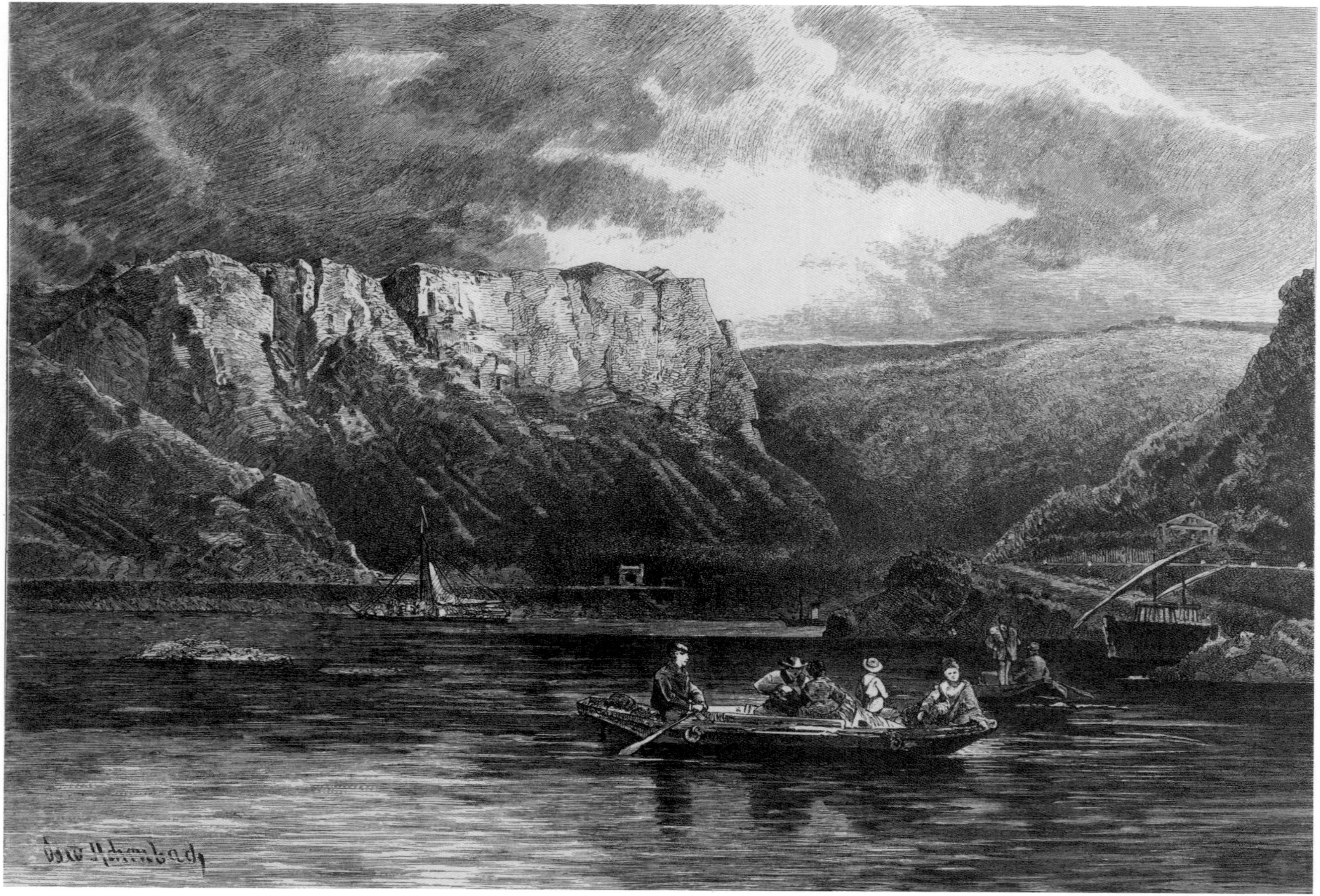

罗累莱的景色（作者：弗兰茨）

从宾根到科布伦茨

伯恩霍芬修道院和敌对的两兄弟

地。赖兴贝格城堡虽然是废墟,但无疑是最典型的德意志城堡。它最早是摩尔人的建筑风格,采用精致的圆柱、形式怪异的高塔,但在1302年的关税战争中被阿尔布莱希特皇帝摧毁。至今还可看到遗存的三层楼高的圆柱。宫门、庭院和宫内礼拜堂依稀可见,令人震撼,值得一游。现在的女主人,正在设法出巨资修复原来的风格。

驶过维尔密西,莱茵河又转了一个大弯向西流去。河的右岸,山岩脚下,是小村埃伦塔尔及其铅、铜和银矿山。左岸则是两座尖顶页岩山头,其最高顶峰为"王子小脑袋",位于莱茵河以北,即炼银河谷中。越过孤独的岩石岛,就是生产页岩瓦的村庄希尔岑纳赫。火轮再次绕过突出的岩礁。我们的右边是下凯斯特,河谷的入口处是一家孤单单的莱茵贝格饭店。我们的右侧,在高高的山峰上,又突起了两处废墟:利本施坦和施特恩贝格。它们的脚下,是伯恩霍芬修道院。老百姓称其为"兄弟俩"。围绕两座废墟,流传着血腥的传说。诗人海涅和沃尔夫冈·弥勒,都曾吟唱过这两座城堡。传说讲述的是两兄弟的故事。两兄弟亲密无间生活在城堡中。不幸的是,两人爱上了同一个小姐,出于妒忌,展开了手足相杀。据说至今人们在午夜还能听到刀剑厮杀的声音。但这位小姐(传说中没有提到她的姓名)最终在城堡脚下创立了伯恩霍芬修道院,脱离了红尘,终生侍奉上帝。另外一个说法来源于作家西姆罗克:"两兄

康普修道院

弟与他们的盲妹妹分配遗产。他们利用妹妹的盲眼欺骗了她。当时是用桶分配金币，分给妹妹时，就把桶倒过来，把金币放在桶底上，让妹妹用手去摸，妹妹就会认为已经装满，这样她分到的当然很少。但被骗者却得到了上帝的恩惠，两兄弟因分配不均发生了争执，最后所得到的尽皆丢失。财产遗失以后，两人虽然和解，终究没有获得幸福。有一天，一个兄弟醒来，看见对面城堡的窗户仍在关闭，于是就想用弓箭唤醒

莱茵菲尔斯（作者：皮特纳）

博帕德

另一个兄弟。就在他发射箭弩时,另一个兄弟刚好把窗子打开。结果他被箭弩射中心脏而亡。两兄弟的财产最后归属了陌生人。"还有一个说法,说伯恩霍芬原本是一座帝国城。一幅显灵的圣母图像,引来无数朝觐者,给当地带来丰厚的财富。从此这里的居民都只做与虔诚有关的生意。

大河的河床开始明亮起来,宽度不断扩展,山峦景色被平缓的山坡和草场所取代。我们来到了小村康普,其名字来源于当年的罗马军团。这里可看的只有教堂和修道院。不远处是小城博帕德,其罗曼式教堂和12世纪的纪念碑,从很远处就可以看见。这是古罗马风格,那时留下了很多遗迹,例如第十三军团的石碑。弗兰克时期,这里曾是一座帝王庭院,一位伯爵在这里居住。后来归属城市联盟,成为帝国自由城。后又被特里尔主教拿走,三十年战争时期,终于被彻底摧毁。当年曾举行过帝国会议的这座城市,今天仍然闪烁着中古的风采。带有尖顶及阁楼的古典房屋,均位于莱茵河最美的岸边。当年本尼狄克教派的圣玛利亚贝格女修道院,由于其著名的治病冷泉,为本地带来了莫大的经济利益。还值得一看的,是小教堂的美门、双塔、拱形窗户和带篷的廊桥。另外,哥特式的赛维林教堂及其精美的雕刻祭坛椅,以及各种石碑,也令人赞叹不已。

拜尔·冯·博帕德是莱茵地区一个古老的家族。一首叙事诗向我们讲述了骑士康拉德·拜尔·冯·博帕德抛弃未婚妻,又与身穿甲胄的未婚妻相遇的故事。原未婚妻装扮成自己的弟弟,前来向不忠的骑士报仇。

从宾根到科布伦茨

为什么,你这个不忠的人,
要抛弃玛利亚,快说!
她对你如此珍惜,
她深爱着你。
站起来,康拉德!
我们要决一生死,
你要在战斗中给我回答,
举起你的卑鄙的宝剑吧!

你是谁?康拉德问。——我是你未婚妻的弟弟,从巴勒斯坦刚刚回家!——战斗开始了,年轻人被刺中要害,双臂垂下。康拉德摘下他的头盔——

他大吃一惊!他看到两只眼睛,
曾爱抚他的全身,
他听到两片嘴唇说出"康拉德",
过去曾像玫瑰炽热无比。
他用宝剑杀死了玛利亚,
她用痛苦和怨恨进行报复,
最终死在他的手下。

他捐出全部财产,
去弥补自己的罪过,
离开了爱人的坟墓,
那里安息着她高贵的身躯。
他修建了一座修道院,
超过莱茵一切圣堂,
并命名为圣玛利亚贝格。

但他从此不得安宁,
参加骑士团率军远征。

康拉德·拜尔·冯·博帕德和玛利亚

>但心中的痛苦却无法消除，
>一直伴随他漂洋过海。
>直到最后时刻的来临，
>他受了致命的创伤，
>结束了长期困扰的伤痛。

吟唱这首传说的是安德海德·冯·施托尔特福特。他在一首首长诗中，唱遍了莱茵地区的所有浪漫传奇故事。但真实的历史是：骑士康拉德·拜尔·冯·博帕德在一次解围中，由于战斗英勇受到了表彰，成为执掌骑士团大旗的旗手。

又是在莱茵河转弯处，我们看见小村费尔岑。它的磨坊温泉、教堂和各个有特色的民居都很吸引人的眼球。然后就是上施派及其重新修复的教堂。比较显眼的是此地的利本埃克宫，但这是座近代建筑，没有历史意义。莱茵河在这里形成一个河湾，然后继续向北流去。从右岸峡谷中的丁克霍尔德-布鲁纳，经过左岸的上下施派，继续

博帕德（作者：皮特纳）

上施派的小酒馆

前往布劳巴赫。我们看见奇异悬崖上的马克堡，至今还作为要塞使用。在拿骚时期，此堡曾是国家监狱。我们踏上去要塞的路，但要塞内部除了一些瑞典和法国大炮、一间刑讯室外，没有什么值得关注的东西。三十年战争期间这里曾被毁，1644年重新修复。

布劳巴赫斜对面是伦泽，其牢固的城墙和塔楼建于1370年。后面种满了果树，从河边难以看到的是"王座"遗址。这里曾是进行选举和帝国会议的场所。海因里希七世、查理五世和封疆伯爵卢布莱希特三世，都是在这里当选为皇帝。强大的特里尔主教巴尔杜因，曾在伦泽让其兄弟海因里希七世当选。直到1376年，查理四世命令伦泽的居民反对颁布关税自由令，并命令在这里建立永久性的王座台，供七名大选侯开会使用。一旦军号吹响，周围的大选侯都能在宫殿里听到。"王座"用方石建成，下有9根石柱支撑着7座拱扶垛，共同支撑这上面的平台，旁边建有18级的楼梯可供攀登。平台面积为40平方英尺，高8英尺。上有7把石椅。这个遗址，法国人当然不喜欢，入侵后随即将其摧毁。现在所看到的所谓王座，实为新物，只有地基还是老遗迹。

"帝国和帝王光辉对我何用？
只能带来痛苦和烦恼。

从宾根到科布伦茨

布劳巴赫及其马克城堡

> 我宁可畅饮一杯美酒,
> 给我带来安宁和舒适!"
> 温策劳斯皇帝如是说,
> 张口饮完一满杯酒,
> 就在伦泽的王座之上。

好心的温策劳斯当然没得好报,早已对他不满的4位大主教,联合起来把他推翻。

正在上拉恩施坦对面的河边,同样在果树包围之中的就是温策礼拜堂,或叫作圣玛利亚礼拜堂。就是在这里,懒惰的温策劳斯被赶下宝座,由封疆伯爵卢布莱希特所取代。

现在,我们面前升起了两座巨峰——彩色岩石坡上的施托尔岑菲尔斯和稍远一些高高山脊上的拉恩埃克古堡。施托尔岑菲尔斯脚下就是小镇卡佩伦。而拉恩埃克脚下则是几经战火创建的上拉恩施坦,同时也是火车的枢纽站,其铁道像渔网般穿行在城市和河岸之间。与这个新时代标志相对应的,却是保存良好的古要塞建筑。西姆罗克说:"如果说莱茵哈尔斯是唯一还可用的古堡,那么上拉恩施坦就是唯一保存完整要塞的城市。城墙和四角的塔楼,保持得还和古画上一模一样。谁要想亲自体验一下要塞的气氛,就不要错过去上拉恩施坦和布劳巴赫看看的机会。拉恩施坦的北端,还有

布劳巴赫礼拜堂

一座比拉恩埃克更为古老的城堡。"

拉恩埃克城堡,由于地处险要的悬崖之上,始终是河谷中小城的坚强堡垒。一座978年就有记载的教堂,1394年修建的美因兹选侯宫,以及北端更新的塔楼和城墙,都让人想起美因兹、普法尔茨、特里尔和科隆的宗教长老们,在这里培育自己的势力,以控制帝国的命运。

同样,这里是拉恩河和莱茵河交汇的地方,也可以说是强盗横行和关税暴敛终结之处。那些焚烧和限制贸易的骑士家族,曾在这里占山为王实施抢劫。鲁道夫·冯·哈布斯堡曾说:"他们不是骑士,而是强人和盗贼。真正的骑士遵守忠诚和信仰。谁破坏荣誉,就应千刀万剐不得赦免。"他常常把这些人吊在树上处死。

沃尔夫冈·米勒认为,"这些骑士开始时完全可能是些规矩人,但后来在那个时代野蛮化的影响下,才走上了强盗之路,通过非法收缴关税和公开抢劫,利用坚固的城堡要塞,逃避惩罚。其实,我们看到的河谷内的生活该有多好啊!那里的商业和手工业都很发达,人人遵纪守法。我们曾见过很多富有的大城市,而在这里却只有小城

王座和远处的上拉恩施坦

小镇，而且大多在河的左岸。"

拉恩埃克宫现属于私人财产。按照传说，这是由骑士团，按照历史学家的意见，这是由美因兹大主教格哈德于 13 世纪末建成。此宫 1688 年被法国人摧毁，然后又原样重建。一座铁路桥连接了上下拉恩施坦两地。这里还有一座被法国人毁坏又重建的约翰尼斯教堂。这座有趣的教堂正好处于莱茵河和拉恩河交汇的三角地带的一端。这里也有一个传说，讲的是一座会自动鸣响的钟。俄国将军圣普利斯特曾于 1814 年 1 月 1 日在这里渡过莱茵河。下拉恩施坦附近，莫泽尔河畔格拉纳赫和策尔廷根之间，曾是马赫恩修道院的所在地。"离开霍尔希海姆的边界，看到拉恩施坦的第一批房屋，就需要跨过一条小溪。小溪边缘的圣山旁，每到圣诞夜或教会节日，会有一修女在这里出现。她身着华丽，神态庄严，表情慈悲，不停地朗读手中的经文。有些人会被她惊吓，尽管她不骚扰任何人，甚至还会点头致意。但是，每当她出现，小溪上面的峡谷中，就会传出奇怪的响声：有粗野的狂歌，也有甜言蜜语。有时小溪中会滚出一个火球。而马赫恩修道院就在峡谷之中。"

拉恩河出口的斜对面，就是施托尔岑菲尔斯城堡。这是一座数次重建的中古风格的精美宫殿。它同样遭受过法国人的焚烧。特里尔大主教阿诺德·冯·伊森贝格又将

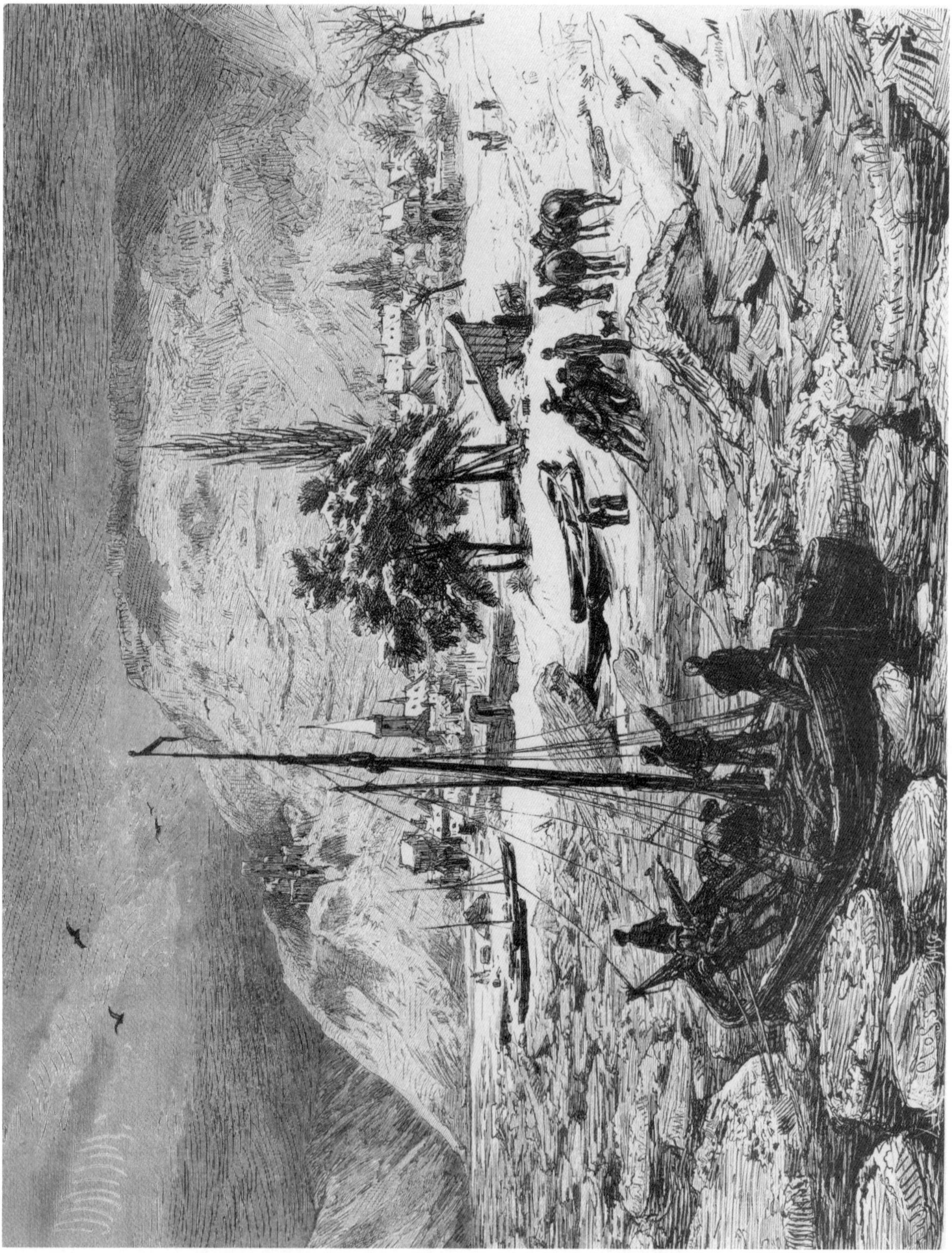

上拉恩施坦宫

其重建，作为自己的行宫。腓特烈二世冯·霍恩施陶芬的未婚妻、英国亨利三世的妹妹伊莎贝拉，曾在此地皈依基督教，举行过盛大的庆典。编年史家曾为这个重要事件，记下了庆典上的菜谱（莱茵河鳟鱼、烤鹿肉和奥博维塞尔的葡萄酒），最后得出结论说：他们吃得很好，喝得很足，女主人欣然起舞。后来，据说特里尔大主教及其接班人约翰·冯·巴登曾在这里炼金和挖宝。1689 年，施托尔岑菲尔斯城堡被法国人摧毁。1802 年这片废墟归属科布伦茨市，后又送给了国王弗里德里希·威廉四世。根据建筑师申克尔的设计，此堡又于 1836 年至 1842 年，借助残余的架构，重新恢复了古老的风格。城堡内部也进行了精致的装修，一直归属于威廉皇帝。莱茵地区民俗作家沃尔夫冈·米勒·冯·科尼希文特曾这样描写："城堡保持了精美的古老德意志风格，给人以纯洁和舒心的感觉。重新修复的窗子，可以遥望美丽的莱茵河景色。特别是当晨光照射到它高高的玻璃窗上时。人们可以轻松地沿着宽阔的山路，从

施托尔岑菲尔斯城堡一瞥

施托尔岑菲尔斯城堡内部

桥上越过护城河到达宫苑。宫内的房间布置得何等雅致啊！每件装饰都让我们回忆过去的岁月，其中有不少艺术珍品在这里展出。但这些印象肯定会被整个大自然的风光所淡化。对面是美丽的山峦和河谷！我们可以通过窗子向外观赏那些塔楼和梯田。比这更美的莱茵景色，恐怕很难再见。特别是这里的夜景绝无仅有，金色的夕阳照射到对岸，把宏伟的埃伦布莱特施坦要塞、拉恩埃克城堡和马克堡照得辉煌灿烂。而这时

施托尔岑菲尔斯城堡及礼拜堂

的河谷和银色的河水上,或许还游弋着一只孤舟,大地陷入一片宁静与和平。此时此刻,我的灵魂里充满了神奇的图画、欢乐的音律和动心的诗行!"

莱茵河的下游。我们前面出现了上韦尔特岛及其 1143 年建立的玛格达雷纳韦尔特女修道院。远处的右方是牧师村高地,左侧是卡特豪斯家族的康斯坦丁庄园。再远一点的浓雾之中,就是巨人般的埃伦布莱特施坦要塞。

远处陡峭的悬崖上,是飘着彩旗的城垣,正是莱茵河和莫泽尔河姐妹般交汇的地方。那里就是科布伦茨,莱茵地区皇冠上的一颗钻石。只可惜分量太重,无法充分发挥它应有的光辉。

拉恩河谷巡礼

H. 瓦亨胡森

拉恩埃克

这是一片优美的河谷，它在向我们讲述着峭壁上拉恩埃克下方流入莱茵河的拉恩河的故事。它是大诗人歌德最喜爱的河谷。在它的怀抱里，安息着最高尚的德意志巨人。在它的地下蕴藏着宝贵的矿藏——它就是拉恩河谷。游人一般会在这里不经意地走过，因为他已经看到了骄傲的科布伦茨。

直到60年代初期，铁路才铺到了浪漫的拉恩高地区。在这之前，它一直保持着田园般的幽静。那时，疗养和休闲的欲望，只能把游人送到埃姆斯河畔。至于拉恩河谷的其他自然遗产，却很少有人问津。然而，1848年，全世界的人都听到匈牙利的副国王、大主教施特凡，隐退到了一个寂静河谷的绍姆堡。爱国者都知道，这里是冯·施泰因男爵诞生和入土的地方。但只是到了近代，这块莱茵河侧旁的谷地才引起游客的关注。旅游文学才开始关注这块大自然的瑰宝。

拉恩河谷巡礼

下拉恩施坦河岸

即使只想走马观花地了解拉恩河谷，也需用上两天时间。走到林堡或最多到维茨拉，坐在车厢里让左侧浓绿色的河谷、山岩和宫殿在眼前掠过，然后在上拉恩施坦上船，在莱茵河中顺流而下。然而，谁要是想了解拉恩河古老的天然河床的奥秘，那就得抓紧时间了，因为它也正处于危机之中。一位不懂得罗曼蒂克的政府官员，不久前曾对国会议员们说：一个文明国家，不能容忍充满野味的河流存在。

即使我这个主要任务是考察莱茵老爷爷的人，也只能顺便观赏一下这段内涵丰富、美丽绝伦的支流河谷，满足于欣赏它的美色了。

从车厢里向右看一眼，可以看到骄傲的拉恩埃克城堡。它的塔楼上，旗帜在蓝天下飘舞；它的脚下是一道长长的深谷，充满历史事件，是值得纪念的一块古老土地。它的第一个传说，来自公元前54年。

在那个灰色的年代里，这是一个色彩斑斓的故事。在恺撒时代，古乌比人生活在拉恩河下段，上端生活着古卡特人。韦斯特林山东坡的发源地，估计生活着古希加姆人。一道由德鲁福斯修建的界沟，穿行长长的河谷。后来，古乌比人把他们的驻地让给了古马提雅人。几个世纪以后，拉恩河谷成了阿勒曼尼人与弗兰克人及卡特人的战场，后者于496年打败了阿勒曼尼人。克洛特维希国王于511年把拉恩地区交给了他

亚历山大皇帝行宫的
四座塔楼

埃姆斯威廉国王的
岩石温泉

疗养院和威廉皇帝的
行宫

的儿子特奥多利希。神圣的博尼法丘斯把基督教传到了这里，受到查理大帝的鼓励。但真正站稳脚跟，是在很久以后美因兹和特里尔的主教统治时期。直到 8 世纪末期，上下高地区才分别在历史上有了记载。中世纪时，这里由黑森和拿骚两地分别管治。1806 年至 1813 年，拉恩高地区大部分归属于威斯特伐利亚王国。维也纳会议上，此地被再次分割。1866 年，上述地区开始隶属于拿骚，然后又成了普鲁士的领地。

　　岸边多城堡的莱茵河段，在我们身后宣告终结。采矿业和冶炼业的河段宣告开启：左侧即可看见高莱茵冶炼厂。我们的右边是一道拱形的岩壁，上面长满了浓密的树木。我们可以隐约见到上面的小村福吕希特。这里就是前面提到过的瑞士山谷的边缘，山岩陡峭、笔直挺拔。河中的小

埃姆斯的英国教堂

拉恩河谷巡礼

丹泽南

岛上是尼维尔纳冶炼厂。然后出现在我们眼前的是温泉疗养院、新教塔、埃姆斯村和一长排高档房屋。这已是高等社会居住区，专供高贵的疗养客人及前来避暑的皇家人士使用。例如德国的威廉皇帝和俄国的沙皇，都曾是这里的贵宾。1403年，约翰·冯·卡岑埃伦伯根的岳母安娜·冯·哈达玛，用5000古尔登把此地卖给了女婿。还有谁能比他更幸福吗？今天，这座小城就是一个贵族圣地，专门招待高贵的社会人士。

看起来，这座沿着拉恩河两岸伸延的小城，虽然很新，很时尚，很高雅，但它确实古老，非常古老。当年，罗马人就已经知道这里有可治一切疾病的含钠温泉。甚至有人说，罗马皇帝卡里古拉在这里诞生，尽管没有佐证。但这里考古挖掘出来的武器、容器、钱币等，却证明了罗马第二十二军团曾在这里驻扎。人们在温特山上，还发现了罗马浴室和炮楼的遗迹。

我们还听说，早在12世纪，就已经有奥莫策、埃姆策和埃姆斯浴场的名字出现。它经手多次，最终于1866年落入普鲁士的手中。它的过去曾由多少大小君主分割，可以从这里被分为8个不同的地区得到证明。埃姆斯的一切都那么洁净，那么高雅，专门为了接待高贵的客人，包括酒店、私人住宅和别墅。他们来了，埃姆斯就会松一口气。他们走了，埃姆斯就开始进入冬眠。

然而，由于河谷过于窄小，拉恩河被峡谷折断，所以提供的空间有限。城中的林荫大道，只限于狭窄的河滨一段。疗养公园同样不能与大城市相比。装饰豪华的疗养院大厅，虽然经常演出戏剧，但也只能占据沙龙的一角。

这些大厅早些时候曾是赌场。与威斯巴登和霍姆堡一样，1866年这里由进犯的普鲁士军官掌控。同其他地方一样，埃姆斯的赌场也有其被宽容的期限。最后一家与威斯巴登联营，但这对双方都有问题，如果其中一家有赌客大赢，另外一家同样会遭受损失。

施泰因的拿骚故居

埃姆斯的温泉中，有些属于古老型，如克伦希泉、克赛尔泉和公爵泉。在拿骚宫后面又新发现了威廉国王山岩泉，由私人经营，其中最重要的是维多利亚泉，由于其水温较低和含有碳酸，易于保存，便于运输，较之老泉更具优越性。另外，埃姆斯的泉水具有双倍含量的碳酸钠、氯化钠、碳酸钙、硫酸钾等，所以吸引了患有慢性卡他症、黏膜炎、下腹疾病和风湿病的客人。埃姆斯每年还要寄出他们的几十万箱著名药剂。有一个泉眼过去曾取了一个不雅的名字："童子泉"。

在众多的旅店和私人房屋中，值得一提的，还有内有泉眼和四座塔楼的老疗养院。据说高龄的威廉皇帝，曾经常在他的卧室里从窗子俯视下面的林荫大道。小城本身还分为3个部分：埃姆斯浴场、埃姆斯村和埃姆斯角。

埃姆斯（作者：皮特纳）

施泰因城堡废墟　　　　　施泰因纪念碑　　　　　拿骚城堡

埃姆斯在历史上出名，是在 18 世纪。1786 年，美因兹、特里尔和科隆的三位天主教大选侯的全权代表，在约瑟夫二世皇帝的监护下与萨尔茨堡大主教来到这里，试图在维护德意志教会的自由和权利上达成协议，但最终却无功而返。这段历史史称埃姆斯草约会议。

埃姆斯近代发生的一件政治大事，也使人记忆犹新，每个外来人都会去看一看这个地方。那是 1870 年夏，拿破仑三世派遣法国使节贝内代蒂觐见威廉皇帝，以违背一切外交礼仪的方式，要求皇帝做出保证，反对霍恩索伦家族成员竞选西班牙王位。这个无礼的要求，最终导致德意志军队顺利开进巴黎。此地最大的魅力，是它美丽的环境。优美的林荫大道，从亨利埃滕大道直到有名的圆柱，还有玛丽大街、瑞士别墅区、马尔贝格科普夫、温特山上的罗马炮楼的残余、温泉区和沼泽茅

大臣施泰因

拉恩河谷巡礼

拿骚

屋。这条观光路,最好是骑驴前往。特别值得关注的是看林人小屋附近的小村福吕希特。这里有施泰因家族的陵园,这里有德国应该无限感激的一个男人的墓地。一幅浮雕上面的文字讲述了"屈服的祖国的不屈之子"的事迹。下面就是他父亲为他写下的墓志铭:

> "他说不,是正义的不,
> 他说是,是真诚的是,
> 他的是,让人永记,
> 他的心和口,合而为一,
> 他的话语,是一颗印记。"

匆匆穿过河谷,我们来到艺术家的最爱,位于上下巴赫谷地尽头的中世纪风格的小村道森瑙。此村由罗马人所建,其名字与德鲁福斯有关。一座环形城墙得以保留,查理四世曾授予此地城市权,17世纪时也曾是臭名昭著的巫婆法庭所在地。有趣的是其中的斜塔,有人说查理大帝的枢密官和皇帝的女儿曾被关押在这里,但却也没有任何根据。

离开道森瑙,我们眼前很快就出现了小城拿骚。这是个繁华的谷地,拿骚和施泰

朗根瑙

因两座宫殿，十分显眼，特别是后者一座高大的施泰因大理石像让人难忘。雕像于1872年隆重揭幕。小城有趣的亮点，是那位伟大的爱国者的故居，他当时疲惫地从繁重的活动中退隐，以便把晚年献给科学事业。"一座坚固的堡垒，是我们的上帝"，这就是这位高尚的人在门楣上写就的虔诚箴言。他生于此，人们称其为正义之基石、恶人之界石、德意志之宝石（施泰因德文的意思是石头。——译注）。宫殿般的故居前有一座哥特式塔楼，其中有位于上下两层的房间，里面展出了施泰因的立式写字台，两个装有他手稿的铁柜，墙壁上悬挂着德意志伟人的画像、施泰因的油画，另外还有他的雕像和图书馆。楼上的房间里有一块匾额，上面写着"信靠上帝、统一、坚定"，匾额前面是弗里德里希·威廉三世、亚历山大一世和弗兰茨二世的雕像，以及1812年至1814年的大事件纪念牌。

前往施泰因城堡需要爬山，这里矗立着那位难忘大臣的纪念碑，就在150多年前已坍塌的宫殿主楼前。有关他的母亲，林堡的编年史中有这样一个传说："她膝下有4个女儿和2个儿子，每个女儿都嫁给了一位骑士。4位骑士住在岳母的家里。2个

拉恩河谷巡礼

巴尔杜因施坦

冯·施泰因骑士,即 2 个儿子同样住在这里。于是母亲每日和 6 位骑士同桌就餐。而母亲的丈夫同样是一位骑士。有一天吃饭时,母亲说:这个荣誉太大了,她承受不起。但没有人留心她的话。很快,老妇人站起身来,静静地走了出去,没有人知道她去了哪里。"

另外一座城堡属于拿骚家族,即当年的拿骚伯爵的住地。这个家族出过一个德意志皇帝阿道夫·冯·拿骚,1298 年被人出卖在戈尔海姆会晤中而被推翻。对小城的名字来源,有各种不同的说法。一种是来自施瓦本的军事统帅拿素阿。另一种说法是来自罗马时期此地的总督拉帕提兄弟的后代劳伦堡,鉴于此地潮湿而命名为拿骚(德文

Nassau 中的 nass 意思是潮湿。——译注）。至于劳伦堡家族，根据历史记载，确实存在一百多年后，修建了拿骚城堡，并因此与沃尔姆斯发生了争执。最后于 915 年，拿骚及其教堂被维尔堡家族占据。拿骚城堡同样在数百年前倒塌，登上此地的游客，都是些大自然爱好者，目的是在废墟之上观赏周围的河谷景色。

我们面前出现了阿恩施坦修道院，它画一般地美丽，建有四座塔楼。它的下方是朗根瑙城堡。这是拉恩河畔的一个亮点，因为阿恩施坦修道院是宫堡式建筑，本来是同名封疆伯爵家族的住地。城堡建成一百年后，于 1139 年被最后一代伯爵变成了普莱蒙特修会的修道院。据说这位最后一代伯爵路德维希，厌恶了征战的生活，与其他 6 位骑士一起放下

绍姆堡

刀剑和盔甲，穿上了修士的僧袍。他的夫人也在一间封闭的房间里，结束了自己的生命。伯爵本人在虔诚的氛围中离开了人世。4 名骑士肩抬他的遗体送往修道院的教堂。作为修道院，阿恩施坦十分富有，山下一座更为古老的玛格丽特教堂的废墟，也归它所有。

阿恩施坦城堡保持良好，现有一位神职人员住在里面。

朗根瑙城堡是同名家族的祖产，但家族已于 17 世纪灭绝。施泰因大臣的女儿女伯爵姬希，于 1851 年把它改造成接收孤儿的医院和收容所。城堡今天仍然保持良好，内部仍可住人，现主要为农业服务。

拉恩河左岸的布鲁嫩堡修道院，我们只是关注其中的劳伦堡废墟，同样曾是拿骚

从迪茨远眺

家族的住地。更有趣的却是山脚下的巴尔杜因施坦废墟,其名字来源于它的创建者,即常常被本地人提到的好斗的特里尔大主教。至今仍可看出这座防御工事当年的宏伟规模。拉恩河谷的瑰宝终于向我们招手了——绍姆堡。1812年前,这里一直是现已灭绝的安哈特·贝恩堡-绍姆堡家族的财产。1848—1876年,此堡曾是奥地利大公爵史蒂芬的府邸。他在这里度过了人生的最后20年,直到去世。他是拉恩河谷的福音传播者,人们尊敬他,并看成是天意。他一直在美化这座宫殿。大公爵死后,根据遗嘱,城堡转入公爵乔治·路德维希·冯·奥登堡门下。

城堡修建在悬崖脊背之上,筑有精致挺拔的塔楼,可以说是各废墟中的一个珍品。它得到了精心的维护,被美丽的花园所包围。城堡的内部可以令人感到一个大公爵的精心保护应有的品味。他摆脱了作为匈牙利副国王的政治压力,在有生之年退隐

迪茨的拉恩河岸

山林，做一些自己喜欢的事情，也与周围的民众进行友好的交往，至今在人们的心中留下良好的口碑。

宫殿内部值得观赏的，还有热带植物馆，稀有矿石、马具和武器陈列馆，以及珍贵油画展室等。在一座塔楼上，还可以观赏拉恩地区、韦斯特林山、陶努斯山区景色。后来，我们在迪茨、林堡小城等地，仍然能够听到有关大公爵的感人事迹。

前往小城迪茨的路旁，有一口法兴格水井，就在拉恩河边，里面的水具有类似矿泉水的品质，受到远近欢迎。

迪茨本身，除了一座大理石桥外，只有前拿骚-迪茨家族的宫殿值得一提。1874年起直到今天，它始终被当作监狱使用，里面的囚徒主要从事大理石加工劳作。一条椴树大道，引导人们前往奥朗宁施坦宫。此宫同样位于山崖之上，自1866年起改为军官学校。从所谓的十二廊柱里，人们可以俯视小城全景。

从迪茨就已经感到阿尔德克城堡的身影。它就在阿尔德克河的河口处。火车缓慢爬上山峦，前往林堡。拉恩河谷已在我们脚下，从这里可以看到山峦的走向，以及山上和谷地中的各个城堡宫殿。最后到达了各条道路的枢纽。我们回过头去，以敬畏的心情，观望山崖上古老的大教堂。

对这件历史纪念物的来源，学者们莫衷一是。但有一点可以肯定，即整个建筑本身来自910年，而不是像城堡旁所标志的1213—1240年所建。但无论怎么说，林堡的乔治大教堂，确是德意志宗教建筑之最美。这是一座严格的罗曼式风格的建筑。教堂西门的一处文字，证明了它始建的年代：909 年。

后来，大教堂又于 1766 年、1840 年多次进行装修。从现在开始，维修工作由政府出资负责。教堂内部最引人注目的，是其前面的廊台。两座侧面塔楼中间，建有另一高塔，使得大教堂更显得威严，形成了效果更佳的整体形象。

林堡的编年史，是莱茵地区最可靠的史料之一，其中披露了很多过去被浓雾掩盖的史实。大教堂的创建者是库诺或者康拉德皇帝。而当年的拉恩河谷的封疆伯爵库诺，又是康拉德皇帝的侄子，他也葬在教堂之中。由于身材矮小，所以在传说中被称为"矮子"。他备受赞颂，不仅因为他头脑机敏，而且也因为他的英雄行为。人们在赞颂中甚至称他为战胜巨人哥利亚的大卫。据说他在与巨人和怪兽的斗争中始终是胜利者。当吉泽贝特·冯·洛特灵根和埃伯哈特·冯·弗兰肯越过莱茵河进犯皇帝时，矮子立即挺身而出，前去御敌。是他用长矛刺透敌人的船只，才使洛特灵根落水身亡。而弗兰肯则被矮子打死在河岸上。另一个壮举发生在皇帝奥托一世时期。当时一头狮子从牢笼里跑出来，皇帝刚想拔出佩刀，但库诺先他一步跳了出去，刺死了这头猛狮。还有一次，敌方的一个巨人奴隶，向皇帝的军队挑战。矮子冲过去，解决了他，就像大卫战胜了巨人，只不过用的是长矛，而不是石头。他的另一个特点，就是不喜欢苹果和女人。他一生未婚。他为父亲的灵魂安息修建的教堂，献给了曾杀死恶龙和怪蛇的圣人乔治。

在矮子的墓碑旁，安放着教堂收藏的珍宝、印章和器具，以及哥特式的洗礼台、

林堡的街道

杜保十教堂（华南　古建物）

神龛和 1599 年的耶稣像及一系列圣坛座椅。那幅圣乔治肖像，据某些人解释，是因为这里曾有恶龙出没，所以教堂献给了屠龙者。

林堡编年史的作者约翰·金斯贝因告诉我们，此城曾于 1342 年发生一场大火，后来又多次暴发鼠疫。其他苦难也很多，几乎每一页都记载了瑞典人和法国人在这里的破坏行径。自 1802 年起，林堡的统治权归属拿骚，1827 年为一位主教的属地，1866 年整个地区归于普鲁士国家。

康拉德的陵寝

科布伦茨

H. 瓦亨胡森

整个莱茵河畔，没有哪一个地方像美丽的科布伦茨那样，会成为一个国际性的悠闲而懒散的聚集地。它特别受到富人的青睐，也在历史上成为族群和国家的必争之地。这个两河交汇之处被看成是战略要地，或是征服，或是守卫的焦点。他们的浪漫史都已凝固在钢铁和石头之中。上帝创造的美好自然风光，被埋在了战争的无情法则之下。

位于两河沿岸的这座美丽城市，恰是莱茵伊甸园的中心。对岸被森林包围的河

从普法芬多夫看科布伦茨

科布伦茨

科布伦茨莫泽尔河上的大桥

畔，突起了一座如此自豪和威严的巨型"看点"，那就是建在悬崖峭壁之上的埃伦不莱特施坦要塞。它就像一张危险的血盆大口面对一切来犯的敌人。这是莱茵河畔最强大的卫士，捍卫着德意志的独立。尽管这是公元9世纪到11世纪由罗马统帅德鲁福斯开始修建的堡垒，当时是镇压我们日耳曼先人的工具。

罗马人当时称这座位于莫泽尔河右岸的要塞为"交河城"。它占据了城市重要的山丘，位于"老宫院"附近。486年，弗兰克人本要建两河要塞，却建成了一座国王的宫殿，其间曾为皇帝所用，最后成为特里尔主教的居所。他于1138年当选为德意志皇帝。

据编年史记载，当时的城市在莫泽尔河畔，后来才逐渐延伸到莱茵河边。带有城防的老城及1280年修建的主教城堡，所以才背向莫泽尔河，位于最边缘的三角地，即在两河的交汇处。13世纪时，当时的城防堡垒还建有城墙。那是一个征战的年代。市民和主教之间，莱茵联盟和城堡骑士之间，征战一直延续了数百年之久。来自那个时代的遗迹，还有1344年由巴尔杜因在郊外修建的连接各个市区的莫泽尔河大桥，但现在早已因破坏而荡然无存。

科布伦茨——新建公园一瞥

　　科布伦茨的历史，没有什么吸引我们的特别时刻。查理大帝的儿子们——罗塔尔、路德维希和卡尔几位国王，曾在这里协商，赞同凡尔登协议中的分割计划。美因兹、科隆和特里尔的大选侯们，也曾于1606年在这里结成了反新教联盟，从而才引来了法国和西班牙军队的入侵，直到皇帝的军队把他们赶走。1688年，布夫莱尔元帅平白无故地炮轰城市，造成了巨大的破坏。直到最后一个大选侯埃勒门斯·文策劳斯时期，城市才又开始重新建设，修筑剧院及各个城区。选侯宫于1786年重新修建。科布伦茨较早的历史也就从此结束。法国大革命给科布伦茨送来了大批"难民"，而这实际是一个富有的群体。为首的是阿尔托瓦和普罗旺斯的伯爵，再加上大选侯的两个浪荡侄子，使城市的道德水准降到了低谷。

　　《莱茵考古》曾讲述那个荒唐的时代："科布伦茨的法国庭院中，那些贵妇和大臣的奢侈浪费，已经越过了一切底线。为这个难民大军服务的官员、警察和送货人员，数不胜数。大批间谍和谈判代表，被派往各地，几乎使财源消耗殆尽。苦难升至极限，而且宫中两个王子的奢侈也达到了犯罪的程度。

　　大选侯为国王的这两兄弟提供面包、葡萄酒和肉类。他们每月饮食的残余，就值50000塔勒尔。而且，还有属于大选侯的90件银制餐具、800块餐巾不知去向。"

科布伦茨

科布伦茨莫泽尔河畔

"科布伦茨的法国警察收买了一些潦倒的贵族做他们的间谍。军队的指挥官也照此办理。从此,科布伦茨就出现了秘密审判厅。秘密诉讼越来越多。警察和军队指挥官任意抓人。科布伦茨要塞变成了第二个巴士底狱,在短短 8 个月里,不进行任何审判,就关押了 200 多名贵族。"

法国的革命军队,为报复在这里与帝国贵族勾结的法国难民,于 1794 年占领这座城市,烧毁了价值 400 万的财富。1798 年,科布伦茨变成了法国的莱茵莫泽尔省,直到 1814 年,法国人被赶走以后,才于 1815 年成为普鲁士的领地。随后的几年,这里开始兴建牢固的城墙,成为牢不可破的要塞。城市本身也逐渐繁荣起来。科布伦茨成为莱茵省最高行政和军事机关所在地,有驻军 6000 人,也是普鲁士王后奥古斯塔钟爱的住地。

城市最美的地方,是莱茵河畔的临江大道。它从宫殿直达所谓的"德意志三角",以及浮桥和埃伦布莱特施坦要塞。这里还有和卡斯托尔陵园及 1390 年在莫泽尔河右岸兴建的德意志之家,后者现在是一座食品仓库。圣卡斯托尔和圣丽莎(虔诚王路德维希的女儿)均葬于同名的陵园之中。前者曾是一名住在山洞中的隐士,在特里尔主教的安排下,他的遗骨被送往科布伦茨安葬。后者是因为虔诚的信仰经常创造神迹而闻名。据说她每天都光脚越过莱茵河前去做礼拜。在圣坛旁安放的墓碑，是库诺·冯·法尔肯施坦大主教的陵寝。陵寝的对面，则是维尔纳·冯·科尼希施坦大主教的墓碑。一块纪念铜牌，讲述着后来的特里尔主教们的事迹，他们同样在这里安息。大门对面的卡斯托尔水井上面的文字写着"1812年，纪念抗击俄国人的战役"，为最后一任法国总督所立。当俄国将军普利斯特1814年来到科布伦茨时，见到这些文字，甚是喜欢，于是在下面写道："俄国指挥官审阅并批准之"。

卡斯托尔陵园后面是军事指挥总部，是普罗旺斯伯爵和拿破仑一世1804年的驻地，现在是第八军团指挥官的公用住宅。

有趣的还有建筑形式奇特的百货商店，它以前是一家法院。旁边还有弗洛里安和卡梅里特教堂。莫泽尔城门旁的前大主教城堡，建于1276年，现在是一家工厂的厂房。附近是莫泽尔大桥，离此不远是铁路大桥。梅特涅庄园是这位著名政治家的诞生地，建于1622年，当时的主人是大选侯罗塔尔·冯·梅特涅。

我们怀着虔诚的心，前往勒恩城门前的教堂墓地，然后去新建的莱茵公园。那里有一位尊贵的爱国诗人马克斯·冯·申肯多夫的坟墓和纪念碑。一块黑色的大理石，上面是诗人的半身铜像，下面是阿恩特的诗句：

> 他面对莱茵河，
> 面对德意志大地
> 激情地歌唱，
> 歌声响遍之处
> 充满了荣誉之音。

莱茵河上的浮桥，送我们过河，前往埃伦布莱特施坦。这座威严的山崖要塞之前，是同名的小城，科布伦茨通常被人称为"谷地"。这是克莱门斯·布伦塔诺的诞生地。其中包括歌德于1774年夏曾住过一段时间的房屋，即索菲·冯·拉罗什的家。歌德曾在《诗与真》中提到过这段经历。

然而，对于这座由大炮统治的小城，诗歌又有什么意义呢！就像丹吉尔和直布罗陀连接在一起一样，这座小城和山崖也是如此，所以人们称其为德国的直布罗陀，尽管在整体结构上与那块英国的山崖毫无共同之处。据说早在罗马时代，这里就已有一座要塞。根据此地的编年史记载，这是本地城堡修建的最早渊源。后来，格雷姆贝特

科布伦茨的莫泽尔河畔

伯爵修建了另一座城堡，于1080年获得特里尔大主教的确认。再次遭毁后，巴登大选侯于1484年委托意大利建筑师重新修建了城防要塞，并挖掘了水井。1632年，城堡被人出卖，落入到西班牙人手中。然后又来了瑞典人和法国人，最后一次是1799年被法国革命军队围困。他们于1801年摧毁了要塞。后来法国支付了战争赔款，并修复要塞，于1826年完成。

谁要是对这座巨大的要塞建筑有兴趣，可以观看一幅详尽的地图。谁要是想在高处欣赏莱茵河和莫泽尔河岸边的美丽风景，可以从上面的护墙边俯视下方。

我在这里度过了一个难忘的夜晚。1870年7月，宣战的第3天，我在上面刚开业的赌场中，站在一群爱国的男士当中。我们的下方是装满服兵役的年轻人的列车，成千上万，祖国受到威胁，他们离开了家中的妻子。千百个声音高唱战歌，一直到深夜。他们欢呼着走向黑暗的命运。这是莱茵地区的儿女们第二次为了祖国去经受血的洗礼。1866年时，我曾陪伴他们前往波西米亚，而这次是对抗高卢人的后代。他们曾对莫泽尔河畔的地域有过永久占领的梦想，并留下了无数他们占领的遗迹。罗马人早就赞美过莫泽尔河，我们的先辈当时还不是这里的主人。当时的莫泽尔河还是新高卢人的家乡。在近代，法国人长期占据这块德意志的土地。按照拿破仑的法律，对某些人来说，这就是德意志心脏中一块高卢人的飞地。现在，通过两次血的洗礼，它终于永远归还了德意志祖国。莱茵地区勇敢的子弟们与布兰登堡人一起攻占斯皮歇尔高地，他们战斗在韦尔特和维森堡，直到巴黎郊区。而我们所看到的废墟，只是高卢人留下的遗迹，只是企图统治世界的大国的坟墓。

科布伦茨的卡斯托尔教堂

莫泽尔河

H. 瓦亨胡森

我们面临纳厄河和拉恩河两条支流。虽然也可以在这里顺流而上，但其主流莫泽尔河由于其丰富的历史、历史的宝库和沿岸的美景，我们即使不能从其孚日山脉西坡的源头看起，也必须要首先从这块属于德意志的土地继续我们的行程。最后一场德意志人民战争，使得这块美丽的大地得以回归，那里的罗曼蒂克的葡萄庄园所生产的葡萄酒，一直被法国人当作自己家乡的酒享受得太久了。

我们这一代人，已经能够意识到德意志力量的伟大，同样也要记住洛林和埃尔萨

遥望特里尔

远望特里尔（作者：皮特纳）

莫泽尔河

特里尔的黑城门

斯被割让的耻辱。我们可以高举胜利的旗帜，走在莫泽尔河畔，直到梅茨进入诱人的河谷，以向巴黎展示我们新的边界。那是古老的莫泽尔河的大部分地区。德意志的耕耘在这块平原上留下了痕迹，德意志元素制定了自己的法律。

莫泽尔河地区的原始居民，都是些不争不斗的凯尔特部族。凯尔特的高卢人文明程度远高于日耳曼人。根据罗马人的资料，他们从莱茵盆地来到了莫泽尔河畔，站稳了脚跟。当时此地也有日耳曼族群经营自己的牧场，并形成了居民点。没有人告诉我们，他们到底是如何与高卢人相处的。我们只知道，在后来的岁月里，洛林地区时而属于法国，时而属于德国，直到两个民族发生一场激战之后，才最后调整了边界。莫泽尔河上游的历史高深莫测，可惜我们没有时间详细讲述。我们的行程向下游伸展，终于来到了法国边境不远的莫泽尔河谷。这里有德国最古老的城市特里尔。原来市政厅的红楼墙上有一行文字，断言此城建于公元前 2000 年，比罗马还要早 1300 年。

特里尔的红楼

其根据就是，当罗马军团从高卢进入这里时，这里就已经有凯尔特和日耳曼人居住。罗马皇帝奥古斯图斯命名此地为"Augusta Trevirorum"，使其成为罗马的殖民地。特里尔由于有利的地理位置，成为上比利时省的省会，罗马占领军的中心。而高卢人的艺术天才，却在这里留下了众多建筑珍品，至今仍为我们赞叹不已。康斯坦丁时期，特里尔成为皇帝行宫的所在地，形成一个"新罗马"。诗人奥索尼乌斯甚至称特里尔为"第二罗马"，赞扬其辉煌和富有。城中建有豪华的花园，让我们想起了当年的盛况。但它也经历了无数次外侵和浩劫，留下了不少废墟。

莫泽尔河

弗兰克人统治时期，特里尔同样是一座重镇，被公认为东弗兰克的第二首府。墨洛温王朝常在这里举办活动。基督教信徒很早就在特里尔站稳了脚跟，也很早就在这里修建了他们的圣殿。据说，这里有不少殉道者为了信仰而牺牲。第一任主教应该是苏哈里亚斯。同样，这里的主教们也很早就向莱茵地区扩张自己的势力，后来竟获得强大的大选侯的身份。这些我们前面已经多次讲过。其中最令人敬畏的就是卢森堡的巴尔杜因，被称为特里尔的雄狮，是他最后协助他的弟弟海因里希七世加冕成为德意志的皇帝。最后一任大选侯克莱门斯·温策劳斯，迁都前往科布伦茨，从而失去了世俗的关注，其威名远扬的势力也最终毁掉。特里尔中世纪的历史，充满了围困、瘟疫、巫婆审判的厄运，当然也伴随着工业的兴起。三十年战争后法国人纵火焚城，随后又被法国革命军队占领。德意志第一帝国诞生以后，特里尔虽然成为萨尔省的首府，但它的小康生活也就到了尽头。直到 1815 年，它归属普鲁士，但也只是一座地方小城，在孤寂的状态下维持生命。很长时间以来，它都只依赖伟大的过去生存，也成了莱茵河和莫泽尔河游客的目的地。

Igeler 柱

罗马皇帝和基督教皇帝的辉煌和豪华，当然已经不复存在，只有倒塌的宫殿和残余的废墟在讲述着他们的故事。莫泽尔河畔罗马贵族的别墅，也已不见踪影。但美丽河谷的魅力，却没有丝毫减弱。田园般的宁静，只是 1870 年才暂时被政治的阴影笼罩。那年的 7 月，传来消息说，法国军队已经越过边界。但这只是虚惊一场，实际情况是，法国个别边防军擦枪走火，击中了从特里尔驶向萨尔布吕肯的火车。

特里尔保留下来的纪念碑式的建筑为数很少，就好像那个伟大年代的智者们在规

艾弗尔山上

划城市建设时，不想让罗马建筑精品在阿尔卑斯山此侧出现。但现代的专家们却有另外的想法，认为他们不想贬低现有建筑的价值。例如黑城门，现在称为西梅翁城门。这座石结构巨人，在德国是绝无仅有的范例。初看上去，就会觉得这是一座罗马建筑，但是专家们却又是另外的看法。建筑师库格勒认定，建筑上没有任何古罗马式的结构和装饰，其大门显然是墨洛温时代的产物。黑城门是一座堡垒式城门，用红色砂岩所建，规模宏大，它的外墙没有用泥浆而是用铁钩加固。只有一侧的塔楼达到了设计的高度，而另外一侧却缺少最高一层。由两扇门可以进入楼内，这是唯一可以进入

莫泽尔河

格洛尔施坦废墟

底层的入口,建筑上的立柱缺乏规律。整体的印象是,这是一座未完成的建筑物。

城门和街道的名字都叫西梅翁。名字来源于一名西西里的隐士,公元 11 世纪他曾在塔楼中居住。大主教伯坡把这座建筑改成一座圣人教堂,至今尚留有相关的遗迹。楼中有古希腊和古罗马的藏品,均是在城市周围发现的文物。城墙东南角的罗马浴池,显然是罗马皇宫的遗迹,而且仅仅留下了这些浴池。各个不同的时代,黑城门有时是教堂,有时是要塞,有时又是城门,直到 1673 年城市遭到炮击,整个建筑被破坏。至今还能看到当年大厅的轮廓。

奥勒维希村旁的山崖中,有一露天剧场,建于公元 50 年,在罗马时期,可容纳 30000 名观众。这样的建筑,在阿尔卑斯山另一侧往往都已成为废墟。而在这里,我们仍然可以看到关押野兽的牢笼、角斗士的房间,环形的墙壁至今仍留有六七米高。据说,康斯坦丁皇帝曾把成千法兰克战俘——包括其首领——当作牺牲让野兽吃掉。这位皇帝的最后一件作品是一座大会堂,当时是作为什么使用,至今无人知晓。有人把这座砖式建筑看成是皇宫,看来并不属实。这也许是法院的审判厅,也许是比利时国会。法兰克时期,这座建筑曾是国王的行宫,中世纪时曾是大主教的驻地,后来他又迁至附近的军营。

玛尔湿地葡萄园

德国最有趣的教堂建筑，也可以在特里尔看到，即它的主教教堂。之所以有趣，是因为其原始形态与罗马的大会堂类似，但却仍然是基督教会所建。一直到18世纪，教堂都由各个主教管治。瓦伦丁一世在此地修建了一座审判厅，基督教初期，曾在此做过礼拜。教堂内部被大火烧毁以后，在尼策留斯主教的主持下，按照拜占庭风格重新装修。里面的四根大柱，11世纪突然有一根倒塌。人们又以一根新柱替代，至今它仍然支撑着罗曼风格的建筑。1717年的又一场大火，使大教堂遭到了严重损坏。

这里展出了油画、纪念碑和圣物。值得一提的是主祭台后面墙壁里保存的一件圣袍。另有耶稣十字架上的一根铁钉和荆棘头冠的一部分，也都是教堂珍藏的瑰宝。前者据说是326年由圣阿格里丘斯从耶路撒冷的墓地带回，直到1121年才在圣坛墙内发现。1844年，有人在当时为朝觐者开放的展示会上见过原物。据说圣袍上没有接缝处，原来的颜色为紫色，后来褪变成黄色。当时的圣物公开展示和教皇无错论的发表，为天主教两个划时代的阶段，但也曾给天主教带来不少困惑和危机。

如果说主教教堂是因为其经历奇特而引人注目，那么马蒂亚斯和圣母教堂就是德国最古老的教堂了。其基础为罗曼式，而后续的部分则是哥特式风格。首次采用哥特式的对称风格，在建筑史上具有特殊的意义。它建于1227—1244年，早于科隆大教堂的兴建时间。

莫泽尔河

普尔福湿地

如前所述，特里尔还有很多其他宫殿建筑，如装饰有四位城市保护神和两位铠甲骑士塑像的红楼。广场中央的集市十字架，据说是特里尔大主教海因里希于958年所建。离此不远就是彼得水井和奥伦斯皮格尔雕像。远处的护城河边，是宗教改革者奥勒维亚努的诞生地。在西梅翁大街上，有一处1150—1200年修建的三博士之家，可算是特里尔现存的最古老的民房了。还有一座罗马建筑，虽然曾被法国人摧毁，于18世纪重建，但仍然保持了其原始的基本形态。最后应该关注的，是莫泽尔河上的八孔罗马大桥。

我们不可能把这座永恒青春古城的所有亮点都一一列举出来。关于那些田园般的周边环境，关于过去灰色的苦难历史，比如所谓的 Igeler 柱——一根方尖碑式的墓碑——是罗马贵族留下的纪念物，上面刻有文字说明，但已模糊不清，无法辨认。人们认为，它具有很高的艺术价值，可看成是罗马时代末期留给德国的神奇孤本。

特里尔为我们提供了一个安静温馨的停留环境。各个酒店专门向常客提供小瓶莫泽尔葡萄酒品尝。这里流传着一个耶稣基督的故事。据说，他与门徒彼得曾来到莫泽尔河畔，由于口渴，想喝一杯葡萄酒。

> 救世主说，不知是笑话还是真话，
> 圣彼得，因为你还什么都没有学会，
> 你的腿长，就去跑一趟吧，
> 进村去讨一杯葡萄酒来。

彼得拿着一只木杯，进入河谷讨来了葡萄酒。途中因为口渴，就先喝了几口。为

莫泽尔河的夜晚

了不让耶稣察觉,每次都把木杯削掉一圈,让杯子永远是满的。他来到耶稣面前,耶稣看到这只小杯时,立刻喊道:留下你的小脚杯吧!于是:

在玛利亚堡上

"直至今日在莫泽尔地区,
还把小酒杯叫作小脚杯。
它虽然很小,却仍然要喝干,
为了感谢它的发明者圣彼得。"

在艾弗尔山的高地上,有一条古老的罗马公路通往科布伦茨。我们选择了水路,从莫泽尔河畔的码头渡河,前往古老的行宫普法尔策。达格贝尔国王的女儿阿德拉于655年在这里建立一所女修道院,但由于里面的生活过于放荡,修女们被特里尔主教赶了出去,这里就成了男性修士的修道院。布兰登堡的阿尔布雷希特和法国人于1131年摧毁了修道院,在这里修建了主教城堡。

在鲁维尔村,同名的小溪流入莫泽尔河。到了施维希,山体开始萎缩,大河在山岩之中出现了很多蛇状曲折,朝东北方的莱茵河流去。每个曲折处,都是一幅美景,常常怪异奇特。不断的变换形成了不同的景色,向我们展示了不同剧目,时而粗犷野性,时而优雅温柔。在陡峭的高地上,或在谷地的花园中,可以看到不少民居房舍。它们又都位于小溪的河口之间,形成一幅独特的图画。把这种变化全部描写出来,是根本不可能的。

远处那虚无缥缈的山顶平原上,就是洪斯吕克山脉。据说这里让人谈冬色变。半年时间里,山上都吹着刺骨的寒风,与内藏烈火的艾弗尔山形成鲜明对照。这块位于阿登山脉和洪斯吕克山脉之间的火山高原,景色十分丰富,但大多为荒芜、冷漠和怪异。人说这是欧洲唯一一处的大自然自白,是地球巨变的结果。

贝恩卡斯特一瞥

悬崖顶端呈锯齿状,千奇百怪地伸向天空,尽管艾弗尔山顶峰海拔还不到500米。漏斗形的"湿地",向我们神秘地打着哈欠。各个山中小湖,最后聚集在已死的火山口中。狭小的河谷，就像一口巫婆的汤锅，游人踏上已经僵硬的岩浆，就像是踏进了魔鬼的火炉。

这块神奇的土地，人们称为高艾弗尔，包括高阿赫特、凯尔贝格和纽尔堡3块高地。而前艾弗尔，则内含格洛尔施坦和道恩，以及艾弗尔雪山。游客一般只去前艾弗尔山。现在可以乘坐特里尔-克尔-迪伦火车前往，不必在向导陪同下携带大量给养走路前往那块荒芜的高地了。那里的农村仍然十分贫困。现在我们可以在蒸汽机车带领下，穿过桥梁和隧道，驶过这块漂亮的土地。人们对罗曼蒂克已经要求不高，只要能够感到舒适，就已经足够了。

特拉尔巴赫一瞥

整个艾弗尔山从地理的严格意义上讲，属于下莱茵片岩山脉的西北段，位于莫泽尔河、莱茵河和比利时边界之间。景色虽然单调怪异，但却变化多端，是其与众不同的地方。到处是巨型怪石，俱是火山爆发时堆积的结果，均为由花岗岩和片岩组成的杂砂岩，还有著名的艾弗尔石灰岩。

高山上火山岩留下的，是一幅恐怖的罗曼蒂克；河谷里展现的，则是一片可爱的田园风光。最为荒芜的，当然是艾弗尔雪山，海拔700米的狭窄山脊上，向西伸延是高伯恩山上的辽阔原野和沼泽。这一切构成了地理学家的寻宝之地，也是旅行家猎奇的目标。我只能简单地看一眼下面的河谷景色，它就像一条血脉穿行在有些恐怖的山崖之中。这是一种鸟瞰。下面那片片忧郁而无言的湿地，就像沙漠中的绿洲一般，散

莫泽尔河

拜尔施坦

布在虚无的高原之上。那里是基尔堡，一片高山上的田园风光，紧靠在山崖边上。它的上方，是大主教特奥多利希二世修建的要塞遗址，其中的教堂建于1276年。美丽的十字走廊已成废墟。基尔堡旁边是马尔贝格宫。整个河谷中的建筑珍品，是格洛尔施坦小镇。它挤在山崖和大河之间，上端的石灰岩上，坐落着格洛尔施坦城堡，对面就是一个荒芜的火山口。城堡曾属于兴建它的布兰肯海姆家族。家族灭绝以后，由迪特里希·冯·曼得沙伊特三世接管。1691年，法国军队逼近时，主人自己把它烧毁，从此就落入法国人之手。

学者和喜欢罗曼蒂克的游人感兴趣的，是这片充满诗意的地方的周围景色，特别是后者。可以在这里遥望格洛尔施坦的蒙特莱，以及位于玄武岩上的卡塞尔堡废墟，当然还有利兴根村中的两座残破的城堡。

拜尔施坦葡萄园旁的礼拜堂

从山中穿越而出的利泽尔河畔是小城道恩，同样依山而建，山脊上面即是道恩伯爵的主宫。有关它的一些传说已经无人记得，倒是它的周围环境的多样化，引起了地理学家的兴趣。同样在利泽尔河畔，还有小城曼沙伊德及悬崖上的几座城堡废墟。较高的一座，就是同名伯爵的宫殿。它的露台已成为人们观赏美景的地方。更为有趣的，是已分裂为5片的火山口莫森贝格。当年火山岩浆流向河谷留下的通道痕迹还依稀可见。

道恩附近隐秘的湿地、恐怖的火山口，以及由此而形成的阴暗的湖群，都会产生让人感到意外的效果。最著名的就是葡萄园湿地，它被凝灰岩和沙地包围，湿地边缘是一座古老而孤独的小教堂及其公墓。它的不远处，就是莎尔肯梅伦湿地、格蒙登湿地和普尔福湿地。后者是此地最大的湿地，方圆面积有一小时的行程，而且可以明显看出其火山的渊源：周围全是熔岩渣石。这些湿地的奇特之处，是它们周围均是陡峭、分层次和龟裂的山岩，这也同时说明了其漏斗形状的来源。外来人如果突然站到一个深渊边缘，看见底下蓝色湖水时，会感到异常恐怖。下面到处都是尖锐的岩柱。这些怪石造型，让人想起地壳变化的过程。一片混乱和无序，给人以某种忧伤的感觉。这难道不就是大地毁灭的画面吗？

人民的性格总与当地的水土一样，在埃菲尔山区也是如此。除了绿色的河谷，在高原上，居民的饮食和生活习惯、习俗和品德，都与贫困、无知、缺少舒适有关。大自然母亲的贫瘠，留给子女们的只有石头，而没有面包。我们在莱茵河上看到的这块

莫泽尔河

科亨

金色岩石之上，没有什么可以经营的条件。居民是如此贫穷，连孚日山上的秃鹫都不愿光顾此地。

让我们再次返回莫泽尔河谷。与上面岩顶的人们四处谋求生计不同，这里的大河两岸则是一片繁忙景象。不论是小城镇还是农村，甚至在山坡上，都能找到生计和舒适生活的环境。我们的船继续行驶在蛇一般的航道上，我们熟悉的西洋镜再次从我们面前掠过，时而显示，时而消失。

右侧的山谷里，是里奥尔城堡，罗马时期称为 Rigodulum。其环形城堡，只剩下几乎无法分辨的残垣断壁。此堡曾属于里奥尔家族。莫泽尔河岸边有一座小村庄，又窄又长，就像是一根线。所以沿岸才有一句谚语："像克吕塞拉特那么长。"

同样在岸边，还有学者修道院院长冯·埃彭海姆的诞生地特利腾海姆。右岸是诗人奥索尼奥斯咏唱的诺伊玛根及其殉教者教堂，以及一座罗马建筑的废墟。

科亨

　　康斯坦丁皇帝曾在此修建城堡，当地居民很愿意为我们指引它在山上的位置。据说皇帝在这里看见天空中出现十字架，从而皈依了基督教。我们在莱茵地区其他地方，也听到过同样的传说。17世纪曾在这里发掘了珍贵的文物，大部分都运往特里尔。

　　河道在这里弯曲得像一块马蹄铁，这里同样是美味葡萄酒的产地。我们已经来到了莫泽尔河的葡萄园区，其优秀的品质毫不逊色于莱茵河流域。但莫泽尔河却不得不让所有佳品酸味酒运往北德销售。而且，一些在不良土地生产的农家酒，也使用它的名号。真正的莫泽尔佳酿绝不次于莱茵高地区的美酒，甚至以其优美的鲜花香气略胜一筹。而这种柔和与甜蜜，正是热烈的莱茵葡萄酒所缺少的，也是其他葡萄酒所不能媲美的。

　　但它却很少被人赞扬：

> 莫泽尔葡萄酒犹如金发少年，
> 出身高贵，散发着青春活力。
> 它适于爱情也适于舞蹈！
> 如此柔和如此美好，如此新鲜如此明亮。

莫泽尔河

科亨

　　同样，莫泽尔河的邻居萨尔河畔的葡萄酒，也是在莫泽尔河的名义下才得以出名的，即使是萨尔的名酒萨尔茨贝格酒和萨尔茨霍夫贝格酒，也是作为莫泽尔酒而闻名远近。

　　种植葡萄当然是此地居民的主要经济来源。有人统计，特里尔到科布伦茨之间，大约有 23000 摩尔干葡萄园，约有 7000 万株葡萄藤。很多人问，它们都在哪里呀？只要看一眼河边就会明白。可以说，片岩山上，所有山坡，所有梯田，所有缝隙，所有角落，都种满了葡萄。每一个有阳光的地方，都是葡萄园，甚至还是精品葡萄。

　　完全另外一种品格的，是法国莫泽尔葡萄酒，大多为红酒，包括帕尼酒。它们与德国莫泽尔酒毫无共同之处，只是经常在德国商人中进行交易而已。

　　我们在这里经过的奥利希贝格和诺伊贝格，均是葡萄产地，连名字里都带着蜜语和香气。对面就是布劳内贝格，它更有名气，因为很多人都与这个名字密不可分。在米尔海姆旁边的费尔登茨谷地的城堡（现已是废墟）中，曾住过费尔登茨伯爵。在丽泽巴赫河口处的同名村庄是约翰尼斯·勒苏拉努斯的诞生地。距离居厄斯不远处，是红衣主教尼古拉斯·库萨努斯的故乡。他是渔民的儿子，生于 1401 年，在帕多瓦获法学博士学位，后在布里克松任红衣主教和主教，是那个时代强大的反对教会纪律堕落的斗士。他被葬于罗马，但他的心脏被送回他的家乡居厄斯，至今他的故居还对外开放。居厄斯的医院系他所捐建。

在右侧对面的本卡斯特尔小城，我们终于到达了第一座固定的莫泽尔大桥。这座城市有着罗马渊源，但人们直到11世纪才知道它的存在。这里的城堡废墟，看来从一开始就被特里尔的主教们看成是眼中钉。最早的建筑于1107年被毁。1201年，又一位主教把重建的城堡变为瓦砾。到了1277年，另一位权贵——海因里希三世——在这里建立了自己的城堡，现在也已成为废墟。本卡斯特尔同样生产葡萄酒，其最佳品种，有一个高尚的名字——"博士酒"。

卡尔登一瞥

策尔廷根的葡萄酒，人人都知道。与这个名字有关的，当然还有高贵的约瑟夫斯霍费尔和特拉尔巴赫。后者是一座古城，其创立者是具有传奇色彩的伯爵夫人劳莱塔·冯·萨尔姆。她是海因里希·冯斯彭海姆-施塔肯堡伯爵之妻。从萨尔姆的名字上，人们推断她出身渔民家庭，所以特里尔主教巴尔杜因不承认其伯爵身份，并扬言等她夫君死后就要把城堡收回。伯爵夫人知道此事后，命令人加强宫殿守卫。当巴尔杜因没带任何武装人员渡河来到城堡时，立即被逮捕。伯爵夫人让这位傲慢的神职人员，亲眼见到她被主教称为"杂种"的儿子。结果，这给这位好斗的主教以非常好的印象，他立即表示愿意做这位骄傲而美丽的伯爵夫人三天俘虏，以后还要回来做她的客人。所以，这片废墟现在仍叫作"伯爵夫人城堡"。然而，特拉尔巴赫却于1857年被一场大火彻底烧毁。

这座中世纪古城的对面，就是位于特拉本山坡上的一片葡萄园。山上，当年路德维希十四曾命人修建了蒙特罗亚尔要塞。要塞建成以后不久，就签订了里斯维克和

莫泽尔河

阿尔肯

约,随之要塞被拆,没有留下什么痕迹。

在利齐希,越过施塔肯堡废墟和恩基尔希及赖尔两个小村,我们来到了平德利希旁的河湾。岸边是圣约翰礼拜堂,它的对面是玛利亚城堡废墟和策尔瓦特塔。阿尔夫小村河口的岛屿后面,是一处繁华的葡萄交易市场。游客在这里下船,去参观玛利亚城堡。它曾是一座王宫和修女修道院,最后又恢复为城堡。从这里可以观赏美丽的莫泽尔河谷的风光。在阿尔夫河谷的低洼处,是贝尔特里希泉城,城中的帕尔姆山脚下,有含钙泉水,吸引不少痛风和风湿患者前来求治。这里的泉水可以治病,早在罗马时期就已被发现。至今还发掘出当年的钱币。这里的风光,属火山地貌,景色极美。

布雷姆小镇旁是当年修女修道院施图本的废墟。左右两岸都是古老的城墙,左岸的埃丁格仍具备真正中世纪的特征。森海姆村旁又是一处废墟,被阴暗的页岩围墙所遮掩。拜尔施坦小城向我们显示出其高贵的气质。小城上方是同名的梅特涅城堡废墟。拜尔施坦后面是莫泽尔河畔的舍芬施泰特、科亨及其美丽的宫殿和修道院的废

埃尔茨城堡

墟。11世纪，统治这里的，曾是封疆女伯爵里兴查。她还当过波兰女王。特里尔大选侯也曾在这里执政。比夫莱元帅曾于1689年占领这座宫殿。这里发现的文物，证明了此地的罗马渊源。神父科亨曾在过去的修道院里从事教务，他的布道却是对人们的一种折磨，从而留下了不良的名声。科亨的居民曾被看成是莫泽尔河畔大智若愚的象征，其机智聪敏的故事留存在各个角落。如果传说属实的话，那么他们在修道院的屋顶上安装的日暑，至今还应挂在那里。

　　我们经过克罗滕废墟，在特莱斯欣赏了那里古老的教堂，然后前往卡尔登。这是当年的一个罗马军营。当地的教堂，建在修道室之上，为当年的隐士圣卡斯托尔于4世纪所建。莫泽尔克恩附近，是埃尔茨河河口，埃尔茨河从艾弗尔山上奔流而下，形成了一片狭窄却充满罗曼蒂克的河谷。在一块突出的岩石之上，是保存良好的埃尔茨城堡。这座建有美丽塔楼和角窗的高贵宫殿，属于埃尔茨家族。它的脚下流淌着山中小溪，需要通过护城河上的吊桥才能进入。现存的这座宫殿，虽经过几百年的各种破坏，仍然保存了下来。10世纪时，就有人提到它，其建筑曾于12—17世纪反复修复。现在给参观者留下的印象，就是一幅真正的中世纪画卷。从埃尔茨城堡走不远，就是皮尔蒙宫殿废墟及位于高处的小城敏斯特迈费尔德。一座古老教堂的墓地里，安

莫泽尔河

眠着1529年去世的库诺·冯·埃尔茨。

我们前方的远处，出现了主教施坦城堡废墟中闪光的塔楼。它曾属于海因里希·冯·博兰登家族。另一座高塔是哈岑城堡。右边的峡谷流淌着布罗登小溪，河边的艾伦堡是莫泽尔河畔最美的一座城堡废墟。阿尔肯附近是封疆伯爵海因里希1197年修建的图兰特宫的废墟。1560年冯·雷茵家族修建的城堡，位于贡多夫小村的一块悬崖峭壁之上，现在属于市政府。那个创建它辉煌的家族已经没有后人。科伯恩的阿尔滕城堡，以及马蒂亚斯教堂之所以闻名远近，是因为其建筑呈六角形，系罗曼风格和日耳曼风格的混合体，下有六根支柱，曾是进行朝觐的圣地。站在它的上面，人们可观赏周围的美丽风光。

我们匆匆走过葡萄产地威宁根和雷伊，在居尔斯和莫泽尔维斯遇见一些科布伦茨人正在集体郊游。他们从德意志的直布罗陀返回，我们从远处也能看见那座悬崖上的要塞。

贡多夫村

从科布伦茨到莱茵埃克

H. 瓦亨胡森

<big>我</big>们也要去攀登莱茵河畔的埃伦布莱特施坦要塞。这座山岩上的梯形庞然大物，是观赏莱茵盆地风光的最佳平台。河道在安德纳赫旁出现一个缺口，就像之前在宾根出现漩涡一样。有人估计，这里过去曾是一片内湖，缺口是湖水强行从岩石峡谷里寻求出路所致。攀登这样一座巨型要塞，会产生某种恐惧甚至谦卑的感觉：具有使命感的人需要这样一个巨大工具，宁愿用全部家当换取荣誉，去捍卫自己的家乡，

埃伦布莱特施坦要塞

从科布伦茨到莱茵埃克

中莱茵地区的果类和鱼类集市

为了防止已播种的大地遭到破坏,为了保护汗滴禾土所收获的粮食!

自罗马人奴役我们的先人以来,已经过去了两千年;上帝的使者给我们带来和平和博爱的福音,也已经过去了这么长时间,但一个千百万人的民族,却仍然要建立这样的要塞,来捍卫自己的荣誉和安全!

在要塞上面,上帝为我们展示了这块美丽土地的三重性格和三重容颜。这里是德国乃至世界最美的地方。我们的脚下是带有锯齿形城墙的城市,被两条银勺般的河流所环抱。城中有四座桥梁,犹如四道阴暗的刀痕,架设在莱茵河和莫泽尔河上。远处是要塞的规整的外墙。城市外面的高地上,可以看到美因高和美因菲尔德地区,缓慢地下降至一片富饶的土地。再向右看,河的对岸,就是高耸的艾弗尔山脉,那是一片被火山搅乱的山岩,上面聚集着彩云。再看右岸下游的远方,是河谷中一片富饶的福地,显然是两河交汇时所形成,那里过去曾是罗马城市维多利亚。繁茂的葡萄山上,又是一片阳光普照的大地,其后面隐藏着冷漠的韦斯特林山。它时而裸露,时而树木林立,隐约显现在地平线上。

所谓三重容颜,是大地母亲在此地赠予农民的全部福祉,而在彼地却是连感谢都无法说出口的贫瘠。城市的右侧是土地富饶的美因菲尔德，到处可以听到孩子们的欢笑和头戴金银首饰姑娘们的身影。但越过这片土地，则是火山留下的岩石碎块，那就是艾弗尔山脉！照理说，大河两岸应该平均分配福祸：同样在河的这一边也有繁荣的恩格尔斯高，下面的平原，就在它的旁边。用葡萄山这张壁纸遮掩贫困，就是荒芜的韦斯特林山。它的愤怒的儿女们，被贫瘠所养育，被后妈般的气候和土地所折磨，不得不重新种植稀疏的林木，以在狂暴的山风前保护自己。在艾弗尔山区，一边是受过火山洗礼的奇岩怪石，毫无生气和活力，而另一边的河谷里，却充满一个又一个福音，大自然的天使用宝瓶浇灌着富饶的土地，繁华的工业活动给恩格尔斯高带来了新的活力。

从埃伦布莱特施坦要塞上再看一眼两侧的高地，我们看到了那里的普法芬多夫和莫泽尔采石场以及瓦伦达尔集贸市场。然后，我们再下山回到岸边。轮船在那里等候我们。穿越下韦尔特岛，上面有一座同名的修女修道院。右边的岸上是本多夫村，上面有一所精神病院。深入到陆地里面的是塞恩城堡，那里有一座冶炼厂，加工自己挖采的铁矿石。它的创始人是克莱门斯·温策劳斯，现已归属克虏伯公司。山丘上的城堡是塞恩家族的祖产，建于10世纪，三十年战争期间被毁。山脚下的宫殿为侯爵塞恩-威特根施坦于1848年重建，里面有丰富的油画收藏，主要是法国和荷兰大师的作品。在河谷里继续往上走，可见古老家族伊森堡家族祖产的遗迹。

这个河谷中现在堆满残石废铁，是冶炼工人辛苦劳动的地方，而当年却是骄傲的骑士家族集会和活动的场所。其中有威特家族和塞恩家族，后者家族中，有两个成员在这个地区名声最坏。那就是伯爵海因里希三世，他曾从商人手中霸占教堂。他临死前有所醒悟，又将教堂返还，从而得以和平下葬。至于威特家族，据编年史讲述，曾抢走了来法兰克福参加礼拜的荷兰商人价值千古尔登的衣物，这在当时是个巨大的数目。城市联盟的手臂，当时还没有这么长，能够赶来制止这样的抢劫。似乎连鲁道夫·冯·哈布斯堡都对此睁一只眼闭一只眼。所以这里的强盗骑士从未受过应有的惩罚。但大主教库诺·冯·法尔肯施坦却不能容忍，他把骑士抢去的赃物重新夺回，并修建库诺施坦要塞进行抵制。

威特家族在此几乎没有留下什么遗迹。人们能够看到的，只有大主教菲利普·冯·瓦尔德斯多夫于1758年所建的宫殿。自1863年起，宫殿作为第十七和第十八军团的军事学校使用。

恩格尔斯的老广场，给我们讲述了一个有趣的故事。恺撒率领军团在这里渡过莱

从科布伦茨到莱茵埃克

强盗骑士抢劫货车

茵河时，为安全起见，在这里还修建了一座要塞。这也可能是周围居民点形成的原因。恺撒军团被德意志人彻底击溃以后，要塞也随之被摧毁。这里出土的一些罗马时期的铁块，被认为是修桥使用过的部件。后来，加罗林王朝在恩格尔斯的皇家宫院，或许就是在罗马要塞的基础之上建成的。这也使得这个地区获得了新的含义，或许才有了恩格尔斯高的名称。其界限南始拉恩河，北至林茨市。很有可能是当年的火山岩浆一直流到此处。也或许是河水把凝固的火山石冲这里，形成了浮石。这种浮石，常被当地人当作轻便的建筑材料使用。

再往前走，出现在我们眼前的，就是威特宫 Mon Repos。我们的左边就是维森塔，它所以值得关注，只是因为旁边伫立在广场上的法国将军奥克的纪念碑。他曾于 1797 年在这里渡过莱茵河。右岸的诺伊维特，也是值得关注的地方。它位于大河退却后留下的低地之中。小城甚是可爱，有异常洁净的现代化公园和笔直的林荫大道。整个布局还特别考虑到如何阻挡寒冷山风的袭击。所以来诺伊维特的人，不必担心会感冒。

同样在这里，人们也像恩格尔斯一样，乐意谈论恺撒曾在这里渡过莱茵河的事迹。附近的黑德斯多夫和下比伯，都曾发现过罗马城市废墟，据说也是前面提到过的

诺伊维特

维多利亚宫。至少这里出土的众多文物,可以证明这里曾有过罗马居民点,也许是恺撒的一个基地。侯爵宫殿里的收藏品,也证明了这个居民点的重要性。村庄的名字比伯,可能是莱茵地区已经绝迹的动物的谐音(海狸)。

　　三十年战争期间,宗教狂热和信仰恩仇,使成千上万人在烈火中失去了一切家当。逃离故土的人们,被迫去尼德兰寻找平安的家园。这个时期,王公贵族的宽容和明智,该是多么可贵,这在诺伊维特恰好得到了印证。伯爵弗里德里希三世收容了莱茵地区的难民,在被战争毁坏的小村朗根多夫重新建立了城市,并保证每一个人的信仰自由。他赠送给难民土地,不分信仰,让他们在那里修建自己的房屋,只要按照他的计划行事,即可免除捐税。当然,这位正直的领主,也遇到些不如意的事情。难民中除了好人外,也有一些泼皮无赖,不想按照伯爵的理念行事。但伯爵并没有失去勇气和信心。他的夫人菲利皮娜·萨碧娜甚至捐出自己的金银首饰,修建了学校和教堂。然而,路德维希十四给德意志高地区带来的苦难,逐渐显现了出来。尽管如此,他的继承人,高贵的弗里德里希·威廉,还是于1807年开始修建新宫。他英年早逝

返乡的十字军战士(作者:鲍尔)

安德纳赫河边

后，弗里德里希·亚历山大继承他的事业，尽管他面对不同信仰之间的争执。1757年，他开始修建乡间行宫 Mon-Repos，并在周围种植了大片树木，尤其是其间的林间小屋，给周围环境一个和平田园般的氛围。这里有一部分工厂也与他有关，至今还在正常运行。洪水和冰冻，在18世纪中叶曾给这座城市造成重大破坏，但更多的灾难却是法国革命军队的纵火和抢劫所造成。战争破坏了多年努力造就的城市小康生活，房屋被烧，整个地区变成废墟。1806年，诺伊维特处于拿骚公爵的统治之下；1815年，它归属于普鲁士。王室中的维克多王子曾是战争中的英雄，另一位王子马克西米利安作为研究学者，曾因在世界各地搜集了大量自然标本而闻名远近。

"我的圣人啊！"一个陌生人如果踏进诺伊维特市亨胡特人居民区，他可能就会这样喊道。这个族群是1750年迁到此处的波西米亚兄弟会的后裔。这是一个少见的小族群，他们并不坏，在精诚团结方面很值得我们学习。他们很勤奋，从小就养成了集体主义精神，所有未婚者均共同居住，并为共同的事业工作。亨胡特的产品很有名气，也因为他们的集体合作而出名。这些人的诚实品格有口皆碑。他们的礼拜仪式也与众不同，例如相互传递茶水等。他们的生活方式注重简朴和节欲。明显的外在标志是头上戴的小白帽。妇女帽上的蓝色和红色的飘带，是女人和处女的区分标志。各种不同的信仰和派别，都和平共处生活在一起。天主教、新教、路德教、改革派、教友派，从外表上难以区分。

诺伊维特下方，奈特以左，伊利西以右，是威特巴赫河。河水从韦斯特林山弯曲流下，最后注入莱茵河。河谷里还保存着阿尔特温特城堡废墟。与大河平行的铁路，连接着右岸的拉塞尔施坦炼铁厂。之所以提到它，是因为它是德意志铁路公司的首条铁道线路，从纽伦堡至菲尔特。一侧是活跃的工业，另一侧是美丽的风景：森林和高山，富饶的平原，再加上艾弗尔山脉的奇岩怪石，为这个地区披上了特殊的魅力。

小威特河河口外的莱茵河变得狭窄了。山丘和岩石把数座小城推挤在河边，盆地到达了终点。我们面前的莱茵三角旁，升起了高山。我们越过伊利西后，直面岸边的"鬼宅"。这是一栋荒芜空洞的楼阁，其真正名称是弗里德里希施坦，但迷信的叫法就是"鬼宅"。没有人知道为什么。有人说，因为这是用惨死的劳工的血汗建成；也有人说，这里曾是生产氨水的工厂，味道难闻，只有魔鬼才能制造这种味道。

我们来到了安德纳赫的新莱茵城门。这座古城是迈菲尔德地区的首府和港口。城市同样有罗马渊源，曾是第二十一和第二十二军团的驻地，建有相关的要塞。巴塔维人和阿勒曼尼人，曾多次摧毁这座罗马城池。墨洛温王朝在其基础上修建自己的宫殿，法兰克国王吉贝特也曾在此统治。此地不远处，曾是德意志的路德维希国王的几个儿子和海因里希五世之间的战场。宫殿后来被施瓦本的菲利普破坏，然后又创建，加入城市联盟，但又被瑞典人占据。后来它又多次被法国人占领，又再次被俄国人赶出去，1815年最终归属于普鲁士。中世纪修建的一些宫堡，还留下一些废墟。

安德纳赫的主教教堂，是一座罗曼风格的建筑纪念碑。这是一座有四个塔楼的教区教堂，全部用凝灰岩建成。北边的塔楼，建于11世纪初。西南两边的塔楼比这晚两年。除了主教宫的废墟，市政厅地下还有一座当年留下的监狱。奇怪的是，人们称其为犹太人浴室。值得看的还有古老的科布伦茨城门以及城门外1554年修建的吊车。石头磨盘，曾是这座城市出口的重要产品，所以需要用吊车在码头装船。

下一个小镇罗伊斯多夫，位于大河的转弯处，而且是依靠一座大山，所以显得那么阴暗、危险，好像马上就要倒下把小镇埋葬。荒芜光秃的山顶上，可以看见一处残垣断壁，突出在杂草树丛中间。这就是莱茵河畔最著名的大城堡哈莫施坦。这座要塞曾与皇帝对抗，但皇帝也曾在这里寻求保护。这座牢不可破的要塞中，曾收藏很多德意志帝国中的珍宝。原来的创始家族虽然早已灭绝，但它的名字却保留了下来。

有关哈莫施坦家族的最早记载，见于1018年或1019年。它首先引起了诗人们的关注，给我们讲述了有关恩格尔斯高封疆伯爵冯·奥托的故事。据说他爱上了伯父的漂亮女儿伊姆加德,不顾教会禁止近亲结婚的规定私自结婚,并把她藏到了自己的宫中。他的死敌美因兹大主教艾尔肯霍尔德,在诺伊马根召开的教会大会上,对伯爵提出了诉讼。奥托没有料到这种攻击,带领家人袭击大主教的美因兹领地,然后赶回自己的城堡,准备迎接主教的反攻,进行保卫战。而艾尔肯霍尔德主教一方采取措施,先是打掉伯爵的保护伞海因里希二世对他的庇护,并取得了成功。皇帝向伯爵发出警告,没有反应后,派遣大军包围了哈莫施坦。奥托经过长时间抵抗后,终因城内给养不够,不得不投降。他与伊姆加德的婚姻被取消,被判长期忏悔,直到主教艾尔肯霍尔德去世。后来他获得罗马教皇的批准,与妻子复婚。但传说夫妇二人最终都没

安德纳赫的塔楼

有好结果。他死后还失去了伯爵头衔,城堡也变成了帝国要塞。从此,哈莫施坦家族也就再无人问津,消失殆尽了。在这座城堡里,海因里希四世被儿子出卖失去了王位,逃亡到格尔海姆,被忠于他的伯爵冯·哈莫施坦接纳,从而也保存了不少帝国珍宝。城堡本身的命运比较平淡。卡尔四世于1374年把它交给了好战的大主教库诺·冯·法尔肯施坦,从而成了特里尔大主教的属地。后来又经过几次大火的洗礼,最终在特里尔的命令下被彻底拆除,以防止强盗骑士在这里安身。直至今天,我们还可以从附近村庄的房屋建筑风格上,看出当年哈莫施坦城堡的势力范围。

从科布伦茨到莱茵埃克

往下游走，左侧布洛尔巴赫河口处是小村布洛尔，右侧就是莱茵布洛尔。继续往前，右侧森林密布的高山上，出现了带有角窗的漂亮宫殿——莱茵埃克宫。从这里可以俯视布洛尔河谷和拉赫尔胡的风光。宫殿所在的地方，原来是一座城堡，早在11世纪就有它的记录。当时的主人是赫尔曼·冯·萨尔姆伯爵家族。他的一个儿子改名为冯·莱茵埃克伯爵，并建立了自己的家园。1151年，康拉德三世围攻城堡，占据后最后将其拆毁。科隆大主教后来又重建之。根据传说，伯爵约翰·冯·莱茵埃克在一次选举中与骑士罗尔曼·冯·艾因奇希发生争执，抽出匕首刺死骑士。主教为惩罚他不尊重宾客和生命，第二天在城堡门口把他斩首。后来，城堡又转手多次，直到1689年遭到法国人的严重破坏，1785年又被一场大火彻底摧毁。现在人们看到的宫殿，是近代冯·贝特曼-霍尔维克先生以豪华的罗曼式风格所重建。从宫堡上可以遥望安德纳赫、诺伊维特和七岩山。宫堡内部同样装修豪华，外面的花园，品位高尚，极具艺术性，使得这座宫堡成为莱茵河上的美丽佩饰。

如果来到布洛尔，我就要建议游客们顺便拐进布洛尔河谷游览一番。在这里可以观赏莱茵埃克的宫堡、周围的教堂和民居，以及认识一种特殊的建筑材料。莱茵地区的火山早已熄灭，但艾弗尔山区的温泉表明，地底的热灰还没有完全变凉。地面早已平静，到处留下了凝灰岩。早在罗马时期，人们就已经懂得如何使用这种建筑材料。中世纪的很多建筑，从结构上向我们展示了这种建筑材料的作用。罗马人的露天剧场，以及庞贝房屋的屋顶都采用了这种材料。

凝灰岩是由浮石粉尘在潮湿中结合并硬化而成。它是一种被细石尘包裹的多孔岩石。我们穿过页岩门洞，沿着布洛尔后面的小溪往前走，就可以看见隐藏在草丛中的

安德纳赫主教城堡废墟

拉赫尔修道院

从科布伦茨到莱茵埃克

布洛尔的哈莫施坦城堡

这种石头。直到今日，专家们还能分辨出当年火山岩浆的流向和火山口的升降。莱茵河畔的各种精美建筑，大都使用了各种颜色的这种材料。这里还有含各种矿物质的温泉，其品质和疗效很早就被人盛赞。

我们穿过一条狭窄而温馨的峡谷，同样可以看到巨型凝灰岩裂缝。来到离此不足两小时行程的拉赫尔湖畔，就像是来到了另一个世界，其最大的特点就是阳光普照而尘土飞扬。到处是磨坊运行的喧嚣，形成一幅独特的风景画卷。这时，我们已经看到了岩石之上的施瓦彭城堡的很多窗子。这座城堡虽然在历史上没有什么特别的意义，但旁边的"医疗泉"，却是众望所归的地方。这眼矿泉的特点，就是水质类似汽水。这里不是很热，我们在福尔尼希山头小憩，从这里可以观赏山下的莱茵河谷风光。

越过新的采石场和凝灰石磨坊，我们来到距离施瓦彭堡只有半小时行程的特尼希施坦及其古老的加尔默罗教团修道院的废墟。这座小泉城，既小又温馨。大选侯冯克莱门斯·奥古斯特曾来此疗养，并为开发这里的公园做了不少善事。自1861年起，它的疗养院甚受荷兰人青睐，不仅因为其治病的泉水，而且因为其舒适安静的环境。

离开特尼希施坦，我们前往一块高山平原瓦芬纳赫，其间当然免不了要经过灰尘的洗礼，每走一步都要卷起灰尘。我们来到一座山峰，是一个双重火山口。穿过周围的森林，终于可以看到西方被绿色林木包围的河谷盆地，以及拉赫尔湖上的碧绿而宁静的水面。在惊喜中，我们有些陶醉地在绿色森林中移步下山。难以言喻的神圣宁静感觉在心中升起。我们甚至害怕打扰到树上的小鸟的安静。每走一步，都会发现新的魅力。高大的山毛榉树似乎在用枝干相互拥抱。在这奇妙的画卷面前，一道深邃的蓝色在我们面前升起，越来越清晰，越来越透明。那是芦苇、海藻和漂浮毛茛在蓝色的怀抱里放射出银光,把水中的鱼儿引了上来。旁边本尼狄克修道院的塔楼在水中映出倒影,就像在向上帝祈祷和平。钟声在河谷中响起,这就是一首首虔诚的赞歌。当年的僧侣早已在地下安息,但他们在钟声中缓步前往厅堂的脚步声,似乎仍在耳边回响。

毫不奇怪,赞歌在这里好像回到了家乡,因为白天有和平天使在寂静的街道上空飘舞,整个城市都燃烧着神圣的贡香。到了晚上,湖水中如果没有水妖和小精灵出没才是个奇迹。诗人施雷格尔曾咏唱沉入湖底的宫殿和神奇的精灵音乐,"有时是从远方传来的哀诉,有时是从湖底飞起直冲云天"。西姆罗克告诉我们:

> 湖底下那绿色的身躯,
> 水妖坐在那里聆听,
> 是否有一个凡间的女人,
> 在湖面上驶过——

不久前,沃尔夫冈·米勒也曾歌唱"水中的魔幻宫殿",据说可以看见大厅里灯

莱茵埃克宫

火辉煌，侍从们忙碌走动，客人们享受着美餐。好奇的渔童在夜晚的湖上，聆听着祖母讲着这个童话——

> 渔童在聆听，杂音中有些陶醉，
> 湖水深处已经泛起了浪花，
> 噢，那是多么疯狂的音响，
> 多么混乱的图像！
> 他看见美丽姑娘的脸庞，
> 她用微笑的小嘴向他召唤。
> 亲爱的祖母啊，他喊道，你没有骗我！
> 他跳了下去——沉入了湖底。

对那里有魔怪出没的说法，人们没有什么怀疑。或许由于传说原因，封疆伯爵海因里希二世和夫人阿德尔海德曾在湖边见到过整个湖面灯光灿烂的景象，所以在这里修建了一座虔诚的修道院，以驱逐妖魔。他的继承人、封疆伯爵西格弗里特，继续这个事业，使其成为帝国最富有的修道院，最后由伯爵夫人赫德维希全部完成。

封疆伯爵海因里希·格拜纳就安息在这座罗曼风格的教堂里一口哥特式棺椁之中。可惜教堂已经完全空旷，但其建筑风格却与周围的景色相得益彰。教堂前厅的所有装饰细节，都来自12世纪，十分精美，从圆柱到六座塔楼，使孤寂得到了缓解，但并没有打破这里的宁静。然而在近代，一个富人为耶稣教团买下了这座修道院，改

拉赫尔湖畔

成了见习修士院。可惜不到10年时间，法国人赶走了耶稣教团。修道院又恢复了原来的平静。

诗歌并不总是可靠的源泉。不论它们如何歌颂拉赫尔湖，它毕竟只是个下陷的火山口。湖边的熔岩残余可以证实，它甚至还是这个地区火山的主峰。

1个小时行程以后，我们来到了一座完整的熔岩城——尼德门迪希。所有房屋均用深灰色火山岩建成。新的繁华的小城周围，都是这种火山岩石。人们做成磨盘，运往远近各地。到处都是玄武岩采石场、深坑和峡谷，一层厚厚的浮石覆盖在上面。由圆柱支撑的大厅里，刮着刺骨的寒风。如果进入房间，用火把照明，仍可见火山留下的奇形怪状的造型。

来到尼德门迪希的游客，爬山已经疲惫。他们首先要做的，就是把身上的灰尘抖掉。然后再乘大客车下山，前往安德纳赫或者诺伊维特。

穿越安德纳赫岩石门

H. 瓦亨胡森

稍事停留后,火轮载我们继续往前行,越过左岸下布雷西席的一座庙宇废墟,又越过右岸赫宁根的森林山丘。我们看到了全新修复的阿伦菲尔斯宫。这本来是伊森堡家族的要塞,经常发生手足之争。最早是海因里希·冯·伊森堡修建此堡,称其为阿伦菲尔斯,并将其献给夫人梅西提尔德·冯·阿伦。随着这个族系的灭绝,城堡归属于伊森堡-格伦曹。伊森堡家族同样受到好战的大主教库诺·冯·法尔肯施坦

强盗骑士攻击一艘民船

林茨

的干扰。后来,特里尔大主教卡尔·卡斯帕把城堡送给了莱恩家族。直到 1850 年,城堡又出售给维斯特霍尔德伯爵。后者重新修缮了城堡,但它最终仍然没有逃脱法国人的破坏。距此不远处,就是阿尔根多夫。从这里已经看见达滕贝格城堡废墟的塔楼。它被美丽的花园包围着,从上面可以俯视大河另一边兰斯克罗纳的玄武岩山峰。然后就是左岸不远处的艾因奇希,以及旁边的莱茵支流阿尔河。艾因奇希也自命属于莱茵流域,据说早在罗马时期就曾有名,称为 Sentiacum。其出身,可以在罗马遗迹中找到佐证。这个小镇也曾经历过坎坷的岁月,例如兰斯科罗纳城堡的骑士就经常侵入科隆大主教的领地进行骚扰,艾因奇希不得不付出惨痛的代价。至今还围绕小城的城墙,不知何时所建。但据说公元 762 年,这里就曾有过弗兰克王室,经常有一白衣女子手拿一串钥匙在庭院中出没。在国王城堡地基上修建的哥特式小宫殿,系私人所有。那个白衣幽灵当然也已不知去向。这里的一所修道院名为皇后海伦,但建筑风格却与那个时代不符。小礼拜堂里保存着一具修士的木乃伊,被称为"圣福格特"。据说它曾被法国人抢走,但又自动返回,现在仍安息在玻璃棺椁中。艾因奇希的位置较高,所以尽管遥远,却仍能清晰地看到大河的身影。

达滕贝格废墟下方,步行经过恺撒贝格废墟及圣地教堂,河的右岸就是小城林

穿越安德纳赫岩石门

莱茵河畔的雷马根

茨。两端是两座中世纪的塔楼，公元874年在历史上就有记载，但和莱茵河畔的很多城市一样，它早已失去了原来的意义。某些记忆还保留在城市中，例如曲折多弯的街道，一座古老的教堂、塔楼和城墙，都表明其德意志的渊源。有人努力想把林茨拉入罗马时代，却很难成功。

据文献记载，林茨930年时只是一处国王的行宫，后来获得城市权，加入城市联盟。但它在菲利普和奥托的战斗中被毁。1250年，林茨被当时的主人梅西蒂尔德·冯·塞恩伯爵夫人卖给了科隆主教。由于林茨人反对教士咨议会，大主教恩格贝特三世被迫在城市中修建了一座要塞进行抵御。要塞在皇帝弗里德里希三世攻城时，部分被摧毁，后来又重新修复。第一代城堡的塔楼得以保存，它的旁边是莱茵城门，地下还有部分栅栏残余可以辨别。值得关注的建筑，还有建于13世纪的马丁教堂，系后期哥特风格。教堂里面的玻璃绘画和主要肖像来自1463年，底色为金色，内容是圣母玛利亚的七种喜乐。

多次往返在林荫大道上，自然之友都有些累了，所以就更加关心城市的周边环境。在恺撒贝格山上的圣地教堂旁，我们可以看见脚下的莱茵河谷全景。再往远看，则可越过山岩眺望对面的阿尔河谷。另外，河谷中的玄武岩采石场，也给城市带来了重要的商机，采下的大批石料运往荷兰。采石场下方达滕贝格的玄武岩石柱，也是游人值得欣赏的一景。人们也可以同时看到艾弗尔山、阿尔河和七岩山的景色。

阿波利纳里斯教堂

从林茨往下游走，我们可以看到奥肯菲尔斯城堡位于长满葡萄的和缓的高地之上。文献资料上很少有对这座城堡的记载。据说它过去的规模要大很多，从被葡萄枝藤掩盖的城墙地基上可以看出。1239 年，它的主人是冯·莱恩家族，而且当时也是以此命名。1609 年，它归属霍恩埃克家族。再后来，大主教区把城堡租借给了格洛尔德家族。

我们向雷马根前进。着眼之处，尽是被工业过度开发的玄武岩矿山。经过施托尔岑菲尔斯、拉恩埃克等地，让人想起了蓝天下莱茵河畔各种美丽的建筑。一片压抑的岩石背后，我们终于可以松一口气了。我们面前出现了雷马根的阿波罗教堂和维多利亚山。它的后面是远处云雾缭绕的七岩山，它为我们打开了一个新的莱茵河谷。雷马根小城的罗马渊源是有争议的，但雷马根确实保留了一个时代的标志，一块来自 162 年的罗马里程碑上写道：罗马皇帝奥雷留斯和韦鲁斯在雷马根和科隆之间修建一条军事公路，全长 30000 步。

按照基督教引进的时间点，早在 1003 年就有记载的教区礼拜堂，很可能是在一个罗马建筑废墟上所建，只是没有书面材料证明。教堂于 1246 年进行了扩建，增加了一个新风格的圣坛。同样，为纪念圣马丁，于 1110 年在山岩之上修建了另一座教堂，1164 年以主教阿波利纳里斯的名字命名。当时，运送这位圣人遗骨的船只，来到此地不能前行，于是就在马丁教堂下葬。由于这个神迹的出现，这座教堂成为信徒朝觐的圣地。

穿越安德纳赫岩石门

根据传说，大主教赖纳德前往罗马朝拜，在那里请求教皇允许他把地下墓穴中一些殉教者的遗骨带回科隆。于是，教皇给他三博士的遗骨，现在保存在科隆大教堂中。同时带回科隆的还有圣阿波利纳里斯的遗骨。大主教乘船在莱茵河上经过巴塞尔回家，虽然经过几番风险，但还是安全抵达雷马根。然后，不论船夫如何努力划桨，船就是停止不前。船并没有触礁，只是因为来到了马丁教堂前。只见船头自动拐向教堂。大主教看出这是上帝的指令。于是他命令把阿波利纳里斯的棺木送进教堂，大批教群已在门前等候。然后，船就顺畅地启动，前往科隆。在风暴频发的年代，这些遗骨也曾经历骚动和不安，但却仍然经受住了转移和回归的考验。现在，每年7月都有成千上万的人前来朝觐。菲尔斯滕贝格伯爵看到教堂建筑年久失修，决定为这些遗骨修建一座合乎尊严的建筑。宗教建筑大师茨维尔纳负责设计，罗曼和哥特混合风格，并赋予玫瑰花饰替代教堂高窗。前面的山墙上，刻有阿波利纳里斯的肖像。1853年完成的这座建筑精品所使用的材料，就是布洛尔河谷提供的凝灰岩石。由12根柱子支撑的教堂墓穴里，存放着圣人原来的老棺椁。我们在教堂内部获得如此庄严的印象以后，走出教堂，看到教堂外面平台上高耸的岩石和周围如画的风景，心情感到无比舒畅。眼前是巨人般的七岩山，还有那无数的城堡和民居。我们真想拥抱这莱茵河谷中的和平与幸福。似乎是想与这块岩石高地相竞赛，雷马根上方突起了维多利亚山。它的名字来源于普鲁士王储公主。最美的景色，应该从维多利亚庙前观看，很多人都是在日落前赶来欣赏。这里可以看到美丽的七岩山和莱茵河谷，以及众多的城堡、城市和乡村，直到莱茵埃克和哈莫施坦。游人可以在这里观赏几个小时，会被伊甸园般的风景所陶醉。阿尔河畔的圆形山头，正在神秘地向你招手。传说中的话语吹入你的耳轮：拿起手杖，快来吧！我给你讲一个有关这块高地区的古老故事。那时周围的城堡里还住着伯爵。你会对我满意的，我们现在就前往圣彼得，它会给你带来欢乐和幸福。

维多利亚山上

阿尔高地区

H. 瓦亨胡森

中莱茵和下莱茵的艺术家和学者、长途旅行者、度假者和求乐者，每到夏季，都会成群结队前往阿尔河谷。我之所以提到这个地区，是因为我确实找不到其他地方与此地的独特的性格相媲美。当我怀着侏儒的心情，每次来到这里的时候，心中总会产生一种惊惧的感觉。那条小河在大自然的阴郁中与莱茵河相交。到了冬天，当冰雪像黑暗的岩石那样无情地覆盖这狭窄的河谷时；当阿尔河水无情地冲走沿

罗尔斯多夫

岸的一切，从上往下摧毁人们的事业和生命的时候，那该是一幅何等恐怖的情景啊！当一切僵化进入冬眠，在这些没有生机的山岩之间，会是一片可怕的荒芜。但我的心却仍然悬在这无情的谷底之中，因为不论这条高山河流带来何等灾难，这里的贫穷之人仍然奋起，重建被无情的自然所摧毁的一切。不论有多少危险降临，家乡却永远为他们所爱。

穿行整个阿尔高的同名小河，起源于艾弗尔山的布兰肯海姆，上游聚集了各条小支流的水源，在岩石之间开辟出路，再穿过诺伊阿尔河谷，沿一条狭窄的河道朝莱茵河流去，最终融合在莱茵河中，同时也在这里形成了上莱茵和下莱茵两种方言的鲜明界限。

阿尔河谷的地貌是逐渐形成

阿尔维勒的瓦尔珀茨海姆城门

的。脚下的路首先带我们去博登多夫，一座被葡萄园拥抱的可爱的小镇。我们从这里越过罗尔斯多夫，前往泉村海莫斯海姆和赫平根。在这里我们爬上一条陡峭的山路，前往玄武山峰，上面还残留些古堡的废墟。从这里可以俯视山下的美景，作为爬山辛苦的补偿。菲利普·冯·霍恩施陶芬于 1204 年修建了这座城堡，称其为"国之冠"，正是由于山下的美景。在这群山起伏的高处，人们可以观赏河谷和绿色的葡萄园。珍贵的环境，为这座宏伟的城堡增添不少色彩。但它因此遭受了抢劫和破坏，最后于 1682 年毁在自己主人的手里，即公爵约翰·威廉·冯·普法尔茨。现在的废墟属于施泰因大臣的后代，收集莱茵地区的城堡废墟，似乎是他的一大爱好。

比城堡状况好些的，甚至一部分城墙得以保留的，是岩石旁的礼拜堂。据说至今还能在此进行正常的礼拜活动。其最大的特点是修在洞穴中的法衣堂。根据民间传说，一次敌人攻城时，一位城堡主的女儿曾在此地获救。据说洞穴的岩石门自动关闭，把她关在了里面。她依靠泉水和一只鸽子送来的食物生存，最后被父亲救出。除了童话，我们更感兴趣的，是我们脚下展开的大自然图画的震撼力量。它让我们难舍难分，必须再到下面从阿波利纳里斯泉水旁，仰望这个国之冠。然后，我们再越过瓦根海姆和阿尔大桥，进入位于玄武岩山脚下平原上的泉城诺伊阿尔。早年，在高高的山岩上，诺伊阿尔城堡里，曾住着伯爵奥托·冯·阿尼尔堡。城堡本身于1371年被毁，按照传说的观点，这里的一口深井里藏着一部金犁，由一巨人守护。但在挖掘城堡地基、修

阿尔维勒的法院大楼

建塔楼时，并没有遇到金犁和巨人。与博伊尔相连的泉城之所以深受欢迎，是因为它的一口主要温泉。这是一口富含碳酸的喷泉，像冰岛间歇泉那样自动喷水，既可沐浴又可饮用。由于其泉水充裕，位置优越，所以大大优于其他泉眼，吸引了很多卡他症患者，尤其是妇女患者前来求治。

从很远处我们就看见了卡瓦利山上的修道院了。我们先得返回可爱的小县城阿尔维勒。它的历史要比看起来古老得多，早在893年就有文字记载。过去，阿尔维勒先后属于冯·阿尔伯爵和霍赫施塔登两个家族，后又归属科隆主教区。古塔和古城墙，以及圣劳伦修斯教堂，都是13、14世纪的见证。法国人于1689年的入侵，没有给城市留下一块还摞起来的石头。这让我们不得不想：如果没有这些野蛮客人的破坏，莱茵河流域会给我们留下多少历史瑰宝啊？这座小城的繁荣，不得不感谢一种果汁——阿尔白汁。它的果实长在葡萄山上。邻村瓦尔珀茨海姆，有幸共享这份福祉。

阿尔高地区

科赫

卡瓦利山上有一条林荫大道,过去这里是一座法兰西斯派修道院,现在改成了一所女子寄宿学校。我们当然不可能是这里受欢迎的客人。修道院的兴建,应该感谢一位从耶路撒冷归来的骑士。但人们不知道他的姓名。虔诚的朝觐者喜欢沿着山坡的苦路爬上来。而我们渴望见到瓦尔珀茨海姆,主要是慕名而来,目标是这里美味的葡萄佳酿。我们坐到了圣彼得的花园里,品尝着地下酒窖里纯真的瓦尔珀茨葡萄酒。诗人考夫曼曾对此赞不绝口:

噢,我来到了神圣的瓦尔珀茨海姆,
幸福地来到圣彼得的身旁。
我欢欣鼓舞尽兴歌唱,
却无法带走这里的美酿。

瓦尔珀茨海姆美丽的葡萄园后面,河谷到了尽头。阿尔高地区令人震撼的罗曼蒂克画面在这里展开,成了杜塞尔多夫艺术家的麦加。大河在这里吃力地爬过页岩山

彩牛山下

峦，它的右边是突起的彩牛山，后面就是梯田般的修道院群。没有秩序，没有规矩，有时悬挂在岩石之上，有时又与岩石融为一体。在各个空隙中同样种满了葡萄，直到岩石的边缘无法再修建围墙为止。贝亚特里克斯山就属于这种岩石巨人，它的山脊上同样为葡农提供了富饶的土地。

我们在这里陷入了岩石乱阵之中，其形象怪异，充满了想象力，有时陡峭吓人，有时又温柔可亲，我的笔无法把它们描述出来。杜塞尔多夫画派的艺术家们，曾在这里创作成百幅作品带回家乡。后来我们也有机会欣赏了这些画作。

玛丽河谷旁有一座女修道院的废墟。特罗茨山上的葡萄园，也属于瓦尔珀茨海姆品牌佳酿的原料产地。河谷继续扩张，直到科赫湿地。在德尔瑙各田园村庄和峭壁之间，就是地势低洼的小镇科赫。1804年河水泛滥时，它几乎完全被淹没在水中。

我们前面是一个美丽的地方——迈朔斯，位于陡峭山崖上萨芬堡废墟的对面。萨

阿尔高地区

老阿尔山

芬堡原来的主人是萨芬贝格伯爵，城堡于1632年先被瑞典人，后来又被法国人攻占。据说，当法国人要求城堡司令官交出城堡时，这位胆小鬼回答说，法国人必须向城堡放三炮，因为还没有一座城堡是在没有炮火的情况下投降的。法国人当然让他如愿以偿。但科隆大选侯判处了这个小丑死刑。他对犯人的赦免申请说：

> 好啊，请人放了三炮
> 只为可怜的贱命一条！
> 但对这样的可耻叛徒，
> 不能不开一枪就放走。

山岩小路带我们穿过一扇阴暗的洞门，进入了一处被阿尔河造成的最大荒芜当中。暴雨使河水泛滥，冲毁了整个村庄。但这里的人们却像蚂蚁一样，一再重新修复自己的茅屋。山坡上悬挂的岩石随时都会滑坡。我们就是穿行在这样的道路上，居民的生命和财产随时面临被毁的风险。然而，就在这样一个被冲开的岩石洞中，他们依然修建了一座磨坊，在这里接受冲下的水流，让水磨转动。我们面前仍然是可怕的高高岩石,我们就走在那狭小的小径中。前面迎接我们的是岩石中开凿的阴暗隧道。走出隧道,阳光闪耀着我们的眼睛,面前出现了美丽的阿尔河谷。它被各色的页岩山石包围着,时而灰黑相间,时而裸露无遗,时而遍地是绿色。河两岸的山坡上,凿有陡峭的山路,让人看了都会眼晕。想向上爬,非得有一双山羊腿不可。

就在这怪异的岩石中间,紧紧依靠着乱树丛,突出一道高高的岩壁,上面的塔尖向我们展示了一座古老卫塔的形状。那就是老阿尔城堡,曾是统治整个阿尔高地区的阿尔伯爵的驻地。原来坚固的城垣早已坍塌,面对河谷的城门仍然关闭。想从这里攀登观看城堡废墟的人,很难到达这里。

传说是特奥多里希·冯·阿尔于1100年修建了这座城堡。人们只是知道,城堡后来归属了科隆的霍赫施塔登家族。该家族中的大主教康拉德,曾把城堡当作监狱,关押他不喜欢的科隆的城市贵族。哈根大师的莱茵编年史,为我们讲述了被关押在老阿尔城堡的8名囚徒的故事。他们本期待康拉德的继承人恩格贝特把他们释放,因为这是一位热爱艺术的君主。但恩格贝特登基以后,不但没有释放他们,反而把为他们说话的3名贵人也关了进去。监狱里就这样变成了11个人。其中的一名囚徒训练了一只老鼠,替他叼来了一把钢锉和一把凿子,他们才借此得以逃脱。后来,法国人长期包围城堡,最终得以占领。法国人走后,科隆派军队在这里驻扎,却为在周边进行抢劫,把城堡当成黑据点。为了不再被坏人利用,1714年不得不完全拆除城堡。

在岩石顶端观景异常美丽。一片岩石的海洋就在周围,是对视觉的一次冲击。当你把目光转向深谷,看见大河在岩石中间曲折流过时,又是一种无比的震惊。站在令人眼晕的卫塔废墟上向深渊望去,会让人想起这里广为流传的一个故事:城堡被主教们的军队围困,守城的阿尔伯爵已经失去了妻子和孩子。于是他骑马跳过深渊得以逃脱。后来人们在深谷里找到了他的坟墓。

城堡废墟对面的山峰就是魔鬼台。这是一个天然形成的洞穴，但民间传说却认定是魔鬼的外婆把他赶到这里禁闭了起来。对面的高地上，是一片玄武岩石园。有人说曾在那里发现当年匈奴人的遗迹，但也有人认为那是罗马人留下的残余。可以肯定的是，罗马人曾在这里落脚，但显然没有看中这里的文化氛围。

游人在此山区游历，一般以罗曼蒂克河谷为终点。我们再看一眼阿尔河源头的阿登瑙、比内保和尼尔堡，也就是高高的阿赫特山，从其两个峰顶，可以观望到直至莱茵河的各个山峰。天气晴朗时，人们甚至可以看见科隆的大教堂。我们终于来到了阿伦姆贝格宫废墟前。它位于一片玄武岩石平台之上，曾是来自比利时的阿伦姆贝格公爵的驻地，所以才有了这个名字。在这里，我们结束了我们的阿尔高之旅。

从雷马根到科隆

H. 瓦亨胡森

我们在阿尔河谷所得到的比较阴暗的震撼人心的印象,很快就得以淡化。离开雷马根以后,一幅无比优雅的美丽画卷展现在我们眼前。那就是维多利亚高地。那是一座人间乐园,大河、谷地和山峰,相互交替展示它们的美貌。温柔美丽、波浪式的线条,装饰着眼前的七座山峰。有关这些峰峦,又有不少传说和童话,讲述着古老石门和高高窗台上的故事。

河岸继续向前延伸。沿岸是温柔繁茂的牧场,幸福人家的房屋。伊甸园罪恶之后,人们过着简朴的生活。我们从远方来到这里,在葡萄围绕下,心情格外欢欣。我

修女岛一瞥

从雷马根到科隆

罗兰埃克和修女岛

们想在莱茵河流域最美的地方,度过几个小时的梦幻时光。

我们曾经历莱茵及其支流河畔的阴暗而压抑的岩石群。现在,我们的心,似乎突然敞开,我们的心愿似乎突然充满阳光。我们渴望坐在那童话城垣里,去看一眼那上帝土地上最美的花园!刚刚过去的阴暗时光,将在这一欢乐的瞬间与我们分手。就在这一时刻,我们反而希望再次回顾一遍上天为我们在莱茵河上撒下的一切!在这一时刻,大河似乎也有类似的感受!伟大的上天诗歌,时而是田园风光,时而是长篇史诗,已经接近尾声。伟大的诗人,以戏剧般的形式,再次集聚自己的灵感,用更美的作品给我们带来惊喜。我们几乎没有时间去关注左岸赫勒山上玛丽宫那小小的景点。右侧的翁克山上,是一片玄武岩采石场,再往里看,我们面前已经出现了罗兰埃克。它的对岸就是龙岩山，以及其他几座山峰。两者之间的下方，是被银色水面包围的修女岛！

这是莱茵河的福门，他是传布上帝福音的尊者，如同一个父亲把自己的一切给予了子女。然后一无所有和无比疲惫地走完他最后的航程，最终在无限的波涛中被人遗忘。

大自然和历史在这里付出了一切，为莱茵伊甸园出口处装点最美的容貌：七座山峰、山上的宫堡废墟、河谷中的哥特式修道院遗存、一座和平的小岛、几座欢笑的小城，以及一群乡村别墅。看到这些，人们甚至会以为几乎无法跨越它们的界限到达彼岸。七岩山及其脚下的霍内夫及多伦多夫的延长线内，就是人间天堂。一切朝觐者离开这块神圣的土地后，都会留下难忘的印象。

来到这里，心中不由响起了诗人的诗句："去莱茵，去莱茵，不要去莱茵"，然后，

现在你只是吟唱：
已在莱茵，已在莱茵！
永远不想再回故乡。

我们登上了左岸的罗兰埃克村，沿山路爬上罗兰拱门。这是一座虽小却必须要去的景点。这是一座城堡的残余，只是一座拱门形的圆窗，穿过这个窗子，能够观看下面的河岸。1839年，拱门在一场风暴中被摧毁，在诗人弗莱利希格拉德极力建议下，得以修复原状。诗人请求修复已经腐朽的墙体，使其成为整个地区的一个独特的亮点。于是拱门又按照原来的样子修建了起来。

传说当时的小城堡常用美艳的鲜花来装点。它向人们讲述了一段爱情故事。查理大帝的勇士罗兰骑士修建了这座小城堡。骑士爱上了龙岩山城堡伯爵的女儿希尔德艮德。骑士远征参加战斗，离开了爱人。当他回来时，恰逢一个情敌围攻龙岩山城堡。老伯爵率领城堡卫士拼死护城。罗兰前来支援，打败了来犯的敌人，但在黑夜中误杀了老伯爵。女儿希尔德艮德伤心地遮上面纱去了修女岛，最终被埋葬在那里冰冷的土地。而误杀她父亲的罗兰，悲伤地坐在小城堡的窗前，长时间凝视河中小岛，直至玻璃破碎。

另外一种说法是：希尔德艮德拿起面纱前往修女岛，因为她

听到来自西班牙前线的消息，
说她的勇士罗兰已在龙策斯河谷战死。

可是，罗兰不久后却返回家园，发现他的爱人已成为上帝的新娘，于是在岩石上修建一座宫殿，每日坐在窗前凝视小岛上的修道院，"直到爱情撕碎了英雄的心脏"。

我们当然不能对这样的传说过于认真，因为罗兰从未坐在这扇窗前。还有一种说法也不必认真对待，即此地曾建有罗马要塞或一座弗兰肯堡。其实，这座小城堡系科隆大主教弗里德里希一世为抵御海因里希五世所建。战争中被损后，又由大主教阿诺德修复，成为教区总督的驻地。在与皇帝的税收争斗中又多次被摧毁，1328年重建。在与勃艮第人的战斗中，皇帝的军队取胜后，他们占领了此地。然后，文献中再无记载。城堡逐渐坍塌，只留下了一座拱门窗子。

山岩脚下的小岛，过去曾叫罗兰韦尔特，其名字的来源是，下莱茵地区常把岛屿称为"韦尔特"。最初，这里无疑是个最佳的税收地点，大主教在此拦截船只极其有效。但科隆人却不买账，要求取消税收。岛上的第一批建筑，是大主教弗里德里希一世1122年所建。1704年开始建立修女修道院，1773年被焚毁又重建。1802年修道院被法国人取缔，但修道院的修女们直到1822年才被普鲁士赶出小岛。修道院后来长时间作为旅店，几年前又改成方济各会修女主持下的女子公寓。它的右侧是伯爵岛，但没有什么实际意义。它在陆地上的邻居，就是霍内夫小镇，我们以后还要回到这里。

再看一眼左岸的梅勒姆及其众多的美丽乡间别墅。这是波恩人和科隆人休闲的胜地，此地还有哥德斯堡的废墟。然后再看河的对岸，骄傲的龙岩山威严高耸，就像一个巨人站立在河中沐浴，又像是为它的同家七个兄弟在站岗护卫。它也是七兄弟之一，因为无论从哪个方向看去，总是七的数目。

"波恩阿尔卑斯山"在空中凝视那座城堡残余的塔楼和城墙。从霍内夫到多伦多夫的一个小时行程中，就遇上了火山运动形成的岩石群。其中包含玄武岩、粗面岩和褐煤结构，已几乎被工业活动掏空。不停地劳作，钉锤的敲打声和爆炸声不绝于耳。

从龙岩山峰上，可以看到周围不规则的呈方形的山峰群，彼得山、大油山、狮子堡和所属的云堡、修女河山及洛尔山、布赖山和黑莫里希。它们多少形成独立的个体，被绿色谷地所隔离，形成阶梯状。各个山峰又呈金字塔状，很早就被瓦伦提尼安皇帝发现，在此修建要塞以抗击法兰克人。而文学早在1世纪就对这些美丽的岩石给予了关注，甚至在这里产生了北欧维京人的传说。

站在龙岩山上，我们可以观看周围的美景，可见对岸的科学之城波恩和哥德斯堡。甚至可看到古老的科隆，及远方的艾弗尔山峦，还能看见莱茵河的宽阔水面及其微笑的岸边和虔诚的海特巴赫山谷。我们能够听到那里祈祷的钟声。据说上面的洞穴

龙岩山

里当年魔鬼作乱,最后被十字架征服。

龙岩城堡同样为大主教弗里德里希一世于1100—1131年所建,也是为了对付海因里希五世的袭扰。经历几番周折,最后转交到一个家族,命名为龙岩城堡,主人最后获得伯爵称谓,曾在附近开采石料卖给大主教区,获得巨额利润,成为巨富。

后来城堡经受了多次围攻。到了15世纪末期,家族内部发生血腥斗争,最后被大主教区接管成为自己的财产。最后一个龙岩山家族成员,死于1530年,被葬在罗恩多夫。瑞典人用大炮征服了城堡,西班牙人是否也曾来过,尚无定论。大选侯费迪南看到自己无法对抗新式武器,主动拆除城堡,但未能彻底摧毁,后来被法国人把残余部分炸上了天。

尽管如此,它的中心部分却保留了下来。或许因为普鲁士政府最后接管了城堡,不许继续破坏,城堡才得以保留。今天,我们可以看到其所处的位置及城堡的规模,还有遗留的部分大炮。空地上伫立的方尖碑建于1857年,为纪念解放战争中牺牲的英雄,或者是用来替代1814年立的纪念碑。

产自所谓"教堂口"的"龙血"牌红葡萄酒,当然不是西格弗里德曾沐浴的龙血。因为当时金羽鸟曾唱道:

> 年轻的英雄啊,
> 若想身体长出铠甲,
> 就潜入这龙血之中。

在那葡萄山上的洞穴中,凶龙就住在里面,所以山岩因此而得名。在远古时代,民间就流传着有关这个怪物的各种故事。比如,年轻的西格弗里德充满活力来到莱茵河畔的七岩山,在山中一个铁匠前,请求接受他当学徒。铁匠嘲笑这个年轻人,西格弗里德于是拿起沉重的铁锤,一下砸断了铁砧上的一根铁棍,使得整个铁砧瞬间倒塌。铁匠师傅对他的力量大吃一惊,于是接受西格弗里德为学徒。但为了彻底摆脱他,就派他去凶龙出没的山上烧炭。无辜的西格弗里德来到山上。不久,凶龙就走出洞穴,周围发生了地震。但英雄西格弗里德没有害怕,他举起铁棍打碎了怪物的脑袋,鲜血从凶龙口中涌出。这时飞来一只小鸟,劝他进入凶龙血中沐浴,获得刀枪不入之身。西格弗里德听从了劝告,但只有身体上的一处被空中的

龙岩山的传说

海斯特巴赫

落叶遮住，未能触到龙血，最后被恶毒的哈根刺中身亡。

而另一个传说讲述的，是山中异教居民按照祭司的要求向凶龙提供祭物的故事。一次战争之后，俘虏中有一名美丽的基督教女子，酋长的两个儿子都爱上了她。为了防止兄弟争斗，酋长决定把少女献给凶龙做早点。夜里，可怜的姑娘被拖向凶龙索取牺牲的地方，并被绑在树干上。清晨，凶龙起来取它的早餐，少女已经闻到了龙口中喷出的热气，就在这时她举起一只手，把一个十字架伸向怪物。怪物一看到十字架，立即发出一声恐惧的吼叫，震撼了藏在岩石后面的刽子手的骨髓。凶龙翻身滚到岩石边缘摔下，直到粉身碎骨，落入莱茵河水中。十字架的奇迹，打动了民众，纷纷跪倒在少女面前祈祷。少女向特里尔送去了这个信息。于是那里派来了神职人员，向这些原始居民传福音，并在此打下了修道院的基础。

前面一片绿色的森林谷地，被称为海斯特巴赫的外套。彼得山、修女河山和施腾策尔山从中拔地而起。上面有最美、最独特的修道院废墟，即海斯特巴赫修道院。虽然修道院已经全部毁掉和被劫一空，但从残留的石头当中，仍然可以看到当时的辉煌。高高的山上，曾住过第一批僧人，而小教堂仍然完好。当时山上可能很冷，所以才下山进入美丽的谷地。有关修道院的建立，有一个有趣的传说。为了寻找最佳位置，他们选择了一头驴子作为向导。僧人们离开山上的时候，就用这头毛驴运输他们的有限家当，并决定在毛驴第一次休息的地点建立修道院。可以说，这座修道院的建立，完全是天然的选择。

但这里也曾发生过奇妙的事情。一个年轻的僧人，整日坐在那里研读圣经，念到"上帝的千年，如同一夜守卫"时，他苦思不得其解，遂信步走进森林，去思考这句话的含义。他越走越远，最后来到两块岩石之间，这时他听到了修道院晚祷的钟声。

沃尔夫冈·米勒·冯·科尼希文特

他随即返回修道院。然而，奇怪的事情发生了：这名虔诚的兄弟，推开门进入后，却无人认识他，也不知道他的名字，他也不认识其他人。他宣誓，只是离开修道院半个小时。人们都把他看成疯子，带他去见院长。在惊奇中，院长决定查阅死亡档案。他找来找去，最后在修道院悼词卷中找到了记载。三百年前一个此名的僧人进入森林从此失踪。这个虔诚的僧人和修道院中所有僧侣，终于彻底感悟。原来这就是圣经所说的上帝千年如同一日的说法。重新回归之人，后来一直活到高龄。

这是一座罗曼式建筑艺术的大师之作，建于 1202 年。外部结构最终完成于 1233 年。十六座祭坛，据说在建筑过程中就已经启用。这也向我们展示了它的规模，即使今天的废墟也可证明。它的辉煌当然与富有的高贵家族的支持分不开。或许也是为了向上天对过去罪恶的忏悔，与这些外在辉煌相适应的，是这里修士们的勤奋和学识。修道院兴盛百余年，直至 1588 年一群御用武装人员闯入这宁静的谷地，把修道院抢劫一空并放火焚毁。但此地很快又得以重建。即使三十年战争也没有给它带来什么重大的破坏。可惜的是，到了 19 世纪，比利时政府于 1810 年决定拆掉修道院并出售。拆后的建筑材料，被运去修建下水道和科隆及维塞尔的要塞。其中的珍贵油画和其他珍宝，被一些私人艺术爱好者收藏才免遭破坏。其中的一些被国王路德维希买走，现在可以在慕尼黑绘画陈列馆里欣赏。

值得关注的还有各个院长陵墓之间的圆柱式祭坛，它们被密集的树木所围护。游客在谷地里，会被一种神圣的寂静所打动。有关这些陵墓，有人说，时至今日，每到

科尼希文特

夜晚,仍有一位长须的修道院院长在这里游荡。他在数着那里的陵墓,但却找不到自己的归宿,因为:

只有整个建筑坍塌,
才能找到自己的墓地。

还值得提起的,是狮子城堡。它虽然作为废墟没有太多的意义,但却可以看出它的雄伟规模。我们找不到任何有关它的书面资料。更为有趣的是玄武岩山上的林间小路,以及路旁粗面斑岩和火成岩的各种怪异造型。再往前走,就是韦斯特林山的景观台。如果天气晴朗,甚至可以从此处看到陶努斯山脉的菲尔德贝格城堡。这座城堡同样为大主教弗里德里希一世所建,同样是一种边防设施。他在这里预感到了他的死期,于1131年离开人世。城堡后来又几经倒手,最后落到科隆大选侯赫尔曼五世手中。

经过这一段的登山运动,我们已经汗流浃背,终于要找个地方休整一下了。我们下山来到阳光灿烂的河边滩地。这里有很多地方都是诗人钟爱的场所。左边的温克尔是诗人弗莱利希格拉德喜欢的住地,文岑贝格留有西姆罗克的足迹,较远的赫勒斯贝格与普法里尤斯的名字紧密相连。好客的科尼希文特是不久前离世的沃尔夫冈·米勒

哥德斯堡礼拜堂

哥德斯堡废墟

哥德斯堡废墟的入口

的诞生地。再往前走，就是奥伯卡塞尔，是哥特弗里德·金克尔的故乡。

我们穿过林荫笼罩的伦多夫谷地，来到伦多夫。这里是富人集居的地方，豪华的别墅比比皆是，有钱人习惯在这里休养和思考如何使用他们钱财的问题。这里的礼拜堂里安放着龙岩家族最后一个传人的灵柩。这位无神论贵人的标志是凶龙和骷髅，他曾给周边带来无比的恐惧。一条画一般的小路，带我们去霍内夫——莱茵河畔闲人的尼斯，贵人和富人的福地。他们在这里修建别墅，或为防止东北寒风的袭击，寻求对肺部的保护和锻炼。这里实际是下莱茵家庭和旅游者的集聚地。从这里可去七岩山游览，可去科尼希文特休闲，也可去波恩继续莱茵行程。

两岸的低地风光富饶而沉重，好像大地的怀抱中拥有双重爱心。游人在轮船上越往北去，心情就越有些伤感。他们不舍地回望身后，直到群山渐渐退去，在朦胧中远眺模糊的纱雾。

此处的两岸，已经没有勇气敢于同过去的奇迹相争，莱茵的伊甸园已经在身后关上了大门。有人用平静的目光，观看前方的平原，甚至大河流到这里也不得不放慢了脚步。陆地远处可以看见哥德斯堡废墟，在伦斯多夫山头俯视着莱茵河，那古老的残垣断壁，却也不失为一道风景。城堡系大主教迪特里希一世于1210年所建，用的是他从一个犹太俘虏敲诈来的赎金。这里的莱茵两岸可见的变化，唯有田里的播种和收获。大河从这里开始流向尼德兰大平原。这之前，在丘陵和绿地之间，还能看到波恩大教堂塔尖的身影。

当轮船驶过这座城市两岸美丽的私家花园时，没有人能够想到，我们正处于古罗马 Castra Bonnensia 面前，塔西佗就曾提到过它。波恩同样为德鲁福斯所建，但却没有得到验证。早在罗马军团进驻之前，这里就曾有凯尔特人居民区的存在，后来成为罗马五个军团的驻地。同样没有得到验证的，是德鲁福斯在这里修建了一座莱茵大桥。但更有可能的是，恺撒曾于公元前 55 年在米歇尔霍夫渡过了莱茵

波恩的贝多芬纪念碑

河。关于罗马时代初期，人们只知道这里驻扎的军团的番号，只知道公元 70 年，这里有一次胜利的会师。要塞被阿勒曼尼人破坏后，于 357 年在罗马皇帝尤利安的主持下得以重建，但后来又分别被匈奴人、法兰克人和诺曼人破坏。在莱茵地区常被提起的康斯坦丁的母亲海伦皇后，据说早在 316 年就修建了这座大教堂，但这是不太可能的。但有可能是康斯坦丁主持下在这个地方修建了小教堂，后来才在此地修建了大教堂。但无论如何，波恩早在 13 世纪就很繁荣，当时的科隆大主教康拉德曾授予它城市权，并新建了要塞。他的继承人恩格贝特被科隆人赶走时，也曾在波恩寻求避难。在这里建立的大主教宫廷，当然给波恩带来很多福祉。已是城市联盟的波恩，商业从此得到了很大发展。宫廷中经常举行狂欢活动，波恩也乐见其成，尽管后来的战争也给这座城市造成很多伤害。

还有一点始终未能解释清楚。根据城市记录，被科隆赶到波恩避难的大主教，其坟墓却不在波恩而是在维罗纳，这始终是个谜团。或许罗马时期的波恩要塞就叫维罗纳，哈根大师的诗歌编年史中就有这样的描绘。当时也有文献称这座城市为伯尔尼。

在波恩城徽上，确实有伯尔尼的雄狮形象。

当大主教格哈德转向新教，并在阿赫特宣布时，肯定是波恩的一个重大事件。后来波恩被西班牙人围攻，通过叛变被出卖。对主教的忠诚，使得城市付出了沉重代价。格哈德的将军马丁·申克突袭了城市，并从新大主教手中夺取了城市。同样，三十年战争也给城市带来了新的苦难。到了1689年，大选侯弗里德里希三世再次包围了在此地驻扎的法国人。轰炸和攻击，使波恩遭到严重破坏，法国人不得不将其放弃。波恩缓慢恢复，但又遇到新的考验。在西班牙继承人战争中，巴伐利亚的大选侯约瑟夫·克莱门

波恩——作家阿恩特的纪念碑

斯把城市让给了法国人，后来又被荷兰库洪将军赶走。荷兰人的大炮炸毁城墙，使其无法再恢复。此地的民间笑话却说，杰里科的城墙被小号吹倒，而波恩的城墙是被牛角号吹倒的（库洪，原文是牛角号的意思。——译注）。波恩到了荷兰人的手里，直到大选侯的军队重新占领，并于1717年把城墙拆除。科隆大主教约瑟夫·克莱门斯在这个基础上修建了豪华的宫殿。1777年，马克西米利安·弗里德里希在这里建立了一所学院，1784年被提升为综合性大学。但不久，法国又派出烧杀军队进攻德国。波恩开始没落，并归属了法国，直到1814年维也纳会议将其定为归属普鲁士。这是波恩重新振兴的转折点，走出了决定性的第一步。弗里德里希·威廉三世于1818年创建了大学，利用的就是宫殿的内部空间。城市开始扩张，大量建筑的出现，使其有了新的面貌。德意志各地的人蜂拥而来，聆听在这里担任教师的众多名人的教导。

波恩大学是德意志科学的孵化地之一，有80名教授和讲师及教师在这里任教，这也是最富有的一所大学。大学设施齐全，除课堂外，还有图书馆、物理实验室、医学门诊部、艺术陈列馆等部门。波恩的声誉，也反映在年轻的贵族和高贵家族光辉的

波恩的珀珀尔斯多夫大道

名字当中。教师队伍中,包括一些最光辉的名字,像尼布尔、施莱格尔、阿恩特、达尔曼、约翰尼斯·米勒、里奇尔、西姆罗克、金克尔等学者、作家和诗人。他们在这里获得了永垂不朽的名声。

通过大学的繁荣,城市的生活水平也蒸蒸日上。近一个时期以来,它良好的地理位置也为它增添了另外的色彩:波恩成了很多英国家庭钟爱的居住地,成为他们在莱茵河畔的第二故乡。很多小康家庭和富人,不仅来自德国,而且来自世界各地,纷纷迁居至波恩。根据他们的生活需求,新的高贵城区逐渐形成了。今天漫步在美丽的林荫大道上,谁还能想到当年罗马军团驻扎时的破屋烂房和小贩叫卖的场景呢?

我们也走上穿越城市的林荫大道,先去参观大教堂。这是一座伟大的罗曼式风格的建筑艺术品,建于11—13世纪,或许是在原来康斯坦丁在此建立的教堂基础上建成。有关大教堂的历史,可讲的并不多。曾有两位国王在这里加冕,四位大主教在这里安葬,其中包括恩格贝特二世和卢布莱希特·冯·普法尔茨。

教堂前面伫立着一座贝多芬的铜像。但他的出生地并不是门前招牌上写的莱茵大街7号,而是波恩胡同20号。四年前我们在那里见过的另一块说明牌就是这样说的。另一座有趣的纪念碑,是位于"老税务广场"上的阿恩特立像,建于1865年。一座小屋门前的说明牌告诉我们,园艺家 P. J. 伦内于1789年诞生于此。

这所位于原大选侯宫殿里的大学,不仅是渴求科学的德意志青年的乳母,也是城市本身的母亲。大学的规模宏大,其建筑几乎占据了整个西部面积。其历史我们已经知道了一个大致轮廓。美丽的林荫大道把我们从大学带往珀珀尔斯多夫宫。约瑟夫·

波恩（作者：皮特纳）

十字山上的教堂

克莱门斯于1715年打下基石,克莱门斯·奥古斯特于1746年完成了工程。弗里德里希·威廉三世把宫殿转给大学,将其改为自然历史陈列馆。外面的内容丰富的植物园,建于1820年。1847年,在植物园对面开设了农学院。

　　距离珀珀尔斯多夫不远的地方就是十字山,是个朝觐的地方。那里有1627年修建的教堂和之前就有的塞尔维特修道院。有趣的是教堂的正门上面展示了耶稣基督的苦难历史。我们爬上30级阶梯,来到教堂的前厅。这道神圣的阶梯,用仿大理石材料修成,据说是模仿罗马的拉特兰教堂。朝觐者只能跪爬上去。教堂里面还保有一间创造神迹的圣人展示馆,展出的是数具塞尔维特修士的木乃伊,据说最早的已有两百年历史。要把波恩周边的众多修道院和朝觐地全部列举出来,几乎是不可能的。值得一提的只有耶稣教团礼拜堂,因为西姆罗克的传说中曾经提到过。据说,魔鬼曾同风结伴来过此地。魔鬼请求同伴在外面等候片刻,他要到里面去取些东西。可是,魔鬼至今也没有出来,风还一直在外面等候。

　　波恩的特点,当然不只是它的学院气质,尽管这种气质在青年人性格中十分突出。约翰·布尔带着他的金发密斯们,也在这里建立起牢固的基地,经常把一些奇异的团队送往莱茵下游。人们常常可以在酒店餐桌旁和旅馆花园里看见把腿放在椅子上,把头埋在《泰晤士报》中的客人们。在大河畔,也常有手拿鱼竿的耐心的垂钓

西格河畔

者,或者是乘一叶小舟在急流中冲浪,或者手捋鬓发坐在轮船甲板上观赏风景的游人。这些都是不可或缺的"莱茵朝觐者"。他们的冬季基地,就是威斯巴登和波恩。但在这两座城市的旅馆大堂里,却很难找到理想的"英国绅士"了。莱茵河真美,旅店却越来越贵了,似乎价格就代表着它们的身价,但"绅士"却再也看不见了!波恩的生活很美好,这是一座欢快的缪斯之城。尽管这里学者云集,但来这里学习却越来越困难了。现代化的休闲和漫步,现代别墅的建立,都使得波恩的尊严受到了损害。但我们,亲爱的读者,却必须继续前进!只能把莱茵河谷给我们的印象埋在心里。我们现在又坐到了轮船甲板的雨棚下。两岸异常平静地在向我们告别。没有邻座望远镜的干扰,没有游客在我们面前突然跳起,挡住我们好奇的目光。阳光疲惫地照在水面和两岸,我们面前的前沿山脉缓缓向后退去。

笼罩整个波恩河谷的各方景色中,只还有一点引起了我们的注意,即右岸一座高耸的岩壁。那里曾是美丽的西格堡修道院的旧址,它的脚下,一列火车正在急速奔驰,车里的乘客,没有人注意上面的变化。

现在那上面是国家收容精神病人的场所。同样在上面,还有一座总督府的遗址。据说那里曾驻扎一个妖魔,但以人的形状出现,指的就是当时的统治者——封疆伯爵、"愤怒的"海因里希。

西格城堡的历史,在黑暗的笼罩之中。其名称来自其所在的地方西格本。最早的历史记载,来自公元11世纪,记载的是上述妖魔与大主教哈诺为了土地而发生争执。他侵入了大主教的领地,极尽破坏之能事,并纵火烧城,把可怜的居民都赶向了科隆。大主教随之把这个贪得无厌、嗜杀成性的封疆伯爵开除出教会。后来，海因里希还是感到了恐惧，请求宽恕，把西格堡送给主教作为忏悔补偿，自己则进了修道院。但不久又旧习不改，组建了新军队，多次攻打主教区修道院。当他率军在莫泽尔河畔的考赫姆与大主教对阵时，与不想违背入教誓言的夫人发生争吵，并把她杀死。他随后来到军前，坦白了他的罪行。不想军队陷入混乱，顿时解体。海因里希再次被俘，关进了修道院，在严格的监禁中度过了余生。

据说，大主教哈诺为了清除海因里希劣迹的影响，把西格堡改成了一座修道院。后来天使降临，建议他在山崖之上修建自己的坟墓，因为他的末日即将来临。根据另外一则传说，有一天西格堡上空出现了一个巨大的金十字架，主教把此看成是上帝的告诫。于是，他于1064年，开始修建教堂和修道院，几年后落成。还不到十年，一直住在这里的大主教哈诺去世，安葬在修道院内。同时代人对他的评价褒贬不一。在科隆有人说他是"挖眼睛的人"，因为他确实主张采用酷刑。与此相反，哈诺死后百年，西格堡的普罗布斯特·措尔纳说，此人非常虔诚和忠于上帝，曾显示430次神迹，表明了他坚定的信仰。

修道院日益强盛，扩大了影响和财富，收到很多贵族和皇帝的馈赠。修道院富有和强大，但也贪婪，与大主教修道院产生了矛盾。具有帝国直辖特权的修道院，早已变得过于傲慢。经过某

西格堡修道院

些争执和战争的压力，它的直辖特权于 1676 年宣告终结。其所依靠的防御围墙，也在新的战争威胁下最终坍塌。修道院搬至余利希山上。最后一点傲慢也被法国革命军队扫荡一空。波恩大学创始人弗里德里希·威廉三世把这座建筑用于人道事业，今天成了疯人院。

修道院的僧人不仅服务于上帝，还有一件事可以证明这点。那就是修道院撤销时，还有一笔葡萄酒债务需要偿还。如果考虑到僧人自己还种植葡萄和酿酒，可见他们的酒瘾是何等大。

有两则传说与西格堡和附近的沃尔斯贝格有关。民间传说，只要可能，往往都把现有的故事放在最近的地点来讲。西格堡的第一位修道院院长是圣埃尔赫。他和海斯特巴赫的僧人一样，读到圣经诗篇中"对上帝来说，千年就等于一个夜晚"一句时，绞尽脑汁也无法理解，最后结果如何，无人知晓。而沃尔斯贝格的版本却是另一个样子：一个年迈的国王，坐在岩石洞穴里睡觉，双手拄着一把巨型宝剑。洞穴的各个出口处，都躺着睡觉的铠甲骑士。他们身边的战马，不安地跺着脚。这些岩石洞口，每年在巫婆聚会之日，夜里十二点到一点之间会自动开启。只要愿意，任何人都可以进入。一个年轻的猎人鼓起勇气进入了洞中。他在洞中遇见了老国王。国王睡眼蒙眬地抬起头来问道：喜鹊还在围绕山头飞吗？年轻的猎人回答说：是的！他亲眼看见鸟还在飞。国王于是站了起来，洞口的骑士们也都站了起来，战马开始嘶鸣。猎人惊恐万分，拔腿就往外跑。岩洞在他身后关闭，附近的教堂敲响了一点的钟声。

西格堡是"神圣科隆"的门槛。我的心中也敲起了钟声。它似乎在告诉我，我的导游任务已经完成。亲爱的读者，我现在要把导游权交给我的朋友和同事哈克伦德尔，由他带领你们继续下面的行程。说声再见吧，我将返回中莱茵美丽的家乡，再次问候我们曾共同走过的可爱风光。

神圣的科隆

F. W. 哈克伦德尔

我们离开了七座山峰，同时也离开了莱茵河畔最美的高地和温馨的河谷地带。我们继续向北行进，河道不再狭窄，两岸平坦宽阔。大河早已克服了他童年和少年的狂热与疯癫。景色发生了变化，人们现在关心的，是田野里大麦和小麦的收成。烟囱多了起来，火车在眼前驶过。轮船经过的两岸，尽是些繁华的商业城市。

我们还记得昨天走过的美丽河谷，现在却惊奇地发现，两岸的风光像魔法一般，发生了突变。一片无垠的平原展现在我们面前，东方的陶努斯山脉、韦斯特林山和藻厄兰山脉逐渐远离我们。西方的洪

科隆城城徽

远眺科隆

从河对岸观看科隆(作者:皮特纳)

多伊茨

斯吕克、艾弗尔、阿登山脉所形成的半圆形格局,也慢慢脱离我们的视线。它们的脚下,曾是海水冲刷的土地。经过千百年的沉寂,这里逐渐形成了肥沃的土地。我们的莱茵河就在上面流淌。

1200至2000英尺宽,10到50英尺深的下莱茵河,静静地流过这块土地,从海拔只有150英尺的高度,向荷兰三角洲流去。静静地,没有间歇,没有急流和险滩,因为这里的河床是一片松软的河底,没有任何礁石。它在右侧接受了西格、乌佩尔、鲁尔和利珀几条支流的河水,左侧到达荷兰之前,除了稍大一些的埃尔斯特河,尽是较小的溪流流入莱茵主干。然而,我们这条源头非凡的大河,来到这里以后,却也不得不在注入大海前,还要经历一番各种人工水坝的折磨,最终失去了自己高贵的名称,注入一条几乎无名的小溪,然后才进入大海。

于是,这条纯真的德意志大河,就这样销声匿迹了。骄傲的莱茵河水,就这样无声无息地进入了大海。当中莱茵两岸的群山在我们身后隐退,我们就看到了那块无垠的下莱茵平原。辽阔的土地、金色的麦田和鲜嫩的草场,成群牛羊在向我们吼叫,富有的农庄隐藏在林木当中。乡村和城镇及其多样而美丽的农舍和别墅、教堂和修道院,装点着风光,新时代的精巧建筑和古老的灰色城堡相映成趣。

这就是我们面前出现的下莱茵地区。这是一本巨大而丰富的画册,其图像一页页

神圣的科隆

科隆——"小塔楼"旁

在讲述着这片大地的发展历程，以及过去居民和入侵者的足迹。罗马文化写在了要塞、塔楼、桥梁和道路之上。其中最佳者成了今天居民众多的繁华大都市。然后，我们又看到了其他时代为我们留下的珍稀遗产，包括法兰克和德意志皇帝留下的城堡、皇宫，至今仍让我们惊叹不已。最后是各类辉煌的基督教堂，人类文化的精神宝藏。翻开其他章节，我们可以看到古城的继续发展，在坚固的城墙里面，市民和家族相互争斗或团结一致对付所谓保护者。

经过战火纷飞和生灵涂炭，强盗骑士和老贵族的盘剥抢劫，我们还都能看到那个时代留下的明显痕迹。然而那个时代终究已经过去。今天我们能够看到的却是蒸汽。不论我们向何方看，都能看到它从无数的烟囱和管道里冒出。这里有千百万纱锭在穿梭，那里有巨型气锤在敲打。这里有各式各样的机器不停地转动，那里水上有蒸汽火轮在行驶。大河岸边奔驰着蒸汽火车。下莱茵地区的财富都在这里聚集，而且奇妙地结合在一起。地下的铁砂和煤炭兄弟般地并存，工业城市和富饶的田野携手共进。这里是真正的粮仓，辽阔的牧场里，数不尽的羊群正在等待毛纺厂前来剪毛。在这眼花缭乱的画卷中，作为交通大动脉的莱茵河上，无数大小船只和各类火轮，频繁地往来于各个城市之间。

不论是步行在河边，还是登上一艘火轮，或是搭乘火车奔驰在两岸，我们都可以

科隆——圣格雷翁教堂

告诉读者，眼前的多样景色都很宜人。我们选择了远程火车旅行。坐在火车里观看外面的景色，各类有趣的大小城市，很快就会出现在大河的两岸。

我们首先登上波恩-科隆快车，飞驰在两座城市之间美景如画的地区。一片丘陵地带，即所谓的前沿山脉，挡住了向西的目光。平原的景色不时被一些小山丘遮住，失去了光彩。但列车在两座城市之间的途中，却穿行一块美丽的绿洲——布吕尔。这是一片由无数树木包围的花园。辽阔的绿地和宁静的湖水之间，有一座宏伟的宫殿。然而，吸引我们目光的，不仅是这宁静而无人居住的宫殿，还有很多科隆富人的美丽的别墅，它们以其明亮的色调、漂亮的露台，在我们眼前掠过。一座这样的美屋，在阳光照耀下向我们问候，我们甚至看见花园里的一位老者，正站在一座大理石雕像面前。此景很快过去，花园和房子在我们视线中消失，但却留下了记忆。当我们把身体靠在车厢椅背上，我们心中的眼睛，却出现了一个炽热的夏夜。我们在宽敞的露台上，一边品尝着美酒，一边和亲爱的朋友们交谈。这个梦幻把我们带回到了久远的过去。那是我们第一次在下游观赏莱茵河两岸。不是在火车上，因为那时还没有铁路，而是在一艘白绿色火轮的甲板上面。当我们看到古老而神圣的科隆时，曾欢呼着摇摆着帽子。我们是在河上观看这座古城的，这才更能显示我们对它的尊敬和赞叹。看

神圣的科隆

科隆——市政厅

来，连父亲河莱茵都不免对它流露出欣喜的心情，欢快地流过港口的弯曲水道。城市就是在这里逐渐升起的，开始向我们展示它的层层房屋和树林。映入我们眼帘的是长长的连在一起的屋顶和锯齿形的屋脊。众多小房屋中间会有高大建筑突显出来。那是些高大的屋顶和塔尖。然而，所有这一切都是这幅画卷的陪衬。它们都在服务一个中心，那就是雄伟的科隆大教堂。它的上千座塔尖和锯齿，它的巨型墩柱，它的闪着阳光的明亮窗子，宛如一颗巨型宝石，超越一切，高高矗立在城市当中。即使在很远的

科隆全景（作者．串梓尔）

神圣的科隆

科隆港口

地方，人们也能欣赏它的身影。

这座巨大的城市画卷，首先向我们展示的，是建于12世纪的罗曼风格的四方形希丁巴音塔。它是保存完好的中世纪环形城墙的开端，建有深深的护城河和无数美丽的塔尖。半圆形的城墙环抱着科隆城。城墙的另一端，就是莱茵河。我们的火轮减慢了速度，接近了港口。我们有机会看到莱茵一侧活跃的生活图像。

灰色的要塞和关税城墙，把城市和大河分开。所有交通都只能穿过阴暗的城门进城，到了晚上城门就会关闭。城墙里面尽是楼房，既有新楼，也有老楼。房屋大多窗子明亮，间隔中还有小片的绿地，种植着攀缘植物，配以桂花，以及被橘树包围的露台。各种大小酒馆，大多位于当年的城墙外面，可以从酒馆观赏临江的景色。

无数火轮和其他船只，都停靠在距离巴音塔前绿树旁的岸边，人称为安全港口。这也是河区的一个亮点，这里在古老年代曾有一座较大的岛屿。现在的残余，或许还能称其为莱茵高。这里应该是科隆最早的居民，即古乌比夷人的住地。他们当时就已在此经商，占有很多船只，所以才有可能帮助恺撒运送军队过河。乌比夷人当时还在河的右岸建立了自己的宗教圣地。这也可能是后来基督教大教堂的前身。

缓慢越过莱茵岛屿，紧贴着前面提到的城墙，我们看到了很多高级酒店。当科隆还是以旅游业为主的城市时，这些酒店都是当时城市经济的支柱。在新时代才有其他行业出现，逐渐形成了竞争对手，特别是在火车站一带十分明显。在莱茵酒店和大河之间的狭小街道上，依然笼罩着异常热闹的生活和交易。这是前往或返回巴音塔的游客必须去看一看的地方。越是接近火轮要停靠的浮桥，水面的潮浪就越是频繁。火轮只能穿行在无数船只中间，只见很多船只都用缆绳或铁链固定在码头上。一幅生动的商业和水手画卷，跃入我们的眼帘。

我们离开了热闹的码头，准备漫步在安静的浮桥之上。站在浮桥中间，我们可以远眺古老的神圣科隆，同时可以看到右岸友善的多伊茨城区。从那里传来的音乐声，吸引着我们和其他散步的人们，我们很快就来到了右岸，到了多伊茨。这是科隆的娱乐中心。那里豪华的酒店，临近河畔的林荫花园，吸引着大批客人，尤其是在下午。几个军乐队在这里轮流演出。罗马饭店里的葡萄酒闪着光亮。如果我们在靠近城墙的地方找到座位，就会看到科隆城从这里缓慢上升的美丽轮廓。成百座大小塔楼，像波浪一样展现在我们眼前。

我们的右方，一座铁路桥上，行驶着各条线路的列车。荷兰、杜塞尔多夫或中莱茵火轮，在我们眼前的码头靠岸。它们旁边是无数来自大海的帆船，高高的桅杆竖立在一起，无数交织在一起的缆绳和铁索，吸引着我们的目光。

当莱茵河在这里还分成两个支岔的时候，水中还有一座较高的小岛，形成了一个方便的渡河中间站。当时从马斯河畔归来的恺撒，曾在这里毫无困难地搭起了过渡木桥。或许也在这里，康斯坦丁大帝修建过一座漂亮的石桥。在小河汊中，插入几根桥桩连接小岛，减少了修建桥梁的困难。再后来，主教布鲁诺出于我们不知道的原因，又拆除了康斯坦丁大桥，改用私人的船只渡河。但这里始终是下莱茵河的重要渡口。与恺撒和康斯坦丁一样，查理大帝在他的萨克森远征中，也是在这里渡过河的。日耳曼法兰克人去攻打罗马的高卢人时，或者反过来法国人多次进攻德国时，也是如此。这个渡口的重要性也向我们表明，为什么下莱茵地区要在这里修建第一座铁路大桥。

我们前面提到的巴音塔，是这座城市的一端。而这座下莱茵铁桥，就是它的另一端。但这座沉重而丑陋的大河桥梁，就像是莱茵河上的一座阳台，把城市向河边拉近了许多，并且使得要塞和堡垒、护城河和林荫墙边大道成为一体。恰恰是人们喜爱的"小塔前"林荫大道，正是今天前往娱乐和疗养区的必行通道。

我们转过身来，来到老安全港的一端。回身可以看到莱茵河上游，看到了城市和

科隆嘉年华（作者：弗兰茨）

大河的另一幅图像，以及缓慢驶来的帆船和停靠在岸边的火轮。高高的要塞城墙及其拱形城门，形成了一个阴暗的前景。在无数房屋群中，特别吸引我们眼球的，是宏伟的圣马丁教堂。这是一座带有四座小角楼的罗曼式建筑。旁边沉重的铁路桥，也映入我们的眼帘。两座桥头塔楼旁边，各有一座骑马国王铜像——弗里德里希·威廉四世和威廉皇帝。

我们的西面，在格雷翁城门和荣誉城门之间，是城市大公园，中有苗圃、矿泉饮水厅和受人欢迎的众多饭店。由于距离太远，我们无法晚间去那里漫步，所以就上桥越过大门，前往老安全港口。经过美丽的花园和别墅区，我们去了动物园。这是个很有品位的公园，精选了美丽、健康和优良品种，养育在符合动物习性的环境之中。

再往前走一小段路，我们就来到了植物协会的植物园。这是这类公园中最有魅力和品位的一座，科隆很多高贵人士都乐意在美丽的晚上聚会休闲。在美妙的音乐声中，身穿亮丽服装的妇人们漫步在园中小道上，从繁茂的花坛中吸取芳香。挺拔的棕榈树，各种形状的植物，嫩绿色的枝叶，画一般地组合在一起，甚至可以看到本应生长在南方的植被。我们确实被深深打动。有趣的是，我们在这里还能够听到动物园里狮子的吼声。

可惜我们在这里不能逗留太久，必须继续前行。我们沿着格雷翁城墙走在林荫大道上，跨越了夜莺护城河，前往格雷翁城门，目的是去观赏那座宏伟的古建筑。一进入城门洞里，我们就被这里迷宫的景象所震撼。众多车辆从城门洞中驶出，弯曲的拱门，震响的桥梁，就已经是一道小前餐。嘈杂的人群、各种动物、骑马的和乘车的、沉重的货车和当地著名的双轮推菜小车，都在抢着通过这座城门。所幸的是，我们穿过格雷翁城门后，没有再继续陪伴这个混乱场面，因为我们来到了比较安静的被树木围绕的格雷翁教堂前广场，去参观这座中世纪的教堂建筑。其最古老的部分是座圆形建筑，明显带有罗马痕迹，而其十角回廊则为哥特式，长方形的祭坛为罗曼式。经历了数百年反复修建，时而增建，时而拆除，先是增加了祭坛和前厅拱顶，又修建了几座塔楼。各种建筑风格的混合，使得这座圣格雷翁教堂，成为科隆最有趣的教堂建筑。一则早期基督教的传说讲述了这样一个故事：特巴军团的两名军官——格雷翁和格雷戈里乌斯于286年为了信仰而被杀害，成了基督教首批殉道者。为了纪念他们，康斯坦丁大帝的母亲海伦主持修建了这座教堂。

这样一些传说、童话和故事，没有任何一座城市像科隆这样适合传播。我们不论走到哪里，都能遇到相应的证据和证人，不论是残余的圆柱、古老的塔楼，也不论是

神圣的科隆

科隆——圣徒教堂

高层建筑屋顶上的怪异头像，还是市政厅旁每次钟响都要张口微笑的雕像，或者新集市那座建筑窗子里的两个马头。

新集市是科隆最大的公共广场，周围种有一排排树木。每天中午有卫兵换岗表演，在庄严的军乐声中，他们身穿鲜艳耀眼的制服，向人展示辉煌的场面。而今天晚上，这里却几乎空旷无人，宁静无声，树梢上演绎着晚霞的光辉，金光照射在圣堂拱顶之上。一座三道中堂的宏伟教堂建筑，出现在我们眼前，挺拔的角塔和四方形的主塔，特别美的是在绿树之间的祭坛，以及东侧堂的半圆形后殿，两排拱形虚窗及上面装饰的小型回廊。

我们趁着即将逝去的阳光，赶去附近的彼得教堂短暂参观。这里的前堂祭坛上，挂有一幅鲁本斯最著名的油画《十字架上的彼得》。这时已近傍晚，即将来临的曚昽

科隆——居尔岑尼希大厦

时分,却最适合我们挥动魔杖,让新集市出现另一幅图画。我们乞求读者原谅我们的幻觉,并跟上我们的脚步。我们从温暖的夏季傍晚,突然进入了一个欢快而晴朗的冬季早晨。所有树木都光秃无叶,屋顶还存留着积雪,辽阔的广场上,到处是即将开始的嘉年华的气氛。在玫瑰星期一,新集市广场上,嘉年华即将开幕。

广场的东侧已经搭起了一个舞台。上面装饰着白色和红色的旗帜,还有各个来参加小丑大会城市的颜色。舞台前面站立着身穿鲜红制服的老城市卫队，人们称其为科隆的火花，旁边放着老式滑膛枪。不远处就是火花的营地，有岗楼、禁闭室、随军女商贩和她的毛驴。火花的队长，坐在一面鼓上，正在吃早点。

所有的教堂，十点整都响起了钟声。等在各个城区的队伍，开始向新集市广场挺进。在现场的人们齐声喊起"乌拉"和传统的"Do kutt gett"，然后终于出现了一队豪华的骑兵，即城市近卫军。他们穿着科隆的白红两色制服，护卫着节庆组织委员会的四驾马车。随后，从广场各个方向准时涌进了各式各样的巡游队伍。

这时，整个广场都站满了行人、骑士和四驾马车及六驾马车，五颜六色的装饰，坐着奇装异服的人们，有的是针砭时弊，有的是讥讽当代。巡游队伍中，也有较严肃的造型，穿着历史服装。他们都是科隆嘉年华上不可或缺的人物形象。他们经久不变，都有特定的历史意义。巡游开始后，走在最前面的是一名矮小不起眼的人物，穿着白红两色服装，左手拿着盾牌，右手挥舞着一柄木剑。这就是古老而著名的"丑角小贝恩德"。这是科隆历史上最早形成的一个人物，在某些巡游前，在圣体前跳舞，也许是扮演约柜前的大卫王。直到今天，只要队伍一开拔，"丑角小贝恩德"就会起舞。但他不是威风凛凛，或者桀骜不驯，而是按照鼓点跳出欢快的舞姿向前走。而每次嘉年华上的音乐都由穿着传统服装的圣子圣女协会负责演奏。女孩头戴白帽，身穿白色围裙，男孩则头戴三角形礼帽，穿短裤和黑色长袜。他们成双成对，配合"丑角小贝恩德"的步伐，跳着舞步，演奏科隆民族进行曲的旋律。

如果能够跟随这样的队伍，或者事先站在朋友家的窗子后面，或者站在街角的一块石头上观赏他们在面前通过，或者在科隆的大街上参加这样的巡游，跟着高呼"Geck los Geck elans"，去理解当地人的习俗和幽默，对我们肯定不是一件坏事。但可惜我们还有其他事情要做，没有这个福气到商人大厦或居尔岑尼希大厦参加他们的化装舞会，甚至无法进入这光彩熠熠的大厅看上一眼。举行这样的舞会时，常常会有五六千人参加。很快，这欢乐辉煌的嘉年华，就像一场美梦一样，醒来时就消失不见了。我们站在大厦前面，这时才感到了居尔岑尼希——科隆这座古老的非教会建筑的宏伟。它建于15世纪，由城垛包围，有6座精致的塔楼。它的名字来源于修建它的居尔岑尼希家族。它二楼的大厅，至今还经常举办各种庆典活动，特别是当皇帝来访的时候。

我们在这里必须要提到市政厅，从居尔岑尼希只走几步路就来到了这里。这座潇洒的文艺复兴风格的建筑，位于一个安静的小广场旁边，在周围的古老房屋中间格外

科隆大教堂内景

引人关注。我们走进漂亮的前厅，同时也是市政厅的入口。在我们的想象里，已经出现了身穿绒袍，脖子围着白领，挂着荣誉勋章链的男人，正在维护他们城市的权利。

市政厅的前厅里，我们可以看见科隆市民与大主教和大选侯长期斗争的痕迹。那就是对市长格利因的纪念，他是一位正直勇敢的男人，但遭到宗教权贵的痛恨。有一次，两名饲养一头狮子的神父，邀请他去赴宴。宴会后，他们带领市长去参观他们的猛兽宠物。他们装作礼貌地让市长走在前面，却借机把他推进兽笼。里面的狮子立刻向市长扑了过来，但这位勇敢的市长，立即用左手卷起长袍，塞进狮子的口中，用右手抽出佩剑把狮子刺死。最后，市民们赶来解救了他们所爱的市长，并把两个恶毒的神父吊在城门上。从此这座城门就叫作"神父门"。

同狮子格斗的场面，我们今天可以在一块石刻上看到，就镶嵌在前厅的屋顶。我们进入这座庄严古老的建筑，登上宽阔的阶梯，来到了汉萨大厅。在这里我们有机会看到窗外莱茵河一侧的科隆景色。下面老集市上的热闹场面也可尽收眼底。大量的蔬菜和水果，都在那里交易。身穿深色花布大衣、头戴白帽的女商贩们的青春魅力尤为显眼。

强大的自由帝国城，曾有过与各大主教进行斗争的时代。大主教康拉德·冯·霍恩施塔德，曾在这里横行霸道。他曾越权自行制造钱币，并在诺伊区莱茵河上私设关卡，凡对他不满的科隆市民，他就出动骑兵镇压。他还鼓动教团去反对富有市民。他被赶出去以后，还试图用火炮攻击港口的船只，并在城中挑起了全面战争。编年史中有很多赞扬勇敢的科隆人的描述和诗歌。他们最后团结一致打败科隆三个主教。双方在市政大厅里签署和约，达成协议，没有市政府的允许，不准高级教士来科隆拜谒教堂时在城里过夜。

当时科隆城的大商人，例如马蒂亚斯·奥威尔施托尔茨，成了维护市民阶级的良心和不肯屈服于教会淫威的代表人物是毫不奇怪的。科隆当时是希腊、匈牙利和德国东南部为一方，与法国、英国和丹麦为另一方之间的贸易枢纽。科隆的商人在伦敦设有一个重要的货物中心，可以说是后来汉萨的雏形。科隆的城市宪法和科隆的法律是很多城市立法的典范，科隆的钱币和度量衡制度被普遍采用。几乎所有大洋上都有科隆船只行驶，再加上当时科隆有8万台织布机在运转，人们就可以知道这座制造业大都市的地位和力量。这也是导致像康拉德·冯·霍恩施塔德这样的暴力主教反对自由派的原因。

然而，他的名字又值得尊敬，因为他毕竟是1248年始建的科隆大教堂的缔造

科隆的圣彼得教堂

者。但他本人只是经历了这伟大建筑的起始阶段。一直到 74 年以后，主祭台才最终落成。教堂中堂的边墙上装有彩画玻璃窗，南边精美的塔楼，高高地伫立在所有房屋之上。几百年来，教堂已成为城市的标志。所有这些，不论从远近观看，都像是一片残缺不全的废墟。已经完成的唱诗班圣坛，只是游离在较低矮的教堂中堂之间。中堂尚未全部完成，似乎还抵挡不住风雨的侵袭。难怪巨大的南部塔楼已经开始在风雨中剥落。苔藓和藤蔓覆盖着碎石，大树不断向上疯长。而尚未开始修建的北部塔楼，还只是一堆石头。所以在 18 世纪的法国战争中，这里一直被当作饲料仓库使用，直到普鲁士收回莱茵兰地区以后，才开始了修复工作。但开始时，只是努力保护现存的一切，直到 1840 年一个美丽的秋天，大教堂的屋顶上升起了一面大旗，上面写着

科隆大教堂（作者：里特尔）

科隆市长格利因

"Protectori"。弗里德里希·威廉四世皇帝在教堂中堂的南门前,在基石上连敲三下,宣布动工,并保证在全部完成之前将全力支持和协助这项工程。两位建筑师茨维尔纳和弗伊克特勒使我们相信,用不了几年,我们就会看到两座塔楼上竖立起十字架的身影。我们现在已经可以进入主门,我们充满敬意地站在阴暗的大厅中,体验两位大师当年的感觉,心中升起了崇高的敬意。

拱形教堂中堂及祭坛的辉煌,其实是一种庄严的纯朴,超越了一切想象。挺拔的分组圆柱,排成了无尽头的长队,犹如热带棕榈林中的树木,顶端装饰有飘浮状的拂尘图案,似乎把拱形屋顶连接了起来,而目光所到之处,似乎永远无法看到尽头。在这有限的空间里,虽然无法想象宇宙的无垠,但这些向上升起的圆柱和墙壁,却给人一种不可抑制的力量,不由得使我们的幻觉延长至无限。大教堂里面的这一切又是如此和谐:巨型圆柱上方的十字廊拱顶尺寸如此精细,窗子的颜色如此生动。尽管我们

神圣的科隆

站在较阴暗的教堂里面观看，窗上的图像仍然如此明亮，阳光从窗子里照射到我们站立的灰色石板上。绘有图画的长窗下面，是唱诗班圣坛。祈祷室排成一行。大选侯、大主教和骑士的陵墓，或石像，或铜像，躺卧在这里。主祭坛后面藏宝室中的金棺里面安放着圣三博士的遗骨。由于外面筑有铸铁围墙，很难看到里面，但其纯金棺木及其闪光的宝石，仍然像《一千零一夜》童话一般展现无遗。圣恩格贝特的陵墓，系用金银精心制作！所有这些都在震撼着我们。大厅里突然响起的风琴音乐，几乎激起我们的感恩之情。它把我们从梦幻中唤醒，又回到了现实世界。我们开始向外走，途中遇见所谓的教堂瑞士人。他身材高大，身穿红色长袍，口中嘟囔着什么，摆出严肃的表情，手中端着一只银碟，另一只手敲打着。这时我们才明白，他是在为修建教堂进行募捐，我们当然乐意解囊奉献。

如果亲爱的读者跟随我们匆忙看了一眼科隆以后，还想看点别的，那就跟我们去距离科隆大教堂不远的中央火车站吧！我们不仅去欣赏那里各种新设施和严格的乘车秩序，而且，请跟我们一起，登上即将开往老皇城亚琛的列车。

植物园

前往亚琛

F. W. 哈克伦德尔

我们进入了列车宽敞舒服的包厢。列车的乘客都很有礼貌，而且谈吐高雅。在短暂的旅行中，我们惊奇地发现，凡目光所到之处，尽是蒸汽烟囱林立。就这样，我们又看到了辽阔富饶的莱茵兰地区上工业发展一面，同样值得我们把它记录下来。只要我们挖掘下去，大地保藏了多少珍宝可供我们使用啊！如果我们从欧伊彭到乌纳画一个直径10英里的圆圈，就可以看到遍地都是煤矿和冶炼厂，还有玻璃、棉织、毛织和丝织工厂。是的，就是这些工业的发展，使得这个地区成为地球上最富有的地带。

我们穿过长长的科尼希多夫隧道，经过工业城迪伦及其纺织、地毯、麻纺、造纸和钢铁工厂。我们也驶过勒尔小河上面的美丽桥梁，看到著名的皇家陆军统帅约翰·冯·韦尔特诞生的小村庄。在被包围在美丽绿色草原当中的埃尔斯特河低地之后，是一片较严肃的风光，原野和沙地之间的高原森林地带。到了埃施维勒和施托尔贝格，前面的景色让人感到悲伤：到处是被煤灰覆盖的土地和无数冒着黑烟的玻璃厂与冶炼厂的烟囱。但很快我们又感到欣慰，因为我们来到了被和缓高原包围的美丽富饶的河谷，这里就是老皇城亚琛的所在地。

这片高原几乎被浓密的森林所包围，草原和农田也环绕着城市。古城的城墙、塔楼和城门，再次明确地划清了界限。众多房屋中，突起了无数塔楼和拱顶，最高者即是主教大教堂。这里有暴力皇帝的纪念碑，他的形象和他的十二武士是这里各种传说和故事的主要内容，我们到处都可以听得到。这里有古老的弗兰肯堡宫殿，周围被一

亚琛——粮仓之园

片静水包围着,据说是皇帝用魔法把它镇在了这里。另一面是浓密的森林和被攀缘植物包围的艾玛堡的废墟。据说查理大帝的大女儿艾玛,曾背着情人埃金哈特穿过雪地,不让人发现他们爱情留下的足迹。

我们的右手处,也就是城市北部的城墙后面,突出两座山丘——罗思山和朝觐教堂旁的圣萨尔瓦多山。它们的周围,尽是古老的岗楼、修道院、教堂和礼拜堂、别墅、宫殿及大厂房,一直伸向河谷。西南方是巨大的林山余脉,通过维恩山与阿登山脉相连。或许是因为这里辽阔的猎场,才使得伟大的皇帝在这富有温泉的丘陵地带,建立了这座城市。其名字来源于古德语的阿赫(水),与拉丁语的 aqua 是近亲。很有可能当年的罗马人也发现了这里温泉的力量,并像墨洛温人一样,曾在这里修建过城堡或者较大的居民点。据史载,丕平国王曾于 765 年在亚琛举办圣诞和复活节活动。

查理大帝的枢密官和传记作家埃金哈特都曾记载,大帝在这里修建了十分美丽的大教堂,用金银加以装饰,用贵重的金属修建门窗,而且在教堂附近建起了皇宫,通过一条柱廊与教堂相连。据说,与大帝同桌用餐的有传奇的十二武士、智慧的大主教图尔平、勇敢的罗兰、威廉·冯·奥伦泽等人,他们的英雄行为常被民间歌颂。各种大规模的远征都是从这里开始的:英雄们前往西班牙攻打萨拉森人,前往东部攻打萨克森人，前往南方攻打巴伐利亚人和匈牙利人。实际上，这些辉煌事迹，并没有留下什么遗迹。或许只有当年的大教堂拱顶下的八角形平台，可容百人沐浴的御用温泉浴池，还能让人怀念起当年的辉煌时代。如果我们观看皇帝的城堡废墟和那片由皇帝用魔法镇住的静湖，如果我们观看他的肖像、绘画和铜像，甚至他的遗骨，如果我们看到他强壮的手臂、他的用黄金和宝石镶嵌的头骨、他的腰间肿块、一个东方象牙制品，我们或许可以想象出皇帝和他的武士们在高山森林中狩猎的情景。千百年来至今还从地下喷出的温泉在告诉我们，这座古老的皇城，就是一部充满美丽插图的童话。

伟大皇帝死后，他的尸体被笔直放入一个墓洞中，坐在一把大理石宝座上。人们用这样的墓穴纪念这位伟大的统治者。从此，这座城市成为皇帝加冕的首选圣地。从813年至1531年，这里有87位王公贵族在古老的教堂里涂圣油加冕，获得国王或皇帝的权杖。

据史载，查理大帝的陵墓首先被奥托三世于1001年，后来于1165年又被弗里德里希一世开启过，并把尸体抬走，因为他曾被教皇帕萨利斯封为圣人。所以，今天没有人知道他的陵墓到底在哪里，但他的大理石宝座保留了下来，后来在国王加冕时使用。

作为加冕之城，这里曾举行过17次帝国大会和11次省级会议。此地长期握有都城的权力和规模，当时有居民十万人。后来，随着加冕活动向法兰克福转移，16世纪和17世纪的宗教争执，以及1636年的一场大火，使4000所房子化为灰烬，其地位急剧没落。即使在法国统治下，城市也没有什么起色，直到回归普鲁士，其优秀的纺织、缝衣针及其他工厂开始兴起。亚琛和邻近的布尔特沙伊特由于温泉繁荣起来，全城各处开始了大规模的建筑活动，古老的亚琛很快发展成为一座新城。有品位的房屋、温馨的街道、充满魅力的林荫大道、漂亮的商店，都给客人一个崭新的印象。

和所有温泉城市一样，亚琛也曾有过一个赌场，不过几年前就已经关闭。但这对城市的旅游观光事业并没有造成太大的影响。过去赌盘旋转、招牌耀目的场所，现在已是酒店和图书馆、舞厅和音乐厅。尤其是音乐厅给喜爱音乐的亚琛人带来了莫大的喜悦。经过长时间步行，我们已经感到疲劳。在下午时光，我们进入一个舒适的场所，在和谐的音乐声中，享受一杯美味咖啡。

凡是有历史记忆的地方，那里的音乐总会在我们的内心产生独特的画面。所以，在老疗养院的后花园里，也不难出现可能曾在这里漫游过的各种身影。尽管我们不知道，路德维希十四的使节在签订《亚琛和约》时，是否曾戴着假发在这里喝一杯热水,但我们确实知道,1818年亚琛会议上,俄罗斯和奥地利两国的皇帝及普鲁士国王,以及哈登堡、梅特涅、谢尔罗杰、惠灵顿和其他一些名士曾在这里漫游,也曾在大舞厅里聚会参加盛典。

现在,我们把脚步移向大教堂,来到了教堂广场,站到了古老而令人敬畏的大教堂前。它庄严的拱顶、高高的塔楼,激活了我们心中的童年回忆。我们像儿时一样,围绕着教堂行走,想去找我们当年最喜欢的一件记忆。那就是它西门旁曾站立的一头金属母狼。它的胸口有一空洞,似乎在痛苦地嚎叫。它对面的地上搁放着一巨型松果状物,那是它的灵魂。啊,至今我们仍然还在它面前感到一种舒服的震撼。我们在这里曾听过这头狼的传说,而且对其真实性深信不疑。

和很多类似的建筑一样,这里开始时也是缺少资金。那个时期,我们今天欣赏到的巨大铜门是浇铸而成,由于过于沉重,无法安到门框上去。所以就理所当然地要求助于魔鬼的力量。魔鬼接受了这个请求,但为了与上帝抗衡,他提出了一个条件:要求得到第一个进入教堂的灵魂。和所有传说一样,魔鬼总是被骗,此处也是如此。结果人们让首先进入教堂的并不是一个人,而是一头狼。魔鬼抓住了它,气愤地把它扔向大铜门,结果狼的灵魂反而逃之夭夭。

今天,正门已经关闭,我们必须绕路前往。我们发现佩戴假发时代的一切设施已经不复存在。当年的那些小商铺,出售小食品和玩具,以及各种大小的蜡烛、圣像和朝觐的花卉、小十字架和小玫瑰花冠,深受孩子们的欢迎。

代之而起的是活跃的贸易活动,以及每七年一次的所谓圣物朝拜活动。不仅在教堂广场和相邻的街道,而且还在较远的教堂塔楼能够看到的地方。成千上万的虔诚教徒跪拜前来。这时,身穿法衣的教士们,将向教众展示保存在教堂里的各种圣物:圣母的衣服、基督的尿布、包裹施洗者约翰身体的带血的裹尸布。

这些圣物,我们今天可惜不能瞻仰,但我们却看到了来自那位伟大皇帝时代,甚至与他本人有关的遗迹。我们来到拱顶的内部,支撑圆形建筑的巨型圆柱前,即所谓的"高堂"。这些不同长度的圆柱,当年来自建筑师的家乡意大利——主要来自罗马和拉维纳。在廊台的阳台上,安放着那张大理石宝座。查理大帝的遗体曾坐在上面300余年,后来被用于帝王加冕。在它前面,高高的拱顶上,用粗壮的锁链悬挂着那盏著名的巨大的罗曼式枝状吊灯。其各个组成部分象征着这座城市的各个塔楼和城门。一切都如此奇妙,如此精细,为铜质镀金。也许,这盏华丽的吊灯是这座城市的伟大建造者和征服者的象征。而其下面的大理石地面上写着"Carolo Magno"。这

从鱼市看亚琛大教堂（作者：韦伯）

前往亚琛

亚琛的彭特城门

标志着这座八角形建筑及高堂拱顶兴建的时代。其实这就是查理大帝的真正坟墓和墓碑！

亚琛的历史氛围特别适合传说的流传。即使是伟大的查理大帝本人，也被丰富的传说笼罩着，而且众所周知。一则由格鲁珀用诗歌讲述的传说，我们想在这里简单讲一下。这是一个关于亚琛铁匠的故事：威廉·冯·余立希伯爵在攻击亚琛失败后，被亚琛市民追击，试图与他的儿子逃出亚琛。在雅各布城门不远的地方，一个正在和学徒制造护城铁器的铁匠发现了他。他立即朝这个攻城的骑士跑过去，用铁锤把伯爵父子打倒，然后又平静地回去打铁。古老亚琛的街道大多弯多曲折，有时也形成环状。过去世纪留存的房屋，大多没有特殊意义，值得我们关注的是老市政厅。其中的皇帝大厅中，阿尔弗雷德·雷特尔大师美丽的屋顶壁画，让人叹为观止。大教堂不远处几乎败落的粮仓，也称为草仓，在最早的年代曾是帝国法院。从这里我们转向城市的北端，接近 14 世纪修建的彭特城门。它曾是中世纪的要塞城墙，其护城河已被填平，在上面修成了一条漂亮的林荫大道；然后绕过东城，来到了亚琛马斯特里希特火车站。我们最后还望了一眼莱茵威斯特伐利亚科技学校文艺复兴风格的美丽校舍。

我们以舒服的方式缩短了我们的行程，因为正好有一列火车进站。我们乘火车穿

亚琛的铁匠

行城市去商业发达的布尔特赛德区的莱茵车站。布尔特赛德是我们的诞生地，所以要多说几句。如果亲爱的读者跟我们下了火车，穿过赌场大街，前往北部的布尔特赛德城门，那他就将踏上一条两边各类房屋密集的主街。这条街十分陡峭，我们年幼时常常听到一个悲伤的传说：曾有一名勇敢的军官，竟然乘一辆轻型马车在此奔驰而下。在一座新教教堂旁，可以看到一栋不起眼的房子，墙上的一块大理石板上写着我们的名字。

继续往下走，我们就来到了下城。这里有优质的浴场，到处都是可以治病的温泉。不仅可以供应各个家庭使用，甚至还形成了一条温水小溪。街道下面有露天热水喷泉，喷出的热水可以煮熟鸡蛋。

凉爽的林荫大道旁有数家优秀的饭店。到了夏天，这里经常举行用中世纪弓弩射鸽子的比赛活动。今天，这里很安静，饮水台上冒着蒸汽的泉水在奔流。我们重温对这里的美好记忆，想去看一看那条热水小溪。我们爬过尽是树木的山丘，进入了宁静的河谷，早在童年时期，我们就常来这里游玩。我们记忆中的宽敞和辽阔场地，现今却变得如此狭小紧缩。这里是从布尔特赛德前往弗兰肯堡的道路，走了没有多久，我们来到了安静的小湖前。这里是当年查理大帝的猎场，现只剩下一座被藤萝包围的塔楼。

一个美丽传说的结尾，就是在这里发生的。据说查理大帝在爱妻法斯特拉达死后，无法与尸体分开，而是在她的床前与她亲吻，与她交谈，就好像她还活着一样。这是一个魔法师在作怪。聪明的大主教图尔宾经过长期寻找，才在皇后的舌下找到一只魔法戒指。他取出后，查理大帝才恍然大悟，离开了爱妻的尸体，回到了自己的房间。然而拿到戒指的大主教却从此坠入爱河无法脱身，为了防止魔戒落入坏人手中，遂把魔戒沉入湖底。不想查理大帝却重新落入魔法，在湖边建一宫殿，常常坐在靠湖的窗边，凝视宁静的如镜湖面，哀悼他死去的爱妻。

我们再次浏览一遍到处是烟囱的小城，以及众多工厂厂房之间的绿地。我们看见了周围长长绳索上晾晒的各种颜色的布匹。海因里希二世皇帝于1018年兴建的本尼狄克修道院，还伫立在那里。

亚琛城徽

从杜塞尔多夫前往荷兰边境

F. W. 哈克伦德尔

这些熟悉的街巷，激起了我们美好的回忆。心中再次向它们问候以后，我们又返回了马斯特里希特火车站，准备前往杜塞尔多夫。只走了一站，我们就到了科尔赛德火车站。面前又是烟囱林立，一片黑色的土地。离开这里以后，我们转向森林覆盖的乌尔姆河谷。克洛斯托拉德修道院在我们面前掠过，我们来到了古老的大公国林堡的边界。再穿越富饶而辽阔的丘陵地带——余利希兰，我们看到了埃尔克伦

诺伊斯

茨和莱特。实际上，我们可以从较远的火车站看到它们，而这里——格拉德巴赫、费尔森和克雷菲尔德之间，均是著名的工业区。它们向半个世界供应单色和有色棉布、平滑和彩色丝织品等时尚和高级产品。这些城市中，最富有、人口最多且最重要的，要算是安静的克雷菲尔德了。其工业产品每年价值达到两千万塔勒尔，在时尚和质量上，与法国产品相比绝不逊色，而且在英国和美国也有很好的市场。至于历史遗迹，克雷菲尔德没有什么留存，只有近代的一座纪念克雷菲尔德的大善人 Cornelius de Greiff 的纪念柱，以及在教堂墓地里纪念 1813—1814 年战争中牺牲者的纪念碑。

克雷菲尔德教堂墓地的
1813—1814 年战争牺牲者纪念碑

离开格拉德巴赫，列车带我们穿行平坦的农田和牧场。画面只是有时被个别长满树木的山丘中断，有时也会看到一些宫殿和废墟。我们来到了罗马时期就曾提到的诺伊斯。这座在中世纪就很重要的城市，很早就加入了汉萨联盟，成为重要的商城。其外部形象仍保持了过去大城的轮廓，特别是它的塔楼和教堂。我们在车厢里就能够看见那高高突出在众房屋中间的圣 Quirinus 的高塔。塔楼旁边是一座半罗曼式、半哥特式的教堂。列车越过哈姆铁路桥后，我们抵达了杜塞尔多夫。

如果说莱茵沿岸城市临河一边的风光总是田园般的美丽，大多也极有特点的话，那么杜塞尔多夫却恰恰相反。因为靠河一边的建筑、古老残破的浮桥、狭小的莱茵城

诺伊斯——上方门和德鲁苏斯塔

门、灰色的高墙,都沿着码头伸向原来的大选侯宫殿。宫殿本身的颜色也相当阴暗,经过1872年的大火已成为废墟。而那个友好和欢乐的杜塞尔多夫,却隐藏在那破旧不堪的莱茵一侧的脸谱画面。我们一踏进不起眼的莱茵城门,就已经听到了里面的喧嚣和欢笑。我们已经陷入了下莱茵集市欢乐的喧闹当中。

集市的画面是何等活跃和富有诗意啊!女商贩们穿着彩色衣裙,围着白色小围裙,头戴白色小帽,男人们大多穿着蓝色的大褂。最有特点的就是那低矮的小车,有时用毛驴牵引,更多的是用狗拉套,狗累得趴在地上,有时也发出几声吠叫或哀鸣,给这喧嚣又增添了新的音律。成百上千下莱茵灵巧的舌头在进行着交易,掺杂

杜塞尔多夫集市广场（作者：韦伯）

从莱茵河一侧观看杜塞尔多夫

着笑声、幽默和粗话，几乎达到震耳欲聋的程度。我们进入的集市广场非常有趣，这里的声响让我们想起了不同的历史阶段。向左边看是文艺复兴风格的市政厅，两个阁楼及其突出的角窗格外醒目。旁边就是毫无特色的剧院，尽管在我们的记忆中著名演员伊莫曼曾在这里演出。不远处的超大型骑马雕像，是大选侯约翰·威廉。看到他我们却想起了海因里希·海涅。他就诞生在杜塞尔多夫，距离集市不远的一栋小房子里。集市上的各种大小商店，出售着新时代的时尚产品，不仅占满了集市的一侧，而且还延伸到了旁边的几条街道之中。旁边的库岑大街上，有德国近代绘画大师彼得·科内留斯的故居。他曾于1822年被任命为杜塞尔多夫科学院院长。再往前走一段路，我们就来到了一片黑色的废墟，那就是三年前被大火焚毁的艺术学院。所幸的是，其中收藏古典大师作品的画廊没有受到损失。如果我们从这个杜塞尔多夫旧城区步行去一条热闹的商业街，例如骑士大街，我们就会来到一座漂亮的公园，它位于城市北部一个废弃的港口。在它上面的观景台上，人们可以看到杜塞尔多夫新城区的街巷和林荫大道，以及它的花园绿地和宫殿般的房屋。它的老城是下莱茵地区少有的没有历史的城区。到了14、15世纪，它才逐渐形成一个小城。到了16世纪初，冯·贝格公爵在这里修建了宫殿，它才逐渐有了些名气，成为周

从杜塞尔多夫前往荷兰边境

杜塞尔多夫——老雅各比公园

围一些工业大城的港口,包括鲁尔区的城市。

杜塞尔多夫由于近代工业和贸易发达,逐渐重要起来。数条铁路在这里交会,使之也成为一个交通枢纽。由于莱茵河航运发达,港口日益重要,这里特别是来自鲁尔区的拖船的集散地。

但是,我们却想在这美好的天气下,离开这个城区一段时间去美丽的公园逛一下,然后去美丽的林荫大道,直到御花园。我们走过花圃、森林和杜塞尔河凉爽的水面,来到了树木众多的林荫大道。然后转向美丽而有诗意的安静公园。里面的百年大树,绿树成荫的花园,让人想起了德意志文学的繁荣时代。那时,文学大师歌德曾在这里与花园创建者雅各比共度时光。在城里的街道还没有通到这里之前,还在50年

杜塞尔多夫艺术家公园聚会（作者：西姆勒）

从杜塞尔多夫前往荷兰边境

埃伯费尔德区

代初,雅各比在彭佩尔创建的这个公园,还孤独地站在这偏僻的郊区。当时歌德刚从法国回来。他曾描写过他与雅各比一起乘马车从彭佩尔前往并不太远的杜塞尔多夫城区的情景。

然后,无情的工业盯住了这块宝地,这里的古老树木和清澈的杜塞尔河水都可供其使用。在宁静的孤独中,树木回忆着那美好的伟大时代。河水在喃喃自语,讲述着过去。所有这些,都将被厂房和冒着黑烟的烟囱所取代,碧绿丝绒般的苔藓,将让位于枯黄的土地和煤尘的货场。

于是,一群勇敢的艺术家站了起来,两位代表人物是阿亨巴赫和罗伊策。经过长期与政府的斗争,他们终于获准用油画产品集资,才使这个缪斯城市中这座美丽的雅各比公园得以保留下来。此次拯救行动到底达到了什么样的规模,我们可以在杜塞尔多夫艺术家协会的展厅中得到证实。

所以,那些老树得到了精心的保护,过于密集的低矮树丛,也精心加以整理。一

皇帝山上的废墟

条弯曲的林间小径，开辟出来供人行走。林间具有历史意义的小空地，同样加以利用。所有这些工作，均在艺术家的指导下完成。公园也变得异常美妙。很多古老的休闲设施得以恢复，舒适的座椅、地球球场和秋千，并配以美丽的雕像，隐藏在绿色之中。维纳斯在月光下栩栩如生。带有阁楼的居民房屋，大多还来自著名的雅各比时代，同样保留了下来。有些较大的房屋和过去的橘园，现在都变成了社交场所。一片艺术氛围，笼罩着深褐色的木屋。木板墙上挂着织花壁毯，古典式的吊灯悬挂在天花板上。我们很快就得知，这里的圆肚形水罐和酒杯，不仅是摆在架子上供人欣赏。如果我们有福气，还能观赏这里的戏剧演出，使得夜晚更加充实和欢欣。

首次较大的颜料盒节，是于1858年7月28日莱辛离开此地前往卡尔斯鲁厄时举行的。如果我们没有记错这个重要庆典日期的话，当时也是首次打开了雅各比家族留下的大酒桶的日子，人们品尝了稀有的佳酿。据说酒桶装了80瓶优质葡萄酒。

经历这样一些庆典之后，我们只能恋恋不舍地离开美好的杜塞尔多夫，继续向莱茵下游行走。这时平淡的岸边，没有什么可以吸引人的眼球。只有城市东侧低矮的山丘绵延不断，逐渐接近了美丽的乌佩和鲁尔地区，使我们有机会短暂游历一番埃伯费

莱茵地区的一家铁匠铺（作者：西姆勒）

凯赛尔韦尔特教堂

尔德和巴尔门两座城市。这两座城从 18 世纪下半叶开始兴盛发达起来，主要靠的是工业。现在变得既富有又虔诚。主要的工业有丝绒、纺线、肥皂等部门。城内流淌的乌佩河，其青春时代曾是一条来自山泉的欢快小溪，但今天却不得不接受染织厂的蓝色、黑色、红色的废水，颜色像变色龙一样不断变换着，常常散发着臭味，最后在本拉特不远的莱茵多夫，偷偷流入莱茵河。

这个本拉特是一座不太起眼的皇家宫殿，位于科隆和杜塞尔多夫之间。若是我们的航程不绕弯路的话，我们本可以在诺伊斯之前看到它。但现在的路线，两旁确实没有什么值得一提的景点，两岸很少有村落出现，宫殿城堡更是罕见。即使有，也深藏在树木当中，例如这座本拉特宫。其实，两岸几乎就是一条平淡的直线，偶尔看到岸边一条林荫大道，都会令人感到有些欣慰。

离开杜塞尔多夫向下游行驶，我们必须设法用对历史事件的回忆来度过这平淡无味的时光。首先想到的是，皇帝山上的王宫废墟现在只剩下一片绿色之中的残垣断

从杜塞尔多夫前往荷兰边境

霍赫费尔德莱茵大桥

壁,讲述着当年严酷的时代。那是 1062 年,年轻的海因里希四世被大主教哈诺二世绑架到科隆,年轻的王子不愿与母亲分离,试图逃跑,跳入莱茵河中。和很多莱茵城市一样,这里的莱茵河中也有一个小岛,上面居住着人家。那是公元 710 年,圣隋贝特在这里传布福音,建立了一所修道院,从此此岛得名为圣隋贝特岛。直至今天,他的遗骨仍然存放在修道院老教堂里的一个贵重的银圣体盒中。这座老教堂建于 12 世纪,系罗曼式风格,伫立在皇帝山上。

短暂的行程把我们带到了余尔丁根。这是一座活跃的小城,繁荣贸易,河边有几座工厂。这里的河道较窄,还不足 1000 英尺,所以是一处合适的渡河地点,同时也是一处河湾。或许正因为如此,罗马人才在这里建立了军营 Castra Hordeoni,但可惜没有留下什么遗迹。距离余尔丁根不远的地方,在莱茵豪森和霍赫费尔德之间,我们的火轮放慢了速度,给我们机会欣赏前面的大桥。4 个巨大的桥孔支撑着这座铁路桥,埃森铁路公司的列车行驶在上面。

杜伊斯堡集市（作者：韦伯）

从杜塞尔多夫前往荷兰边境

维塞尔的柏林城门

我们前面提到,几乎所有莱茵右岸的较大河流,最后均注入莱茵河。这里的鲁尔河也是如此,我们很快就看到了它的河口。这里是下莱茵地区最有趣、最美、最工业化的地区,这里的地下深藏着煤炭和铁矿。沿岸集中了众多的历史名城——安思贝格、阿尔特纳、伊塞隆、哈根等,像是河边的一串珍珠排列在这里。

穿过这个由丘陵和山峦组成的鲁尔区,其周围直到河口处,都是山岗和高原。这里已接近荷兰大平原的边界,形成了德意志土地最后一座观景平台。大河来自莱茵威斯特伐利亚高原的东方边界,沿途展示了大钢铁厂高高的烟囱、罗马时期的岗楼、王公贵族的宫殿和城堡废墟。这使我们有机会进入严肃的藻厄兰和多特蒙德的红色土地。展现在我们眼前的是不断变化的极其有趣的景色,有时养眼,有时又使人沉思。

我们的右侧,在众多冒着黑烟的烟囱和变黑的土地间,我们看到了它的河口和两座城市。那就是鲁尔城和杜伊斯堡,后者早在中世纪初就已是一座名城。著名的法兰克统帅和克罗迪欧国王的宫殿曾伫立在此,第一次抗击高卢人的战争也是从这里爆发。总之,这里长时期是法兰克王公的驻地,查理大帝率兵远征萨克森时,曾在此修

维塞尔的维利布罗德教堂

建要塞作为后盾。多位德意志皇帝曾在这里召开帝国议会和其他全国性会议，并赋予这座帝国自由城多种特权。杜伊斯堡紧靠大河，所以也是莱茵河畔的重镇。根据历史记载，其船只覆盖了从斯特拉斯堡到荷兰的整个莱茵河。

随着三十年战争的爆发，这段莱茵河的状况也发生了变化。城市从城墙向西后退了半个小时的路程，从此杜伊斯堡的重要性也开始下降。代之而起的是邻近的鲁尔城。这个本来不起眼的小城，过去只是杜伊斯堡和米尔海姆大商人的一个小小的航运码头，现在却逐渐缓慢地上升为整个莱茵地区最活跃的贸易重地。就在鲁尔河口附近，我们看见一座德国下莱茵地区最安全最大的内河港口，包括其宏伟的船坞、港口和运河建筑，还有造船厂。各种车辆云集于此，河中是一片桅杆森林。而旁边的杜伊

罗恩格林的告别（作者：鲍尔）

克莱维——宫殿大门和天鹅塔

斯堡却显得有些隐退，它不仅在享受过去的荣耀，而且也在享受当前的工厂、铁厂和造船厂的辉煌。另外，这里还有圣萨尔瓦多教堂，来自15世纪的一座哥特式建筑。

短暂行驶后，我们接近了莱茵右岸的维塞尔要塞，以及位于左侧的著名的克桑滕——罗马军队的重要集合点，也是攻击东北部日耳曼民族的出发点。很多重要统帅都曾从这里渡过莱茵河，因为从维塞尔渡河后可以前往条顿林山。这里的峡谷，曾让罗马军队在赫尔曼战役中遭到惨败。

那场战役到底发生在条顿林山什么地方，学者专家的意见莫衷一是。但我们可以把雕塑家班德尔制作的赫尔曼雕像伫立的地方当作是现场吧。它站立在高高的橡树山

从杜塞尔多夫前往荷兰边境

科勒佛宫殿

峰上,俯视着下面的德意志大地,不是威胁着邻居,而是向其展示自己手中舞动的巨剑,似乎时刻准备着消灭入侵的敌人。这座巨型青铜像同时也在纪念这块土地上发生过的无数争斗、战争和毁灭,因为在全德意志,还有那条河流的岸边发生过如此多的战争。今天,站在利珀河口,但愿以后永远不再发生战事。平底船只在水中荡漾,河岸上奔驰着火车。我们站在火轮的甲板上,可以看到河中彼得利希岛上面的布吕赫尔城堡围墙、维塞尔的桥头堡,以及右岸要塞边缘的岗哨。他的战友正在长长的绳索上晾晒洗过的衣物,这就是和平时期士兵生活的剪影。

这对我来说也是过去时代的一个警告,因为我们也曾参与过那些战争游戏。距离

埃默里希(作者:韦伯)

从杜塞尔多夫前往荷兰边境

克莱维旁的老莱茵河道

这里不到一个小时路程的施佩尔纳草原上，直到今天第七炮兵旅的各个团，每年都要举行一次射击演习。我们在凌晨穿过柏林城门出城，今天我们还记得当时是怀着何等兴趣前往演习场，瞻仰那里的席勒军团11名普鲁士军官的纪念碑，他们于1809年在这里被法国人枪杀。我们同样关注维塞尔城的大多被绿树环绕的美丽街道。哥特式晚期的阁楼和荷兰风格的推拉窗子，都给我们留下了美好的印象。我们也经常回忆起奇特的集市生活，那里建于12世纪的维利布罗德教堂及其哥特式的花园正在俯视着我们。

莱茵河在维塞尔下方拐弯时，我们看到了克桑滕，见到了沿着河岸伸延的小高地。罗马的第四和第三十军团，曾在这里驻扎。这里也是 Quintilius Varus 统帅部的所在地。平淡无奇的背景，很难让人想起当时战争的厮杀场面，反而引起了对近代传奇文学的遐想。文学巨著《尼伯龙根之歌》与这里密切相关，因为这里是主人公屠龙者西格弗里德的诞生地。这位沃尔姆斯玫瑰园的英雄，克里姆希尔德的夫君，就是从这里出发，最终被恶毒的哈根谋杀。他的尸体就是从沃尔姆斯的莱茵河运回家乡的。我们已经接近荷兰边界，这里是各种传说和童话盛行的地方，因为这里的风光适合产生童话。平坦的莱茵地区，到了克莱维，突然出现了一片高地，这里美丽的花园，漂亮的别墅，舒适的散步小路，众多树木围绕着城市，一直延伸到茂密的莱希林山。这里的树荫不仅给人带来清凉，而且也让人想起了有关奥托射手的传说。

我们的目光不由抬起，注视着这座宏大的建筑，即突出在城市之上的天鹅塔。我们的思想里听到了风的细语和天鹅的嘎嘎作响。天鹅是塔上的风向标，但也是在德意志边境最后一个最美的童话故事，那就是有关罗恩格林骑士的传说。

克莱维是一座可爱和好客的城市，它的安静和舒适受到很多人的青睐。许多人愿意在一生忙碌和勤劳之后在这里安度晚年。来访克莱维的外国人，特别是荷兰人，渴望看到克莱维周围诱人的丘陵、浓密的森林、美丽的河谷等大自然的美景，因为在他们一马平川的国家里，很难看见这样的景色。

莱茵三角洲在我们眼里无限扩展，几乎望不到尽头。我们现在越过了好客小城埃莫利希，荷兰的影响在此到处可见。用锁链连接的小船，正在缓慢地从一岸渡到另一岸。我们看到岸边停靠的很多船只，都挂着荷兰的国旗。我们听到了大教堂传来的钟声，似乎是荷兰对我们的欢迎。

然而，我们在这里，在德意志祖国的边界。这里的莱茵河只是一条沼泽般的水道——几乎半干枯的 Oude Rhyn（老莱茵）。我们已经可以预感到这条最美的德意志河流的坎坷命运。我们再次回首看一眼已经消失不见的天鹅骑士的城池。如果有画家把城市的树木装饰改成雪景，或许会使我们告别祖国莱茵沿岸的心情更轻松一些。

警告船

马斯河畔风光（作者：维尔罗伊德）

鹿特丹（作者：舍恩莱伯）

荷　兰

F. W. 哈克伦德尔

我们的莱茵河如何艰难地离开了家乡的大地，我们只能从他的突然转向做出估计。大河从发源到这里，虽然蛇形弯曲，但始终朝向北方。可现在，就好像要返回一样，他猛然转向西方，但又意识到改变方向绝无可能，不得不失望地把自己分裂为数条细流，形成一个三角洲，原来的莱茵主流从此消失。他的继承者马尔河、伊赛尔河及莱克河，最终带着青春的欢笑流入大海。我们从与莱茵平行的马斯河和舍尔德河的流向可以看出，莱茵河的这个突然的向西转向，在这低洼的地区，必然与这些地域原始状态的独特和土地的倾斜有关。或许是当年存在的沙丘及被洪水冲刷的土地，使得河流改道成完全另外的方向；也或许古代人为筑坝修堤，把肥沃的污泥围圈起来，让河道不稳定和多变，于是河道受到多方阻挡而狭窄，不仅在这里或那里伸出支岔，而且其主流也在寻找其他通道，以致原来的河道逐渐干枯。然而，这所谓的老莱茵早在18世纪初就已经形成，在埃莫利希下方，数百年前莱茵主流就已经分成为

逆水行舟

阿恩海姆风光

两支：马尔河和莱茵河。这两条支流借用帕内顿运河连接，运河由于水量大增，最后甚至形成为主流。而真正的莱茵河却逐渐干枯，他的美丽的名字也随之消失不见。

尽管这里已经没有莱茵河，但这里仍然是德意志大河的水，也是荷兰财富的主要来源。一个丰富的河道网络灌溉着这块富饶的绿色土地。河流和运河贯穿这个国家的各个方向。在草原和沙地上修建的运河，甚至可以行驶帆船和马拉船只航行。这些仍然宽阔的支流，依然穿行在富有的商业城市之间，让那里的生活和交通繁荣起来，向我们展示了有趣的运河和港口景象。铺有柏油路面的广场上繁华的集市，以及穿着民族服装的行人，红色制服彩色帽子的水兵，穿行在树木的绿荫及老房舍之间。帆船和手划船穿行在河中轮船和河岸之间，远方高高的教堂和宏伟的建筑，带着古老的共和国的国徽。但所有我们在其他地方也都看过的东西，在荷兰却以其特有的形式、形状和动作向我们展示出来，包括颜色的不同组合与水和陆地的混合。我们只记得对我们如此怪异的运河街道，特别是在阿姆斯特丹和鹿特丹。整个荷兰，似乎有些东西，我们不得不说是如此不确定，没有固定界限，但又融合在一起，正如一位年纪较大的作家所说，这里所有的元素只是像一张张素描般地存在：水是一张素描，时显时消，与沙土和沼泽混合在一起，就好像一块松散的织物纤维已经脱落，不是在湍急的河流里，也不是在安静的大湖中。陆地高度就是一张素描，刚刚高过河水的水面，甚至位于海平面以下，土地是人工造成，却顽强地存在，精心地保护。空气也是一张素描，几乎永远笼罩着雾霾，因此模糊不清，无比沉重。

鉴于尼德兰土地缺少基石，从而也缺少这块到处是水的地域的固定形态，因此很难对这里的地貌进行描写，使这张素描完善起来。同样，它的历史，这个独特民族的精神和命运，也很难了解和描绘。就像水和陆地是个命运共同体一样，几百年来，各

布伊德湖阿拉肯岛上居民的服装（作者：约旦）

种不同利益的集团被分解，只是通过内在的亲属关系才结合成为统一的城市和国家。聪明而阴险的巴塔维人与罗马人的关系，同样是一幅素描。他们有时是盟友，有时又是敌人。是严肃还是严厉，是强暴、兴盛还是辉煌，同样是一幅五颜六色的素描。尤其是早期德意志帝国与荷兰的关系，记载里有时是赫内高时代，有时是佛兰德时代，有时又是勃艮第时代！只是到了查理五世，历史才有了较牢固的基础，才有了尼德兰人民在世界上光辉时代的记录，它的自由战争和宗教战争，它的光辉响亮的世纪。它的一批勇敢的海洋子弟，站到所有公开运动的首位，在欧洲展示了他们的才干。

我们踏上了埃莫利希后面的这块荷兰土地，以便把我们这本书的结尾处尽快翻阅过去，最终抵达我们可怜的大河入海的地方。我们在这里想起了声名狼藉的维也纳会议文件和我们的朋友丁格尔施泰特同名的作品，它曾多次成为我们再次旅行的向导。如果我们把马尔河当作莱茵的主支流，并跟随它走下去，我们就会在林姆维根附近再次接触西莱茵高地的北支脉。这只是一个平稳的高地，城市在这里靠近一个对航运安全的河湾处，其古老的塔楼和要塞设施，形成了城门的一根支柱。出了城门，就是莱茵河流经的富饶的三角洲地带。我们走向不远的另一根支柱——莱克河畔的阿恩海姆。德鲁福斯曾在这里挖掘著名的运河，连接莱茵河与伊赛尔河及弗莱沃河，吸收了大量莱茵河水。随着时间的推移，伊赛尔河成了最大的支流，开辟了向北的航道，而阿恩海姆也就成为整个地区的首府。

我们穿行在清爽的荷兰土地上，村落和古典式城市面貌，在我们眼前掠过，鹿特丹终于出现在我们眼前。无数的房屋在花园绿地的包围之中，笔直的林荫大道交织着运河和水道，这是一座富有的贸易港城，雄伟和尊严，一幅真正荷兰的活生生的画卷。我们观赏着马斯河畔的宏伟海军大楼，无数来自莱茵、莫泽尔、美因和内卡尔河的众多船只，在这里装卸各种来自东印度公司从远方运来的货物，我们可以看见那些巨大的三桅远洋大船停在河中。很多火轮在水中奔驰，连接着这个国家的各个港口，运送着各种商品进入仓库。汽笛声、钟声、口哨声、信号和警告呼喊：这一切及上百种我们无法列举的声响，造成了一幅生动而震耳欲聋的画卷。我们终于来到了码头，逃离了那个喧嚣的世界。我们在大鹿特丹寻找一条了解这个贸易民族真正图像的交通水道。房屋均用红砖建成，高高的美丽阁楼伸向空中，在覆盖着水面的榆树枝叶中，有时会隐藏着装载货物的驳船前往库房。船只如此稠密，使得一些轻便小舟无法从中间通过。较大一些的轻便帆船，根本就无法继续航行。

如果时间允许，我们还可以登上 Grooten Kerke 的大型塔楼，从那里观看周围的

荷　兰

阿恩海姆的 Grooten Kerke

景色。首先吸引我们眼球的，是远处闪亮的海水及白色的沙滩。我们脚下是大城市的房屋海洋，我们周围有三面是辽阔的绿色牧场，之间是交织的运河网，再往远看，是无数被树荫包围的村庄、奔驰着火车的铁路，无数大大小小的湖泊，在阳光下贝壳般地闪着光亮。城市南端的大河上行驶着各国的船只。

如果我们用心中的眼睛继续往前看，因为我们确实没有这么多时间欣赏尼德兰，我们或许还有机会理解荷兰及其在世界贸易、交通上有重要意义的大大小小城市。

海滩守卫（作者：约曰）

荷　　兰

鹿特丹的 Grooten Kerke

　　例如北方被称为荷兰威尼斯的阿姆斯特丹，以及彼得大帝来休息造船时曾住过的村庄——沙皇丹。离此不远处，还有以洁净闻名的几乎成为传奇的布洛克，然后是哈勒姆，一座高雅的城市，很多富有的荷兰人都在它的郊区有自己的别墅。提到它，人们就不由想起色彩斑斓的花坛。

　　我们接近了乌德勒支。这里有很多荷兰贵族的别墅，路易斯国王很长时间在这里居住。我们位于一条名为老莱茵的小河边，它保留了德意志大河的名称。我们沿着它的河岸向前走去，想看它在附近的拉特维夫痛苦地进入大海，如果前面水闸允许的话。否则它就只是像所有荷兰的运河一样，大多是一片静止的水，在没有挖掘运河之前，渗入到沙土或沼泽之中。可惜我们没有这么多时间，去讲述这些海港和城市历史上曾有过的英雄事迹。我们得去参观一座新教堂，那里有伟大的沉默者的陵墓。这座代尔福特城，就是尼

鹿特丹郊区的农村

德兰的圣德尼斯及其先人祠堂。这里安息着奥朗宁（Oranien）、格罗提乌斯（Grotius）、特龙普（Tromp）、彼得·海因（Peter Hein）、雷乌文洪克（Leeuwenhock）等名人。

温柔清新的海风，已经吹拂我们的脸庞。火车很快把我们送往海牙——国王的住地。这里长期以来一直被称为大村庄，也称为荷兰的凡尔赛。海牙在历史上确实是一个大村庄，为奥朗宁家族所建，随着时间推移变成了现在这个样子：一个富有而美丽的城市，但与其他城市相比很少有重要的活动和交往。街道上没有世界级的喧嚣，而是宫廷般的宁静。它特别吸引了不少邻城斯海弗宁恩的游客，由于交通方便，很多人来到这座王城进行休闲，享受这里的海水浴。

但我们却要前往永恒大海的白色沙滩，所以选择了一条海牙和斯海弗宁恩之间的林间小路，即所谓的丛林。它的百年大树、无尽头的道路和弯曲的小径，让我们想起了我们的德意志祖国。

当我们离开阴暗寂静的森林，明亮的沙滩出现在我们眼前时，这巨大的反差，使我们不知所措地惊呆了。我们听到了远处大海的呼啸。

周围的一切是如此奇特，白色沙滩和上面的木板栈道，翻转过来的渔船，正在晾晒的渔网在等待着海上作业。这就是渔村斯海弗宁恩。我们看到了典型的渔民房舍，小巧、美丽，大多为两层，只有3到4扇窗户那么宽。数量众多的面包房，多种多样的美味食品，引起人们购买的欲望。除了一些小酒店，还有些特殊的房舍引人注目。有时会看到小窗里面的各种贝壳、经过加工的海草、木质的小船和风车模型在出售。当然还有茶馆和咖啡馆，门口的招牌上常常写着"这里提供咖啡和茶"。各种鱼干和

斯海弗宁恩海滩（作者：舍恩莱伯）

沙滩上

熏鱼，大多在一些偏僻的小巷里出售。

我们进入了一个私人小住宅里。使我们感到惊叹的是，室内的装饰和整个房子设施，到处都让人想到船上的生活：床铺均被隔板挡住，或在帘子后面，桌椅只是特别需要时的设施，一道狭窄的楼梯，从底层通往阁楼；显露的房梁交织在天花板上，窄小的门，沉重的适应暴风雨的小窗子。只有在最好的房间里有些"奢侈品"，包括壁炉和灶台，灶台的后墙用的是白色瓷砖，前面的一根铁棍上，悬挂着烧茶和咖啡的锅子，或许还有几张舒适的椅子，供家里的两位老人使用。主人或许是一位已经退休的三桅或四桅帆船的主人，或者一艘周游过辽阔大海的大船上的舵手和他的妻子。我们很想与两位老人交谈，聆听大海上的冒险故事，但我们必须马上去外面的沙滩，那里充满了大海的咸味。这时的我们已经没有兴趣去关心斯海弗宁恩后面的那两座教堂，一座新教一座天主教，更无兴趣关怀高处的漂亮洗浴大楼及其大露台和柱廊。因为我们眼前是呼啸的大海，只要再往前走一步，就会进入海水中。我们无言地面对这狂暴而闪亮的海水，陷入了无法描绘的感觉之中。

我们的左右，没有尽头的单调的灰绿色把沙滩拉得很远。它的突起处，不断受到海浪的冲击。北部的朦胧中，显现出卡特维克的众塔尖。这是辽阔沙滩图像中的唯一阻挡。大海在远处翻滚的浪花，不断向岸边靠拢，最后终于来到了我们脚下的沙滩上。一个接着一个，就好像进行着一场比赛。

再往远处看是一条清晰的线，一道黄绿相间的界沟，危险的沙滩在那里结束，可

荷　兰

航行的水道才开始。但这里很少有摆渡轮船和较大的白色帆船驶过。只有到了冬季，英国轮船无法直接到达鹿特丹港口时，它们才在这里靠岸。那时或许也会出现苏格兰的鲱鱼捕鱼船来到这里。否则这个危险的港口就只是渔船的家乡。

有时在暴风雨之夜，或者持续刮起凛冽的西北风时，才会有帆船出现，匆忙前来，被风暴催促着向岸边驶来。这些都会被海岸救护人员发现，他们手中拿着望远镜站在窗前。他们还不知道，外面的双桅小帆船是否能够躲过危险的沙礁。下一刻钟就是关键，这时其他救护人员都在静静地等待：一个年轻人躬身躺在长凳上，旁边是他的爱犬；一位久经考验的老人，沉思地望着火炉，旁边那个中年人悠闲地抽着烟斗。然后，站在窗口的男人发出一个信号，其他救护人员立即行动起来：老人拿起缆绳背在肩上，吸烟者抓起铁爪钩，年轻人从长凳上跳了下来，抓起身边的号角，爱犬跟在他身后，一起跑出了小屋。几分钟后，我们就可以亲眼看到一幕舍己救人的场景。

但今天我们不需要为此而操心，因为大好的艳阳天笼罩在大海的上空，海水显得异常平静，远处放射着金属般的光芒。我们站立在海滩，眼见如此和谐而又层次分明的海面，从深蓝到蓝黄，到浅蓝和浅黄，最后是岸边的无法描述的珍珠般的闪光，透明的镶着泡沫边缘的水幕轻轻荡漾到我们脚下。所有这一切像是光线的永恒表演。我们可以在这里观察几个小时，不断发现新的、神奇的图像吸引我们的眼球。都是无穷无尽的诗篇！

然而，尽管我现在站在海边，欣赏着不停变动的狂潮，总会被大海的孤独所震撼，感到无限伤感。而今天这种感觉更是加倍沉重，因为我现在正要同一直跟随我们旅行的亲爱的读者告别，心中不免有些茫然，不知我所承担的导游任务是否得到完满的结局。

我在这里献上我良好的愿望，真诚地希望和邀请亲爱的读者登上游船，按照我们的描述游历一次莱茵河。我祝亲爱的读者一路顺风，最后我想说：再见！

图书在版编目(CIP)数据

莱茵河传/(德)卡尔·施蒂勒,(德)H.瓦亨胡森,(德)F.W.哈克伦德尔著;王泰智,沈惠珠译.—北京:商务印书馆,2019
(大河颂系列)
ISBN 978-7-100-17281-3

Ⅰ.①莱… Ⅱ.①卡… ②H… ③F… ④王… ⑤沈… Ⅲ.①游记—作品集—德国—近代 Ⅳ.①I516.64

中国版本图书馆CIP数据核字(2019)第063170号

权利保留,侵权必究。

大河颂系列
莱茵河传

卡尔·施蒂勒
〔德〕 H.瓦亨胡森 著
F.W.哈克伦德尔

王泰智 沈惠珠 译

商 务 印 书 馆 出 版
(北京王府井大街36号 邮政编码100710)
商 务 印 书 馆 发 行
北京中科印刷有限公司印刷
ISBN 978-7-100-17281-3

2019年9月第1版　　开本 787×1092　1/16
2019年9月北京第1次印刷　印张 28
定价:168.00元